LES CHAÎNES DE L'ESPOIR

LES SEPT ÎLES
TOME SEPT

A.R. KNIGHT

1

LE CAPTIF

Les pluies avaient éteint les derniers feux de Mottilan, transformant les charniers en bourbiers goudronneux. Ce n'était pas un répit pour les Vis qui avaient traîné les corps dans les flammes, car ils devaient maintenant enterrer ces âmes une seconde fois.

Quik surveillait tout cela, dominant la route de la falaise selon l'ordre de Pavarde. Il portait, selon ce même ordre, une légère robe Najahn et ses gantelets, dont les pointes métalliques avaient été aiguisées jusqu'à briller. Sous ces robes, ses blessures continuaient à guérir, formant des croûtes et des cicatrices en égale mesure après le combat pour sauver Mottilan. Après plusieurs mois à utiliser les skars Vis pour repousser les dégâts, la guérison naturelle laissait beaucoup à désirer : les démangeaisons douloureuses n'étaient pas agréables, même si Quik préférait sa tête sans les murmures incompréhensibles d'un dieu.

Bien que partageant ses blessures avec les captifs, le chasseur ne montrait rien lorsque les prisonniers Vis, ces villageois de Mottilan qui n'avaient pas réussi à s'échapper ou n'étaient pas morts au combat, le regardaient. Au début, ils posaient des questions, et quand Quik répondait en répétant leurs tâches et les sanctions en cas d'échec — ces fosses avaient toujours de la place — les questions se transformèrent en insultes, les regards en œillades meurtrières.

— Mais ils font le travail, dit Pavarde, la capitaine Najahn et superviseure de la transformation en cours de Mottilan depuis plusieurs jours après sa destruction. Elle et Quik se tenaient sur le quai principal de Mottilan, entouré maintenant de clippers et de frégates Najahn recevant des provisions, des réparations pour continuer à combattre Kance. Ils guérissent leur foyer, Quik. Ils rejoignent le nouveau monde.

— Tu dis ça comme si Fassle était un dieu.

Pavarde acquiesça.

— C'est plus facile à accepter ainsi. Un autre coucher de soleil printanier les illuminait tous les deux. Lui et Yarvick sont ce qui se rapproche le plus de la divinité maintenant. Avec les skars, rien ne peut leur résister.

— Kance se bat toujours.

— Pour combien de temps ? Leurs ports sont bloqués. Les autres îles ne protestent pas. Leur Reine, d'après ce que j'ai entendu, est jeune et inexpérimentée.

— Elle a beaucoup de fougue.

— Tu la connais ?

Quik sourit, heureux d'un souvenir qui l'emmenait loin de cet endroit.

— C'est la femme la plus courageuse que j'aie jamais rencontrée, à part ma propre sœur.

— Alors espérons qu'elle soit assez courageuse pour se rendre.

Les mots s'envolèrent avec la brise marine du soir, se réchauffant maintenant que le printemps continuait à briser les défenses de l'hiver. Des gens passaient devant eux, Vis et Najahn poursuivant le travail. Cela continuerait toute la nuit, ces navires partant et d'autres les remplaçant. La distance jusqu'à la guerre était tellement plus courte ici qu'à Kitaye, qu'à Noctia. Transformant son île jour après jour.

Ce qui souleva une question différente.

— Quand j'ai gravi le Grand Sana, demanda Quik, il avait été brûlé. Là où poussent les skars. Pourquoi ?

— Penses-tu que pendant toutes ces années où les Najahn ont gardé les sites de skars sacrés, nous n'avons rien appris ? Les skars de chaque île s'épanouissent sous des soins appropriés, et le Grand Sana fait pousser ses pierres le mieux à partir de ses propres cendres.

— Comment le savez-vous ?

Pavarde fit un geste vers les navires.

— Des siècles de connaissances, écrites et transmises depuis Demion elle-même. Notre règne n'est pas aléatoire, Quik. Les Najahn ont été les intendants des dieux depuis le premier Aegis. Nous ne faisons qu'assurer ce règne maintenant, et que les skars continuent à couler pour que nous puissions résister aux démons. Simple, vraiment.

— Pas pour les gens enchaînés.

Pavarde aurait pu répondre à cela, et Quik aurait ignoré sa réponse, si un aide Najahn ne s'était pas précipité sur le quai. Les clercs bavards étaient les fléaux du monde Najahn, plus enclins à porter des robes violet clair que des armures, sans voulges ni chakrams en vue. L'homme brandissait un crayon de charbon et une tablette de cire à la place, l'empressement sur son visage faisant tressaillir Quik.

Dernièrement, le bonheur des Najahn signifiait la misère des Vis.

— Nous en avons un, Commandant, dit le scribe. Ils sont prêts pour vous.

— Parfait, répondit Pavarde. Montrez-nous le chemin. Elle jeta un coup d'œil à Quik. Vis, voici ta chance.

Cette chance était assise, l'air défiant, dans le sable boueux au bord de la plage, les vagues léchant les jambes de l'homme alors que la marée commençait à monter. Il portait un tissu miteux, une barbe hirsute, des muscles sous une peau ridée et brûlée par le soleil. Des cordes liaient les mains de l'homme. Le regard accusateur de l'ancien de Mottilan trouva d'abord Quik et y resta fixé, même lorsque Pavarde demanda à l'homme pourquoi il avait refusé d'obéir aux ordres.

— Parce que je suis fatigué, et le travail ne s'arrête jamais, répondit le Vis.

— Mais vos compagnons continuent à faire ce qu'on leur demande, dit Pavarde, pointant de l'autre côté de la plage vers le quai, grouillant de trafic éclairé par des torches alors que le soleil touchait l'horizon. Pourquoi devriez-vous vous reposer quand eux ne le font pas ?

Le vieil homme fronça les sourcils.

— Je ne suis pas surpris que les Najahn soient mauvais, mais je suis surpris de découvrir qu'ils sont stupides.

Pavarde hocha la tête.

— Votre corps semble assez fort, mais je ne suis pas insensible à votre âge. Il y a différents travaux, moins éprouvants. Vous pourriez réparer des cordes, cuisiner des repas, nettoyer. Je comprends qu'on vous ait proposé ces emplois et que vous les ayez refusés. Pourquoi ?

— Ne vous l'ont-ils pas dit ?

— Je veux être claire.

— Parce que je suis fatigué.

Quik grimaça. Pavarde se détourna de l'homme, fusilla

Quik du regard comme si les paroles de l'ancien étaient, d'une manière ou d'une autre, de la faute de Quik.

— C'est pour cela que nous avons pris votre île, dit Pavarde. C'est pour cela que nous les prendrons toutes. La paresse. Il y aura un temps pour se reposer. Quand je le dirai. Quand Noctia le déclarera. Jusque-là, vous égalerez vos pairs. Mottilan sera réparée, et les Vis verront un jour nouveau et plus radieux grâce à vos efforts.

— Vous parlez à lui ou à moi ? demanda Quik.

— Aux deux, sauf que je sais ce que cet homme va dire. Je ne veux pas l'entendre. À la place, je veux que tu changes son avis. Et, s'il ne veut pas le changer, fais comprendre à tout le monde sur cette plage, dans cette ville, les conséquences.

— Je ne-

Pavarde pointait un doigt sur la poitrine de Quik. Autour d'elle, les gardes Najahn se raidirent, leurs mains se dirigeant vers les lames à leurs ceintures. Plus adaptées pour un combat rapproché et rapide que les grandes voulges, et Quik savait que ces pointes le poignarderaient bien avant qu'il ne puisse s'échapper.

— Faites regretter ses paroles à cet homme et qu'il retourne à ses devoirs, ou tuez-le, dit Pavarde, assez fort pour que l'ancien l'entende. Votre vie appartient aux Najahn maintenant, Quik. Vous le prouverez encore et encore, et si vous échouez, vous mourrez comme tous ces bandits que j'ai massacrés pour sauver votre frère. Et puis je parlerai de votre trahison à Fassle, et il s'assurera que la fin de votre frère soit encore pire que la vôtre.

Quik soutint le regard de Pavarde. Il ne savait pas où se trouvait Wax, malgré l'insistance de Pavarde selon laquelle son frère était sur Noctia, à portée de main de Fassle. Que Fassle tue Wax — que Fassle sache même qui était

Wax — juste pour Quik semblait tout aussi improbable, mais quelles étaient les options du chasseur ?

Il avait affronté la mort sur les falaises au-dessus, et avait découvert qu'il n'était pas encore prêt à faire face à son noir oubli. Cela signifiait faire ce qu'il fallait pour vivre, peu importe à quel point il se détestait pour cela. Quik n'était pas un martyr.

Ses mains glissèrent dans les gantelets. Pavarde s'écarta, dégageant le chemin vers l'ancien.

— Je vous reconnais, dit le vieil homme. Vous avez combattu pour nous, mais maintenant vous êtes avec eux ?

— Je fais ce qu'il faut pour survivre, dit Quik en s'approchant. Le sable frais entre ses orteils, une sensation que le chasseur embrassa, tout comme la brise salée, les bruits de travail et les cris d'oiseaux. Tout pour s'éloigner de cet endroit, de ce moment. Vous devriez en faire autant.

L'ancien rit. — J'ai appris, chasseur, qu'il y a des choses meilleures que la survie.

Pour Pavarde, un exemple devait être vu et, de préférence, entendu. Ainsi, longtemps après que le rire du vieil homme se fut transformé en cris, son corps courageux brisé, il survivait encore.

2

ASSIÉGÉS

La dernière fois qu'Eujo avait vu le *Storm's Edge* s'éloigner, c'était sur la côte sud de Whent, chassé par une foule vengeresse tandis que la Reine et ses acolytes s'échappaient dans un blizzard. Les semaines qui avaient suivi avaient été éprouvantes, mais — Wax, longtemps disparu, surgit dans sa mémoire — merveilleuses d'une manière différente. Eujo s'était, pour la première fois de sa vie, rapprochée de quelqu'un, de plusieurs personnes, en dehors de ceux qui avaient reçu l'ordre d'être ses gardes.

Elle retourna sur le quai, un matin de printemps étincelant se levant sans brume sur l'océan. Un ciel clair jusqu'à l'horizon permettait à Eujo de voir des formes estompées qui se précipitaient et s'élançaient, une guerre constante maintenant visible depuis Kance même. Sa marine perdait le conflit lent mais inévitable : de meilleurs navires et capitaines surclassés par le simple nombre alors que les navires de Rana, Foti et Whent naviguaient sur des mers de plus en plus libres de glace.

L'Île des Vents était à court de temps.

— Je n'arrive toujours pas à croire que Svarde soit en

mission diplomatique, dit Ami, la fougueuse Gardienne de Foti et chef de la force d'invasion des démons de Noctia, qui attendait toujours aux abords de la ville. Elle marchait avec Eujo vers le quai, escortée par plusieurs soldats scintillants de Kance. Un choix inspiré, Eujo. Pas celui que j'aurais fait, mais bon, c'est pour ça que tu es la Reine.

— Je devais le choisir. Tu ne voulais pas y aller.

— Je pense que si je revoyais Fassle, je l'éventrerais probablement, répondit Ami. La lame en fer de Whent qu'elle portait à la taille semblait tout à fait capable de le faire. Le masque doré de la Gardienne, couvrant la majeure partie de sa joue gauche jusqu'aux yeux, brillait au soleil, ses deux émeraudes — des cicatrices de Vis — ajoutant de la couleur tout en maintenant le corps brûlé d'Ami en vie. Il le mérite.

— C'est pourquoi j'ai envoyé Svarde. Si Fassle n'accepte pas l'accord, Svarde va le détruire.

— Tu n'as pas mentionné cette petite mission annexe.

— Je ne le dis que maintenant qu'ils sont partis.

Le duo atteignit le bord du quai, la pierre blanche polie et la roche cédant la place à des entrepôts autrefois remplis de grains et de marchandises pour l'exportation, maintenant soit vides, soit regorgeant de carreaux de baliste, de carreaux d'arbalète, de rapières et d'armures. Je ne pense pas que tu puisses prévenir Fassle assez vite pour que ça compte.

Ami se plaça face à la Reine, et Eujo mesura leur distance. Un pas complet, avec des soldats tout autour. Même si la Gardienne décidait que sa loyauté envers les marcheurs de feu, envers son étrange accord avec Noctia, valait la peine d'attaquer Eujo ici même, Ami n'aurait pas le temps de dégainer son épée avant que plusieurs rapières ne la transpercent.

De plus, Eujo savait que Livier gardait au moins un assassin Vientas à portée de main en permanence. La Reine ne serait pas surprise d'apprendre qu'une arbalète, une sarbacane ou pire encore avait Ami dans sa ligne de mire en ce moment.

— Je ne suis pas loyale à ce salaud, dit Ami. J'essaie juste de trouver un foyer sur les îles pour les marcheurs de feu et toutes leurs familles. C'est tout. C'est mon but. Fassle nous l'a promis, c'est pourquoi je suis ici.

— Fassle ne tient pas ses promesses, Ami.

— Pourtant, tu es sur le point de conclure un accord avec lui, Eujo.

— Parce que je n'ai pas le choix. Si Fassle rompt cette promesse, Svarde fera ce qui est juste. Eujo laissa la conversation dériver. Elle n'avait pas besoin d'échanger des menaces vagues avec Ami, pas quand elles avaient une décision plus importante à prendre, une décision que son interminable éventail de conseillers avait passé les deux derniers jours à lui imposer. Je suis contente que tu sois venue ce matin, cependant, car nous avons quelque chose à discuter.

— D'accord, mais faisons-le autour d'un petit-déjeuner. Ta fichue ville est grande, et j'ai dû sauter le mien.

Ami secoua la tête avant qu'Eujo n'ait fini, et la Reine devina que ce n'était pas un maigre poisson et du pain qui l'attendaient. Kance s'était réduite à des aliments rationnés, et la Reine ne ferait aucune exception pour elle-même — mais c'était assez savoureux. Un café dilué l'accompagnait, dévoré dans un café en bord de mer occupé par des marins et des soldats revenant de ou sur le point de partir pour des endroits plus sanglants.

— Je ne peux pas les ramener dans les grottes, même s'ils veulent y aller, dit Ami. Pas avant que Fassle n'accepte. La paix avec Kance, un foyer pour les marcheurs de feu.

— S'il n'accepte qu'une partie de cet accord ?

— S'il revient sur sa parole envers mes amis, Noctia va se retrouver face à une armée très en colère et très chaude marchant à travers leurs grottes.

— Donc tu partiras, alors.

Ami pencha la tête. Tu as tant envie de te débarrasser de moi, hein ?

— Je veux que nos agriculteurs retournent chez eux. Je veux que mes soldats se concentrent sur les Najahn, pas sur les démons qui attendent juste à l'extérieur de notre ville.

La Gardienne ne sourit pas, ne rétorqua pas son commentaire habituel plein d'assurance, elle se contenta de regarder l'eau. Les marcheurs de feu ne devraient pas être vos ennemis. Je les tiendrai à l'écart. Promis.

— C'est tout ce que je demande.

Le petit-déjeuner aurait dû se poursuivre dans la paix, mais Eujo n'en avait plus. Au lieu de cela, les gens affluaient les uns après les autres, apportant des rapports de bataille — largement terribles — et des nouvelles inquié- tantes. La cité Vis, Mottilan, avait été évacuée il y a plusieurs jours et leurs réfugiés débarquaient à travers Kance, échouant ici et là dans des navires souvent presque en ruine à cause des attaques Najahn. Ces gens auraient besoin de vêtements, de nourriture, d'un endroit où rester.

Pour cela, au moins, Eujo avait une réponse.

— Envoyez-les à l'avant-poste Najahn, dit Eujo. Il est abandonné et il y aura de la place. Il fera assez chaud main- tenant pour les Vis.

— Envoyer un tas d'habitants de la jungle au sommet d'une flèche glacée ? Ami rit, écoutant de l'autre côté de la table. Cruel, Eujo.

— Mieux vaut ça que le fond de la mer.

Ami ne contesta pas ce point, mais la gardienne cligna des yeux à la vue de la personne suivante, en sueur et épuisée, qui entra dans le café. Vêtue de cuirs de Whent et arborant l'expression la plus grave qu'Eujo ait vue de toute la journée, l'éclaireuse prit un verre d'eau de source de montagne offert et l'avala d'un trait avant de dire un mot.

— Olgata ? demanda Ami. Je pensais t'avoir dit de rester avec les marcheurs de feu ?

— J'ai laissé quelques éclaireurs là-bas. Vos démons ne bougeront pas sans qu'on le sache, dit Olgata, expirant les mots. C'est pourquoi je suis ici. Les portes sont fermées.

— Les portes ? demanda Eujo, remarquant que la bouche d'Ami s'était ouverte.

Quand une Gardienne qui avait vu autant qu'Ami semblait choquée, c'était un mauvais signe.

Olgata expliqua la joyeuse vérité, mais parmi tout ce qu'elle dit, Eujo s'accrocha surtout à un détail : Wax était vivant. D'une manière ou d'une autre, après avoir disparu du *Bord de la Tempête* lors d'un assaut nocien, le Renouvellement Vis avait réussi à atteindre Noctia, était descendu dans la Blessure et avait trouvé un moyen d'unir les skars pour fermer les portails des démons. Exactement ce que l'Égide aurait dû faire, ce que Demion aurait dû faire des siècles auparavant.

Et, après tout cela, le Vis était indemne.

Cela aurait dû être un moment de célébration, et pourtant Ami semblait horrifiée, marmonnant même un juron ou deux alors qu'Olgata concluait son récit. L'éclaireuse semblait partager l'inquiétude de la gardienne, bien que cela n'empêchât pas Olgata de vider plusieurs autres verres d'eau. Elle était venue en courant après que la nouvelle soit arrivée ce matin-là, se précipitant par la chaîne de messagers habituelle de Whent le long des routes souterraines depuis l'enclave souterraine de Jochi.

— L'une d'entre vous peut-elle m'expliquer pourquoi cela semble être une mauvaise chose ? demanda Eujo.

— Parce que tous les démons ne sont pas mauvais, répondit Ami, et Olgata acquiesça. Ces mondes que Wax a fermés sont en train de mourir. Tout ce qui y est piégé va mourir aussi. Il y avait des milliers de marcheurs de feu encore dans le royaume de Foti, Eujo. Ils ne peuvent plus en sortir maintenant.

La Gardienne n'avait pas besoin d'expliquer la suite, ce qui pourrait arriver à l'armée brûlante campée dans de petites grottes à l'extérieur de la capitale de Kance une fois qu'ils découvriraient que leurs amis et leurs familles avaient disparu, tout ça parce qu'un humain avait décidé de claquer la porte.

— Tu ne veux pas qu'ils déchargent leur colère sur toi, dit Ami. Rien de ce que tu as ici ne les repoussera.

— Alors nous faisons deux choses, répliqua Eujo, élaborant quelque chose à la volée, comme un voleur pris en flagrant délit. Nous empêchons quiconque de le dire aux marcheurs de feu. Je ne sais pas comment ils l'apprendraient de toute façon, mais personne ne mentionne cela autour d'eux. Pas de célébrations, pas de moqueries, rien du tout.

Eujo obtint des hochements de tête approbateurs d'Olgata et d'Ami.

— Ensuite, nous nous préparons. Des planeurs avec de l'eau, prêts à voler. Nous larguons et trempons les marcheurs de feu s'ils font un seul mouvement vers la ville.

Ami croisa les mains et posa ses coudes sur la table.

— Tu ne vas pas assassiner mes amis.

— Si tu les tiens éloignés de ma ville et de mon peuple, je n'aurai pas à le faire.

— Tu évites le problème, Eujo ?

Eujo maintint son regard glacial, un geste qu'elle avait depuis longtemps perfectionné.

— Kance ne devrait pas souffrir parce que Fassle a conclu un mauvais marché. Fais partir ces marcheurs de feu de mon île, ou je les détruirai, Ami. Avec les skars qu'il nous reste, si nécessaire.

Ami laissa échapper un rire sinistre.

— Non, Eujo. Si ces marcheurs de feu décident que nous sommes l'ennemi, il n'y a pas un endroit sur ces îles qui ne brûlera pas. Mais j'entends ta menace. Garde tes gens à l'écart et je les ferai bouger. Ils voudront de toute façon quitter cette pluie.

La Gardienne tourna son regard vers Olgata.

— Tu devras prévenir Jochi qu'une bande de monstres brûlants se dirige vers lui, et ils ne seront pas heureux quand ils rentreront chez eux. Vois si tu peux trouver des idées pendant cette longue marche.

— Eh bien, hasarda Olgata, si ces portails sont comme n'importe quelle porte que j'ai jamais connue, peut-être que ce qui a été fermé peut être ouvert à nouveau.

3
CONSEIL DE GUERRE

Se préparer à affronter la plus grande puissance des îles avait un certain attrait fataliste, que Wax embrassa en attachant ses nouveaux cuirs Whent et en chargeant sur ses épaules les sacoches remplies d'eau fraîche et de provisions. Ce serait une longue marche vers le sud jusqu'à Kance, et aucune bête de somme ne pourrait traverser les cavernes sinueuses du Dessous Obscur.

Le Renouveau Vis, celui qui ferme les Portes et, si l'on en croit Jochi, bientôt héros des Sept Îles, commença sa matinée dans une pièce sombre au deuxième étage d'un bâtiment de pierre, éclairée par des lanternes blafardes. Profondément sous terre, le temps s'étirait et se contractait au hasard, et Wax devinait souvent l'heure moins par son environnement que par le besoin de son corps de dormir.

Bien que cela aussi soit devenu imprévisible.

Les skars buvaient quand Wax ne faisait pas attention, après avoir épuisé leurs propres réserves à remplissage lent. Des voix chuchotaient dans son esprit, comme des conversations se déroulant à sa périphérie, toutes dénuées de sens sauf pour leurs tons, leurs rythmes. Wax avait l'habitude de distinguer Vis, Tamas et Foti selon leur ton, mais maintenant leur cadence suffisait à révéler leurs origines. Le grognement progressif de Foti dominait à présent, noyant la contre-harmonie chantante de Tamas, les deux en désaccord sur la question de savoir si la lanterne avait besoin d'un petit coup de boost enflammé ou si l'allumeur de réverbères faisant sa tournée en bas devait être poussé, juste un peu, à monter pour apporter une meilleure lumière à Wax.

Le Renouveau les ignora tous les deux. Il se regarda. À part son bronzage Vis et l'encre s'étalant sur ses bras, son cou et ses épaules, Wax aurait pu passer pour un Whent un peu maigrichon. Une amélioration de l'équipement, comme dirait Jochi, par rapport aux tissages et aux lances de la patrie de Wax, même si tout ce poids signifiait qu'il aurait du mal à se balancer le long de ses lianes bien-aimées.

Pas que Wax reverrait ces jungles de sitôt. À condition que Fassle et les Najahn soient remis à leur place, enfermés dans leur île centrale rocheuse. C'est ce qu'il ferait une fois arrivé à Kance : utiliser ces skars pour forcer les Najahn à faire la paix, à renoncer à leur conquête et, enfin, à le laisser rentrer chez lui.

— Tu es presque prêt ?

La voix portait en elle un murmure de temps meilleurs, de nuits dans la jungle et de jours parmi les fleurs de Sana et d'escapades secrètes. Sawi était de retour, faisant chanceler Wax. Il avait passé la dernière saison à apprendre à connaître Eujo, la Reine de Kance, et ce lien...

— J'arrive, répondit Wax. Pensées stupides, celles-là, et auxquelles il pourrait revenir si la vie et la mort se réglaient d'elles-mêmes. Je ne suis pas le dernier, si ?

— Wax, bien sûr que tu l'es.

Sawi l'attendait en bas dans l'entrée du bâtiment, ayant

bien meilleure mine qu'il y a quelques jours. Le Vis, et la scientifique Whent Annalyse, étaient sortis en trébuchant des grottes pour entrer dans la ville, le Rêvefort de Jochi, au bord de la mort. Rafraîchie, portant le même équipement Whent que Wax, Sawi n'était toujours pas elle-même. Comme Wax, elle avait vu des choses qu'elle ne pouvait oublier, et cette violence se manifestait par quelques cicatrices, par les ombres derrière ses yeux.

Par la façon dont elle gardait toujours une main sur la lance Vis à son côté.

— Comment ? demanda Wax. Ce n'est pas si tard ?

— Je n'arrivais pas à dormir et Annalyse ne semble jamais dormir. Sawi haussa les épaules, sourit. L'éclaireur est prêt depuis hier, à entendre Jochi.

— D'accord, eh bien, vous allez devoir attendre un peu plus longtemps.

— Pourquoi ça ?

Wax sourit. — Il y a quelque chose que je veux essayer.

Au centre de Rêvefort se dressait une cathédrale, bien que Wax n'ait entendu parler d'aucun lien religieux avec la structure. Sa forme en dôme lui donnait son nom, et son point le plus élevé croisait le bas de la Blessure. La longue chute depuis la surface jusqu'ici n'était plus grouillante de démons. Maintenant, elle vibrait et bourdonnait de marteaux et de travail. Le commerce et les voyages depuis Noctia et Whent filaient de haut en bas et s'accéléraient chaque jour, les réparations corrigeant les dégâts laissés par la manœuvre de Maena qui avait fait trembler la terre.

Le centre de la cathédrale abritait l'objectif de Wax. Le Roi Mort se dressait, voûté avec les coudes sur les genoux, vêtu d'une armure noire cabossée. Quelque part à l'intérieur de cette chose imposante attendaient l'histoire, un ancien héros et le prochain test de Wax.

— Quoi, tu viens rendre hommage ? demanda Sawi, debout derrière lui alors qu'ils gravissaient les marches et entraient.

— Quelque chose comme ça.

Personne d'autre ne se tenait dans le bâtiment de pierre, vide à l'exception du Roi Mort et de son trône de pierre. Jochi avait mentionné qu'il y avait eu autrefois des conseils de guerre ici, mais le seigneur de guerre Whent avait déplacé toutes ses opérations dans une caverne voisine.

Pas d'interruptions, comme Wax l'avait espéré.

Le Renouveau réveilla les skars. Deux en particulier, Vis et Noctia. Le premier chantait une chanson pétillante, désireux de repérer toute blessure ou maladie et de l'attaquer. Wax n'en avait plus beaucoup, bien que le skar Vis ait trouvé un petit bleu dû à un coup de genou - tous ces ouvrages en pierre punissaient les faux pas - et s'en soit excité. Noctia entra avec des coups discordants, des notes dures manquant de focus. Wax, fixant la forme inerte du Roi Mort, en fournit un peu.

Combiner les skars ne se faisait pas par accident - laissées à elles-mêmes, les pierres projetteraient leurs pouvoirs partout, causant le chaos et aspirant l'énergie de Wax jusqu'à ce qu'il s'effondre. Torny, le bandit de Noctia, avait une fois fait s'écrouler une montagne sur eux en laissant une foule de skars Whent se déchaîner. Se tenant sous suffisamment de rochers pour l'enterrer lui et tous les autres, Wax ne voulait pas vraiment ça.

Au lieu de cela, il poussa le Vis loin du bleu et vers le Roi Mort. Il laissa le skar trouver son équilibre, fredonnant son air curieux et constant. Si le Roi Mort avait été une fleur, ou un soldat blessé, il aurait pu se redresser à cette attention. Le Roi Mort, si loin de toute vie, ne fit rien. Du moins jusqu'à ce que Wax donne le feu vert au skar Noctia.

La pierre de la déesse de la mort émit sa note stridente une fois, puis une seconde fois lorsque Wax la pressa. Les deux battements, avec d'autres frappant au bon moment, se mêlèrent au Vis skar. Leurs chants se combinèrent, non pas en un mélange sans valeur, mais en un accord constant. Alors que la synchronisation se formait, Wax ressentit une nouvelle conscience, de petits fragments autour de lui dans presque toutes les directions. Des points, presque comme des idées, attendant qu'il tende la main pour les toucher. Le plus gros se trouvait devant lui, brillant presque des efforts combinés des skars.

Wax tendit la main avec les skars, et le Roi Mort s'éveilla dans un sursaut crépitant. De vieux lambeaux tombèrent de la carcasse tandis que le Roi Mort se redressait. Noctia et Vis jouèrent de leurs forces, à la fois restaurant la vie et retenant ses nécessités : les poumons depuis longtemps flétris, les muscles et le cœur de l'homme se reconstituèrent à partir d'une poussière ancienne, fonctionnant à nouveau pour respirer, pour battre, bien qu'aucun sang ne coulât dans les veines du Roi Mort.

— Eh bien, je ne m'attendais pas à ça, marmonna Sawi derrière Wax, et il l'entendit affermir sa prise sur sa lance. Qu'est-ce qu'on fait ici, Wax ?

— On dit bonjour, répondit Wax.

— Bonjour, grinça le Roi Mort, son visage invisible craquant alors qu'il tournait son regard vers Wax derrière sa visière. Qui êtes-vous ?

— Je suis l'homme qui a fermé les portes, dit Wax, et j'espère que vous pourrez m'aider à détruire quelques personnes vraiment désagréables.

— Fermé les portes ?

Wax débita l'histoire. Sawi se tenait derrière lui, lance prête. Le Roi Mort n'eut aucune réaction jusqu'à ce que Wax termine, moment auquel le vieux guerrier soupira un vent desséché.

— Alors vous avez fait ce que Demion n'a pas voulu faire, dit le Roi Mort. Ce que je lui avais demandé.

Wax cligna des yeux.

— Quoi, n'a pas voulu ?

— Elle ne voulait pas condamner toutes ces créatures à mort. Elle leur a donné une chance et nous a dit de combattre les pires d'entre elles. Une erreur. Quand elle est partie, j'ai essayé de fermer ces portes et j'ai échoué. Si vous avez réussi, alors je vous remercie, héros, et je me joindrai à votre combat contre vos ennemis, bien que je semble avoir perdu mon épée.

Wax, cependant, entendit à peine cette dernière partie. Demion avait refusé de sceller les démons ? Avait condamné cette idée ?

— Contre qui marchons-nous, héros ? gronda le Roi Mort, mais Wax relâcha les skars, et l'ancien guerrier retomba sur son trône, redevenant une simple relique.

Les paroles de l'homme ne s'estompèrent pas si vite.

Héros ? Wax ne se sentait pas comme tel.

4
LES MERS SANGLANTES

La bandit commençait à détester l'océan. Chaque fois que Torny prenait la mer, il semblait que quelque chose de terrible se produisait. En ce moment, cette chose terrible était de partager le navire avec Svarde, le barbare immortel et terrifiant. Il se tenait à la proue du *Storm's Edge*, cette lame noire dentelée sur une épaule et son furet, Kivi, lové à ses pieds. La peau grise de Svarde, couverte de cicatrices, sa barbe crépue et clairsemée, et l'absence de tout ce qui faisait d'un humain un être humain, rongeaient Torny d'une manière qu'elle ne comprenait que maintenant, en cet instant précis.

— Tu as l'air malade, signa Bliss, assise en face d'elle dans la salle à manger.

L'espace luxueux abritait une longue table et des fenêtres donnant vue sur le pont avant. Au lieu de repas, cependant, le centre de la table était occupé par plusieurs coffres-forts. À l'intérieur, regroupés, se trouvaient environ la moitié des skars que Gladdring, le traître najahn mort, avait volés à Noctia. Ces pierres constituaient l'offrande de paix destinée à Fassle et Yarvick, censée acheter l'indépendance de Kance.

Torny ne parierait pas sur l'acceptation du duo de pouvoir najahn. Fassle n'était pas du genre à laisser une position gagnante s'éteindre avec moins qu'un bénéfice maximal, et il était évident pour quiconque jetait un coup d'œil sur l'océan que la flotte pourpre et noire avait Kance au bord du gouffre.

— Je ne suis pas fan de la non-mort, dit Torny, toujours en observant Svarde. Il y a un autre homme que je connais comme Svarde, et c'est un vrai salaud.

Elle n'avait pas compris le jeu particulier de Yarvick jusqu'à ce que Svarde entre dans sa vie, mais le même éclat gris, le manque de sommeil, et le dédain pour la nourriture et la boisson correspondaient beaucoup trop bien. Yarvick dirigeait les Doigts Agiles depuis ce qui semblait être une éternité.

— Svarde est de notre côté, Torny. Je préfère largement ça à l'inverse.

La bandit ne pouvait qu'être d'accord avec ça. Habituellement, avoir le gars avec la grande épée dans son équipe était un plus. Sa main alla à l'intérieur de sa robe de Kance pour la mer vers le petit livre toujours bien calé contre sa poitrine ou sa cuisse. Elle le sortit maintenant, l'agitant devant Bliss.

— Voici notre véritable arme, dit Torny. Tu te souviens où je l'ai eu ?

— Comment pourrais-je oublier notre course glacée à travers cette ville, avec tout le monde à nos trousses ?

— Exactement, mais ça en valait la peine.

— Le journal ?

— C'est celui du fils de Yarvick, dit Torny. Le seul enfant

que Yarvick ait jamais eu, pour autant que je sache, et l'homme veut ce journal depuis longtemps.

— Pourquoi ?

— Comment le saurais-je ? Peut-être que c'est la dernière chose qui lie Yarvick à l'humanité, peut-être qu'il veut juste savoir ce que son fils pense de lui. Torny rangea le livre. Le fait est que Yarvick m'a dit de l'obtenir et je l'ai fait, ce qui signifie que nous avons un moyen de pression.

— S'il est aussi mauvais que tu le dis, pourquoi ne te tuerait-il pas simplement pour le prendre ?

Torny claqua la langue. — Parce que Yarvick a une réputation. Si tu commences à tuer les gens qui font le travail pour toi, soudain tes missions restent inachevées. Il devra trouver une autre excuse, et je parie qu'il ne le fera pas.

— Donc il poussera Fassle à faire la paix avec Kance juste parce que tu as ce journal ?

Le regard sceptique de Bliss correspondait à ce que Torny ressentait à propos de ce résultat précis, mais c'était bien, car elle avait placé son pari sur un autre appel.

— Je pense que Yarvick ne veut pas partager le pouvoir. Les rumeurs disaient qu'il avait essayé de faire tuer Fassle et avait échoué, se contentant de ça. Torny tambourina des doigts sur la table. Je parie que Yarvick nous offrira un accord différent. Éliminer Fassle, lui donner le journal, et Kance obtient son répit.

— Ça ne semble pas juste.

— Juste et Yarvick ne vont pas ensemble. Plus tôt tu l'accepteras, mieux tu te porteras.

— Mieux je me porterai ?

— Parce que tu seras prête quand ils essaieront de s'entre-tuer.

Torny avait voulu dire ça comme une blague, mais aucune des deux ne rit.

Deux, le capitaine du *Storm's Edge*, les avait mis sur un cap direct et court vers Noctia et la Cité Annelée. Y arriver signifiait longer la côte sud de Noctia et remonter vers le nord dans l'immense port, et atteindre la côte sud de Noctia signifiait fendre le blocus najahn. Torny avait écouté le discours de Deux à son équipage ce matin-là. Il espérait que le fait de hisser le drapeau de Noctia aux côtés de celui de Kance pourrait dissuader tout capitaine najahn trop zélé, mais si Torny avait appris quelque chose pendant ses années de vol, c'était que tout le monde aimait une bonne cible, et le *Storm's Edge* avait l'air d'en être une excellente. Tape-à-l'œil, brodé de verre de Kance et de leurs fils soyeux et chatoyants pour imiter un prisme scintillant sur la mer, le *Storm's Edge* ne faisait aucun mystère sur qui naviguait à bord, même si Eujo n'était pas sur le navire cette fois-ci.

N'importe quel capitaine najahn supposerait qu'elle y était.

Cette réalité agaçante se concrétisa dès que le *Storm's Edge* laissa derrière lui ses cotres d'escorte de Kance. Ces navires auraient pu rester proches si Deux ne leur avait pas ordonné de faire demi-tour, de consacrer leurs vies à défendre l'île plutôt que d'ajouter une menace à une mission pacifique. Un autre tournant à courte vue, mais Torny garda encore une fois sa bouche fermée.

Deux avait clairement fait savoir qu'il n'était pas fan des bandits, même retraités.

Alors Torny et Bliss gardaient leurs armes à portée de main. Un support de dague était posé sur la table près de ces coffres-forts, et le bâton à embout métallique de Bliss reposait sur le sol près de ses pieds. Facile à saisir, donc, quand l'appel de l'éclaireur de Kance depuis le nid le plus haut déclara que deux caravelles najahn étaient en approche pour les intercepter.

Des vents légers rendaient la navigation lente et la mer calme. Torny gardait facilement l'équilibre sur le pont tandis qu'elle et Bliss rejoignaient quelques autres marins prêts au combat à la proue. Svarde s'y tenait aussi, toujours aussi immobile, et son furet continuait de somnoler.

Devant eux, les caravelles s'approchaient sans bruit sur l'eau grise, se balançant sur leur trajectoire. Si les choses continuaient ainsi, le *Storm's Edge* serait pris en sandwich, et Torny avait encore des cauchemars de la dernière fois qu'ils avaient été abordés des deux côtés.

Ils avaient perdu Wax cette nuit-là.

— Tenez-vous ! cria Deux, sa voix résonnant sur tout le navire, et Torny s'agrippa au bastingage tandis que le *Storm's Edge* mettait ses magnifiques voiles triangulaires à profit, faisant virer le navire à bâbord.

Les caravelles tentèrent de s'adapter, leurs voiles carrées et plates peinant dans la légère brise pour effectuer le virage. Celle de gauche entama un lent demi-tour qu'elle ne pourrait achever à temps pour rattraper le *Storm's Edge*. Quant à l'autre...

— Au moins, il n'en reste plus qu'une, dit Torny en lâchant le bastingage et en se déplaçant, avec les autres, vers le côté tribord. Prête pour ça, Bliss ?

— Je ne crois pas qu'on ait le choix, Torny.

— Tu l'as dit, répondit Torny en dégainant un poignard et en le brandissant vers la caravelle qui approchait. On ira trop vite pour qu'ils puissent lancer plus d'un ou deux grappins, cependant.

— Que vous me laisserez, dit Svarde en se dirigeant vers la poupe. Vous avez tous des vies à perdre. La mienne est déjà perdue.

Torny regarda le barbare passer, son poignard s'abaissant légèrement. Bliss hochait la tête, sa main droite faisant un geste vers Torny.

— S'il a cette attitude, peut-être que Svarde est bon à garder dans les parages.

La bandit ne pouvait qu'approuver.

5
LANCES CACHÉES

Une confiance malsaine. Quik avait gagné suffisamment de crédit pour aider quelques Najahns à escorter un groupe de prisonniers Mottilans dans la jungle cet après-midi-là, à la recherche de champignons de début de saison, d'herbes et de toute autre nourriture qu'ils pourraient trouver. Pavarde, en lui communiquant les détails de sa mission après leur déjeuner, avait suggéré que cette affectation visait autant à éloigner son visage renfrogné d'elle qu'à répondre à un réel besoin de son expertise, et Quik n'avait pas contesté.

Éviter la Marine Najahn et sa domination croissante sur son île pourrait lui faire du bien.

Quinze Vis, certains parmi les plus âgés ou les plus rebelles de Mottilan qui n'avaient pas tenté de s'échapper et d'autres pillés dans les petits villages pris par les Najahns, étaient escortés par dix soldats en armure portant du violet et du noir. Cette disparité numérique ne semblait pas si mauvaise étant donné que les Vis étaient maigres, fatigués et abattus.

Quik ravala la bile qui lui montait à la gorge à cette vue,

se concentrant plutôt sur la jungle bourgeonnante autour de lui. Vis s'éveillait au printemps et la rosée fraîche du matin s'était dissipée sous un soleil agréable. Les animaux hululaient et criaient, les arbres secouaient leurs feuilles dans le vent, et les lianes étendaient leurs vrilles. Dans quelques semaines, elles seraient parfaites pour se balancer.

Wax aurait été le premier à s'y aventurer, riant et hurlant à travers la canopée.

Un grognement attira l'attention de Quik vers un robuste Najahn à l'avant de la file, frappant un Vis avec le manche de sa vouge.

— Garde ta sacoche loin de mes jambes, dit le Najahn, assez fort pour que toute la file l'entende. Tu as deux épaules, garde-la dessus. Si elle me touche encore, tu gagneras plus que quelques bleus.

— Allez, laisse-les tranquilles, Beltran, ricana un autre. Ils tiennent à peine debout comme ça.

— Ce n'est pas ma faute s'ils ont choisi de nous combattre, n'est-ce pas ?

— Tuez-les, dit Quik, et Pavarde ne sera pas contente. Vous êtes toujours en guerre, souvenez-vous ?

Tout le groupe se retourna vers lui, les Vis lui lançant un regard mêlant haine et confusion, tandis que les Najahns optaient pour le dégoût. Ce que Quik, en tant que traître à sa propre île, méritait probablement.

— Continuez à avancer, finit par dire Beltran, s'éloignant davantage du Vis et de sa sacoche qui se balançait. Je m'attends à ce que ce truc soit plein quand nous rentrerons.

Personne ne jeta un autre regard à Quik, ne partagea un autre mot, et le chasseur s'en accommodait très bien.

Après une heure de marche vers le sud, trébuchant à travers les contreforts peu profonds, le groupe trouva un bosquet regorgeant de champignons qui feraient de bonnes soupes. Les Najahns établirent un périmètre pendant que les Vis remplissaient leurs sacoches. Quik s'installa sur une souche, prêt à passer plus de temps à ruminer de sombres pensées, quand il remarqua un appel particulier au milieu de la cacophonie vivante de la jungle.

Un trille, répété toutes les quelques mesures. Assez proche pour ressembler à un oiseau chanteur persistant, mais la voix humaine avait une intonation difficile à cacher. Du moins pour quelqu'un comme Quik, qui avait participé à suffisamment de chasses utilisant ce même signal. Quik regarda les Vis, qui continuaient à arracher les champignons de la terre, et n'en vit pas un seul s'interroger sur ce son.

Après tout, c'étaient des captifs plus âgés, affamés et désorientés. Pas des chasseurs, pas des guerriers prêts à s'échapper.

Le trille retentit à nouveau. Plus net cette fois, avec une note supplémentaire à la fin. Quik glissa ses mains dans ses gantelets. Les Najahns ne se doutaient de rien, la plupart les mains sur leurs vouges, leurs bouches bougeant dans une conversation silencieuse. Deux riaient à la blague d'un troisième. Un autre grignotait du pain.

Une fléchette lança l'embuscade, volant du nord et atteignant le pauvre Beltran au cou. Le garde bourru frappa la fléchette comme s'il s'agissait d'un insecte, semblant stupéfait de trouver un bâtonnet plumé au lieu d'une bestiole. Pourtant, quand Beltran ouvrit la bouche pour dire quelque chose, n'importe quoi, de l'écume se forma. La véritable alarme survint quand, lourd dans son armure Najahn, le garde s'effondra sur le sol moussu.

D'un coup, la cueillette des champignons s'arrêta. D'un coup, les Najahns donnèrent l'alarme.

Pas que cela servit à grand-chose aux soldats violets et noirs.

Alors que les Najahns se tournaient vers le corps tressaillant de Beltran, des fléchettes fusèrent des autres côtés. Toutes n'étaient pas précises, rebondissant sur les casques ou les épaulières, mais deux autres firent mouche. Sept Najahns restaient, et les combattants Noctia jouaient intelligemment.

— Tirez encore et ils meurent, cria celui qui avait taquiné Beltran pour qu'il reste calme. Il recula vers les prisonniers au centre, levant sa vouge. Les autres Najahns suivirent, Quik observant depuis sa souche. Vous ne pouvez pas tous nous tuer avant que nous les prenions.

— Ils n'auront pas à le faire, dit Quik en se levant.

Affamés, meurtris, les Vis l'étaient peut-être, mais ils avaient l'esprit de leur île en eux. Presque comme un seul homme, les prisonniers se jetèrent sur leurs ravisseurs. Des sacoches lourdes de champignons s'enroulèrent autour des cous des Najahns et se serrèrent fort. Des cris déchirés retentirent, et à leurs appels, la jungle s'anima, une attaque par...

Quik hésita, même dans son premier pas avec ses gantelets levés. Quatre. Seulement quatre Vis se précipitèrent avec des lances levées, fonçant sur les Najahns alors que ces soldats décidaient que leurs prisonniers méritaient une mort douloureuse.

Les Najahns n'étaient pas des imbéciles, mais des combattants entraînés, et ils réagirent aux embuscades par étranglement en lâchant leurs vouges, tirant des lames de leurs ceintures. Ces épées étincelantes forgées à Foti, d'un bleu saphir, s'enfoncèrent profondément dans les Vis sans protection. Les prisonniers avaient l'avantage du nombre, et ils se débattaient avec les Najahns, mais le bosquet aux champignons commença à se remplir du sang du mauvais côté.

Pour un quatuor, les Vis qui arrivaient échangèrent la vitesse contre des coups intelligents, lançant leurs lances à plumes dans les interstices de l'armure Najahn. Ils infligèrent des coups profonds, mais Quik ne vit aucune blessure mortelle. L'armure violette et noire était trop solide, déviant ces coups sur les côtés, laissant des entailles dans l'épaisse plaque. Cette armure aurait été beaucoup trop chaude en été, quand de fines robes Najahn remplaceraient les défenses plus lourdes.

Ces Vis avaient choisi un moment trop précoce, et maintenant Quik allait devoir les sauver.

Avec un cri retentissant, Quik chargea le Najahn le plus proche, celui qui venait de finir d'éventrer un prisonnier et de jeter sa sacoche. Alors que le Najahn se tournait vers son voisin, levant sa lame, Quik frappa d'un coup ascendant. Son gantelet gauche s'enfonça dans l'espace sous l'aisselle entre la plaque de poitrine et la manche, trouvant le muscle en dessous et le déchirant. Le Najahn hurla. Quik planta ses pieds et tira avec son bras gauche, faisant reculer le Najahn sur les pieds bien ancrés du chasseur et le faisant trébucher. Une fois au sol, le Najahn aurait du mal à se relever avec tout le poids de son armure.

Ajoutez à cela les prisonniers qui se jetèrent sur le soldat, lui frappant le visage avec des pierres et tentant de s'emparer de son épée, et l'homme ne retrouverait pas ses pieds de sitôt.

Le Najahn que la victime de Quik s'apprêtait à aider repoussa une lance Vis, puis frappa son porteur d'un coup de revers, le projetant au sol. Plutôt que de l'achever, le Najahn fit volte-face vers Quik, un coup rapide qui aurait pu lui trancher net la tête si le chasseur n'avait pas levé son gantelet droit devant son visage. L'épée ricocha sur le dos du gantelet, traçant une ligne dans le bois poli et une coupure nette le long de l'avant-bras de Quik derrière.

La brûlure ne fit qu'aider Quik à se concentrer, et il poussa en avant dans l'élan, repoussant le bras armé du Najahn vers le haut et en arrière contre sa poitrine. Quik l'y maintint avec ses paumes, les griffes du gantelet entaillant le menton du Najahn sous son casque. Le chasseur vit le Najahn s'affairer de sa main gauche, cherchant le couteau que tous ces soldats gardaient du côté opposé à leur lame.

Cherchant un couteau qui n'était plus là.

— Pour Vis, siffla une prisonnière, une dame âgée avec assez de force pour enfoncer la lame dans le cou sans défense du Najahn.

Le soldat s'effondra dans un gargouillis, et Quik se précipita vers le suivant, joignant ses griffes à deux lances pour abattre un troisième Najahn. Alors que cette femme tombait, les deux combattants Noctia restants, en sang et privés de leurs armes, levèrent les mains, suppliant qu'on les épargne.

— Nous vous avons épargnés, sanglota l'un d'eux aux prisonniers, le quatuor Vis qui avait lancé l'embuscade. Nous n'avons pas pris vos vies.

Quik fit un geste vers les corps autour du bosquet, où au moins cinq prisonniers gisaient et ne se relèveraient jamais.

— Ça, c'est nous épargner ?

— Vous avez attaqué en premier ! Qu'étions-nous censés faire ?

— Ils ne peuvent pas savoir que nous existons, chuchota l'un des porteurs de lance Vis à Quik. Les Lira tiennent encore, mais nous ne tiendrons pas longtemps si les Najahn viennent nous chercher. Ils doivent mourir.

— Vous entendez ça ? dit Quik au duo de Najahn. Vous êtes déjà morts à cause de ce que vous avez fait à cette île.

— Attendez, dit celui qui sanglotait, le visage souillé de morve. Pavarde n'acceptera pas ça. Elle fouillera la jungle à votre recherche et à celle de tous ces prisonniers. Vous avez besoin de nous. Nous pouvons raconter une histoire différente.

— Des démons ! s'écria l'autre Najahn, comme s'il venait de tomber sur un miracle. Des démons ont fait ça, n'est-ce pas ? Vous revenez avec nous, vous corroborez l'histoire. Vous êtes le chasseur Vis, vous nous avez sauvés.

Une histoire qui ne tiendrait pas si Quik revenait seul. Trop suspect. Mais alors, pourquoi Quik reviendrait-il ? Le chasseur sentit des regards sur lui. Tuer les Najahn, disparaître dans la jungle, et... Non. Cela n'aiderait pas Wax. Tuer quelques Najahn depuis l'ombre jusqu'à ce que l'un d'eux embroche Quik avec une vouge non plus.

Annalyse gardait toujours une vue d'ensemble. Peut-être était-il temps pour Quik d'en faire autant.

— Pouvez-vous m'amener à Kance ? demanda Quik au duo de Najahn.

Ils le regardèrent, bouche bée.

— Le pouvez-vous ? répéta Quik.

— Je, peut-être ? dit le premier. Pavarde devrait l'ordonner, et je ne suis pas sûr de ce que nous dirions.

Quik leva un seul gantelet. Les insectes bourdonnaient. Un prisonnier gémissait tandis qu'un autre, arrachant la lanière de sa sacoche, bandait une blessure.

— Je connais la capitaine du cotre en cours de réapprovisionnement, dit le second. Je l'ai rencontrée au mess hier soir. Elle veut plus de combattants. Tu te portes volontaire, on peut te faire monter à bord en douce. Elle naviguera près d'ici.

Un plan aussi bon qu'un autre, avec une faille fatale. Quik s'avança devant le duo de Najahn, tendit les bras et leur retira leurs casques. Exposant leurs têtes.

— Maintenant, tout le monde ici connaît vos visages, dit Quik. Si vous racontez ce qui s'est passé ici, si vous me trahissez, il viendra un moment, à votre insu, où votre vie prendra fin. Douloureusement et lentement. Vous comprenez ?

Les Najahn achetèrent leurs vies avec leurs hochements de tête.

6

LA COLÈRE DE LA REINE

Autrefois, Eujo suivait toutes les étapes pour piloter un planeur en anticipant une merveilleuse balade dans les cieux ensoleillés. Un atterrissage en formation près des quais pour impressionner quelque dignitaire ou sur le toit d'un chalet au sommet d'une tour pour déguster du vin des cieux et des fruits loin de l'attention constante d'un membre de la famille royale.

Maintenant, elle volait vers la guerre.

L'offre de paix de Fassle prendrait des jours, même si l'homme l'acceptait. En attendant, les Najahns étaient heureux de poursuivre leur attaque. La Marine de Kance était en infériorité numérique — si Eujo regardait vers l'ouest, planant haut dans l'après-midi, elle voyait des batailles navales se dérouler beaucoup trop près du port de la ville. Les flèches, la poix enflammée et les assauts d'abordage emportaient une vie de Kance après l'autre.

Il en allait de même pour l'endroit vers lequel elle volait en ce moment même. Kance avait des planeurs dans les airs à toute heure ces jours-ci, faisant le tour des îles et prêts avec des torches de signalisation, car les Najahns avaient brisé le filet. Ils débarquaient maintenant, avec le pillage en tête.

— Tu le vois là-bas ? cria Livier, son ancien assassin et actuel garde du corps. Il volait à sa gauche, ancrant une formation de dix personnes planant vers l'attaque de l'après-midi. C'est les greniers.

De grands entrepôts pour conserver le blé cultivé à Kance et acheté à Tamas pour se nourrir pendant l'hiver, parmi d'autres légumes, viandes salées et ressources sur lesquelles son peuple comptait maintenant pour survivre à la guerre. Plus d'une douzaine de ces énormes bâtiments trapus étaient éparpillés autour d'un vaste champ, des chemins menant à chacun d'entre eux. Ils avaient été espacés pour éviter toute propagation accidentelle d'incendie.

Cette distance servait à peu de chose lorsque l'incendie était intentionnel.

Une falaise abrupte menait des entrepôts jusqu'au bord de mer, et Eujo vit le trio de clippers ancrés à la base de la falaise. Des drapeaux najahns pourpres et noirs flottaient, et de fines lignes s'élevant de ces navires indiquaient la présence de cordes à grimper accrochées et escaladées.

Depuis combien de temps ces navires étaient-ils amarrés là pour permettre que cela se produise, sans être vus ?

Eujo nota dans son esprit stressé de demander à Livier de doubler les patrouilles de planeurs.

En l'état, quelques gardes et fermiers de Kance en bas affrontaient les raiders najahns. Surpassés en nombre et repoussés près d'un des entrepôts, les combattants de Kance ne pouvaient pas faire grand-chose alors qu'un troisième entrepôt était incendié. Les Najahns ressemblaient à de petits rats, se faufilant dans les herbes courtes du printemps avec leurs torches et leurs cuirs légers.

— Droit au centre, lança Eujo à Livier, qui répéta ses mots à la formation. Surprenez et dispersez, puis détruisez.

— Et vous, ma Reine ?

— Je m'occupe des navires.

Eujo orienta sa descente vers le flanc de la falaise, tirant sur les cordes du planeur pour en affiner les bords et l'amener dans un plongeon rapide. Une chute brutale qui aurait été fatale à n'importe quel pilote ordinaire. Un qui n'avait pas de skar de Kance au poignet droit. Le sol se précipitait, et Eujo effleura le skar. La pierre de Kance obéit, sifflant dans l'esprit d'Eujo et envoyant une rafale directement contre le nez de son planeur. L'engin bascula à la verticale, plaçant les jambes d'Eujo droit vers le bas dans une chute qui aurait dû lui briser les genoux.

Le skar de Kance, à nouveau, canalisa une poussée de geyser sous Eujo, amortissant sa chute et posant la Reine au sol sans le moindre choc. En descendant, les pouces d'Eujo appuyèrent sur le largage d'urgence du planeur, détachant le harnais qui la maintenait en place. Le planeur tomba de son dos tandis qu'Eujo retrouvait son équilibre, et elle souleva la barre restante au-dessus de sa tête.

Ce serait une longue marche de retour, mais elle aurait une victoire à savourer pendant le trajet.

Le champ de bataille venait à elle. Livier et ses alliés avaient atterri avec une salve d'arbalètes en préambule, tirant des carreaux lors d'un survol avant d'effectuer un atterrissage facile dans les champs entre les entrepôts. Bien que les Najahns conservent l'avantage du nombre — un fait qu'Eujo n'aimait pas reconnaître, mais Kance était tellement étiré — les raiders prirent leur arrivée comme un signal pour fuir. Quelques-uns lancèrent leurs torches restantes vers des entrepôts encore intacts, des jets trop hâtifs pour avoir de la chance, et l'ensemble des vingt ou trente Najahns se mit à charger vers elle.

Eujo profita de ces secondes pour regarder vers la falaise escarpée et ces échelles qui attendaient. Elle se dirigea vers le bord. Six grappins et leurs échelles correspondantes s'enfonçaient dans la terre, avec d'autres piquets enfoncés à intervalles réguliers sur le chemin. Un détachement difficile pour n'importe quel soldat normal.

Pas pour un skar de Whent.

La pierre dorée répondit à l'appel d'Eujo et envoya plusieurs tremblements aigus le long de la falaise. Les piquets se détachèrent, pleuvant sur les navires en contrebas, accompagnés de gravats, de terre et de quelques malheureux arbustes. Le souffle d'Eujo se coupa, non pas à cause de ce beau spectacle, mais parce qu'elle avait poussé le skar un peu trop loin, là où il cherchait à ce qu'Eujo comble le vide.

Repoussant le skar, Eujo se stabilisa, puis se retourna pour faire face aux Najahns qui approchaient. Ils ralentirent leur charge, confus et méfiants face à cette femme seule qui se tenait sur leur voie d'évacuation. Dans leurs cuirs usés, portant des lames et des outils plutôt que des voulges et des chakrams, les raiders voyageaient léger, manquant du raffinement habituel des Najahns. L'un d'eux lui dit de jeter son épée, de s'allonger au sol, et qu'ils la laisseraient vivre.

Typique de la bravade najahne.

— Vos échelles ont disparu, annonça Eujo. Vous êtes piégés. Rendez-vous maintenant et je vous promets que vous garderez vos têtes.

— Ou nous prendrons la vôtre, lança le même homme, arborant un insigne doré de capitaine sur sa poitrine. Poussez-la et commencez à grimper, les gars !

Le groupe poussa un cri infernal typique des Noctia et reprit sa charge, les lames levées haut. Eujo jura, mais si ces ordures voulaient se battre, eh bien, Eujo pouvait très bien s'en charger. Derrière les Najahn, les entrepôts en flammes lui inspirèrent une idée, que le skar Foti approuva. La pierre enflamma sa rage désespérée et chercha à se libérer.

La Reine ouvrit une voie à ce pouvoir.

Eujo dégaina et fendit l'air de sa rapière tandis que les Najahn approchaient. Le skar Foti fit couler son pouvoir dans et au-delà de son épée. La pointe de la rapière cracha un jet de feu, s'arquant comme de l'eau vers la ligne de charge des Najahn. Ces vêtements de cuir et les fines chemises en dessous, si souples et légères, prirent feu et s'embrasèrent, brûlant ceux qui les portaient. Les cheveux et la peau crépitèrent, et cet insigne doré fondit, marquant au fer rouge un corps en fusion. Le premier Najahn trébucha, tomba dans les flammes, et les autres s'empêtrèrent dans leurs alliés en feu.

Un mur immense et brûlant s'éleva devant la Reine alors qu'elle ramenait son épée en position de défense, bien que rien ni personne ne parvienne à le traverser. Ses oreilles résonnaient du triomphe du skar Foti, et les premières cendres terribles s'envolèrent dans le ciel. Eujo reprit son souffle, sentit ses os trembler, et regarda les flammes s'éteindre.

Le troisième rang des Najahn s'arrêta devant les flammes, mais Livier et ses amis les prirent à revers. Les rapières les transpercèrent, et en quelques secondes, le groupe de raiders Najahn fut capturé ou tué.

Eujo observa la fin du combat, un genou à terre, son bras armé reposant sur l'herbe. Sa respiration était si faible que Livier se précipita à ses côtés pour lui demander si elle allait bien.

— Je survivrai, dit Eujo. Les entrepôts ?

— Deux sont perdus, un troisième endommagé. Que devons-nous faire d'eux ?

Eujo jeta un coup d'œil en bas de la falaise derrière elle. Les voiliers commençaient à lever l'ancre.

— Les Najahn voudront récupérer leurs soldats, Livier. Je dis qu'on les renvoie chez eux.

Les bruits, les chocs sourds des corps des Najahn heurtant les navires qui les avaient amenés, hantèrent Eujo tandis qu'ils retournaient vers le Palais Céleste. Des chariots transportaient les Kance, et d'autres iraient récupérer leurs planeurs. Une défense vengeresse, mais un raid réussi pour les Najahn. L'armée de Fassle avait des effectifs. Elle avait choisi les entrepôts parce qu'ils étaient les plus importants, mais les forges de rapières du côté est de Kance avaient été attaquées plus tôt dans la journée, et sans doute d'autres endroits avaient été touchés depuis.

L'assaut était continu et coûteux, et Kance ne pourrait pas tenir beaucoup plus longtemps.

— Avez-vous pensé à la reddition ? demanda Livier, affalé en face d'Eujo dans le chariot. Il parlait assez bas pour que ses paroles ne dépassent pas le claquement des roues et les conversations des autres soldats. Ou est-ce un combat jusqu'à la fin ?

— Se rendre signifierait notre fin, Livier, répondit Eujo. Les Najahn prendraient tout.

— Pas, peut-être, nos vies. Notre peuple.

— Mais notre esprit.

Livier lui adressa un léger sourire. — Eujo, je ne crois pas que quiconque puisse prendre votre esprit. Je le sais, parce que j'ai essayé de prendre cela et plus encore. L'assassin se tourna pour regarder vers la ville qu'ils approchaient. Mais il ne s'agit plus de vous maintenant, ni de moi. Il y a des familles qui meurent de faim, des soldats qui perdent leur vie dans une guerre que nous ne pouvons pas gagner. C'est clair, maintenant.

— Nous demandons la paix à Fassle, Livier. J'essaie.

— Et s'il refuse, Eujo ? Qu'êtes-vous prête à faire ?

— Si Fassle veut Kance, il devra la prendre de ses mains sanglantes. Eujo frotta le bracelet à son poignet droit, les skars lisses qui y étaient accrochés. C'est notre foyer. Je ne l'abandonnerai jamais.

7

PIÈGE DANS LE TUNNEL

Damner tous les démons dans leurs mondes en effondrement n'était pas un acte terrible, n'est-ce pas ? C'étaient des monstres, des créatures vicieuses capables de déchirer des villes entières. Pire encore, si l'histoire de Maena était vraie, certains pouvaient déchirer votre âme ou dévorer vos souvenirs. Les Îles n'avaient pas besoin de ça, pas vrai ?

— Tu me poses la question ? demanda Sawi alors qu'ils se faufilaient dans un passage étroit et accidenté.

La collectrice de Vis était en deuxième position, après l'éclaireur Whent, avec Wax en troisième et Annalyse, la scientifique, fermant la marche. Aucun des autres Vis qui s'étaient échappés n'avait ressenti l'envie de retourner à Kance pour combattre les Najahn, et Jochi ne voulait pas engager de soldats Whent dans cette entreprise. Le seigneur de guerre avait besoin du commerce de Noctia et était nominalement l'allié de Fassle.

Ce qui ne laissait que leur trio.

— Désolé, je réfléchissais à voix haute, dit Wax.

— Je pense que tu as fait ce qu'il fallait, répondit Sawi,

sa silhouette ondulant dans les ombres tandis que la lumière de la lanterne éclairait des géodes fissurées et du vieux sel. Les démons ne valent pas la peine d'être sauvés, Wax. Ce sont des monstres.

L'ancien Wax aurait été d'accord. Le nouveau essayait de se concentrer sur autre chose. Heureusement, les Profondeurs Obscures s'en chargèrent.

Loin d'être de la simple roche terne, Wax fut stupéfait par la vie qui régnait ici. Des bassins regorgeaient de petits poissons et d'insectes colorés. À mesure qu'ils s'éloignaient de Dreamhold, des mousses violettes et bleues égayaient leur marche, bien que lorsque Wax essaya d'en gratter un peu pour l'emporter, l'éclaireur Whent le lui interdit, affirmant que la mousse était trop précieuse pour être dérangée. Après une ruée initiale qui avait plongé les cavernes voisines dans l'obscurité, Jochi avait ordonné qu'elle soit protégée et cultivée.

Les champignons terreux qu'ils trouvaient ici et là, cependant, étaient parfaits pour les en-cas et les soupes.

Les Profondeurs Obscures résonnaient de gouttes à gouttes. Des griffes et des pattes qui grattaient se faisaient aussi entendre, leur éclaireur demandant des arrêts de temps à autre pour s'assurer que l'animal — ou le démon — qui causait le bruit s'éloignait. L'évitement semblait être la principale directive une fois qu'ils s'étaient éloignés de plus d'une heure de Dreamhold, une politique que Jochi avait mise en place pour garder son peuple en vie, bien que de nombreux Whent l'ignoraient dans leur quête de minerais précieux. Les expéditions pour retrouver d'autres expéditions disparues étaient monnaie courante ici-bas.

Ce qui ressortait le plus, cependant, au cours de leur marche, c'était le décapage noir comme de la cendre le long des murs et du sol. Comme si quelque chose, quelqu'un avait allumé un feu le long des tunnels et l'avait laissé brûler. Des sections, aussi, étaient étayées et creusées, élargies pour des corps bien plus grands que ceux dont Wax et n'importe quel soldat Whent avaient besoin. Quand Sawi interrogea l'éclaireur, le Whent répondit simplement que ce n'était rien d'inquiétant.

— C'est une vision simpliste, dit Annalyse. Les démons sont comme nous. Différents, et peut-être bruts, mais leur valeur est à la fois inconnue et mérite d'être explorée.

— Leur valeur ? demanda Wax alors que Sawi renâclait.

— Oui. Chaque créature a des propriétés différentes. Nous faisons des manteaux avec des fourrures, nous obtenons du lait des vaches. Certains démons pourraient offrir quelque chose d'aussi précieux, voire mieux. Des remèdes contre des maladies, de nouveaux matériaux pour les vêtements, les voiles, ou un nombre incalculable de choses. Et même si leurs mondes étaient en train de mourir, il y aurait peut-être eu le temps d'envoyer des explorateurs pour recueillir des échantillons. Qui sait ce que les dieux ont laissé derrière eux dans leurs foyers d'origine ?

— Annalyse, tu me donnes la nausée.

— Je ne fais que proposer un autre point de vue. Ces possibilités l'emportent-elles sur les vies que tu as probablement sauvées en fermant les portes ? Nous ne pouvons pas le savoir. Annalyse prit une profonde inspiration. Mais, Wax, c'est fait. Nous devons nous concentrer sur ce que nous pouvons faire maintenant. Comme détruire les Najahn et retrouver ton frère.

— Annalyse, dit Sawi alors qu'ils entraient dans une pièce plus grande, avec un pilier de pierre saillant au centre. Arrête.

Le sort de Quik, inconnu et probablement horrible,

préoccupait Wax dans ses moments de solitude. Le chasseur n'était pas venu dans les grottes, n'avait pas échappé à l'assaut sur Mottilan, ce qui signifiait qu'il était probablement mort au combat. Son frère n'était pas du genre à partir paisiblement, mais en même temps, ils n'auraient probablement pas de vraie réponse avant d'aller jusqu'à Vis pour chercher le corps de Quik, ou quelqu'un qui l'aurait vu.

Un voyage que Wax ne ferait pas de sitôt, s'il pouvait l'éviter. Un homme ne pouvait supporter qu'une certaine dose de traumatismes dans sa vie.

— Je dis simplement que nous pouvons considérer les démons comme un dilemme pour des temps plus calmes, répondit Annalyse. Quand il n'y aura pas de violence plus pressante à portée de main.

— Une violence pressante est une excellente façon de décrire ce que nous faisons, marmonna Wax.

— Une guerre ouverte ? Un conflit sanglant ? La destruction complète de bonnes îles à cause de la soif de pouvoir d'un seul homme ? Tu préfères l'une de ces options ?

— Toutes, répondit Sawi. Et Fassle aura ce qu'il mérite, Annalyse. Je le jure.

Il n'y a pas si longtemps, l'idée que Sawi jure vengeance contre autre chose qu'une mauvaise herbe aurait fait rire Wax. Maintenant, au milieu de la poussière, de la pierre et des ombres vacillantes, le Renouveau partageait son feu.

La première nuit, loin des distractions tapageuses de Dreamhold, Wax se retrouva, malgré sa fatigue extrême, assis dans la petite chambre latérale qu'ils avaient choisie comme campement. L'éclaireur avait installé des fils de détente pour signaler l'approche de tout démon et, cela fait, s'était promptement endormi. Annalyse avait suivi son exemple après avoir bricolé plusieurs petits dispositifs à la lumière de la lanterne, puis décidé que la faible lueur ne convenait guère à un travail de précision.

Ce qui laissait Sawi et Wax assis, partageant un espace dans une relative solitude pour la première fois depuis des mois.

— Il n'y a pas si longtemps, nous nous serions faufilés en douce, dit Sawi, une lueur dans les yeux.

— C'était une autre époque, répondit Wax. Le Tamas skar remonta à la surface, comme souvent lorsque quelque chose d'émotionnel, de nostalgique ou simplement d'intrigant surgissait. Il le repoussa : cette conversation était entre lui et Sawi, pas un dieu mort depuis longtemps. Ça me manque.

— À moi aussi. Sawi serra fort son sac de couchage, s'agrippant à ses plis alors qu'elle était assise dessus. Partir avec Gladdring a tout changé.

— Me laisser entraîner par Pan aussi. Wax laissa échapper un rire solitaire. — On s'est fait avoir, Sawi. Notre vie parfaite déchirée par nos amis.

— Gladdring n'était pas un ami.

— Mais tu l'as quand même suivi ?

Sawi hocha la tête. — Que voulais-tu que je fasse, Wax ? Vous m'aviez tous abandonnée. J'étais agitée, seule.

— Tu as choisi de rester.

— Parce que je ne savais pas mieux. Ce fut au tour de Sawi de rire. — Ou peut-être que si. Elle regarda Wax, les yeux grands ouverts dans la lumière de la lanterne. — Tu crois qu'on pourrait retrouver ça, après tout ça ?

— Peut-être.

Mais Wax ne croyait pas à ce mot en le prononçant, et il savait que Sawi pouvait s'en rendre compte.

— On s'aimait, n'est-ce pas ? dit-elle à la place, avec une sorte de douce tristesse dans la voix.

— Moi oui. Nous oui. Je ne l'oublierai jamais, d'ailleurs.

— Oh, merci Wax. Ravie de savoir que je serai toujours ton heureux souvenir.

— Ce n'est pas-

Sawi rit, un vrai rire cette fois, une larme ou deux accrochées à ses yeux. — C'est bon. Comme on l'a dit, c'étaient nos anciens nous. Ces personnes n'existent plus. Qui nous sommes maintenant, eh bien, il va falloir qu'on le découvre.

— Tu y arriveras, dit Wax. Je veux dire, tu trouveras quelqu'un.

Sawi pencha la tête. — Tu dis que tu as déjà trouvé, Wax ? Quand le Vis hésita, les yeux de Sawi s'écarquillèrent. — Attends, c'est cette bandit ? Celle qui t'a capturé sur Foti, selon toi ?

— Non ! Pas elle. Je veux dire, il n'y a rien de mal avec Torny, mais je pense qu'elle s'intéresse plus à Bliss qu'à moi. Pas que ça me dérange.

— Alors qui, espèce de vaurien ?

Wax sourit. — Tu devras attendre pour le savoir.

Son amie roula des yeux, puis s'allongea et tira sa couverture. — J'espère que oui, Wax.

— Ah bon ? Pourquoi ça ?

— Parce que si *toi* tu peux trouver l'amour dans tout ça, alors le reste d'entre nous s'en sortira très bien.

Deux jours passèrent dans l'obscurité, à marcher dans ces larges tunnels, avant que leur chemin ne tourne vers le haut. L'éclaireur dit qu'ils approchaient de Kance, encore une longue journée de marche et ils commenceraient à sentir les vents de l'île, à humer l'air salin de la mer de la grotte côtière d'où ils partiraient.

— Je sens quelque chose de nouveau, dit Annalyse, et

quand Wax prit une grande inspiration, faisant attention, il pouvait le sentir aussi. — Comme si quelque chose brûlait.

L'éclaireur ralentit, s'arrêta dans le large passage, regardant droit devant lui. Les trois autres se regroupèrent derrière lui, et Sawi demanda ce qui n'allait pas. L'éclaireur secoua la tête.

— Nous ne sommes pas les premiers à emprunter ce tunnel, dit l'éclaireur.

— Évidemment, ajouta Annalyse. — Il n'y a aucun moyen que ce soit naturellement aussi large et lisse.

— En effet, continua l'éclaireur. — Mais il y a quelque chose que Jochi ne vous a pas mentionné, dont je n'étais pas censé parler non plus. Nous espérions qu'ils seraient partis maintenant, ou que la guerre serait terminée. Je ne pense pas que ce soit le cas.

— Crache le morceau, mon gars, dit Sawi.

— Des Marcheurs de Feu sont passés par ici. Un accord que Jochi a conclu avec Noctia pour leur donner un foyer en échange de leur combat contre Kance. L'éclaireur recula d'un pas. — Je pense... je pense qu'ils reviennent.

8

SUR LES ROCHERS NOIRS

Au cours des trois derniers jours en mer, Torny avait découvert quelque chose sur elle-même : elle appréciait plutôt regarder Svarde tailler en pièces les marins najahns désemparés. Au début, Bliss et elle s'étaient tenues prêtes à intervenir, et la Vis avait même assommé un Najahn qui escaladait le flanc du navire avec son bâton.

Plus d'action n'avait pas été nécessaire, car Svarde avait teint l'océan en rouge.

Le barbare commençait chaque abordage de la même manière : debout au bord, coupant les grappins tandis que les carreaux najahns se plantaient les uns après les autres dans sa poitrine, ses bras, son cou, et même son œil. Ce dernier avait été un peu répugnant, mais après avoir arraché le dard et l'avoir renvoyé vers l'homme qui l'avait tiré, l'œil de Svarde n'avait pas semblé en plus mauvais état. Un peu marqué, comme le reste de son corps, mais si Svarde était gêné, l'homme n'en montrait rien.

S'obstinant dans leur bêtise, les Najahns ne tenaient pas compte des indices donnés par leurs arbalètes, continuant à grimper le long de leurs grappins restants ou, dans le cas de quelques navires foti plus grands qui rivalisaient avec le *Storm's Edge* en taille, à emprunter de larges passerelles. Dans les deux cas, Svarde se dressait devant eux et agitait sa lame.

— Montez à bord et votre vie est perdue, annonçait le barbare à chaque fois, à la fois puissant et las de tout cela.

Les Najahns n'écoutaient pas. Pas au début.

Ils chargeaient avec des voulges, des épées et tout ce qu'ils avaient sous la main. Robes ou armures, peu importait. Svarde balayait sa lame comme un fermier moissonnant le blé avec sa faux. Les corps volaient dans la mer, perdaient des membres ou se pliaient simplement en deux sous la force du barbare. Tout Najahn assez chanceux ou habile pour dépasser le barbare se retrouvait repoussé du bateau par Kivi, ou perdait un pied dans les mâchoires de pierre du ferrite. Une fois que les cris de guerre se transformaient en hurlements de douleur, l'abordage des Najahns faiblissait, la vague suivante réalisant ce qui les attendait.

Dès la troisième attaque, Torny commença à parier avec Deux sur la durée et le nombre de charges que les Najahns tenteraient avant de battre en retraite et de s'éloigner.

— Pourquoi n'essaient-ils pas simplement de nous couler ? signa Bliss à un moment donné, une question à laquelle Deux répondit en désignant les deux drapeaux après que Torny eut traduit les signes.

— Nous ne sommes pas armés et nous arborons un drapeau de paix, dit Deux, le capitaine fumant de l'herbe à pipe alors qu'une nouvelle journée sanglante touchait à sa fin. Ils sont tous à la recherche de gloire, et ils se font tuer pour ça. Nous couler ne leur apporterait aucun trésor et pourrait leur coûter leur commandement si Fassle découvre ce qui se trouve à bord.

— Donc ce sont des pirates, en gros ?

— Exactement, dit Torny. Des pirates sans valeur essayant de grappiller quelque chose d'une guerre qu'ils savent bientôt finie.

— Tu crois ? demanda Deux, son ton suggérant que Torny était naïve.

— Si on n'obtient pas la paix avec ces salopards, à mon avis Kance est fini d'ici l'été, répondit Torny avec un haussement d'épaules désinvolte. Je ne suis qu'une voleuse, mais j'ai lu assez de visages dans ma vie, et quand nous avons quitté Kance, personne sur ces quais ne croyait que nous étions en train de gagner. C'est une preuve suffisante pour moi.

— Nous ne nous rendrons jamais. La Reine ne...

— Ne fais pas comme si tu savais ce qu'Eujo va faire, rétorqua Torny. Elle n'est pas aussi têtue que le reste d'entre vous.

— Têtue ? signa Bliss tandis que Deux cligna des yeux.

— J'ai inventé celui-là moi-même, lança Torny, puis elle fit un signe de tête vers la pipe de Deux. Tu en as encore ? On dirait que les Najahns commencent enfin à comprendre, ce qui signifie que la nuit va être ennuyeuse.

Les clippers, cotres et caravelles violet-noir qui avaient poursuivi le *Storm's Edge* de Kance à Noctia faisaient demi-tour, retournant vers l'île du vent. Peut-être que voir assez de leurs navires jumeaux écorchés leur avait servi de leçon, ou quelqu'un s'était souvenu que Kance était l'objectif, pas un seul vaisseau élégant filant à travers la mer.

Dans tous les cas, ils avaient passé le premier obstacle. Le second, Torny n'en doutait pas, serait pire.

La Cité aux Anneaux semblait plus rude chaque fois que Torny la voyait. Être dans la précipitation de la guerre ne faisait aucune faveur à la ville, les drapeaux najahns flottant sur plus de toits pointus que jamais, obscurcissant des sculptures anciennes et magnifiques. L'immense port n'était plus une collection cosmopolite bouillonnante venue de toutes les îles, mais une ligne rigide de navires de guerre foti, whent et noctiens. Bien que les bateaux de pêche bravaient encore les mers, ils étaient dirigés par des navires de patrouille chargés de les tenir à l'écart des flottilles militaires. Même le bruit de la ville, qui s'élevait à mesure que le *Storm's Edge* approchait, portait une musique métallique plutôt que l'agitation d'une civilisation plus diverse.

— Ça ne te plaît pas, n'est-ce pas ? signa Bliss.

Elles se tenaient près de Svarde et Kivi pendant cette approche finale. Les clippers najahns qui les avaient poursuivis les avaient dépassés, délivrant un laissez-passer diplomatique pour permettre au navire de Kance de passer. Ces mêmes clippers étaient ensuite revenus pour escorter le *Storm's Edge* à son entrée, permettant enfin à Torny de profiter d'un amarrage escorté.

— Tout est faux, dit Torny. Avant, Noctia avait du potentiel. C'était le centre, tu sais ? On venait ici pour changer de vie. Ou perdre quelques objets de valeur et réaliser qu'on était mieux chez soi. Elle fit un clin d'œil à Bliss, avant de reprendre son air renfrogné. Les Najahns restaient dans leur quartier. On pouvait vraiment les ignorer, si on voulait. Je ne pense pas que ce soit possible maintenant.

— La ville ne se bat pas contre eux. Ils ne peuvent pas être si mécontents.

— D'accord, laisse-moi te l'expliquer autrement. Tu as dit que tu fais partie d'une société de Vis, n'est-ce pas ? La Lira ?

Bliss hocha la tête.

— Imagine que la Lira débarque dans ta ville natale en disant qu'ils doivent prendre le contrôle, que des gens vont mourir sinon. Le destin du monde en jeu et tout ça.

— Les Lira ne feraient jamais ça.

— Ce n'est pas le sujet, mais bravo pour toi et ta petite île noble. Quoi qu'il en soit, Fassle les a tous convaincus que les Najahn se battent pour le bien, et si ça ne te plaît pas, alors tu es mauvais. C'est pour ça que tous ces drapeaux flottent.

Bliss resta silencieuse face à cette explication tandis que Torny vérifiait, une fois de plus, que le journal était toujours dans la poche de sa veste. Sécurisé, caché. Pas comme les dagues jumelles qu'elle portait à la taille, plutôt comme le petit couteau dans sa botte.

— Quand est-ce que les drapeaux seront retirés ? demanda Bliss.

— À mon avis ? Quand Fassle sera mort.

— Quelqu'un prendra sa place. Ils pourraient vouloir se venger.

— Eh bien, il faudra les persuader de faire quelque chose de différent.

Bliss sourit. — Toi, Torny ? Tu vas les persuader ?

— Quoi, tu ne penses pas que je peux parler gentiment ? Les gens écoutent quand il y a un couteau contre leur cou, Bliss.

Aucun couteau ne trouva de cou lorsque le *Storm's Edge* accosta, notamment parce que des soldats Najahn encombraient le quai. Le navire de Deux avait été guidé vers une jetée de pierre isolée à l'extrémité nord de la ville, bien dans le quartier Najahn. Torny ne reconnaissait même pas les petits entrepôts ici, tous dépourvus de marchands, de tavernes et autres, et ombragés par des falaises escarpées. Au-dessus, les flèches Najahn s'élevaient haut, et Torny devina que plus d'une arme capable de détruire un navire était pointée dans leur direction.

Alors que Deux abaissait la rampe, Svarde prit à nouveau la tête. Ils ne débarqueraient pas les skars du bateau, pas encore en tout cas. Discussion d'abord, ce qui signifiait que le barbare, Bliss et Torny partiraient seuls. Pourtant, quand Svarde commença à descendre la rampe, les Najahn lui ordonnèrent de s'arrêter.

— Gardien, dit calmement une femme âgée vêtue d'une robe d'érudite. L'âge avait laissé ses marques sur elle, mais Torny regarda au-delà des rides pour voir le collier à son cou, les pierres qui y étaient serties. — Avant de poser à nouveau le pied sur notre île, que vous avez quittée la dernière fois en tant qu'allié, sachez que cette lame ne doit pas quitter vos épaules. La femme se glissa devant tous les gardes. — Si son tranchant tente de prendre une autre vie Najahn, nous n'hésiterons pas à mettre fin à la vôtre une bonne fois pour toutes.

— Avec quoi ? grogna Svarde en réponse.

La femme tapota le collier. — Nous avons eu assez de temps pour former certains aux pierres. Vous garderez votre calme sur nos rivages, Svarde.

— Cela, ma dame, dépend plus de vous que de moi.

Elle rit, puis s'assombrit. — Cependant, maintenant que vous êtes ici, je regrette de devoir vous transmettre une triste nouvelle. L'Égide, Catya, est décédée.

Torny n'était qu'une enfant lorsque la dernière Égide était morte, flétrie sur le trône. Elle avait vu Catya monter au pouvoir, observé les cérémonies depuis des cachettes et des alcôves dissimulées, profitant de la distraction pour vider quelques poches, voler quelques pommes. Néanmoins, Catya avait été un espoir, et son arrivée avait été contagieuse, un nouveau départ pour les îles. Que sa vie se soit terminée avec si peu de fanfare, sans même une grande annonce, laissa la voleuse sans voix.

— Comment ? demanda Svarde, l'homme mort devenant de plus en plus gris, délavé, et pendant un instant Torny se demanda s'il allait jeter la lame et embrasser l'oubli là, tout de suite. — Qu'est-ce qui l'a tuée ?

— En faisant ce qu'elle a toujours fait, répondit la femme. — Elle sauvait des vies, Svarde. Maintenant, venez. Fassle est impatient de parler avec vous tous, pour voir si nous ne pouvons pas mettre cette horrible guerre derrière nous.

Et pourtant, alors que Torny et Bliss rejoignaient le barbare sur le quai, avec les rangs Najahn se resserrant autour d'eux en une escorte serrée, la bandit ne se sentait pas parmi des amis.

Après tout, pourquoi les vainqueurs voudraient-ils mettre fin à la guerre ?

9

LA GARDE CHOISIE

Quik avait tenu parole envers ses prisonniers najahns. Pavarde, elle, ne l'avait pas fait.

La capitaine najahn avait écouté le récit de l'attaque des démons et avait renvoyé le trio survivant, ordonnant une seconde expédition pour traquer les monstres. Elle n'avait pas insisté pour que Quik les accompagne, et cela, Quik s'en rendit compte plus tard, aurait dû être le premier indice. Il avait quitté le débriefing sans soupçon, avait pris un repas pendant que le clipper qui devait l'emmener à Kance poursuivait ses réparations et son approvisionnement. Quik avait bu du vin de pêche, s'était promené sur la plage sud de Mottilan et avait regardé les vagues bien après le lever de Sichi. Trop excité pour dormir, trop impatient de quitter ce terrible rappel.

Le chasseur n'avait pas remarqué les nouveaux navires, ni les corps najahns emportés pour être brûlés.

Un Najahn le réveilla en le secouant, comme promis, à l'aube. Le mal de tête dû au vin disparut alors que Quik ouvrait brusquement les yeux, retrouvant son moyen d'évasion. Pavarde l'avait installé dans une petite maison de

Mottilan avec quelques autres Najahns, dont la plupart dormaient encore. Son guide posa un doigt sur ses lèvres, lui tendit une robe de marin najahn et un bonnet. Quik acquiesça, se leva de sa natte et enfila la robe par-dessus son tissu Vis. Ce n'était pas un grand déguisement, mais dans la pénombre du matin, cela pourrait suffire.

Le guide recula vers la porte, le sol de bambou silencieux. La main gauche de l'homme fit un geste vers l'avant, mais Quik n'était pas tout à fait prêt. Le chasseur se dirigea vers le mur opposé à la natte, où ses gantelets pendaient à un seul crochet.

— Non, chuchota le guide, lançant un regard noir à Quik. Ils vous trahiront.

Quik se contenta de secouer la tête et souleva les gantelets. Il ne les enfila pas, mais utilisa la même fine corde pour les attacher au tissu à sa taille. Le léger déguisement de la robe devrait suffire. Son guide, acceptant l'inévitable, marmonna un juron et avança.

Au-delà de la maison, ils sortirent dans un Mottilan qui s'éveillait. Pavarde avait installé les Najahns au pied de la falaise, au plus près du port. Les dégâts causés par le feu n'avaient pas été aussi importants ici, et les efforts de reconstruction étaient déjà bien avancés, avec des piles de bambous abattus et d'autres bois prêts à l'emploi. La capitaine noctia était efficace, exigeante, et alliait ces qualités à une froide implacabilité qui poussait prisonniers et soldats à travailler sans trop se plaindre.

Ou peut-être qu'à présent, c'était la menace des griffes de Quik qui poussait les Vis à réparer leurs propres destructions.

Cela, au moins, prendrait fin aujourd'hui.

Quik garda la tête baissée et suivit son guide. Il ignora son estomac qui s'éveillait à l'odeur du poisson en train de cuire et du café bouillant fait avec du cacao frais de Vis. Le chant de la jungle qui s'éveillait appelait aussi Quik, les mêmes oiseaux sauvages et animaux que d'habitude, bien qu'il fût teinté de chagrin cette fois. Le chasseur se dit que ce serait probablement la dernière fois qu'il verrait sa terre natale, et c'était un peu amer de s'enfuir en douce après une défaite.

Une défaite que Quik effacerait dès qu'il atteindrait Kance, retrouverait Wax et aiderait son frère à déchirer les Najahns.

— La furtivité ne vous va pas, Quik, lança la voix de Pavarde à travers la brume matinale, par-dessus le clapotis des vagues. Ils avaient atteint le quai et fait leurs premiers pas sur ses planches flottantes. Quik se retourna pour trouver la capitaine seule au bout du ponton. Vous êtes un guerrier, pas un espion. Je suis surprise que Masayo ne l'ait pas vu, avant la fin.

Derrière lui, Quik entendit les pas de son guide qui s'enfuyait. Seul, donc, et sans prétexte. Bien.

— Elle pensait aussi pouvoir me retourner, dit Quik, se tenant droit. Leur ponton n'était pas encore animé, et Pavarde était venue seule. Une erreur fatale.

— Aveuglée par les flagorneurs comme tous les autres sur Noctia. Fassle aussi. Vous, en revanche, allez m'aider à changer ça.

Cela déconcerta Quik. Il s'attendait à une correction, à être escorté de force jusqu'à son lit. Ou peut-être même à une exécution immédiate. Pavarde, cependant, n'appelait à rien de tout cela, se contentant de garder ses distances et d'afficher un sourire narquois.

— Je ne comprends pas, finit par dire Quik. Il n'avait aucune patience pour les gens qui attendaient une réaction en faisant des pauses.

Gladdring avait fait la même chose. Quand la nouvelle de la mort de cet homme était arrivée, Quik n'avait pas versé une seule larme.

— Votre Reine de Kance a envoyé son vaisseau amiral à Noctia. Il trace un chemin terrible à travers notre flotte, si terrible que j'ai ordonné qu'on le laisse passer sans l'inquiéter. Pavarde s'approcha maintenant, hochant la tête derrière elle. Le navire que vous deviez prendre pour Kance a une nouvelle destination, et un autre nouveau passager.

— Vous ?

Quik ne voyait pas d'autre raison pour laquelle Pavarde ferait cette grande apparition, ce discours.

— Vis est une île arriérée, Quik. Belle, mais je ne vais pas être reléguée ici. Pas après avoir passé tant de temps de l'autre côté de Foti. Vous êtes mon billet de retour. Pavarde continuait de s'approcher. Toujours pas de gardes, pas d'arbalètes pointées. Les mains de Quik tressaillirent. Que cette Reine de Kance détruise Fassle ou meure en essayant, il y aura un vide. Un vide que j'ai l'intention de combler, soit au Palais Céleste, soit dans la Cité Annulaire.

— Pourquoi me dites-vous tout ça ?

— Parce que vous, Quik, serez mon appât et mon arme. Pavarde tendit la main et la posa sur l'épaule de Quik. Faites cela, et je veillerai à ce que vous soyez libéré. Faites cela pour moi, et Noctia oubliera vos crimes. Vous pourrez retourner auprès de votre frère, s'il est encore en vie, ou naviguer de retour vers Kitaye.

Si proche, et Quik estimait qu'il pesait deux fois le poids de Pavarde. Un seul coup de poing pourrait lui briser la gorge. Pourtant, le regard de Pavarde le retenait. Une autre promesse najahn, à laquelle il ne croyait pas le moins du monde, mais qui s'accompagnait d'un appât. Un appât auquel il ne pouvait résister.

Si le navire d'Eujo se dirigeait vers Noctia, Wax était probablement à bord. Et cela faisait bien trop longtemps que Quik n'avait pas vu son frère.

— Vous aurez votre arme, murmura Quik. Je ne suis pas un appât.

La main de Pavarde quitta l'épaule de Quik pour lui prendre le menton. Le chasseur resta stupéfait tandis que le sourire de Pavarde s'élargissait, ses yeux perçants prenant un éclat différent d'auparavant.

— Non, dit Pavarde, je suppose que tu ne l'es pas. Je suis de plus en plus reconnaissante que tu ne sois pas mort sur cette falaise, Quik. Ce serait tellement plus difficile sans toi.

Ils prirent la mer une heure plus tard, Quik se voyant attribuer un rôle comme n'importe quel autre marin, bien que son manque de compétences maritimes l'ait rapidement conduit à briquer le pont du clipper et à faire des courses pour quiconque en avait besoin. Pavarde ne surveillait pas beaucoup Quik au fil de la journée, le clipper contournant Vis par le nord, commandant plutôt le navire et rédigeant des missives qu'ils transmettaient à d'autres vaisseaux najahns retournant à Mottilan ou se dirigeant vers les combats près de Kance.

Ce n'est qu'à la tombée de la nuit, à la fin du quart de Quik, qu'il découvrit que ses gantelets avaient été déplacés de son hamac vers les quartiers du capitaine à l'arrière du navire. L'ancienne capitaine du navire, une femme harassée et aguerrie, prit la place de Quik et transmit le message avec un rire acide. Il trouva la porte déverrouillée, ne sachant pas à quoi s'attendre. La journée avait été un tourbillon, l'espoir et la suspicion jouant ensemble pour aboutir, d'une manière ou d'une autre, ici.

Pavarde l'attendait à l'intérieur, assise dans son costume d'apparat à une petite table. Une outre de vin de pêche et deux petites coupes en bois attendaient. Le lit de Pavarde se trouvait du côté bâbord de la cabine, tandis qu'une natte de paille s'étendait sur toute la longueur de tribord. Ses gantelets reposaient près de cette dernière.

— Pour ta protection, dit Pavarde alors que Quik regardait fixement. L'équipage apprend qui tu es, et il y en a plus d'un qui a perdu des amis à Kance ou parmi tes amis de Vis. Je ne perdrai pas mon arme avant qu'elle ne puisse être maniée, alors tu resteras ici quand tu ne travailleras pas. Son ton devint tranchant. Et tu seras vigilant sur le pont. Un coup de couteau entre les côtes, une poussée par-dessus bord, c'est facile sur un navire comme celui-ci.

— Beaucoup de mal pour me garder en vie.

— Cela en vaudra la peine, Quik, à la fin. Elle inclina l'outre, remplit les coupes. Maintenant, bois un coup, et parle-moi plus de cette Reine de Kance et de ses amis. J'ai besoin de savoir s'il vaut mieux qu'ils soient vivants, ou autrement.

10

LE TRÉSOR DU VENT

Pour une fois, Eujo ne voyait aucune fumée s'élever au-dessus de son île. La salle du trône du Palais Céleste offrait des vues à l'ouest et au sud depuis ses vastes fenêtres surplombant la ville, le verre étant nettoyé chaque matin par des ouvriers fidèles. La fenêtre qu'Eujo avait brisée lors de son plongeon désespéré pour échapper à l'attaque de Gladdring avait déjà été remplacée, un usage peut-être discutable des ressources en temps de guerre qui payait maintenant alors qu'Eujo contemplait une terre et une mer paisibles.

— Combien de temps ? demanda Eujo sans prendre la peine de se retourner.

Le fait qu'elle ne soit pas assise sur le trône pendant une audience aurait pu susciter des rumeurs désapprobatrices, à l'époque où Kance avait suffisamment de temps et de politiciens inutiles pour les répandre. Avec seulement Livier, une poignée de conseillers tous d'une loyauté à toute épreuve, et l'homme qui s'adressait à elle, un certain Capitaine Narro, Eujo estimait qu'elle n'avait pas à se soucier des apparences.

— Les Najahn n'ont rien dit, mais beaucoup de leurs navires retournent au port, répondit Narro, resplendissant dans sa robe d'officier de Kance bleu argenté. La logistique là-bas prendra au moins quelques jours. Peut-être un mois ou plus s'ils accordent des permissions aux marins.

— Vous n'avez pas l'air aussi heureux que je l'aurais pensé.

— Nous ne savons pas pourquoi, ma Reine. Les Najahn étaient en train de gagner. Ils nous épuisaient. Pourquoi se retirer maintenant ?

Quand son homologue reine était encore en vie, elle était assaillie par les conseillers chaque matin. Eujo avait été exclue des réunions importantes, envoyée pour être une figure de proue. Représenter les couronnes de Kance et s'occuper des tâches plus légères et amusantes. Le fait que cela empêchait Eujo d'accéder aux vrais leviers du pouvoir n'était pas quelque chose qui lui manquait, ni dont elle se souciait.

Une voleuse sortie du caniveau, avec un bon lit et de la bonne nourriture ? Qui se souciait d'autre chose ?

Pourtant, ce matin-là, comme c'était le cas depuis la mort de Gladdring il y a à peine une semaine, Eujo avait été réveillée avec le petit-déjeuner et des briefings, des suggestions et des jugements silencieux de la part de ceux qui lui apportaient les nouvelles sur son inexpérience, ses choix, ses origines.

L'une de ces suggestions avait été de garder secrète la mission de paix de Svarde. Les soldats croyant que la guerre se terminait en payant les Najahn pourraient perdre le moral, voire se retourner contre Eujo par fierté. Il valait mieux, au contraire, présenter la fin de la guerre, quand elle viendrait, comme un retour à la raison de Noctia.

— Vous êtes sur le front, Narro, dit Eujo en pesant ses mots. Quelle est selon vous la raison la plus probable ?

Le capitaine hésita. Eujo se retourna complètement maintenant, se tenant entre les deux trônes, dos au verre.

— Parlez, capitaine, dit Livier depuis le côté de la pièce. Il s'appuyait contre la vitre là-bas, une pose que l'assassin semblait toujours adopter, bien qu'Eujo supposait qu'il pouvait tuer quelqu'un d'une douzaine de façons différentes. Votre Reine ne vous tuera pas pour vos opinions.

Narro hocha la tête, rassemblant son courage. — Il y a deux possibilités, à mon avis. Soit les Najahn sont épuisés, parce qu'ils ont dû déplacer tant de soldats ces deux derniers mois, et faisaient face à une rébellion...

— Peu probable, dit l'un des conseillers d'Eujo, un homme grisonnant qui sentait toujours, toujours le vieux poisson. Aucune armée se portant si bien ne perdrait confiance. Nous sommes la dernière île debout, et à peine.

— D'accord, dit Narro. Ce qui me pousse vers une autre piste. Nous savons que les Najahn essaient de rassembler et d'utiliser plus de skars. Nous pouvons deviner qu'ils ont formé certains soldats à leur utilisation. Peut-être que ces armes sont prêtes maintenant. C'est une chance d'introduire celles-ci sur le terrain et de réduire leurs pertes tout en nous poussant à une reddition rapide.

Voilà qui était une pensée intéressante. Fassle équipant ses navires de soldats maniant des skars était une idée dangereuse et sournoise. Si Fassle supposait qu'il écraserait rapidement Kance, il pourrait rejeter l'offre de paix et miser sur la conquête.

Eujo pouvait-elle parier sur le fait que Svarde, Torny et Bliss mèneraient à bien la mission de secours ?

Pas toute seule.

— Vous soulevez un point intéressant, dit Eujo en

s'éloignant de la vitre et en se dirigeant vers le capitaine. Vous dites que nous avons quelques semaines, peut-être plus, avant que les Najahn ne puissent renvoyer ces navires au combat ?

— Selon mon estimation, oui.

— Alors peut-être devons-nous prendre votre crainte et en faire notre stratégie, dit Eujo en touchant son bracelet, laissant le skar Tamas bouillonner.

Autour d'elle, des impressions se formèrent venant de ses conseillers, de Livier et de Narro. La curiosité et le scepticisme dominaient.

Il était temps de voir comment son idée serait accueillie.

— Nous avons aussi des skars ici, dit Eujo. Capitaine Narro, pensez-vous que la Marine de Kance a suffisamment de soldats prêts à les utiliser ?

Le capitaine laissa échapper un léger sourire. — Nous serions ravis d'écraser les Najahn avec n'importe quelle arme.

— Mais, ma Reine, dit le même conseiller qui sentait le poisson, les skars, comme vous le démontrez vous-même, ne peuvent être maniés sans entraînement. Même si nous pouvons rappeler nos marins plus rapidement que les Najahn, comment apprendront-ils à contrôler les pierres sans se blesser ou blesser la ville ?

— Simple, dit Eujo. Je vais les former. Moi-même.

Aller aux chambres les plus hautes du Palais Céleste nécessitait plus que les marches grimpant l'extérieur de la tour. Aucun ascenseur ne vous amenait aux derniers niveaux. Les escaliers en colimaçon se terminaient par un unique couloir creusant jusqu'au milieu de la montagne. Aucune applique pour lanternes ou torches ne gâchait ses murs lisses, interrompus seulement par des prismes pour s'assurer que la lumière du soleil ou l'éclat de Sichi atteignait l'extrémité du couloir. Un seul soldat se tenait toujours à l'entrée, un poste honorifique jusqu'à récemment, lorsque Gladdring avait entreposé les skars ici.

Ce matin-là, lorsque Svarde et Ami avaient tendu une embuscade à l'ancien Tenet Najahn, Eujo, Torny et Bliss avaient gravi ces escaliers sous des capes. La manipulation mentale de Gladdring avait ses effets déstabilisants, et les soldats qui les accueillaient étaient stupéfiés, capables de brandir leurs rapières mais perdant leur cohésion au moindre coup. Même un coup manqué ou un trébuchement dans les escaliers brisait l'emprise de Gladdring, et la légère résistance s'effondrait.

Pourtant, lorsqu'ils avaient atteint ce niveau, l'homme était mort et la nécessité d'aller aussi loin avait pris fin. La fois suivante, Eujo était venue avec ses Gardiens pour remplir les sacoches de l'offrande de paix, une tâche guère inspirante. Maintenant ? Venir défendre son foyer ?

Eujo se tenait droite et fière devant la porte, un portail arrondi gravé de vagues tourbillonnantes censées ressembler aux vents constants de l'île, et fit un signe de tête à Livier.

— Non, ma Reine, répondit Livier. C'est à vous d'ouvrir ceci.

— Vraiment ?

Livier sourit. Ils étaient les seuls à se tenir là, l'assassin portant une grande sacoche sur le dos. Eujo avait renvoyé Narro et ses conseillers pour répandre la nouvelle, rassembler de potentiels apprentis skar tout en poussant les gens de Kance à faire toutes les fortifications possibles dans les jours calmes à venir.

Et pour trouver des moments pour pleurer les fils et les filles de l'île perdus dans la guerre.

— Si vous étiez blessée, ou si Kance n'avait pas de

Reine, alors je le ferais, dit Livier. Jusqu'à ce moment, cet endroit vous appartient à vous seule.

— En tant qu'ancienne voleuse, ce sont des paroles tentantes.

— Elles sont faites pour l'être. Livier se reconcentra sur la porte. Bien que tout voleur tentant cela verrait sa vie s'éteindre en un instant.

La raison en était les crêtes le long de la porte, les épines scintillantes greffées sur les vents gravés. Elles brillaient comme des diamants, mais Eujo savait qu'il s'agissait en réalité de skars de Kance. Brisés et moulés dans la porte, leur secret n'était enseigné qu'à quelques-uns.

L'ancienne Reine avait donné la clé à Eujo, et un jour Eujo ferait de même avec ses successeurs.

Elle s'avança vers la porte, ferma les yeux et posa ses doigts sur sa surface ondulée. Les skars de Kance qui s'y trouvaient précipitèrent leur chant vers elle, menaçant de la submerger de leur chœur rapide. S'ils avaient été surpris, toute cette puissance aurait pu les projeter dans le couloir, par-dessus la terrasse ouverte, et dans les airs. Livier insistait sur le fait que quelques pauvres imbéciles s'étaient tués avant que les groupes moins recommandables de Kance n'apprennent la leçon.

Eujo, cependant, saisit le chant et en retourna le rythme vers la porte, envoyant les courants d'air le long de ces courbes. La pression actionna des verrous intégrés à la porte elle-même, retenant les goupilles suffisamment long-temps pour que la porte s'ouvre vers l'intérieur, révélant une grande chambre de plusieurs étages. Alors que la porte bougeait, la lumière s'engouffra, créant une merveille qui ne manquait jamais de couper le souffle à Eujo.

Kance aimait les jeux de lumière presque autant qu'elle aimait le vent, et tandis que la lumière du soleil passait devant Eujo, elle frappait des barres de verre suspendues. Les échos prismatiques se lancèrent à des angles précis, heurtant des miroirs et les réchauffant, dilatant les gaz enfermés à l'intérieur qui, à leur tour, actionnaient des interrupteurs. Ceux-ci libérèrent des lattes au sommet de la chambre, qui glissèrent pour révéler des puits de lumière. Une nouvelle lumière se précipita, rebondissant sur encore plus de miroirs pour projeter des faisceaux sur les nombreuses alcôves et la table centrale. Toutes ces alcôves contenaient des souvenirs des anciens dirigeants de Kance, des rapières préférées aux livres, des bijoux à une douce peluche hanoko violette, fabriquée des siècles plus tôt par un artisan de Vis.

Eujo ne pouvait imaginer ce qu'il avait fallu comme temps et ressources pour construire cet endroit. Elle pouvait cependant convenir que l'effort en avait valu la peine.

Eujo et Livier se dirigèrent vers la table centrale et les coffres qui y étaient posés. Les mêmes coffres-forts de Kance que Gladdring avait chargés sur Noctia, chacun plus léger maintenant après l'offrande de paix. Il en restait cependant assez pour ajouter une nouvelle arme à la défense de Kance. Un choix risqué, qui pourrait amener la guerre à un nouveau niveau, mais Kance n'avait pas besoin de vaincre les Najahn.

Svarde, Torny et Bliss s'en chargeraient. Ils le devaient.

Aucune Reine, cependant, ne se fierait à un seul plan.

— Livier, dit Eujo alors qu'ils commençaient à pelleter les skars dans la grande sacoche de l'assassin, j'ai une autre requête.

— Parlez et je veillerai à ce que ce soit fait.

— Sans les démons, Fassle n'a aucun mandat. Les

Najahn n'ont aucune raison d'être sur chaque île. Êtes-vous d'accord ?

— Cela a du sens, ma reine.

— Et les dirigeants de ces îles, de Rana et Whent, Foti et Tamas, ils étaient indépendants il y a quelques mois. Je n'imagine pas qu'ils apprécient les bottes des Najahn sur leur cou.

— Une autre supposition raisonnable.

— Pouvez-vous, vous et vos Vientas, leur dire qu'il est temps de se débarrasser du joug de Noctia ?

Livier arrêta de saisir des pierres et fixa Eujo, qui répondit par un sourire malicieux.

— Vous voulez couper le soutien de Fassle à travers le monde ? demanda Livier.

— Je veux que les îles soient comme elles étaient. Indépendantes, pas enchaînées à un dictateur. Eujo ramassa un skar de Foti, examinant son émail rubis. Et si quelques petites rébellions équilibrent nos chances, tant mieux.

Livier continua de la fixer, avant de rire doucement. — Je crois que nous vous avons tous sous-estimée, ma Reine.

— Vous et tout le monde, répondit Eujo. Transmettez le message à vos agents, Livier. Il est temps que les îles reprennent leur liberté.

11
ACCORDS TRANCHANTS

La chaleur arriva en premier, coupant le souffle de Wax et faisant perler la sueur bien avant qu'un marcheur de feu n'apparaisse. Lui, Sawi, Annalyse et leur éclaireur Whent s'étaient installés de l'autre côté d'une longue section droite pour attendre. L'éclaireur avait suggéré de se cacher, de se faufiler devant les marcheurs de feu et de continuer vers Kance, mais Wax avait refusé.

Ils retourneraient à Dreamhold, et quand les marcheurs de feu arriveraient et trouveraient leurs familles...

— Alors, qu'est-ce que tu vas faire, au juste ? demanda Sawi, debout derrière Wax. Quel est ton plan avec ces démons ? Parce que si tu vas simplement te lever et dire « désolé, j'ai enfermé la plupart de vos proches dans un monde mourant, ne vous en prenez pas à moi ou à mes amis », tu devrais peut-être essayer une approche différente.

—J'y travaille, répondit Wax.

— Alors peut-être que tu devrais continuer à y réfléchir après que ces marcheurs de feu soient passés, et que nous ayons plus de temps pour que ton génie trouve une solution.

— Mon « génie » ?

Sawi se contenta de sourire en coin, mais derrière ce sourire se cachait une véritable inquiétude. Sawi le cachait bien, mais le skar Tamas autour du cou de Wax le détectait. L'éclaireur Whent semblait submergé par la peur. Seule Annalyse étouffait la peur avec une curiosité sinistre. À en juger par ses histoires de feu de camp, la scientifique et le danger étaient de vieux amis.

— Si je peux me permettre une suggestion, dit Annalyse alors que la chaleur continuait d'augmenter, le sol tremblant sous l'approche des pas. C'est peut-être violent, mais si j'ai appris quelque chose depuis que j'ai quitté Whent, c'est qu'éliminer un problème vaut mieux que le repousser. Utilise les skars, Wax. Détruis ces marcheurs de feu. Ils ne sont pas de notre monde de toute façon.

— C'est toi qui dis ça ? La scientifique ? demanda Sawi. J'aurais pensé que tu voudrais les examiner...

— J'ai essayé ça. À une époque, j'adorais ça. Puis, j'ai été utilisée. J'ai perdu mes instruments, je suis devenue un pion, et quand j'ai enfin trouvé quelqu'un malgré tout ça, on me l'a enlevé parce que je n'avais pas essayé assez fort.

— Assez fort de faire quoi ?

— Sur Vis, après m'être échappée de Gladdring, Deshiva m'a demandé d'utiliser les skars que j'avais pris pour sauver ses chasseurs, pour les aider à vaincre les Najahn. J'ai hésité. Ils ont perdu. Les skars appartiennent à Fassle maintenant. Annalyse lança un regard empli de venin pure vers le sol rocheux, éclairé par les petites lanternes Whent à leur taille. Ne fais pas mon erreur, Wax. Un désastre vient vers nous, et tu peux l'arrêter. Après, on pourra rejoindre Kance et faire la même chose aux Najahn. La voie est claire.

— Tu es d'accord avec elle ? demanda Wax à Sawi. Tu penses que je devrais détruire ces démons ?

La Vis fronça les sourcils, toute trace de son sourire en coin depuis longtemps disparue. — Je pense que nos anciens nous se souciaient davantage de la vie. Je pense que je te connais assez bien, Wax, pour dire que tu regretterais ça. Ou du moins, ça te hanterait pendant longtemps. Je sais aussi que tu es prêt à faire ce qui est juste, même si c'est dur pour toi.

— Eh bien, merci, mais ce n'est pas une réponse, Sawi.

La Vis ferma les yeux une seconde, se ressaisit.

— Ils ne le méritent pas. Ce n'est pas leur faute si les dieux ont merdé. Mais ce n'est pas la nôtre non plus, et si ces démons nous détruiraient vraiment, nous, nos amis, et tout ce qu'ils pourraient parce qu'ils sont en colère, alors nous avons aussi un devoir. Tu en as un, Wax. Je suis désolée que ça retombe sur toi, vraiment, mais je ne pense pas qu'il y ait d'autre moyen.

Wax hocha la tête. Difficile d'arriver à une conclusion différente. Les démons n'avaient pas de chance, mais Wax avait des amis parmi ces Whent revenus à Dreamhold. Ils lui avaient offert de la bière, chanté des chansons, montré les meilleurs jeux de bar de l'île. Wax portait des cuirs fabriqués pour lui par des artisans Whent, avait des sacoches remplies de leur nourriture. Si Wax laissait simplement les marcheurs de feu passer, combien de ces amis mourraient ?

Les skars étaient d'accord. Foti, Rana et Whent bouillonnaient tandis que Wax faisait signe à Sawi et Annalyse de reculer près de l'éclaireur. Il essaya d'élaborer un plan, quelque chose qui ne ferait pas s'effondrer la caverne sur eux. Le skar Rana trouva des flaques, de petites rivières cachées dans les roches voisines. Il pourrait en extraire cette eau, éteindre les marcheurs de feu. Cela pourrait suffire.

Si cela échouait, le skar Noctia était toujours prêt. Wax pourrait risquer une attaque plus directe.

Il effleura le skar Rana, laissant son gargouillis courant l'imprégner. Wax s'étira, la fraîcheur quittant ses doigts et ses orteils pour s'emparer des filets d'eau, des ruisseaux, des canaux. Il les trouva, un par un, et les saisit. À son signal, ils jailliraient et inonderaient le tunnel.

Et tueraient des dizaines de démons qui ne cherchaient qu'un nouveau foyer.

Une ombre apparut d'abord, éclairée par des flammes lointaines. La silhouette s'avança dans le tunnel avec assurance, bien que cette avancée ralentit quand elle remarqua qu'elle n'était pas seule. L'ombre se retourna et siffla quelque chose en direction du tunnel, avant de porter la main à sa taille et de dégainer une lame.

Le skar Rana voulait les noyer. Wax le repoussa, comme on chasse un mal de tête.

— Vous feriez mieux de dire qui vous êtes et ce que vous faites ici, dit l'ombre. Mes amis ne sont pas loin, et si je ne vous donne pas un laissez-passer, ce seront vos derniers souffles.

Sawi, derrière Wax, renifla. — Bien sûr que c'est elle. Ça expliquerait pourquoi elle n'était pas à Dreamhold. L'amie de Wax s'avança devant lui. — Hé, Ami ! Dis à tes copains de ralentir une minute et viens par ici. On doit parler.

— Sawi ? répondit Ami, incrédule. Qu'est-ce que tu fais ici ? Je pensais que les Najahn t'avaient tuée sur Vis.

— Après ton entraînement ? Aucun Najahn ne pouvait me toucher.

Ami rit, s'avançant, et les deux s'enlacèrent étroitement. Wax fut surpris par le masque doré d'Ami, les skars Vis brillants incrustés à l'intérieur. Puis encore, si l'ancienne Gardienne avait survécu à la moitié de ce que Sawi disait s'être passé sur Noctia, un masque était s'en tirer à bon compte. Annalyse suivit la Vis, le trio prenant un long moment pour partager le fait qu'ils avaient survécu jusque-là.

Le genre de chose que Wax ne refuserait pas de faire avec Torny, Eujo et Bliss un jour. Bientôt.

— Voici Wax, dit Sawi.

— Le petit ami. Ami hocha la tête, puis pointa un doigt sur la poitrine de Wax. — À quoi pensais-tu en quittant Sawi ? Elle est bien trop bien pour toi, et si tu penses qu'elle va te reprendre, je suis là pour te dire...

Au ton d'Ami, le skar Noctia s'anima, déterminé à saper le peu de vie qui restait à la menaçante Gardienne. La pierre de mort fit taire le skar Rana, supplia Wax de le laisser libre, et le Vis ne put rien dire à Ami, devant concentrer tous ses efforts pour réprimer le skar.

— Ami, dit Sawi tandis qu'Annalyse riait, personne ne remarquant la concentration de Wax. Nous sommes passés à autre chose. C'est fini.

— Alors vous avez de la chance, dit Ami, sans cesser de fixer Wax d'un regard noir. J'étais sur le point de vous éventrer. La menace glissa tandis qu'elle parlait, la Gardienne plissant les yeux. Qu'est-ce qui ne va pas, Vis ? Tu as l'air malade.

— Ne me menace pas, murmura Wax, le skar Noctia toujours en rage. Ami était si proche, il ne faudrait qu'un simple contact. Recule.

— Qu'est-ce que tu m'as dit ? La main d'Ami se porta à son épée.

— Ami, s'il te plaît, Annalyse se jeta entre les deux. Fais ce qu'il demande.

— Pourquoi devrais-je ?

Sawi rejoignit Annalyse, les deux séparant Wax et Ami.

La Gardienne hors de portée de l'épée, le skar Noctia s'apaisa, et Wax poussa un soupir d'épuisement.

— C'est le Renouveau, Ami, dit Sawi. Il a les skars. Il a fermé les portes.

— C'est ce type ? Ce gamin ? Ami regarda par-dessus l'épaule de Sawi. Plus jeune que je ne pensais. Elle éloigna sa main de son épée, jeta un regard en arrière vers l'endroit où ses protégés devaient attendre. Que faites-vous tous les quatre ici, à attendre ?

Sawi et Annalyse expliquèrent tandis que Wax retournait au skar Rana, retrouvant à nouveau ces ruisseaux et ces bassins souterrains. Étant donné le regard menaçant d'Ami, qui ne faisait que s'assombrir à mesure que Sawi et Annalyse expliquaient pourquoi Wax devait noyer les marcheurs de feu, être prêt avec l'eau était une bonne idée.

— Sauf que tu ne vas pas faire ça, dit Ami, s'adressant à Wax. Tu ne vas pas blesser mes amis parce que tu as fait une erreur. Au lieu de ça, tu vas la réparer.

— La réparer ? demanda Wax.

— Tu as fermé les portes. Ouvre-les. Simple.

L'était-ce ? Wax ne savait pas. N'avait pas essayé, pas qu'il n'y ait pas pensé. Après avoir discuté avec le Roi Mort, Wax avait réfléchi à l'idée, l'avait retournée dans sa tête chaque soir après qu'ils aient monté le camp. Il pensait aux dangereux monstres ressemblant à des chiens qui avaient massacré les villages sur Vis, aux démons décharnés voleurs d'âmes de Tamas qui dévoraient les esprits, à l'énorme créature en forme de bulle sur Rana qui avait failli noyer l'avant-poste...

— Ils reviendront, dit Wax. Les démons nous envahiront à nouveau, comme ils le faisaient à la fin. Leurs foyers se brisent et ils sont désespérés. Ce n'est plus un mince filet.

— Simple, répliqua Ami. Ouvre juste celle de Foti. Pas

les autres. C'est la seule dont nous sommes sûrs qu'elle contient des démons qui en valent la peine.

Juste Foti. Une demande plus facile.

Wax se retourna, regarda en arrière le chemin qu'ils avaient parcouru. Des jours de voyage pour retourner à Dreamhold, aux portes. L'élan perdu. Juste pour les marcheurs de feu. Pas quand Eujo, quand Kance, était sous assaut.

— Je n'ai pas le temps, dit Wax. Pas maintenant. Il faudra que tu les fasses attendre, et ensuite j'essaierai.

— Ensuite ? Après que tu aies pris les armes contre les Najahn ? Tu mourras probablement, dit Ami. Alors nous n'aurons rien. Inacceptable.

— Tu n'as pas le choix.

Ami se précipita, la lame à sa taille jaillissant et plaçant sa pointe sur le cou de Sawi. Le Vis siffla un juron, mais ne bougea pas. Il y a toujours des choix, Wax.

Le skar Noctia revint en rugissant, cette fois-ci portant une teinte blessée, comme pour rappeler à Wax que la pierre avait raison la première fois. Wax devrait le laisser partir maintenant, en finir avec la Gardienne. Éliminer la menace.

— Tu as raison, Ami, dit Wax, la force se précipitant à ses doigts, exigeant d'être libérée. Annalyse recula, leur disant à tous les deux de se calmer. Les yeux écarquillés de Sawi, sa posture figée ne faisaient qu'enflammer davantage le skar Noctia. Il y a toujours des choix, et j'ai fait le mien.

12

LE PREMIER ROUND

La guerre changeait les choses. Torny prenait cette observation évidente à cœur tandis que les Najahn les faisaient monter à travers leurs propres quartiers depuis le quai. Ce qui avait été autrefois un foyer animé pour les érudits et les soldats penchait maintenant durement vers ces derniers. De nouvelles recrues venues de toutes les îles encombraient les rues, menées ici et là par des commandants Najahn qui s'étaient probablement attendus à servir pendant des années sans beaucoup de conflits, hormis l'occasionnel démon ou ivrogne.

La fumée se joignait aussi aux soldats, étouffant l'air marin de Noctia avec ses éructations noires. Toutes les forges étaient allumées et de nouvelles surgissaient. Certaines fabriqueraient des voulges courbes et des lames, mais Torny voyait aussi des preuves d'autres nouveautés : des tubes sculptés et petits avec des gâchettes, et de plus grandes choses métalliques arrondies allongées sur des lits de chariots entiers.

— À ton avis, qu'est-ce que c'est ? signa Bliss tandis qu'ils marchaient, des Najahn devant et derrière.

— Aucune idée, signa Torny en retour. Je pourrais essayer d'en chiper un des petits.

— N'y pense même pas.

Bliss avait raison, bien sûr. Tenter un vol au hasard pendant une mission diplomatique n'était pas la meilleure idée, mais depuis quand Torny était-elle connue pour avoir les meilleures idées ? Cela dit, il y avait d'autres moyens de découvrir.

— C'est quoi ce truc ? demanda Torny à un garde Najahn qui les suivait alors qu'ils passaient à côté d'un autre chariot en route vers le port.

L'homme comprit l'objectif de Torny et lui adressa un sourire narquois. — Tu le découvriras.

— C'est une arme, alors ?

— Une sacrément bonne.

— Qu'est-ce qu'elle fait ?

Le Najahn plissa les yeux vers elle, puis hocha la tête vers l'avant. — Votre marine vous le dira bien assez tôt.

— Mais tu pourrais me le dire maintenant.

Torny sentit Bliss tirer sur sa robe. Le garde ne lui donnait plus qu'un regard noir de toute façon, alors Torny lui adressa un grand sourire et suivit la traction.

— Je le travaillais, signa Torny à Bliss qui leva les yeux au ciel. Il allait tout me dire.

— Tu es trop sûre de toi.

— Il faut bien que quelqu'un le soit.

Bliss rit alors qu'ils tournaient dans une autre place. La fontaine ici projetait de l'eau précieuse, un signe vaniteux sur l'île à court d'humidité. Les affaires bourdonnaient sous plus de chants militaires, la matinée cédant la place au déjeuner. Des odeurs fraîches et somptueuses s'élevaient alors que les cafétérias et les cafés commençaient leurs routines de repas, toutes délicieuses après les jours en mer.

Manger sans rouler sur les vagues serait un merveilleux changement, un que l'estomac de Torny n'hésitait pas à réclamer.

— J'ai faim aussi, dit Bliss. Tu crois que Fassle nous offrira à manger ?

— Il va probablement nous tuer d'abord.

— J'aimerais bien le voir essayer.

Torny gloussa. Les gardes qui marchaient avec eux observaient les signes de main, et Torny remarqua qu'ils gardaient leurs mains près de leurs armes, comme si Torny et Bliss pouvaient prévoir d'attaquer les Najahn en plein milieu d'un millier d'alliés. Ridicule.

Le Cercle, le collectif dirigeant des Najahn, siégeait à l'intérieur de la flèche principale des Najahn. Le bâtiment s'élevait sur trop d'étages pour que Torny puisse les compter, avec des excroissances et des passerelles vers d'autres tours. Tout, des dortoirs aux cellules de prison, se trouvait dans les tours Najahn, tout conçu par des ingénieurs Whent et Foti pour apaiser les Najahn, Noctia, et leur pouvoir.

C'est ainsi que cela avait toujours été à travers les îles : la plupart voulaient continuer, s'en tenir à leurs passions. Si quelqu'un d'autre arrivait et garantissait cela au prix de quelques libertés mineures, eh bien, qui s'en souciait vraiment ?

Noctia et les Najahn étaient devenus cette protection, et maintenant ils agissaient sur leur emprise graduelle de chaque ville, cité et terre. Tout le monde était trop habitué à leur leadership, leur force, leur ambition.

Torny renifla alors qu'ils entraient dans la flèche, passant de larges portes en bois tenues ouvertes par encore plus de gardes. Pour une bandit, elle pensait au-dessus de sa condition, au-dessus de ce dont elle devait se préoccuper. Svarde délivrerait les conditions à Fassle, qui soit les accepterait et les renverrait sur le bateau pour Kance avant la fin de la nuit, soit le seigneur Najahn refuserait, auquel cas ils seraient tous morts.

Alors Torny consacra plutôt les pas restants dans un couloir bondé, vers une chambre circulaire avec un centre en retrait, à classer ses aliments et boissons préférés, et lesquels elle essaierait à nouveau si la bandit n'avait qu'un dernier repas à vivre.

Une diversion bien plus agréable.

Le Cercle, au moins, remplissait son homonyme. Dans la pièce, chaque chaise était occupée. Des lanternes brillaient derrière des figures en robe, la plupart portant des épingles les désignant comme Préceptes ou ambassadeurs. En face de l'entrée se trouvaient quatre chaises avec des dossiers plus hauts que les autres, occupées par des robes à franges dorées : deux Adeptes, Fassle et Yarvick.

Revoir le chef des Doigts Agiles causa un accroc dans le pas de Torny, un que Bliss attrapa et déguisa en enroulant un bras autour de Torny, poussant la bandit en avant. De sa main droite libre, Bliss dit à Torny de se ressaisir.

— Facile à dire pour toi, signa Torny en retour alors qu'ils s'arrêtaient derrière Svarde. L'homme qui t'a bannie de ta maison et de ta famille n'est pas assis juste là.

— Presque, signa Bliss en retour alors que Fassle leur souhaitait la bienvenue.

— De quoi parles-tu ?

Svarde les présenta tous, Torny gardant suffisamment son sang-froid pour adresser à Fassle une courte révérence à l'énoncé de son nom. Il l'appela une Gardienne, ce qui fit presque rougir Torny jusqu'à ce qu'elle se souvienne que c'était exactement ce qu'elle était. Yarvick lui adressa même un hochement de tête à ce titre.

Plus de respect que l'homme ne lui en avait jamais montré, eh bien, jamais.

— Je veux dire Fassle, signa Bliss une fois les présentations terminées et Svarde lancé dans son exposé grommelant des conditions, prenant soin de présenter Kance comme étant un peu plus forte qu'elle ne l'était réellement. L'homme a appelé au Renouveau, qui m'a arrachée à Vis, et maintenant il a conquis toute mon île. Je n'ai plus de foyer.

— Pas tout à fait pareil, mais je comprends.

Le choix de Bliss de partir était peut-être optionnel, certes, mais comme Torny, elle ne pouvait pas retourner dans le monde qu'elle avait connu.

— Svarde, dit Fassle alors que le barbare terminait son offre, échangeant les skars contre la paix entre Kance et les Najahn. Je pensais que nous avions déjà conclu un accord. Vos démons brûlent Kance jusqu'à ce qu'ils se rendent, et nous leur donnons un foyer sur votre île de feu.

L'ambassadeur de Foti toussa, mais, lorsque Fassle lui lança un regard noir, resta silencieux.

— Et maintenant vous voilà à travailler pour notre ennemi. Qu'est-ce qui a changé ?

— J'en ai eu assez de tuer. J'ai pensé qu'il y avait peut-être une meilleure façon.

Fassle rit.

— Assez de tuer ? Vous ? Je ne pense pas. Avec cette lame, vous devriez être le meilleur combattant de cette planète. Vous auriez pu conquérir Kance seul et revenir ici en véritable héros. Quelle occasion manquée.

— Heureusement, Fassle, je me fiche complètement de vos opinions.

L'homme grogna presque :

— Alors peut-être que celle-ci vous intéressera : Kance peut garder son offre et l'oublier. Jetez les pierres au fond de l'océan, pour ce que ça m'importe. Ce que Gladdring a volé est déjà en train d'être reconstitué. Bientôt, la trahison de cet homme sera aussi insignifiante que sa loyauté.

— Fassle, dit Yarvick, prenant la parole pour la première fois. Un refus hâtif pourrait être juste cela, hâtif. Une contre-offre pourrait être plus appropriée. Une qui sauvera des vies, tout en préservant nos objectifs.

— Oui, grommela Fassle, la tête de la Reine sur une pique ferait très bien l'affaire.

Il balaya ses propres paroles d'un geste, voyant probablement la haine que lui lançait le trio de visiteurs.

— Oh, c'est une blague. C'est tout. Si Yarvick veut en discuter, alors nous discuterons.

Il fit un geste vers la sortie.

— Sans vous présents. Allez-y, mais pas à votre bateau. J'ai fait préparer des quartiers pour vous trois.

Fassle lança un regard noir au ferrite.

— Svarde, je suppose que votre animal de compagnie restera avec vous ?

— Ce n'est pas mon animal de compagnie, dit le barbare, mais Kivi est d'accord pour partager ma chambre.

— Bien. Alors allez-y. Profitez de l'hospitalité de Noctia. Nous aurons votre décision au matin. Et vous serez heureux d'apprendre que, dès que nous avons su que vous étiez en route, nous avons arrêté nos raids. Votre île est en paix. Pour l'instant. Je prie pour que nous la gardions ainsi.

— Cet homme est un menteur assoiffé de pouvoir, dit Torny plus tard, les quatre étant rassemblés dans une taverne au bord du quai dans la ville appelée le *Croc du Rat*.

Svarde avait suggéré qu'ils s'éloignent du quartier Najahn, alors Torny les avait fait passer par suffisamment de ruelles tortueuses jusqu'ici. Si un espion ou un soldat de la Troisième Main Najahn les avait suivis jusqu'ici, eh bien, ils n'entendraient que quelques insultes grincheuses autour d'une bière et pas grand-chose d'autre.

— C'est connu, dit Svarde, après avoir déposé quelques fils de Kance en échange de la tournée. La tenancière, Che-Ri, donna une accolade au barbare avant de lui ordonner de laisser la grande épée dehors. Quand Svarde secoua la tête à cet ordre, Che-Ri le fixa longuement avant de retourner à son bar, sans insister sur sa demande. Ce dont je ne suis pas sûr, c'est s'il décidera qu'il est plus logique d'accepter notre offre ou de raser Kance.

— Ce n'est pas la bonne question, dit Torny. Tu dois regarder ce qu'il a maintenant. Six des Sept Îles sous sa coupe. Tu penses qu'il va laisser Kance tranquille ? Ce n'est pas le style de Fassle.

— Alors pourquoi es-tu venue pour cette mission, si tu penses qu'il n'y a aucune chance ?

— Parce que je ne pense pas que Fassle prenne les grandes décisions.

Torny tapota le journal, cousu dans une poche de poitrine de sa robe de Kance.

— C'est Yarvick qu'il faut vraiment convaincre.

— Et comment allons-nous faire ça ?

— Laisse-moi faire.

Torny finit sa bière, s'essuya la bouche avec sa manche.

— En parlant de ça, je vais faire une petite promenade. Je reviendrai ici quand ce sera fait, et alors nous saurons si tout va bien, ou si nous avons besoin que Deux nous fasse partir en vitesse.

« Tu ne veux pas de renfort ? » signa Bliss alors que Torny se levait.

— Pour ça ?

Torny sourit, se pencha et donna un léger baiser sur la joue de la Vis.

— Il vaut mieux que j'y aille seule. Les voleurs n'aiment pas que des étrangers fouinent dans leurs planques, tu sais ?

Ce que Torny ne dit pas en quittant le *Croc du Rat*, alors qu'elle marchait vers le côté sud-est de la ville, c'était que, si les couteaux sortaient, elle ne voulait pas qu'ils trouvent le cœur de Bliss.

13
TENSION

Pavarde tint sa promesse. Pendant plusieurs jours en mer, elle protégea Quik. Elle lui confia des tâches discrètes, de la préparation des repas au nettoyage des ponts inférieurs, bien que cette dernière ait amené Quik à remonter plus d'une fois pour vomir par-dessus la rambarde. Le navire najahn ne glissait pas sur les vagues comme le faisaient les bateaux kance, et la navigation rapide et agitée le maintenait dans un état de nausée quasi permanent.

Pourtant, cette maladie offrait à Quik une échappatoire le soir. Pavarde le renvoyait dans sa cabine, lui proposant du vin et de la conversation dans l'espoir de créer des liens plus profonds. Avec Annalyse toujours présente dans son esprit — une flamme ravivée lors de leur bref séjour ensemble à Mottilan — Quik se trouvait plus que rebuté par quelqu'un qui l'avait forcé à battre ses compagnons Vis, avait menacé de le tuer, et avait clairement indiqué qu'il ne serait rien de plus qu'un pion. Ainsi, Quik se sentait malade au fil des soirées, déclarant sa fatigue, son estomac en émoi, un épuisement accablant, et se retirait sur son matelas.

Au troisième soir, Quik déclara que les jeux étaient terminés. Après les mêmes regards noirs, au milieu des mêmes gobelets de vin, après que Pavarde eut terminé une énième histoire pleine d'esprit sur le massacre de pirates rana au large de la côte nord de Foti, Quik interrompit la capitaine.

— Pourquoi moi, Pavarde ? Pourquoi tout cela, maintenant ?

Le visage de Pavarde se figea dans la discipline habituelle d'un capitaine avant de se détendre dans un profond soupir. Elle fit un signe de tête vers la porte du pont.

— Tout le monde sur ce navire est najahn, et chacun cherche à gravir les échelons. Tout comme je l'étais. Au début, ce n'est pas si mal. On est ensemble, essayant d'honorer son île natale, sa famille et Noctia en même temps. Mais à mesure qu'on s'élève, les opportunités se font rares. Seuls quelques-uns avancent, et vos amis commencent à vous voir comme des concurrents.

Pavarde retourna à son vin. Quik la laissa boire en silence.

— La loyauté, la protection deviennent difficiles à trouver. J'en aurai besoin là où nous allons, et encore plus si je réussis.

— Vous pensez qu'après ce que vous m'avez fait faire, je vais vous aider ?

— Des exemples, et j'en suis désolée. Les yeux sont partout, Quik. Tu le sais. Je ne pouvais pas me montrer clémente envers un Vis qui avait blessé des Najahns, à moins de faire croire que je t'avais brisé, que je t'avais pris pour moi.

— Ridicule.

— Tu crois ? Pavarde renifla. Tu es lié à moi maintenant. S'il m'arrive quoi que ce soit, tu te retrouveras seul parmi les ennemis. Mais si tu m'aides, si tu me protèges, j'utiliserai mon pouvoir pour aider ton frère. Je libérerai même des Vis, si cela devient possible.

— Je ne...

— Ce n'est pas un choix, Quik. C'est la réalité. Elle lui adressa un léger sourire, rendu de travers par le vin. Quant à la cabine, eh bien, tu ne peux pas me reprocher de vouloir un peu de plaisir en prime, n'est-ce pas ?

Aussi vite qu'il était apparu, le sourire s'évanouit face au froncement de sourcils de Quik.

— Je ne voulais pas te blesser. Les rumeurs circulent déjà parmi l'équipage. Nous sommes ensemble, toi et moi, que tu le veuilles ou non.

Le navire najahn atteignit Noctia avec l'honneur de Quik intact et les affections de Pavarde refroidies. Ce changement lui permit de se concentrer plus facilement sur le navire qui passait devant le port, se dirigeant vers les quais privés najahns.

— Tu connais celui-là ? demanda Pavarde, debout à côté de Quik et du pilote à la barre du clipper. Je le vois sur ton visage.

— C'est un navire kance, répondit Quik.

— Évidemment. Un navire orné. Pavarde laissa échapper un sourire. Tu as dit que tu avais passé du temps avec ton frère et la reine kance. Est-ce son navire ?

Quik ne dit rien, essayant de trouver un mensonge crédible.

— Il est important que tu sois honnête avec moi, poursuivit Pavarde. Si Kance a envoyé un émissaire ici, cela pourrait changer notre position. Des informations que nous avons et que nos concurrents n'ont pas pourraient être précieuses.

Autour du vin, Pavarde avait détaillé les murmures qui

circulaient le long du commandement najahn. À savoir que ceux qui voulaient succéder à Fassle devaient se rendre visibles. Il y aurait plus d'un officier désireux de prendre le contrôle du Cercle, et la plupart se rassemblaient à Noctia en ce moment même, grâce à un message envoyé en secret, une note laissée sur son oreiller à Mottilan. La vraie raison du départ soudain de Pavarde de Vis : Yarvick ouvrait la porte de la gloire, et celui qui la franchirait deviendrait une légende.

Le rôle de Quik restait le même, pour autant qu'il le sache. Garder Pavarde en sécurité, fournir des informations et, si nécessaire, attirer la reine kance quelque part où elle pourrait être capturée au profit de Pavarde.

Qu'il n'ait aucune intention de faire cette dernière chose était resté non dit.

— Le *Storm's Edge* est le navire d'Eujo, dit Quik. S'il est ici, elle l'est aussi.

Pavarde hocha la tête. Elle prit un air pensif, ne dit rien jusqu'à ce que le clipper accoste dans le port bondé de Noctia, rempli de navires de guerre et d'équipages au travail. Pavarde dit à Quik de prendre ses gantelets, ses robes najahns, et rien d'autre.

— Facile. Je n'ai rien de plus, répondit Quik. Tout ce que je possédais était à Vis, à Kitaye.

— Bien, dit Pavarde, l'observant depuis la porte de la cabine. La capitaine avait troqué sa robe de commandant dorée pour une tenue de simple soldat, s'accordant à Quik dans l'anonymat najahn. Tu auras donc moins à perdre.

Ils ne perdirent pas de temps, déjeunant rapidement d'un poisson léger, de laitue et de thé dans une taverne du port avant de se diriger dans une direction que Quik n'avait pas prévue. Non pas vers le quartier Najahn, mais vers une auberge branlante au nord du port, blottie sous une imposante tour d'appartements en pierre. Les deux bâtiments semblaient sur le point de s'effondrer, des mousses envahissant les blocs de pierre ébréchés. Une fumée noire s'échappait de la cheminée de l'auberge, sa source se révélant à l'intérieur sous la forme d'une immense cheminée brûlant plus de plantes, de mousses et de bouses d'animaux que de bois frais.

Dire que le *Repos de Demion* n'était pas un endroit merveilleux serait un euphémisme, pourtant ses tables étaient pleines de marins en ce début d'après-midi. Certains sirotaient de la bière tandis que d'autres, ceux qui reprenaient la mer ce soir-là, se contentaient de nourriture et d'eau fraîche. Le *Repos de Demion* rendait hommage à son homonyme avec des images épinglées du premier Aegis, des panneaux gravés portant certaines de ses citations les plus célèbres vantant les destins et les fortunes de l'île, et des répliques de skar incrustées dans les tables. Quik passa ses mains sur les petites pierres de celle qu'ils choisirent, nichée dans un coin au fond, et fut un peu déçu qu'aucune voix babillante ne se précipite dans son esprit.

Il n'aurait pas dit non à un ou deux skar de Vis, étant donné ce qui l'attendait.

Pavarde obtint une chambre avec le troc standard des Najahn, une offre de provisions ou d'autres ressources provenant des réserves des Najahn, signée par la capitaine elle-même.

— Cela ne va-t-il pas révéler votre présence ici ? demanda Quik.

— Le temps que cet aubergiste encaisse ce bon, notre sort sera scellé, répondit Pavarde. La réunion a lieu ce soir même.

— La réunion ?

Pavarde était passée au café noir, malgré

l'heure. — J'espère que vous êtes prêt, Quik. Ce soir, nous saurons si vous serez l'appât ou le garde du corps.

Sans ses soldats, avec un déguisement anonyme, Quik envisagea de s'enfuir loin de Pavarde au fil des heures passées au *Repos de Demion*. Pavarde ne voulait pas partir, apparemment dans l'attente d'un signe indiquant où cette réunion était censée avoir lieu, mais ils firent tous deux des allers-retours aux toilettes de l'auberge donnant directement sur la mer, et chaque fois que Pavarde allait au comptoir pour chercher de la nourriture ou un autre service de thé, de café ou d'eau, l'occasion de simplement filer par ces portes se présentait.

Quik resta. Non par loyauté, pitié ou par quelque sentiment que ce soit envers Pavarde. Il était certain que, si l'occasion se présentait, Quik prendrait ces gantelets et en finirait lui-même avec la capitaine Najahn. Mais partir, ou commettre un meurtre horrible en pleine salle commune, ne rapprocherait pas Quik de son frère, ni même d'Eujo. La Reine Kance saurait probablement aussi où se trouvait Bliss.

Une fois de plus, Quik devait faire passer l'objectif à long terme avant les ambitions immédiates.

Il commençait à détester la fréquence à laquelle cela arrivait.

Pavarde devint silencieuse au fil du temps, un silence que Quik était heureux d'entretenir. Ils écoutèrent les marins bavarder, le musicien occasionnel prenant un luth ou un violon sur la petite scène de l'auberge. Le chasseur s'étirait de temps en temps, mais à part cela, Quik n'avait rien d'autre que ses pensées pour passer le temps.

Jusqu'à ce que Pavarde finisse son dernier café, versé dans une tasse en céramique crasseuse, avec un profond soupir. Elle croisa le regard de Quik.

— Prêt ?

— Je pense, répondit Quik, que je pourrais perdre la tête si nous passons une heure de plus dans cette auberge.

Pavarde rit et se leva. — Désolée, nous sommes arrivés plus tôt que je ne le pensais, et il valait mieux éviter les regards indiscrets.

— Je ne comprends pas pourquoi une capitaine Najahn doit être si secrète.

— Vous comprendrez.

Pavarde avait raison sur ce point. Ils quittèrent l'auberge et se dirigèrent vers le haut, grimpant les pavés vers les quartiers plus aisés de Noctia. Pavarde ne semblait pas tout à fait certaine de leur destination, ce qui ne dérangeait pas Quik. Le coucher de soleil était devenu magnifique, les ombres projetées par les flèches rencontrant les lanternes dorées et mettant en valeur les hautes tours de la ville. Un genre de grandeur différent de Vis, mais Quik pouvait apprécier l'effort mis dans le métal torsadé, les statues de pierre sculptées tout de même. Des rues avec de vrais panneaux indicateurs, des cafés et des boutiques aux noms dorés, et l'écho agréable de chansons et de rires.

Vis avait son charme, mais Noctia n'était pas qu'une terre froide et lugubre. Un jour, songea Quik, il aimerait revenir ici avec Annalyse, profiter d'une journée sans une lame dans le dos, une menace ou un ordre au-dessus de sa tête.

Ce jour n'était pas celui-ci. Lorsqu'ils arrivèrent à la demeure droite, propre et teintée d'argent servant de lieu de rendez-vous à Pavarde, Quik hésita près de l'entrée gardée. Aucun Najahn ne se tenait devant la porte, mais un soldat privé, vêtu de cuir simple et portant une grosse matraque à sa ceinture. Il regarda Quik et Pavarde d'un air impassible, si dénué d'intérêt que Quik pensa que l'homme avait dû s'entraîner. Personne ne pouvait être aussi stoïque, aussi peu curieux de voir un Vis évident — les robes Najahn ne cachaient pas les tatouages de Quik sur son cou, ses poignets et ses mains — marchant dans les rues de Noctia en vêtements Najahn. L'expression de l'homme ne changea pas, cependant. Même lorsque Pavarde s'avança et murmura quelque chose à son oreille. Il se contenta de se déplacer sur le côté et fit signe à Pavarde d'entrer. Quik suivit, et le couple passa par une lourde porte en bois sombre.

À l'intérieur, un vestibule les accueillit, bondé de plusieurs personnes debout, se regardant avec suspicion. Tous portaient des robes Najahn simples, mais, vu le juron presque silencieux de Pavarde, Quik devina qu'ils jouaient tous le même jeu.

Alors que Quik et Pavarde se frayaient un chemin vers un coin en pierre, niché sous un chandelier joyeusement allumé, la capitaine Najahn lança un regard contrit à Quik.

— Eh bien, Vis, murmura Pavarde. Ce sera garde du corps.

14

SÉANCES DE SKAR

C'était un bel après-midi pour le chaos. Au-delà des rafales habituelles de Kance, le seul temps qui importait était probablement celui qui allait émaner des pierres disposées devant Eujo. Huit éclats de diamant, un pour chacun des officiers qui se tenaient face à leur Reine. Ils arboraient toutes les expressions auxquelles elle s'était attendue, de la nervosité à la confiance en passant par la simple curiosité sur leurs visages et dans leurs postures. Tous portaient d'épaisses robes avec du cuir en dessous, une tenue chaude mais un choix sûr.

Eujo se tenait à leur tête dans une cour à la base du Palais du Ciel, la flèche s'élevant derrière elle. Expérimenter au niveau du sol semblait une meilleure option que de jouer avec les vents là-haut dans le ciel, malgré les avertissements de ses conseillers selon lesquels les espions de Najahn auraient plus de facilité à, eh bien, espionner depuis le sol.

— Mieux vaut que Fassle voie ce que nous faisons et le craigne, plutôt que nous perdions une vie à cause d'accidents, avait dit Eujo ce matin même avant de les envoyer courir.

La cour, entourée de murs de pierre et destinée aux fêtes de jardin, avait été dégagée. Aucun garde ne patrouillait, aucune table ni chaise n'était disposée. Rien qui puisse être projeté par un skar déchaîné.

À l'exception des soldats eux-mêmes, du moins.

Narro, au moins, avait fait son travail. Le capitaine se tenait à l'avant de deux quatuors, ayant recruté sept autres personnes pour le premier tour. Si cet entraînement se passait bien, Kance aurait besoin de bien plus pour remplir sa marine — déjà, Eujo avait envoyé plus d'équipes de récupération au sommet du pic où se formaient les skars de Kance pour en récolter davantage — car chaque navire, si Eujo avait son mot à dire, naviguerait avec un soldat maniant le skar.

Kance ne serait plus surclassé face aux Najahn. Plus jamais.

— Avant de ramasser la pierre, commença Eujo, sa main se dirigeant vers le bracelet à son poignet droit. Chaque skar y était maintenant, bien qu'Eujo n'ait pas gagné Tamas et Noctia. Les formalités comme celles-ci n'avaient plus de sens, pas en temps de guerre. Comprenez que ce sont des conduits vers les dieux, ou ce qu'il en reste. Vous entendrez des murmures dans votre esprit, bien qu'ils n'aient pas de sens. Vous ressentirez cependant une envie, un désir de ce que le skar veut. Votre travail est de faire en sorte que le skar fasse ce que *vous* voulez.

La Reine fit signe vers les pierres. Le vent siffla.

— Prenez-en une chacun. Tenez-la dans votre main, dit Eujo. Si vous trouvez cela trop étrange ou accablant, reposez-la et la sensation disparaîtra. Les skars ont besoin de votre contact, ils ont besoin de *vous*.

Les soldats avancèrent ensemble, quelques blagues légères remplissant le silence. Eujo essaya d'avoir l'air réconfortante, quelle que soit la façon dont on était censé faire cela. Narro, continuant de prouver sa valeur, fut le premier à prendre un skar dans sa main. Il leva la pierre, la fixant du regard, puis regarda au-delà du diamant de la taille d'un pouce et hocha la tête vers Eujo. Les autres suivirent l'exemple de Narro. Aucun ne remit les pierres au sol.

— L'entendez-vous ? demanda Eujo alors que les soldats reprenaient leur formation étalée devant elle.

Des hochements de tête tout autour. Quelques-uns disant *oui, votre altesse*. Une phrase à laquelle Eujo s'était habituée depuis son retour à Kance. Après des mois avec Wax et les autres Gardiens, elle avait perdu l'habitude royale, mais maintenant ?

Une Reine sauvant son pays, et en ayant l'allure.

— Bien, dit Eujo. La première chose à faire est de vous concentrer sur quelque chose que vous voulez que le skar fasse. Dans notre cas, je veux que vous envoyiez une brise à travers vos propres cheveux, dans la direction opposée à celle à laquelle nous avons déjà affaire.

Quelques expressions confuses indiquèrent à Eujo qu'elle devait ajouter une partie pratique à son examen, alors elle leva le bracelet, pointa ses propres cheveux. Elle libéra le skar de Kance, son bavardage volage se fondant dans la requête d'Eujo, une envie sans nom de faire voler ses cheveux. Le skar obéit et les cheveux d'Eujo flottèrent contre le vent, comme si quelqu'un avait agité un éventail à proximité.

Le premier hourra vint de Narro, mais pas pour Eujo. Une autre soldate, une capitaine de la garde, avait fait tournoyer ses propres cheveux au-dessus de ses épaules. La Reine sourit, pointa du doigt.

— Vous voyez ? Ce n'est pas si difficile, dit Eujo alors que d'autres se concentraient.

Une partie d'elle voulait rire de tous ces visages pensifs, debout au milieu de la grande pierre blanche que Kance utilisait pour faire ses routes et ses cours. Ils avaient tous l'air si sérieux, mais plaisanter sur cela, sur ce qui était le prochain espoir de son île pour gagner la guerre, ne serait pas seulement grossier, ce serait...

Un autre soldat poussa un cri, reculant d'un pas et tombant sur les fesses. Une autre, sur le côté gauche, tourna sur elle-même pour faire voler ses cheveux. Un troisième toussa, la rafale lui montant directement dans le nez et la bouche au lieu de passer au-dessus de sa tête.

— Ce n'est pas grave ! cria Eujo alors que les soldats commençaient à parler, riant les uns des autres. Ce n'est pas facile pour l'instant, mais ça le deviendra bientôt.

Un seul ne réussit pas à diriger la rafale après quelques minutes, et cet homme se contenta de secouer la tête, déclarant qu'il ne faisait pas confiance à une arme qu'il ne pouvait pas contrôler. Reposant le skar devant Eujo, il s'excusa et la Reine le laissa partir. Les autres attendaient leur prochaine leçon.

— Maintenant, dit Eujo, je veux que vous mélangiez un ordre avec une action. Vous savez déjà comment invoquer une rafale. Essayez de sauter et de laisser le skar vous rattraper. Une chute en douceur.

Encore une fois, Eujo fit la démonstration, un léger saut rattrapé par le skar de Kance et abaissé jusqu'au sol. Elle se tint en équilibre sur la pierre sans plier les genoux, comme si elle avait été déposée par un nuage amical.

Les soldats s'y remirent, les sept sautant, atterrissant, tombant lorsque certains coussins se dérobaient. Eujo parcourait les rangs, offrant conseils et encouragements, une leçon qu'elle avait apprise de Deux lorsque le capitaine entraînait ses marins à faire voguer le meilleur navire de Kance à travers les mers. Ses élèves semblaient ravis, excités, stupéfaits, et—

Eujo pivota, le vent propulsant la Reine dans les airs. Le skar de Kance d'Eujo s'éleva, enveloppant la Reine dans un coussin d'air. Elle rebondit une fois sur la pierre, roulant jusqu'à s'arrêter debout et se retournant vers ses soldats.

Ils gisaient éparpillés dans la cour, se tordant et jurant. Quelques-uns étaient à genoux, les autres sur le dos. Pire encore, en l'air, l'un d'eux commençait à retomber, hurlant avec les bras et les jambes battant l'air.

Eujo fit à nouveau appel au skar de Kance, et cette fois, sentit la pierre aspirer sa propre énergie. La Reine le laissa boire, le skar gonflant un coussin sous le soldat en chute et le laissant atterrir sans une égratignure. Haletante, Eujo rejoignit ses rangs, vit du sang provenant d'écorchures et d'éraflures, compta deux poignets cassés.

Pas de morts, au moins.

Pas encore.

— Une erreur, dit Narro une heure plus tard, toujours dans la cour avec Eujo. Il avait un bandage sur la joue, mais avait par ailleurs survécu intact. Les autres avaient été renvoyés, les skars remis dans les coffres verrouillés. Ces skars ne sont pas prêts. Les soldats ne sont pas prêts. Nous devrions trouver une autre façon.

— Il n'y en a pas d'autre. Pas une qui puisse être prête assez vite, dit Eujo. Fassle n'hésitera pas à lancer ses soldats contre nous, et ils ont eu des semaines, des mois pour apprendre les skars.

— Alors nous ferons ce que nous pouvons, ma Reine.

Mais ceci, nous ferons autant de mal aux nôtres qu'à l'ennemi.

— Nous devons être meilleurs, Narro. Kance doit être meilleure. Elle se leva, lui fit signe de partir. Allez, trouvez à déjeuner, puis rappelez tout le monde. Nous continuerons cet après-midi.

— Continuer ? La moitié d'entre nous a été gravement blessée par ce—

— Vous rencontrerez un autre skar, Vis. Eujo tourna ses yeux glacials vers le capitaine. Un regard plus familier. Nous nous battons pour notre île, Narro. Nous n'abandonnerons pas, nous ne nous relâcherons pas, et nous ne laisserons pas Noctia gagner.

15
EN HAUT ET DEHORS

Les Ténèbres d'En Bas n'étaient pas constantes. Les dieux avaient bâti les fondations du monde sur une matière déformée, parcourue d'eau courante et de poches d'air. Le moteur faisant tourner la planète, maintenant son sol chaud, secouait les îles de tremblements de temps à autre, émiettant et remodelant davantage les grottes sous la surface.

Wax trouva ces trous maintenant, avec la lame d'Ami contre sa gorge, et laissa les skars de Whent et de Rana orchestrer l'évasion.

— Accrochez-vous, dit Wax.

— Quoi ? aboya Ami. Ce n'est pas une réponse, Wax. Ouvre les portes, ou dis-moi comment le faire.

Ces poches et ces ruisselets formaient un réseau au-dessus d'eux, une chaîne que les skars reliaient jusqu'à la surface pas si lointaine. Ils étaient proches de Kance, peut-être suffisamment. Et Wax n'avait pas fait grand-chose aujourd'hui.

Il pouvait survivre à ça. Ils pouvaient tous survivre à ça.

— Respirez profondément, dit Wax, ignorant les menaces d'Ami.

Sawi, Annalyse et l'éclaireur Whent semblèrent saisir son ton, tous les trois avalant de l'air à grandes goulées. Que ce soit le cas d'Ami ou non, Wax ne pouvait pas le voir, et ça n'avait pas vraiment d'importance. La Gardienne comprendrait ou serait enterrée ici, un gâchis mais pas un que Wax pouvait contrôler.

Il pouvait, cependant, contrôler les skars, et il leur dit, les exhorta à se libérer.

Lâchées, les pierres firent couler leur puissance à travers Wax, projetant leurs énergies invisibles dans la pierre, dans les eaux au-dessus. Le plafond trembla d'abord, attirant tous les regards vers le haut. La lame d'Ami vacilla, la Gardienne jurant alors que les premiers rochers tombaient. La poussière couvrit leurs visages, provoquant des éternuements. En même temps, Wax poussa l'attention du skar de Whent vers l'extrémité de la chambre, d'où Ami était venue, où la lueur lointaine scintillait encore. Une petite poussée, une entrée effondrée.

— C'est parti, dit Wax.

Une fissure s'élargit dans la grotte au-dessus d'eux, s'ouvrant suffisamment pour contenir leurs corps tandis que, simultanément, le skar de Rana trouvait de l'eau sous leurs pieds. Le liquide glacé jaillit sous eux, propulsant tout le groupe comme un geyser dans l'obscurité. Le skar de Whent se précipita pour répondre à la charge, repoussant la pierre sur le côté pendant qu'ils s'élevaient, tout le groupe, à l'exception de Wax, hurlant, jurant et peut-être pleurant.

Wax ne pouvait pas dire, ne pouvait se concentrer sur rien d'autre que mettre tous ses efforts dans les skars. Comme essayant de garder une pensée difficile, un puzzle ou une histoire en tête, Wax saisit le désir et le partagea avec les skars, fusionnant leurs mélodies jumelles en un duo parfait.

Les pierres divines livrèrent.

L'eau se déversa d'en haut alors que le terrier ascendant continuait de se fendre, la dernière coupure reliant les Ténèbres d'En Bas à l'océan. Le skar de Rana attrapa le flot, séparant l'eau autour de leurs corps et la bouclant en dessous, les poussant dans la mer. La lumière du soleil cascada alors qu'ils s'élevaient à travers les eaux peu profondes — ils étaient vraiment plus proches de Kance que Wax ne l'avait prévu. Les poissons s'enfuirent précipitamment. Le sable tourbillonna alors que l'océan cherchait à combler son nouveau trou.

Wax perça la surface avec une toux crachotante, les skars s'évanouissant alors que les autres remontaient à la surface à côté de lui. En se retirant, les skars laissèrent Wax comme une coquille de plomb, vidé de son énergie et avec un mal de tête lancinant, un estomac grondant. Alors que l'eau cessait de le pousser vers le haut, Wax commença aussi à couler, une perspective inquiétante car ses jambes et ses bras se sentaient trop morts pour bouger. Il glissa sous la surface, son souffle déjà épuisé s'échappant en bulles dans le bleu limpide.

Jusqu'à ce qu'un bras tire Wax à la surface. Le bras passa sous le cou de Wax et le tira contre une poitrine blindée. Une pointe acérée reposait à nouveau sur le cou de Wax, et il leva les yeux pour voir ce masque doré, le regard trempé d'Ami dirigé vers lui. En dessous, Wax sentait ses jambes battre comme des folles, à un rythme absurde qu'elle ne pourrait pas tenir.

Ils ne flottaient pas, cependant, sur place. Ami, malgré sa prise d'otage, avait une direction dans son travail furieux, traînant Wax à travers des vagues douces vers une plage de Kance jonchée de débris. Annalyse et Sawi, tenant ensemble un éclaireur Whent qui se débattait, nageaient derrière eux.

— N'hésite pas à aider, grogna Ami, les mots serrés.

— Peux pas, dit Wax, un mince murmure au-dessus des vagues. Trop fatigué.

Ami gronda, mais ne dit rien de plus. Continua à battre des jambes. Wax regardait le ciel au-dessus, comptant les nuages, adorant le bleu. Il n'avait pas été dans les Ténèbres d'En Bas si longtemps, mais passer des jours sans le soleil, sans horizon, déformait l'esprit, sapait l'âme.

Un Vis n'appartenait pas au sous-sol.

Sans jamais bouger la lame, Ami les poussa assez près de la plage pour que ses pieds touchent le fond. Elle continua à traîner Wax avec elle, bien qu'elle ne se souciât pas de le tenir assez haut pour esquiver les vagues. Elles giflaient le visage de Wax toutes les quelques secondes, le laissant crachoter, mais le Renouveau ne pouvait convaincre son corps de bouger. À peine de respirer.

Un peu plus, et ces skars auraient pu le tuer.

Le rugissement de Noctia s'éleva à cette pensée, un tentacule voleur de vie menaçant de s'emparer d'Ami. Le skar pourrait la siphonner, donner à Wax toute l'énergie dont il avait besoin. Une idée tentante, mais Wax se retint.

Il n'avait pas fait tout ça juste pour tuer Ami. Elle n'était pas la vraie ennemie ici, et Wax pensait qu'ils auraient besoin de tous les amis qu'ils pourraient trouver, vu la tournure des événements.

Sawi écarta l'épée de la gorge de Wax. Ami la laissa faire, abandonnant le jeu de l'otage alors qu'ils se rassemblaient sur la plage. Ami rengaina l'arme, s'effondra sur le sable et secoua la tête.

— Je pensais avoir quitté cette maudite île, mais me revoilà.

— C'est parce que tu as menacé Wax, voilà pourquoi, lança Sawi.

— C'est lui qui a détruit sept mondes entiers, rétorqua Ami. J'essaie d'aider des gens qui le méritent. Cela implique des choix difficiles, mais je le referais sans hésiter.

— Tu n'auras pas à le faire, dit Annalyse. Ils ont disparu. Les marcheurs de feu. Ces tunnels auraient dû être inondés. Il n'y a aucun moyen qu'ils aient pu s'échapper.

— Non, murmura Wax, et Sawi porta sa gourde aux lèvres de Wax. L'eau fraîche à l'intérieur, cependant, resta pure et avait le goût des sources de Vis. Je les ai scellés.

— Qu'est-ce que ça veut dire ? demanda Ami. Ils vont faire demi-tour et revenir ici.

— Pas si nous atteignons la sortie en premier. Si nous la fermons. Si nous les enfermons sous terre, où ils ne pourront faire de mal à personne.

— Pour qu'ils meurent dans l'obscurité ? Quel destin clément tu leur réserves.

— Je leur donne du temps. Wax prit une autre gorgée, sentit Sawi le soulever et le mettre sur son épaule. Je ne peux pas ouvrir les portes seul, et je n'abandonne pas Eujo. Wax rencontra le regard d'Ami avec la même intensité. Si tu veux sauver tes démons, tu m'aideras à sauver Kance.

16

UN PETIT MEURTRE

Le familier s'était drapé d'un manteau différent. Torny arpentait les mêmes rues alors que le soir tombait, mais les bâtiments, les gens, l'air avaient une allure étrangère. C'était peut-être la fumée encore épaisse des forges et des ateliers qui fonctionnaient bien après la tombée de la nuit, à la fois plus longtemps et plus nombreux que la dernière fois qu'elle était venue à Noctia, il y a à peine quelques mois. Ces armes et armures étaient également représentées dans les rues, avec des soldats Najahn qui marchaient, riaient, patrouillaient en nombre égal à la foule habituelle de la ville. La plupart portaient leurs robes pourpre-noir, mais plus que Torny ne s'en souvenait arboraient une armure complète, leurs vouges bien en vue.

Un rappel que la Cité aux Anneaux était en guerre, mais sans le sérieux fatal qu'elle avait observé sur Kance. Les gens ici travaillaient, s'entraînaient, se préparaient avec l'auréole de la victoire. Plus de sourires, moins de regards furtifs. Plus de nourriture, moins de pleurs sur un fils ou une fille qui ne reviendrait pas.

Le juggernaut se portait bien.

Cette santé venait des mêmes mesures qu'à Kance, aussi. Alors que Torny laissait derrière elle les quais et leur effort sans fin, les quartiers pauvres offraient le calme. L'obscurité. Les maisons bondées, des familles entières entassées dans des pièces pour un loyer moins cher, étaient soit vides, soit occupées par des anciens qui passaient leur journée à regarder la rue d'un air solitaire. Quant à savoir où tous ces corps étaient passés, Torny n'avait pas besoin de deviner. Noctia et les Najahn voulaient des soldats, exigeaient de la main-d'œuvre, et n'avaient aucun scrupule à prendre les moins fortunés pour satisfaire ces deux besoins.

Le calme rendait, au moins, la descente vers la grotte côtière du Doigt Agile plus facile. Passer devant les pires grottes en chemin empoisonnait souvent une bonne humeur, mais les Najahn avaient dû nettoyer les cavernes, car leurs vides rocheux étaient maintenant déserts. Les escaliers descendants avaient également reçu de l'attention, avec des retouches fraîches effaçant les éclats, les trous et les bords cassés qui avaient signalé une nouvelle marque pendant des années. Le même effort n'avait pas été appliqué à la plage couverte de débris à sa base, maintenant inondée de déchets de guerre jetés des falaises plus riches de Noctia.

Torny fit le point sur elle-même au bas de l'escalier, le sable mou sous ses chaussures. Elle avait débattu de l'idée de passer par l'ancienne maison de sa famille, une question à laquelle elle avait répondu par le néant qu'elle accomplirait en y allant. Une nouvelle famille y vivait probablement maintenant, si elle tenait encore debout. À la place, Torny compta ses couteaux, ses dagues et leurs emplacements sur sa personne. Le journal restait dans la poche de sa poitrine.

Elle ne portait ni sacoche, ni provisions, rien qui puisse la qualifier de citoyenne en ville.

Si un Najahn l'interrogeait sur son but, Torny ne pourrait que dire qu'elle allait rendre visite à quelqu'un.

Pas un ami.

Les guetteurs de Yarvick avaient fait leur travail, bien que Torny n'ait pas essayé de se cacher. Alors qu'elle marchait à travers les rochers en pente, leurs courbes formant des ombres sauvages dans le crépuscule, des yeux la suivaient. Plus d'un murmure glissa à ses oreilles, des ordres brefs disant à tel ou tel tueur de retenir leur coup fatal.

Torny était connue. Torny devait vivre.

Quand elle atteignit le repaire du Doigt Agile, la vaste chambre grouillant de petits feux et de nattes de couchage pour les voleurs choisis de Yarvick, elle la trouva clairsemée. Inhabituel, car le début de soirée marquait le meilleur moment de préparation d'un bandit. Les équipes auraient dû se rassembler pour les travaux choisis de la nuit, vérifier les outils, affûter les couteaux. Le calme, à la place. Même les cinq voleurs qui s'approchèrent de Torny par derrière, devant et sur les côtés, vinrent avec des regards curieux, leurs armes rangées.

— L'exilée est de retour, dit celui qui s'approchait de son front, un voyou souriant qui ne devait pas avoir plus de quinze étés. Le message de Yarvick n'est arrivé qu'il y a une heure, disant que nous devrions vous attendre.

Bien sûr que le seigneur des bandits s'attendait à ce qu'elle vienne. Que ne devinait pas cet homme ?

— Je suis là, dit Torny, faisant mine de regarder autour d'elle. Où est-il ?

— Occupé, répondit le voyou. L'avez-vous apporté ?

— Quoi ?

Un léger sourire.

— Vous savez quoi. Votre vie dépend de votre réponse.

Cette fois, les bandits firent connaître leur agitation. Les mains trouvèrent les poignées, les souffles ralentirent. Si la mort devait être donnée, cette équipe était prête.

Torny ne l'était pas.

— J'ai ce qu'il veut. Mais il ne l'aura pas à moins que je lui parle. En personne.

Le voyou la fixa.

— Vous ne nous le montrerez pas ?

— Je le montrerai à Yarvick, parce que c'est lui qui l'a demandé.

S'ensuivit une inquisition plissée, un test relayé et, Torny l'espérait, réussi par sa réponse silencieuse. Après ce long moment, le voyou renifla. Les mains et les vêtements s'agitèrent à nouveau, les couteaux restèrent dans leurs manches.

— Vous le verrez si la nuit se passe bien, et si vous aidez, dit le voyou. Le ferez-vous ?

— Aider à quoi ?

— Du travail au couteau.

Torny étouffa un frisson. Ces deux mots désignaient un travail spécial. Les Doigts Agiles étaient plus des voleurs que des tueurs - les corps attiraient la mauvaise attention - mais de temps en temps, une personne particulière devait disparaître. Yarvick déclarerait "travail au couteau" et sélectionnerait des meurtriers parmi son équipe. S'il vous choisissait, le refus n'était pas une option, de peur de vous retrouver sur la liste des cibles.

La bandit donna la seule réponse qu'elle pouvait.

Cette fois-ci, la Cité Annulaire dévoila ses voies secrètes à Torny, et elle les emprunta les unes après les autres, suivant le va-nu-pieds et les autres bandits. Ils escaladèrent les toits, prirent les ruelles et se collèrent aux ombres. Leurs pas foulaient les pavés en silence, les talons roulant et la démarche assurée. Torny ne sentait plus l'odeur des forges, ni la fraîcheur printanière qui accompagnait la nuit. Elle était de nouveau dans le coup, à l'affût des soldats najahns et planifiant chaque pas avant même d'avoir terminé le précédent. Ils traversèrent la ville vers le nord alors que Sichi se levait, près mais pas tout à fait dans le quartier najahn.

Un domaine apparut comme leur destination, bien que Torny et son équipe ne l'approchèrent pas de front. Au lieu de cela, ils montèrent d'un niveau entier le long de la construction en terrasses de la Cité Annulaire. Faisant demi-tour, ils s'approchèrent du domaine depuis un bâtiment voisin, sautant sur le toit de ce dernier dans une série de roulades quasi silencieuses. Tout au long du voyage, Torny avait été placée en troisième position, avec deux voleurs devant et deux derrière, une place non fortuite qui mettait des dagues potentielles dans son dos alors qu'ils faisaient un autre bond sur un balcon vide et sombre au troisième étage du domaine.

— Jusqu'ici tout va bien, chuchota le va-nu-pieds alors que le dernier voleur les rejoignait au milieu de quelques chaises et d'une table unique avec une bougie éteinte, mais encore fumante. Les autres sont déjà là.

Les yeux du bandit se posèrent sur cette bougie.

— Nous suivons le chef ici. Couvrant l'entrée principale. Si quelqu'un tente de s'enfuir, vous vous assurez qu'il ne parte pas.

Des hochements de tête tout autour, Torny incluse.

Si Yarvick voulait que quelques nobles noctias meurent pour donner à Torny une chance de paix entre les îles, c'était une ligne morale que la bandite pouvait franchir.

Le va-nu-pieds s'approcha ensuite de la porte du balcon, tous les voleurs se pressant contre le mur à côté de lui. Invisibles si quelqu'un se tenait de l'autre côté de la porte, mais personne ne cria lorsque le va-nu-pieds fit glisser la lourde porte le long de son rail. À l'intérieur, un lit défait — quoique un vrai lit, pas de paillasses ici — attendait dans une chambre décorée avec plus d'art et de beaux meubles que Torny n'en avait vu depuis longtemps. Même le Palais Céleste d'Eujo n'était pas aussi rempli.

Ses doigts la démangeaient devant tous ces biens faciles à prendre, y compris une boîte à bijoux posée *juste là*. Le va-nu-pieds ne laissa pas le temps de délibérer, se dirigeant non pas vers la porte fermée menant à l'extérieur mais vers un placard. Sichi offrait assez de lumière pour projeter des ombres rosées, illuminant un carré dans le plafond du placard. Sur un geste, le va-nu-pieds reçut un coup de main des deux voleurs et poussa le carré vers le haut et de côté. De là, des mains furent offertes et des soulèvements donnés jusqu'à ce que le quintette soit assis dans un grenier étroit, qui entourait le milieu creux du domaine, visible à travers de minces chevrons conçus pour guider la fumée des bougies et du feu vers le haut et l'extérieur. Le va-nu-pieds remit le carré en place et guida le groupe vers l'avant du domaine, où d'étroites fentes, une fois écartées, offraient une ventilation vers l'extérieur.

Un coup de pied bien placé pourrait faire sauter cette bouche d'aération, offrant une glissade rapide jusqu'à l'allée principale, où un bandit habile pourrait planter un poignard exactement là où il fallait.

Satisfait, le va-nu-pieds pointa les lattes et leur vue vers le bas. Les bandits allaient s'installer pour attendre, surveiller et agir si nécessaire. Torny, aussi écrasée que les autres, jeta un coup d'œil à la fête maladroite en contrebas.

Des gens vêtus vaguement à la mode najahne et noctia déambulaient tandis que quelqu'un jouait du piano avec acharnement et sans mélodie. Les boissons coulaient mieux que la conversation entre rivaux. Une fête à laquelle personne ne s'attendait à assister, mais ils étaient là.

Et là, d'une manière ou d'une autre, se tenant à côté d'un capitaine najahn que Torny reconnaissait, se trouvait Quik. Alors même que Torny se concentrait sur le Vis — ces tatouages le trahissaient, malgré les robes najahnes —, le piano atteignit une conclusion maladroite et bruyante, laissant place aux murmures discrets d'une conversation gênée.

— Voilà le signal, chuchota le va-nu-pieds. Lames sorties, les Doigts.

17
ATTAQUE SOUDAINE

N'ayant jamais été amateur de dîners mondains, même dans les meilleurs moments, Quik trouvait les premiers instants de cette réunion nocturne plus insupportables que la cellule sableuse où il avait été emprisonné non loin d'ici. Certes, la nourriture et les boissons étaient abondantes et fantastiques, et la musique, bien que légèrement discordante, était meilleure que celle des violoneux de plus en plus éméchés de l'auberge, mais Quik ne pouvait se défaire de l'impression que personne ne voulait être là.

Pavarde elle-même scrutait les lieux comme un hanoko à l'affût d'une menace, ses yeux allant d'un côté et de l'autre tandis que sa main agrippait fermement le poignet de Quik, comme s'il risquait de disparaître à jamais dans la foule. Quik n'avait aucunement l'intention de faire une telle chose et, s'il avait eu le choix, il serait resté là dans le vestibule jusqu'à ce qu'une fuite par la porte d'entrée puisse être justifiée.

— C'était censé être une réunion privée, chuchota

Pavarde. Le message disait de venir seule, et maintenant je suis sacrément contente de ne pas l'avoir fait.

— Une réunion privée avec qui ?

— Yarvick.

— Le seigneur bandit ?

Quik n'avait jamais rencontré le légendaire voleur, il ne le connaissait qu'à travers Torny et ses descriptions répétées et parsemées de jurons de l'homme comme étant un tueur sournois. Yarvick avait aussi manipulé Gladdring, poussant le Tenet à se lancer dans cette folle aventure qui les avait menés tous deux à Kance. Où, pour autant que Quik le sache, Gladdring se terrait toujours en rébellion ouverte contre son ancien foyer. Quik ignorait si Yarvick connaîtrait son rôle dans l'évasion de Gladdring et s'il lui en tiendrait rigueur.

Certains risques, cependant, valaient mieux ne pas être pris.

— Le co-commandant de Fassle, murmura Pavarde en retour, sans qu'aucun d'eux ne regarde l'autre. Quik remarqua que Pavarde avait manœuvré pour que leurs dos soient contre le mur du vestibule, se penchant vers Quik comme s'ils étaient engagés dans une conversation secrète. Ce qui, Quik supposait, était le cas. Tout le monde sait que le partage du pouvoir ne durera pas. La question est de savoir qui va tuer l'autre en premier.

— Et tu penses que Fassle va perdre ?

Pavarde renifla.

— Yarvick est là depuis toujours. Tous ceux qui se sont opposés à lui et à ses voleurs finissent morts. C'est pour ça qu'ils continuent à sévir dans cette ville. Personne ne veut les éliminer, parce qu'ils ont tous peur.

— Et toi, tu as peur ?

— Oui. Je pensais, j'espérais que Yarvick me laisserait

prendre la place de Fassle, sous ses ordres, bien sûr, une fois Fassle écarté.

— Pourquoi tu me dis tout ça ?

L'emprise de Pavarde se resserra.

— Parce que, avant qu'on meure, je veux que tu comprennes pourquoi.

— Quoi ?

Un changement s'opéra chez la capitaine najahn, ces lignes suspicieuses se relâchant en une quasi-stupeur. Elle adressa à Quik un faible sourire, s'éloigna de lui et entra dans la pièce suivante. Quik, clignant des yeux, la suivit. Leur nouvelle demeure regorgeait de tous les luxes que Quik n'avait jamais connus, des peintures dorées aux meubles en bois poli, en passant par des assiettes débordantes de fruits et de pâtisseries. Plusieurs bouteilles de vin avaient été ouvertes, et Pavarde s'affairait à remplir deux gobelets. Elle se retourna, en tendit un à Quik et fit tinter les verres.

— C'est évident, non ? dit Pavarde, ne prenant plus la peine de parler à voix basse et s'attirant des regards durs des autres personnes dans la pièce, toutes aussi mornes et confuses que Quik. Le pianiste, qui martelait son instrument dans le coin, ne sembla rien remarquer. Personne n'avait prévu d'assister à une fête, et pourtant nous avons tous été invités. Tous ceux qui vous entourent sont des leaders najahns. Nous sommes tous des prétendants viables si Fassle tombait.

Pavarde fit tourner son verre, nommant chacune des autres personnes dans la pièce, provoquant des froncements de sourcils, de légères rougeurs et un juron murmuré.

— Pourquoi Yarvick nous rassemblerait-il tous ? Une trahison coordonnée ?

Pavarde rit et vida son gobelet d'un seul trait.

— Non, non. Je pense qu'il en a fini avec nous tous. Fini l'ancien Najahn, place aux nouveaux Doigts Agiles.

— Quelle théorie intéressante, Pavarde, dit un homme plus âgé qui était assis sur un divan ocre, grignotant un dessert aux noix. Pourquoi se donner la peine de tout faire d'un coup, en un seul endroit ? Il aurait pu empoisonner nos boissons ou nous trancher la gorge ici et là comme bon lui semblait.

— Pour montrer qu'il le peut ? Pour éviter que quiconque ne devienne méfiant ?

Pavarde agita son gobelet vide en direction de l'homme.

— Vous êtes normalement en mer, n'est-ce pas, amiral ? Maintenant, vous êtes séparé de vos fidèles marins et de vos navires, une proie facile. Tout comme moi, tout comme nous tous.

— Si vous avez raison, alors nous devrions tous partir.

— Oui, nous devrions, dit Pavarde, puis elle retourna vers le vin et se versa un nouveau verre. L'homme plus âgé se leva. Mais je doute qu'aucun d'entre nous ne le fasse.

— Je pense que vous avez perdu l'esprit, grommela l'amiral. Il est clair, cependant, qu'il n'y a rien à gagner ici.

Il fit un pas pour s'éloigner du divan en direction de la porte d'entrée du vestibule. Pavarde revint en tourbillonnant, prit le bras de Quik et le tira derrière l'amiral. Alors qu'ils quittaient la pièce, le pianiste atteignit une fin abrupte de son morceau, un coup de marteau brutal et un arrêt soudain résonnant dans tout le bâtiment.

Devant eux, alors que l'amiral se dirigeait vers la porte principale, un homme tomba du premier étage, atterrit accroupi et enfonça une dague vers le haut dans le dos de l'amiral. L'amiral émit un son étranglé, tressaillant alors que l'assassin retirait le couteau avant de le replonger une seconde fois. Au moment où l'amiral touchait le sol, il était mort.

Et Quik avait enfilé ses deux gantelets. Pavarde arracha une applique murale tenant une lanterne, projetant des étincelles alors que l'assassin se tournait vers eux. L'homme portait un masque de tissu noir, ne laissant voir que ses yeux, qui se posèrent sur les gantelets, évaluant les mauvaises probabilités. Alors que des cris et des jurons éclataient dans toute la maison, l'assassin fit un pas en arrière, levant la dague dans une position défensive croisée.

— Il faut qu'on parte, siffla Pavarde, se dirigeant vers la porte. Quik l'imita, plaçant le mur de pierre solide dans leur dos. Il va attendre ses amis.

— Il y en aura d'autres dehors, marmonna Quik. Un chasseur reconnaissait un piège.

— Alors on se frayera un chemin à travers eux.

L'assassin plongea sa main libre dans sa cape, en sortit un couteau de lancer. Il visa tandis que Pavarde enjambait le corps de l'amiral et sa mare de sang. Quik devina qu'un voleur de Noctia n'avait jamais combattu quelqu'un portant des gantelets et bondit en avant sur son pied gauche, semblant se placer directement dans la ligne de mire du couteau de l'assassin. Le tueur dut croire à sa chance, lançant son bras gauche en avant, mais Quik rebondit sur son pied droit dans un pas de côté.

Le couteau lancé frôla l'épaule droite de Quik, rebondissant sur le mur de pierre derrière lui. Le chasseur compléta son approche évasive en trois pas avec une nouvelle foulée du pied gauche, cette fois-ci accompagnée d'un coup de taille descendant avec le gantelet de la même main. L'assassin, déséquilibré par son lancer de couteau, tenta d'interposer sa dague.

Le gantelet, plus lourd et dans son mouvement descendant, entailla l'avant-bras du voleur et arracha la dague de sa main avec ses pointes. Sans défense, l'assassin ne put émettre qu'un gargouillement lorsque le revers de la main droite de Quik l'envoya dans l'au-delà de Noctia.

Derrière le corps chutant de l'assassin s'étendait l'arrière du manoir, où des formes s'agitaient dans l'ombre. Le métal s'entrechoquait, bien que les cris s'estompent. Des meubles se brisaient, et une odeur de brûlé flottait dans l'air, probablement une lanterne ou une bougie renversée sur quelque chose d'inflammable.

— Allez, Quik. Maintenant ! lança Pavarde, et Quik se retourna pour la voir, torche en main, s'élancer vers la sortie.

Quik la suivit à pas feutrés, traversant le vestibule alors que Pavarde avait déjà parcouru la moitié du chemin vers la rue, le petit portail maintenant fermé et sans garde. Un cliquetis retentit d'en haut, et Pavarde fit un écart sur la droite, le carreau qui lui était destiné ricochant sur les pierres. Un autre bandit roula devant Quik, atterrissant au sol et se précipitant vers la droite en direction de Pavarde, dagues sorties.

Le chasseur se lança à sa poursuite tandis que Pavarde levait sa torche, mais la tentative de sauvetage de Quik fut interrompue lorsqu'un autre corps lui tomba dessus, le plaquant au sol. Le menton du chasseur racla la pierre, ses épaules et ses coudes heurtant violemment le sol. Il s'attendait à sentir une dague, un couteau ou pire encore s'enfoncer dans son ventre à tout moment.

— Reste à terre, espèce d'idiot, siffla une voix surprenante. Tu n'es pas la cible.

Torny relâcha Quik et le chasseur se dégagea en se

tortillant. Un millier de questions l'assaillirent, mais elles pouvaient attendre, après que Pavarde soit-

La capitaine najahn gronda, le bruit se mêlant aux chocs métalliques alors qu'elle parait les coups de dague avec sa torche. Le travail de Pavarde n'avait pas été parfait — des lignes rouges coloraient ses bras — mais elle continuait à reculer, se rapprochant du portail tout en empêchant son assassin de porter le coup final.

— Quik, je t'en prie ! appela la capitaine en voyant le chasseur se relever.

— N'y va pas, dit Torny, derrière Quik. Ils ne te feront pas de mal si tu restes en dehors de ça.

— C'est là le problème, Torny, dit Quik, regardant Pavarde repousser une autre attaque. Le dos de la capitaine était presque contre le portail maintenant, où elle serait piégée. J'en ai déjà tué un.

— Tu ne savais pas. Je peux te couvrir.

Alors que Pavarde heurtait le dos du portail, son assassin exécuta une feinte habile, simulant une attaque de la droite pour attirer la torche. La capitaine tenta de gagner de l'espace avec un coup de pied, mais l'assassin plongea sa dague profondément dans la jambe de Pavarde. Elle cria, passa son bras droit par-dessus la rambarde du portail pour se soutenir tandis que la dague du tueur se retirait.

— Ce n'est pas juste, dit Quik, et il s'avança.

— Elle n'est pas ton amie, Quik.

— Elle a sauvé Wax !

Torny agrippa l'épaule de Quik. Le retint.

— Elle est déjà morte, Quik. Laisse faire.

Le chasseur le voyait bien. Le dernier coup faible de Pavarde avec la torche sur l'épaule de l'assassin, le tueur se rapprochant à portée de Pavarde et lui donnant le coup de grâce d'une frappe nette et finale. La capitaine s'effondra, et Quik détourna le regard avant que ses yeux ne puissent croiser les siens.

Les cauchemars seraient déjà assez terribles comme ça.

18

RETROUVAILLES

Le vin avait meilleur goût quand son île ne brûlait pas, mais Eujo se doutait qu'elle ne finirait peut-être pas un seul verre. Son corps lui faisait mal tout comme sa tête, ses muscles étaient endoloris et son âme traînait. La journée avait été longue avec les élus de Narro, pataugeant dans les skars de Kance. Personne n'était mort, bien que plusieurs aient eu des os cassés et d'autres blessures sérieuses. Eujo avait distribué des skars de Vis pour la nuit, une autre leçon qui pourrait ramener l'équipe le lendemain matin.

Si Eujo était assez en forme pour les rejoindre.

Elle sirotait son vin dans sa suite, non loin de la salle du trône du Palais Céleste, avec des fenêtres tout aussi hautes donnant sur sa charge en temps de guerre. Kance embrassait cette courte paix, avec des gens dansant dans les rues et dans les airs, même à cette heure tardive, scintillant alors que les planeurs prenaient les cieux venteux. Ces vols nocturnes pouvaient vous rapprocher si près de Sichi, les étoiles... un jour, Eujo montrerait cela à Wax, s'il était toujours en vie.

Personne ne partageait la pièce avec elle. Eujo avait congédié les conseillers une heure auparavant, après que leur déluge de rapports de dégâts à travers l'île ait menacé de noyer le peu de bons sentiments qui lui restaient. La ville célébrait peut-être, mais les raids de Noctia partout ailleurs signifiaient un travail acharné, et tout ça pour quoi ?

Deux aurait dû les avoir amenés à Noctia maintenant, en supposant que le *Storm's Edge* n'ait pas été coulé par quelque capitaine entreprenant de Najahn. Narro, devenu sa ressource de confiance par défaut pour les rapports navals, avait mentionné avoir vu les drapeaux violets à la poursuite du navire d'Eujo. Avec un peu de chance, Svarde, Bliss et Torny avaient repoussé ces attaques.

Avec un peu de chance, ils feraient entendre raison à Fassle.

Sinon, Kance se battrait encore et encore jusqu'à devenir une ruine fumante.

— Ce n'est pas ce que je voulais, dit Eujo pour elle-même, son verre de vin étant un bon auditeur.

Il y avait un garde devant sa chambre, un serviteur qui serait heureux d'aller chercher une autre bouteille si Eujo le demandait, mais avec Livier parti gérer les missives aux autres îles, Eujo préférait rester seule. Tous les conseillers avaient d'abord travaillé pour l'autre reine, celle qui avait essayé d'utiliser la Garde de la Reine de Kance, une force d'élite maintenant décimée à cause de l'expédition de l'ancienne Reine à Noctia et sa fin dévastatrice, pour tuer Eujo. Sa confiance en ces vieux croulants n'allait pas bien loin, mais la guerre signifiait que le temps de renouveler l'aide d'Eujo manquait.

Après, Eujo se délecterait de tous les jeter du haut de la flèche.

— Voilà une motivation pour survivre, dit la Reine, riant

toute seule. Contrarier ceux qui voulaient ma mort. Livrer Kance d'une manière qu'ils n'auraient jamais crue possible.

Une bonne pensée pour finir. Eujo réveilla doucement le skar de Vis en sirotant les dernières gouttes de son vin. Elle poussa la pierre à laisser le buzz de la boisson s'attarder pendant qu'elle s'attaquait à ses petites coupures, aux bleus de l'entraînement du jour, à ses os douloureux pour la même raison. Puis, une fois Eujo bien endormie, le skar pourrait neutraliser le vin aussi, lui offrant un réveil rafraîchissant.

Prête, à nouveau, à mener Kance contre le monde.

Le coup qui réveilla Eujo vint avec la cadence polie d'un serviteur, suivi d'un message tout aussi poli : — Kance a quelques visiteurs inhabituels.

Un éclaireur en planeur, confirmant que les démons marcheurs de feu étaient redescendus dans les Ténèbres d'en Bas, apporta des nouvelles différentes. Un petit groupe avait été aperçu sur les plages du nord la nuit dernière, rassemblé autour d'un feu. Le pilote du planeur ne pensait pas avoir été vu, mais il s'était approché suffisamment dans l'obscurité pour avoir une bonne vue. Trois femmes, deux hommes, portant des armes et des armures, bien que la plupart de leur matériel ait été éparpillé sur la plage.

— Pourquoi ? demanda Eujo, de retour maintenant sur son trône. Une robe de Kance gardait Eujo au chaud en ce matin lumineux, accompagnée de café de Vis, l'un des derniers sur l'île. Un luxe, mais qu'Eujo justifiait comme mérité, étant donné tout le stress, le risque, le poids sur ses épaules. Quel est l'intérêt d'étaler leur équipement ?

— Ma meilleure hypothèse ? répondit le pilote du planeur. Un naufrage. Ils ont nagé jusqu'au rivage, étalé leur équipement pour le faire sécher pendant la nuit.

Eujo fronça les sourcils. Le pilote du planeur garda la tête baissée.

— Laissez-moi comprendre. Vous m'avez réveillée tôt pour me signaler que quelques étrangers étaient apparus sur l'île ? Vous pensez que c'est assez important pour retenir mon attention ?

Le pilote du planeur se redressa, rougissant. — Je pensais... Ils pourraient être des espions de Najahn, ma Reine. Mon commandant m'a dit de vous en informer immédiatement, puisque Livier n'est pas... L'homme s'arrêta, prit une profonde inspiration. Ils ont l'air étrange. Leurs cuirs n'étaient pas de Noctia, mais ressemblaient à ceux de Whent d'après ce que j'ai pu voir. Mais deux d'entre eux avaient des tatouages le long de leurs épaules, jusqu'à leur visage. Je n'en avais jamais vu de pareils auparavant.

— Vous avez vu tout ça en un seul passage ?

— Plusieurs, et pas seulement moi, dit le pilote du planeur. Après mon retour, nous avons envoyé deux autres planeurs pendant la nuit et ce matin. Ils sont encore en train de nettoyer, alors je me suis porté volontaire. Ce que je dis est confirmé.

Des tatouages ? Des cuirs de Whent ? Eujo regarda autour de la pièce les regards perdus qui lui revenaient. Aucune aide ne viendrait d'eux.

— Que suggérez-vous ? demanda Eujo au pilote.

— Un autre coup d'œil, Altesse, répondit le pilote du planeur. Nous pouvons essayer de les capturer, apprendre ce qu'ils font ici.

— Alors faites-le, et prévenez-moi quand vous les aurez. Eujo se leva, lançant un regard noir autour de la pièce. Le reste d'entre vous n'a-t-il pas du travail à faire ? Nous avons une guerre à gagner !

Le groupe de Narro affronta la journée avec autant d'enthousiasme qu'ils purent rassembler. La plupart avaient encore l'air fatigué. Ceux qui avaient des os cassés s'étaient excusés, les skars de Vis leur volant tant d'énergie qu'ils ne pouvaient même pas sortir du lit. Néanmoins, Eujo s'y remit directement, utilisant à nouveau les skars de Kance pour invoquer de petites rafales, faire des sauts assistés, soutenir une brise assez longtemps pour donner un coup de boost supplémentaire à une voile.

Aujourd'hui, au moins, personne ne repartit avec des blessures graves.

Eujo les laissa partir en fin d'après-midi, leur accordant une journée complète de repos pour le lendemain. Ils en auraient besoin, la plupart d'entre eux, malgré leurs dures carrières militaires, traînant des pieds. La dernière chose dont Eujo avait besoin était que quelqu'un perde sa prise sur les skars, laissant les pierres se libérer et...

La Reine frissonna, repensant à l'avalanche de Torny's Whent. Un skar de Kance pourrait-il invoquer une tornade ou un ouragan, et balayer toute son île dans la mer ? Le frisson se transforma en un sourire sinistre. Au moins, si cela arrivait, elle n'aurait plus à se soucier de la guerre.

— Avec un sourire comme celui-là, j'espère que vous pensez à moi ?

Eujo se retourna si vite que le monde devint flou pendant un instant, mais là, s'appuyant sur une jeune femme qu'Eujo ne connaissait pas, mais dont les tatouages indiquaient qu'elle était Vis, se tenait Wax. Hagard, émacié, mais avec ces mêmes yeux brillants et ce sourire suffisant. Un collier familier autour de son cou également.

— Comment ? demanda Eujo, s'avançant vers eux, abasourdie. Comment es-tu ici ?

— Il s'avère que vos planeurs et ces geysers font une sacrée combinaison. Ils ont fondu sur nous ce matin, l'épée au clair, mais on les a convaincus qu'on te connaissait, dit Wax, puis il hocha la tête vers celle qui le portait alors qu'Eujo s'approchait. Voici Sawi, mon, euh, amie.

Le nom correspondait à un souvenir, mais avant qu'Eujo ne puisse se rappeler exactement ce qu'il signifiait, Wax se détacha de la Vis et entoura la Reine de ses bras, par-dessus son cuir rembourré tout en sueur et éraflé par le travail de la journée, et même si ses jambes voulaient céder sous le poids supplémentaire de Wax, Eujo resta debout.

Elle ne tomberait pas maintenant, et Kance non plus.

La plus grande arme du monde était revenue.

19
UN RENVERSEMENT

L'aventure avait sa place, mais Wax ne dédaignait certainement pas de se réveiller sur un matelas moelleux, rembourré de plumes et cousu par des artisans kancéens. Il n'avait rien non plus contre le soleil qui brillait à travers les fenêtres, donnant sur une ville, un océan, tout un monde vu la veille depuis la barre d'un planeur. Mais le meilleur dans tout ça, c'était ce qui dormait à ses côtés.

La dernière fois qu'il avait vu Eujo, elle s'élançait pour combattre les soldats najahns sur des mers déchaînées. Cette nuit-là, Wax avait été capturé, assommé et forcé à la survie et à la servitude, pour finalement obtenir les derniers skars dont il avait besoin de l'ancienne Aegis elle-même.

Des skars qu'il avait utilisés pour piéger des centaines, des milliers, des millions de démons dans leurs mondes en décomposition.

Wax grimaça. D'une certaine manière, la fermeture des portes semblait moins une réussite quand il n'était pas entouré des guerriers de Jochi, reconnaissants et distribuant de la bière.

Sur la table de chevet, une pièce incrustée de verre, reposaient deux colliers, leurs fermoirs joints. L'un avait appartenu à Catya, cette ancienne Aegis, qui avait consumé le reste de sa vie pour sauver quelques soldats noctiens. Sauvé des gens, comme elle l'avait toujours fait.

Ces soldats, maintenant, s'entraînaient probablement pour envahir Kance. C'était drôle, comme les choses tournaient.

— Tu te sens mieux ? demanda Eujo, d'une voix un peu rêveuse.

— Beaucoup.

Wax regarda son dos nu, le haut de ses épaules. Aucune ligne d'encre ne racontait son histoire, ne marquait sa place dans la société kancéenne. C'était presque étrange de voir quelque chose d'aussi clair et propre. Si Eujo avait été Vis, cependant, elle aurait été une chasseuse. Comme Deshiva. Il tendit la main, traça le signe du chasseur sur son épaule. Eujo tressaillit, puis se détendit tandis que Wax terminait les lignes.

— Ça chatouille.

— Si tu recevais vraiment cette marque, ce ne serait pas le cas, dit Wax, leurs voix basses. La porte des appartements d'Eujo était épaisse et fermée, mais le moment exigeait des tons doux. Ce serait douloureux, mais une bonne douleur.

Eujo se retourna, rendit la caresse de Wax, traçant ses lignes.

— Comme celles-ci.

— Chacune d'entre elles. Tu sais quelque chose de drôle ?

— Est-ce vraiment drôle, Wax, ou c'est juste toi qui fais ton Wax ?

— Je suis toujours moi-même, Eujo. Wax sourit. Dans quelques mois, à la fin de l'été, je recevrai mon rôle.

— Rôle ?

— Chasseur, cueilleur, artisan, dit Wax. Il y en a quelques autres, mais ça définira ma place à Kitaye. Notre société. Les anciens considèrent tout le monde et ce qu'ils ont fait, qui ils sont. On se voit assigné.

— Ça a l'air rigide. Eujo continua de tracer, suivant les marques familiales de Wax, ses lignes ondulées notant sa réputation d'expert des vignes.

— Les lignes sont floues.

— Vous avez un symbole pour l'Aegis ?

— Aucune idée.

— Et pour chanceux ?

Wax rit, vit les lèvres pincées d'Eujo alors qu'elle retirait sa main, et étouffa rapidement son rire.

— Je te connais à peine, Wax, dit Eujo, mais penser que je ne verrais plus jamais ton stupide sourire, que je ne te serrerais plus jamais dans mes bras...

— Je sais.

— Bien. Parce que si tu repars comme ça, les îles pourraient ne pas y survivre.

Cette fois, quand Wax rit, Eujo se joignit à lui.

Ami n'avait pas de bons moments. Elle avait été maussade la veille au soir, quand tout le monde avait savouré avec enthousiasme le vin, le poisson frais et les légumes de printemps. Le matin n'avait pas amélioré son humeur, la Gardienne fusillant du regard le groupe tandis qu'ils dévoraient des œufs, des gâteaux moelleux et les derniers restes du café vis d'Eujo.

— C'est normal pour elle, dit Annalyse à Eujo. Son mode par défaut est la colère.

— Tout à fait d'accord, ajouta Sawi. Ne te laisse pas affecter.

Wax laissa le skar Tamas écouter pendant que Sawi parlait, ressentant plus qu'un peu de soulagement alors que la pierre continuait de confirmer que ni Eujo ni Sawi ne semblaient bouillonner de jalousie, de colère ou de quoi que ce soit d'autre que de la cordialité l'une envers l'autre. Bien que Sawi ait clairement fait comprendre dans les tunnels que la romance dans laquelle elle et Wax s'étaient engagés il y a quelques mois à peine était terminée, Wax n'était pas sûr de la façon dont Eujo pourrait réagir.

La Reine, apparemment, s'en fichait complètement.

— Mais elle a une bonne raison, dit Eujo. Ami a fait une promesse aux marcheurs de feu, et à moins que je ne l'aie très mal jugée, elle n'est pas du genre à abandonner une promesse à la légère.

— Exactement, dit Ami. Ils méritent un foyer, et ils ne méritent certainement pas d'être piégés dans ces grottes.

— Ils mangent de la roche, Ami. Wax essaya la légèreté. Ils sont probablement en train de se gaver de toutes sortes de pierres délicieuses.

Cette plaisanterie lui valut un regard noir de tous ceux autour de la table, provoquant des excuses murmurées et un retour à ses œufs. Ceux-là, au moins, ne le jugeaient pas alors qu'il embrochait leur délicieuse onctuosité avec sa fourchette.

— Mais même si on leur donnait un foyer, dit Eujo, revenant aux démons, ça n'aurait pas d'importance sans le reste, n'est-ce pas ? Il n'y a pas assez de marcheurs de feu pour, je ne sais pas, fonder des familles ?

— Ils avaient des familles. Ils en ont, là-bas, dit Ami. Je ne peux pas retourner vers les vingt marcheurs de feu que j'ai et leur dire : hé, vous êtes les derniers de votre espèce. Mieux vaut vous mettre à faire des bébés.

Sawi ricana.

— Wax a essayé de rouvrir les portes, dit Annalyse. Ça n'a pas marché.

— Je n'étais pas assez fort, intervint Wax. C'est plus facile de les fermer, je suppose, que l'inverse.

— Prendre de l'énergie est toujours plus facile que d'en créer. Tu as dit que les skars s'améliorent mutuellement. De façon exponentielle, même. Annalyse parlait comme si elle connaissait chaque mot à l'avance, presque comme un discours préparé. Si chaque skar a sa propre réserve, alors la réponse est simple. Tu sais déjà comment conduire les skars vers le résultat souhaité. On te procure plus de skars, ensuite tu peux rouvrir les portes.

— Des portes qui sont enterrées sous une tonne de grotte effondrée.

— Utilise quelques-uns de ces skars Whent pour les libérer d'abord, dit Annalyse. Tu pourrais même faire ça, prendre le temps de te reposer, puis rouvrir les portes.

— Tu fais sonner ça si simple. Sawi renifla. Allez, Wax. Ce sera facile.

— Nous avons des skars, dit Eujo, mais sa façon de parler suggérait qu'un cadeau n'allait pas être offert gratuitement. Le regard de plus en plus noir d'Ami le confirmait. — Mais vous venez juste d'arriver. Vous ne pouvez pas prendre nos meilleures armes et retourner en courant vers les Ténèbres d'en Bas. Kance est en guerre pour sa survie. *Nous* avons besoin de ces skars.

Ami soupira, fort, de manière exagérée. — Où ai-je déjà entendu ça ? Ah oui, Fassle. Vaincs mon ennemi et je te laisserai sauver quelques vies innocentes. Ravi de voir qu'il n'y a aucune différence entre vous deux.

— Ne me compare pas à ce salaud.

— Alors ne te comporte pas comme lui.

Eujo répliqua, affirmant qu'Ami était celle qui travaillait avec Fassle en premier lieu, ce qui lui valut un cri de Sawi, choquée qu'Ami retourne du côté de ceux qui avaient essayé de les tuer. Ami, alors, rappela la fin sanglante de Gladdring, et bientôt tout le petit-déjeuner dégénéra en une succession d'histoires. Elles avaient partagé la plupart de ces récits autour du feu de camp sur la plage de Kance, mais ici, au milieu des ornements scintillants, de la nourriture, des serviteurs, les mêmes accusations, surprises et indignations prenaient une nouvelle vie.

Presque comme si, lorsqu'elles ne se souciaient pas de leur prochain repas ou de savoir si elles allaient s'entre-tuer, les petites choses avaient plus d'importance.

Wax sentit son attention dériver loin des arguments vers Annalyse, qui gardait la bouche majoritairement fermée, son esprit manifestement ailleurs. Elle était assise de l'autre côté de la grande table, en face de Wax, et quand une brève accalmie dans la conversation caustique survint, Wax demanda directement à la scientifique ce qu'elle en pensait.

— Je pense, dit Annalyse, que nous pouvons résoudre les problèmes de tout le monde d'un seul coup.

La scientifique s'élança à partir de là, ses idées prenant de la vitesse alors qu'elle les déroulait, les unes après les autres.

Ami rit, un seul rire dur, face au silence stupéfait quand Annalyse conclut. — Eh bien, je suppose qu'on sait maintenant pourquoi Gladdring t'a arrachée à Whent. J'espère que tu as raison, Annalyse, parce que si tu te trompes, aucun de nous ne sera là pour arranger les choses.

20

TRAHISON AU CLAIR DE LUNE

Improviser.

La première leçon qu'apprend tout voleur, car rien ne se passe jamais comme prévu.

Torny tira Quik vers le manoir, essayant de détourner son attention des lumières mourantes de la femme qu'il escortait. Le visage de la Najahn lui semblait familier, mais dans la frénésie obscure du moment, Torny ne parvenait pas à le situer. Peu importait d'ailleurs : elle était morte et les poignards qui l'avaient achevée chercheraient bientôt du sang frais.

— Que se passe-t-il ? demanda à nouveau Quik, le choc aiguisant ses mots. Est-ce un massacre ?

— Une lutte de pouvoir, répondit Torny. Pas une dont tu fais partie.

Quik ne résista pas tandis qu'elle le guidait, la main sur l'épaule musclée du chasseur — une sensation étrange pour une voleuse dont les amis tendaient vers le rachitique — vers le côté du manoir et la pente descendante caractéristique de Noctia.

— Tu es ?

— Pour le moment. On va t'éloigner d'ici et ensuite on parlera.

Les cris et les hurlements venant de l'intérieur du bâtiment s'éteignirent. Les bandits de Yarvick faisaient le travail rapidement, sinon aussi silencieusement que les Doigts Agiles l'auraient préféré. D'après ce que Torny avait vu, les hauts gradés Najahn à l'intérieur n'étaient pas tous des idiots, ils n'avaient pas tous délaissé leur maniement de l'épée pour des plumes et du bon vin. Néanmoins, le nombre et la surprise rendaient les chances fatales.

— Je pensais que vous étiez des voleurs, pas des tueurs, dit Quik, se précipitant vers le muret bas et sa liberté.

— Nous sommes ce que nous devons être, rétorqua Torny. Quik, voici ce que tu dois faire. Passe ce mur, descends aux quais. Trouve le *Storm's Edge*. Deux te fera monter à bord, te gardera en sécurité jusqu'à ce qu'on comprenne tout ça.

— Wax n'est pas ici, n'est-ce pas ?

Torny commença à dire non, commença à dire qu'elle avait vu Wax pour la dernière fois avec des soldats Najahn emmenant le frère de Quik. Cela pourrait susciter plus de questions, orienter la nuit dans une direction que la bandite ne voulait pas prendre, pas maintenant.

— Non.

Simple. Quik ne semblait pas apprécier, mais il se tut, évaluant le muret bas et son saut par-dessus.

— D'accord, Torny. Ne tarde pas trop.

Torny donna une petite poussée à Quik, essayant de renvoyer le chasseur, mais un sifflement aigu les fit se retourner tous les deux. Là, se tenaient deux bandits, poignards dégainés. Celui qui avait invité Torny à cette petite mission meurtrière et celui qui avait porté le coup fatal à l'amie Najahn de Quik.

— Ne pense pas laisser ce gars s'échapper, Torny. Ce n'est pas les règles, dit le chef, le va-nu-pieds. Tous les Najahn se font éventrer.

— Ce n'est pas un Najahn, grogna Torny. C'est un innocent. Il n'a rien à voir avec tout ça.

— Regarde toute cette encre, dit l'autre assassin. L'homme est un Vis. Torny a probablement raison.

— Peu importe. C'est un témoin, maintenant.

— De quoi ? Pour qui ? demanda Quik.

Les deux bandits se regardèrent. Quik leva ses griffes, et Torny lui laissa de l'espace. Elle hocha la tête vers les armes.

— Tu veux vraiment essayer ça ? demanda Torny. Yarvick s'en fichera. Il ne sait même pas que Quik existe de toute façon.

Un autre regard échangé. Le va-nu-pieds baissa ses couteaux, puis en pointa un par-dessus l'épaule de Quik, vers la ville au-delà.

— Allez, file alors. Torny achète ta vie avec la sienne. Si elle se trompe, cette fois c'est sa gorge qui sera tranchée. Le va-nu-pieds sourit. Ce journal ne t'achètera pas un autre exil, Torny. Celui-ci sera le dernier.

— Très bien, dit-elle. Quik, va-t'en.

Les raisons de s'échapper se multipliaient. De la fumée s'échappait du manoir, filtrant par les fenêtres. Des lueurs orangées apparaissaient à l'intérieur, signes révélateurs d'un incendie destiné à dissimuler les preuves. Deux autres tueurs étaient déjà en train de traîner la femme Najahn vers l'allée. Elle serait jetée à l'intérieur, brûlée avec tout le reste. Pas de traces de coups de couteau et beaucoup de déni plausible.

Une spécialité de Yarvick.

Le chasseur lança un dernier regard interrogateur à Torny, auquel elle répondit d'un mouvement de tête vers l'océan lointain. Quik n'insista pas, se retourna et sauta par-dessus le mur. Il disparut dans la nuit rouge de Sichi.

— On y va ? demanda Torny au va-nu-pieds.

— Il est plus que temps, dit le bandit. On les a tous eus, sans ton aide.

— J'ai sauvé ton ami de se faire tailler en pièces par ce Vis, dit Torny. Mais si tu veux régler des comptes, faisons ça à la maison.

Quitter un travail réussi apportait toujours une exaltation féroce. Torny avait une fois de plus fait fi des règles de la société, des lois, des normes et s'en était sortie victorieuse. Que cette victoire signifie une maison en flammes et tout un tas de cadavres ne ternissait que légèrement le triomphe : ces corps appartenaient tous à des dirigeants Najahn, et Kance, l'allégeance actuelle de Torny, en bénéficierait.

Les voleurs n'empruntèrent pas le même chemin dansant pour rentrer chez eux. Au lieu de cela, l'équipe se divisa en groupes de deux et trois, empruntant différentes routes et gardant leurs capuches baissées, leurs couteaux cachés. Une retraite calme rendue nécessaire par la réponse massive des gardes Najahn à l'incendie grandissant. Quiconque s'enfuyant de ce désastre deviendrait suspect.

Des promeneurs nocturnes ? Eh bien, il y en avait beaucoup.

Torny se retrouva, sur ordre, avec les deux mêmes qui avaient été à l'extérieur du manoir. Après l'ordre, leur conversation conflictuelle, Torny ne fut pas trop surprise de les voir se diriger dans la mauvaise direction. Vers le quartier Najahn plutôt que vers le repaire des Doigts Agiles dans la grotte du côté sud.

Ils grimpèrent des rues pavées escarpées, évitant les marches sur le côté pour le léger droit de se vanter de rester sur le milieu plus difficile et plus lisse. Les mains de Torny ne quittaient jamais sa cape et les couteaux qu'elle contenait. Une bonne issue n'excluait jamais un meurtre sur le chemin du retour, bien que la plupart d'entre eux visaient à réduire les partages ou à achever un voleur dont le temps était venu.

Torny avait encore quelque chose à offrir, alors elle avait une idée de l'endroit où le va-nu-pieds l'emmenait.

La destination se trouvait à moins d'un pâté de maisons avant la première porte de Najahn. Le fait qu'ils n'allaient pas tenter de passer les gardes apportait un certain soulagement. Que leur destination soit, en revanche, une mince boutique de poterie en pierre n'apportait pas de meilleures réponses. Une enseigne suggérait que l'endroit produisait des articles sur commande à des prix élevés. Lorsque le va-nu-pieds s'approcha de l'étroite porte, flanquée de vitrines en boîte, chacune exposant un vase trop orné pour être utile, le voleur sortit une clé et la fit jouer dans la serrure.

Un imbécile aurait posé des questions ici. Torny garda le silence.

La lumière rosée de Sichi pénétrait à peine à l'intérieur de la boutique, quelques ombres faibles se projetant sur un sol encombré de comptoirs. Des pièces prêtes à être peintes, à être vendues, s'alignaient le long des murs comme des ombres. Un unique espace de travail occupait le centre de la pièce, comme si l'artisan voulait que les clients ou quiconque jetant un coup d'œil par la fenêtre puissent voir la beauté en train d'être créée.

— Nous attendons ici, dit le va-nu-pieds alors que

Torny le suivait à l'intérieur. L'autre bandit ferma la porte derrière eux et s'appuya contre elle.

Pas moyen de s'échapper, donc.

— Attendre qui ? demanda Torny.

Le va-nu-pieds se contenta de sourire, puis rit.

— C'est une bonne chose que tu sois apparue ce soir, Torny. Ça a rendu cette partie beaucoup plus facile.

— Quelle partie ?

— On savait que tu reviendrais chez toi, mais si tu ne l'avais pas fait, on serait venu te chercher après les meurtres. On serait entré dans ta chambre, peut-être qu'on aurait dû s'occuper de tes amis. Le sourire du va-nu-pieds ne fit que s'élargir. Tu vois, Yarvick te veut, toi et toi seule.

— Il tuerait mes amis pour me parler ?

— Parler ? Le va-nu-pieds rit de nouveau. Torny, il va se passer bien plus que de la conversation ici. Tu n'as qu'une seule chance, à mon avis, de sortir de cet endroit. Et ça va te coûter.

— Combien ?

Un clic retentit depuis l'arrière du bâtiment, du côté faisant face à la pente et à l'océan. Le va-nu-pieds se tut et s'écarta, bien que Torny remarquât que le bandit derrière elle restait exactement où il était.

Yarvick émergea dans les ombres peu profondes, l'air identique à d'habitude. Chapeau noir à larges bords, vête-ments en lambeaux qui convenaient plus à un mendiant qu'à un seigneur bandit, et un visage si blanc qu'il faisait honte à la neige. Peau jaunâtre, jambes et bras plus minces que ceux de Torny, l'homme avançait néanmoins avec une arrogance intouchable, une aura qui rendait Torny envieuse même si elle trouvait Yarvick répugnant sous tous les autres aspects.

Cet animal souriait maintenant à Torny, cette bouche

pleine de fausses dents, en particulier ces opales scintillantes. Ces skars de Noctia.

— Je crois que tu as quelque chose pour moi, dit Yarvick, d'une voix rauque, comme du papier qu'on déchire. Cela achètera ta vie, Torny. Mais tes amis coûteront bien plus cher.

21

FUITE DANS LA RUELLE

Cours jusqu'aux quais. Un conseil facile à suivre à Noctia, où il suffisait de descendre la pente pour trouver le port.

Quik atterrit de l'autre côté du muret, le manoir derrière lui s'embrasant violemment. Le sort de Torny semblait désormais hors de sa portée, alors Quik se concentra sur ce qui l'attendait devant lui, la petite maison qui se dressait là. À sa gauche s'étendait l'avenue principale, une petite clôture métallique séparant Quik de la rue. La maison était plongée dans l'obscurité, mais les problèmes du manoir semblaient avoir trouvé un nouveau public, une lanterne s'allumant soudainement à l'étage au-dessus de Quik.

Il était temps de bouger.

Le chasseur partit sur la droite, sa robe najahn flottant derrière lui. Les gantelets pesaient lourd à ses poignets, des objets dont il devrait probablement se débarrasser, ce qu'il ferait une fois qu'il aurait échappé aux habitants paniqués de Noctia. Pour l'instant, il posa ses paumes enveloppées, recouvertes de gantelets en bois sculpté à pointes métalliques, sur la clôture et sauta par-dessus.

Les rues pavées de Noctia valaient le coup d'œil pendant la journée, lorsque leur adhérence permettait aux charrettes et aux gens de monter et descendre l'île escarpée sans problème. La nuit, ces pierres faisaient un atterrissage lourd et bruyant, les bottes de Quik raclant le sol alors qu'il prenait pied et trouvait sa direction.

Des maisons s'élevaient de chaque côté de l'avenue, leurs toits pointus et inclinés dirigeant l'eau vers des tonneaux pour récupérer les rares pluies de Noctia. Des lanternes pendaient ici et là, offrant un contraste orangé à la lueur rose accueillante de Sichi. Cette lumière, maintenant, mettait Quik à découvert, alors que les premiers cris d'alerte générale s'élevaient dans le quartier.

Traquer une proie dans la jungle nécessitait un certain type de discrétion. Quik n'en utilisa que peu ici, alors qu'il s'efforçait de défaire ses gantelets avant que les premiers gardes ne le trouvent. Une forte poussée surmonta le lien attachant le gantelet à son poignet et son avant-bras, en faisant tomber un dans la rue et, un instant plus tard, l'autre. Quik les ramassa, cherchant sur sa robe un endroit où les mettre.

Bien sûr, la tenue najahn n'avait pas de poches assez grandes pour contenir ces gantelets. À la place, Quik défit les liens, les réenroula autour de sa ceinture, accrochant un gantelet de chaque côté de sa taille.

Et leva les yeux pour trouver une vouge pointée sur sa poitrine, un garde najahn le regardant avec curiosité. D'autres, y compris une brigade de pompiers, passaient en courant, des seaux d'eau dégoulinant sur leur passage. Bientôt, ils trouveraient les corps, et la nuit ne serait plus seulement enflammée.

— Étrange chose à avoir sur soi à Noctia, dit le garde alors que Quik se redressait, gardant les mains libres. Tu portes une robe najahn, mais ce ne sont pas des armes de Najahn.

— Vis, répondit Quik. Recruté.

Le Najahn fronça les sourcils. — Ils vous font déjà monter ici ? Le froncement de sourcils se transforma en une expression de pure perplexité. Je n'ai rien entendu à propos d'une division Vis, ni que vous les gars gardiez vos armes de la jungle. Qui est ton commandant ?

Le garde avait commis une erreur : il avait laissé la vouge glisser sur le côté en parlant, le tranchant un peu moins mortel qu'un instant auparavant. La brigade de pompiers continuait à passer, sans prêter attention à Quik. Une chance.

Il avait été suffisamment longtemps en captivité najahn.

Son poing nu frappa le menton du Najahn, non protégé par un casque porté plus pour l'apparence que pour une véritable défense. L'homme tomba, la vouge partant au loin, où un coup de pied bien placé l'envoya glisser sur les pavés. Quik n'offrit rien de plus, s'élançant le long des pierres. Il maudit cette fuite un instant plus tard, lorsque le garde, apparemment pas encore dans les vapes, lança une alerte confuse.

Des yeux curieux, attirés par l'incendie, se tournèrent vers Quik, rendant impossible tout retour à une descente tranquille vers les quais. Au lieu de cela, il tourna à droite, quittant la rue pour une autre ruelle. Des caisses de fournitures encombraient celle-ci, une curiosité satisfaite par la porte latérale portant le logo d'une épicerie.

Quik essaya la porte, la trouva verrouillée.

La défoncer ?

Non, le bruit ne ferait que le piéger davantage.

— Hé ! Toi !

Le Najahn à l'entrée de la ruelle n'était pas celui que Quik avait mis à terre, et il n'était pas seul. Le chasseur grogna et fit un pas sur la droite, contournant d'autres boîtes empilées. Les pavés ici n'étaient pas aussi bien posés que ceux de la rue, leurs creux corrodés dispersant de la terre alors que Quik reculait vers l'arrière de la boutique.

Aucune issue ne l'attendait là. Juste un mur de soutènement, ses pierres mortaisées fournissant un support à la maison à l'arrière de la boutique. Une autre clôture en métal noir jaillissait au sommet du mur, des piques acérées prouvant que Quik n'était peut-être pas la première personne peu recommandable à essayer ce chemin. À sa gauche, la boutique n'offrait rien de plus : un coin terne sans prises, fenêtres ou options. À droite, un mur plus haut, un imposant blockhaus de pierre séparant la boutique du niveau supérieur suivant et de la maison qui s'y trouvait.

— Je te le dis, dit le Najahn, s'approchant avec prudence, la vouge maintenant sortie et pointée vers l'avant. Il n'y a aucun moyen de sortir d'ici sauf avec nous. Viens sans violence, et nous arrangerons toute cette histoire. Tu pourrais même garder ta tête.

— Quel marché, marmonna Quik, continuant à chercher une issue sans en trouver. Que dirais-tu d'un accord différent ?

Le chasseur pivota sur ses talons, enfilant ses mains dans les gantelets. Il n'aurait pas le temps de serrer fermement les cordons, mais ils combattraient suffisamment bien pour ce dont il avait besoin. Quik les leva tous les deux, croisés devant lui, dans ce que le chasseur espérait être une démonstration intimidante.

Au moins, le Najahn hésita. Puis l'homme tapota l'autre derrière lui, et le second Najahn détacha un chakram de son dos. Sans espace pour esquiver, ce disque tranchant comme un rasoir pourrait écorcher Quik.

Il n'avait pas de skars Vis cette fois.

Au-delà des deux Najahn, d'autres s'entassaient dans la rue. D'autres seaux d'eau passaient en trombe, mais le nombre croissant de gardes signifiait qu'une percée effrénée ne mènerait pas Quik bien loin. Il avait fait un mauvais choix en se réfugiant ici, et maintenant il devrait en assumer les conséquences.

Heureusement, Quik avait quelque chose avec quoi marchander. Un cadeau de Torny.

— D'accord, dit Quik, alors que le lanceur de chakram se mettait en position. Le chasseur laissa tomber ses gantelets. Je me rends, mais vous devriez savoir que je n'ai pas déclenché cet incendie.

Cette fois, les Najahn n'attendirent pas, se précipitant en avant au moment où les griffes de Quik touchaient le sol. Le soldat balança sa vouge, frappant l'estomac de Quik avec le talon et le pliant en deux. Des étoiles dansèrent devant les yeux de Quik, et il grogna lorsque le second Najahn l'attrapa par le cou et le poussa en avant.

— Prenez mes gantelets, s'il vous plaît, haleta Quik alors qu'ils le poussaient hors de la ruelle et dans la rue. J'en aurai besoin quand Fassle me libérera.

Les Najahn rirent, mais celui qui le tenait par le cou demanda à un autre de ramasser les armes.

— Fassle ? dit le premier, marchant devant Quik avec sa vouge prête. Ne mêle pas le Cercle à ça. Ils n'ont pas de temps à perdre avec de la vermine comme toi.

Son ravisseur avait malheureusement raison. Quik ne fut pas conduit aux quartiers de Fassle, malgré ses protestations répétées qu'il détenait des informations précieuses. Au lieu de cela, ils l'enfermèrent dans une tour-prison, dans une cellule avec une seule fenêtre étroite donnant sur l'extérieur. Ils prirent sa robe et laissèrent Quik avec une tunique miteuse, pas de couverture, et une natte de paille qui puait le moisi. La tour chantait, malgré l'heure tardive, les chants des autres prisonniers, pleurant pour de la nourriture, de l'eau ou leur famille.

Le chasseur ne dit rien, se glissant simplement vers la fenêtre, où l'air frais qui s'infiltrait rendait la cellule supportable, et ferma les yeux.

Pas ce soir, peut-être, mais demain. Fassle ou quelqu'un de proche entendrait l'histoire de Quik, et quand ce serait le cas, le chasseur bondirait. Pavarti avait amené Quik ici pour l'aider à s'élever. Au lieu de cela, même si ce n'était pas tout à fait de la manière qu'elle avait prévue, il assurerait la chute de Fassle.

22

AU SOMMET

Une matinée de préparatifs, un après-midi d'escalade. Une journée typique à Kance, qu'Eujo appréciait alors que le soleil glissait vers l'horizon. Ils avaient changé de flèche vers midi, prenant plusieurs planeurs à travers les canyons montagneux jusqu'au centre de Kance. La plus haute flèche de Kance les y attendait, une ligne grise et blanche s'élançant dans le ciel. Ses falaises en cascade n'étaient pas défigurées par des escaliers. Les visiteurs devaient apprendre à manier les cordes, maîtriser les piolets et les chaussures à crampons. Un voyage destiné à enseigner à tout Renouveau ce que les premiers conquérants de Kance avaient dû apprendre.

Wax et Eujo n'auraient pas cette leçon aujourd'hui.

Les planeurs étaient un raccourci qu'Eujo avait ajouté au plan d'Annalyse, à la fois un moyen rapide de se rendre du Palais du Ciel à la flèche centrale et une chance de s'acclimater, ne serait-ce qu'un peu, au mode de transport qu'ils utiliseraient pour un voyage beaucoup plus long si tout se passait bien.

Les planeurs en tandem étaient des engins plus grands

et plus encombrants. Les deux passagers s'attachaient côte à côte, et tous deux devaient coordonner le pas dans le vide. La partenaire d'Eujo pour le vol du matin, Sawi, s'en sortait assez bien, mettant en pratique les leçons de leur vol depuis les plages nord de Kance pour rendre le voyage facile. Wax, Ami et Annalyse étaient chacun jumelés avec un autre pilote de planeur de Kance, passant leur vol à mieux apprendre comment maintenir ces appareils capricieux à niveau et à planer avec le vent.

— Tu faisais ça tous les jours avant ? demanda Sawi alors qu'ils chevauchaient les courants vers la flèche centrale. Des nuages duveteux et un temps frais rendaient le voyage agréable. Leurs sacoches, remplies de nourriture et de matériel d'escalade, reposaient au-dessus d'eux sur le filet en treillis. Wax et Annalyse étaient derrière, mais seulement de quelques minutes. Ça semble magique.

— Presque aussi magique que de se balancer sur les lianes dans la jungle de Vis, répondit Eujo.

— Au moins, il y a moins d'arbres à heurter ici.

— Une montagne peut te faire aussi mal.

Sawi rit.

— J'imagine. Heureusement, on dirait que j'ai une bonne pilote.

— On utilisait ça pour échapper aux cibles après leur avoir pris leurs affaires. Les gens les plus riches de Kance vivent tous sur des flèches plus petites. C'est un signe de statut d'être en hauteur.

— Tu veux dire, avant que tu ne deviennes reine ? demanda Sawi, son visage caché derrière une écharpe de vol et des lunettes fines utilisées pour tout vol plus long qu'un simple saut.

— Deux ans. C'est le temps que j'ai partagé les trônes avant que Fassle n'appelle le Renouveau. Jusque-là, j'étais comme Torny. On trouvait des cibles plus riches, on repérait leurs domaines, leurs fermes, leurs usines, et on partait avec ce qu'on pouvait. Sur les flèches, si tu pouvais attraper un planeur, ta fuite était assurée.

— Ils ne vous voyaient pas ?

— Même si Sichi était dehors, suivre un autre planeur la nuit est aussi difficile que de convaincre Wax de faire quelque chose d'intelligent.

Un autre rire de Vis. Eujo les fit virer à gauche, donnant beaucoup d'espace à une flèche plus petite. En dessous d'eux, les preuves verdoyantes du printemps s'étendaient le long de la vallée. Des arbres et des buissons fleurissaient dans toutes les crevasses et les falaises. Des oiseaux construisaient leurs nids, des créatures émergeaient et gambadaient, leurs silhouettes ombrées comme des taches filant ici et là.

— J'allais dire que tu as de la chance de l'avoir, dit Sawi, mais je pense que c'est lui qui a de la chance.

— Certainement. Eujo adoucit le mot avec un sourire, bien que Sawi ne l'ait peut-être pas vu. On s'entraide. Il n'y a pas beaucoup d'autres personnes qui comprennent les skars, ou la pression.

— C'est pour ça que je suis surprise que tu viennes avec nous. J'aurais pensé que la reine aurait des choses plus importantes à faire que ça ?

— Sauver le monde ? Mener le combat contre l'ennemi de mes îles ?

— Tu sais ce que je veux dire.

Eujo comprenait, en effet. Gouverner une île n'était pas seulement une guerre. Elle avait des désaccords à régler, des priorités de production - plus de navires, plus de planeurs, plus d'armes - à établir, et les nombreuses personnalités querelleuses parmi ses conseillers et les dirigeants de Kance à contrôler. Tout cela en plus de choses plus banales comme décider des menus de dîner et nommer de nouveaux vaisseaux.

— J'ai toujours établi des priorités. Sans pitié, dit Eujo. C'est ce que je fais maintenant. Tout le reste, au-delà d'arrêter Noctia, peut être géré par quelqu'un d'autre. Je ne suis pas un officier naval ou un commandant militaire, je ne suis pas une experte en logistique ou quelqu'un qui peut faire un grand discours. Mais je connais les skars, et je sais comment me battre. Alors c'est ce que je fais.

— J'aurais aimé avoir ton courage il y a quelques saisons.

La flèche centrale se dressait alors qu'ils contournaient un autre virage, Eujo visant et attrapant un geyser marqué pour donner plus de portance à leur planeur. Les pilotes de planeur de Kance peignaient les arbres et les rochers en rouge vif là où les geysers d'air émergeaient, et un pilote habile pouvait se maintenir indéfiniment autour de l'île en attrapant ces bouffées.

Tout ce qu'Eujo voulait faire, maintenant, c'était atterrir le plus haut possible sur cette flèche centrale.

— Ma maison m'avait choisie comme cueilleuse, quelqu'un qui irait chercher des fruits et des matériaux pour construire, cultiver la ville, dit Sawi. Ce n'est pas un mauvais rôle. Tu n'as pas l'honneur d'un chasseur, peut-être, mais tu es en sécurité. Valorisée. Mais ça aurait été ennuyeux.

La Vis continua à dérouler son histoire alors qu'ils volaient les dernières minutes, Eujo les faisant atterrir en douceur sur une terrasse de pierre clairsemée. Ces endroits ponctuaient la flèche, offrant des options aux planeurs arrivants. Wax et Annalyse, volant avec des pros, atterrirent sur celle au-dessus d'Eujo et Sawi, ce qui signifiait que les deux femmes devraient grimper par des crevasses étroites pour les rejoindre.

Que Gladdring ait sauté sur une jeune femme confuse et ennuyée ne surprenait pas Eujo. L'homme était un manipulateur né, mais dans ce cas, amener Sawi au-delà des arbres fruitiers et de la récolte était un heureux hasard, et Eujo le dit alors qu'elles sortaient leurs sacoches et mettaient leur équipement d'escalade.

— Si nous nous en sortons vivantes, je serai d'accord avec toi, dit Sawi.

Avec les sacoches sur le dos, le planeur plié et attendant leur retour, Eujo et Sawi se mirent en route. Chacune avait un piolet attaché à un poignet, les mains enveloppées dans des gants rigides. Ces écharpes volantes enroulées autour de leur cou étaient maintenant plus serrées, cette chaleur essentielle alors qu'elles grimpaient plus haut. Pas de feux ici, et pas de bois pour en faire non plus. Juste des bouts de neige tombante pas encore fondue, leurs robes Kance argentées et bleues, et de la détermination.

Les trois pilotes de planeur restèrent avec les appareils, montant de petites tentes pour passer la nuit pendant que le quatuor continuait à monter. Des cordes épaisses, toutes peintes d'un vert vif pour les repérer, permettaient à l'équipe de grimper le long de la flèche dentelée. À cette altitude, la glace s'accrochait encore entre les crevasses, la flèche loin d'être une chose parfaitement lisse, mais plutôt marquée par les intempéries, le temps et les fléaux d'aventuriers moins expérimentés.

—Je pensais que je n'aurais pas à faire celle-ci, dit Wax, suivant Eujo, avec Sawi, Ami et Annalyse fermant la marche. J'ai déjà deux skars Kance, tu sais.

— Pas assez pour nous y amener, répondit Eujo. Et je ne

vais pas prendre les seuls skars que mes soldats peuvent utiliser juste avant que Noctia n'attaque à nouveau.

— Je comprends la raison, je ne fais que râler.

Eujo sourit en plantant le piolet dans le prochain rocher, la pierre se fendant alors que l'outil à pointe de diamant donnait à Eujo assez de prise pour respirer une minute. Évaluer la distance jusqu'au prochain palier, le dernier. Ils l'atteindraient juste avant que l'obscurité ne prenne trop d'emprise.

— Wax, garde tes râleries pour le dîner, parce que ce soir, ça va être sec.

— Quoi ? Je viens juste de traverser le Sombre En-Dessous. J'ai besoin de bonne nourriture, Eujo ! Besoin !

— Désolée. C'est la malédiction du Renouveau, j'en ai peur.

Eujo se hissa jusqu'à la prochaine ligne, donnant un coup de pied fort avec ses bottes pour les bloquer dans la falaise enneigée. Le vent fouettait ici, et son visage était depuis longtemps passé à un engourdissement brûlant, mais Eujo se surprit à vouloir hurler de libre délice malgré tout. À cette hauteur, tout semblait distant. Noctia, Kance, la guerre... Mais pas les skars. Ils restaient là, bouillonnant dans son esprit comme toujours.

— Ne t'inquiète pas, dit Eujo, commençant à grimper la prochaine ligne de corde, la dernière de la journée. Tu auras bientôt ta chance.

23
NOUVELLES SKARS, NOUVELLES IDÉES

près un repas insipide et une nuit passée roulés dans des sacs de couchage, sans tente, le vent les fouettant, Wax n'était que trop heureux de reprendre l'ascension. Une journée froide et nuageuse les accueillit, le soleil ne parvenant pas à percer la grisaille. Des flocons tombaient, se transformant en pluie un peu plus bas. La vue surpassait celle du sommet du Grand Santa, les nombreuses flèches de Kance s'élevant comme des doigts de pierre au-dessus du vert et du brun lointains. Un regard plus attentif révélait des étoiles scintillantes nichées çà et là, captant la lumière qui filtrait et la transformant en un éblouissement.

— Des diamants célestes, dit Eujo alors qu'ils sirotaient du thé autour d'un feu conjuré par la skar Foti et alimenté par de fines broussailles récoltées dans des cavités abritées. Si tu veux bien gagner ta vie sur Kance, tu te lances dans la récolte de ces trucs.

— Pourquoi ne l'as-tu pas fait ? demanda Annalyse.

— Parce qu'être une voleuse était plus facile.

Sawi renifla. Toujours l'esprit d'équipe, Sawi. S'inquiéter de les voir toutes les deux apprendre à se connaître devait figurer parmi les craintes les plus stupides de Wax. Les deux femmes étaient pragmatiques, intelligentes et déterminées. Elles ne laisseraient pas Wax entraver leur amitié ou leurs objectifs.

Ce qui était un bon rappel : heureusement, elles étaient du côté de Wax.

Deux cordes supplémentaires amenèrent le quatuor à un large ensemble de marches en dalles sans rien d'autre qu'une très, très longue chute de chaque côté. L'entrée, un endroit rocheux et escarpé, semblait avoir été mieux entretenue autrefois, mais des carreaux fissurés et des bords effondrés indiquaient que cet entretien s'était estompé.

— Les Najahn ont fait le strict minimum, dit Eujo en donnant un coup de pied à un caillou qui traînait. Il rebondit par-dessus la falaise et disparut dans le vide. Espérons que rien n'attendait en bas. Ils engageaient des imbéciles de Kance ici et là pour aller récolter les skars, sans jamais risquer leurs propres soldats ni apprendre à maîtriser la flèche.

— Ça ressemble à chez nous, dit Wax.

— On peut faire deux choses avec le pouvoir, ajouta Annalyse. Soit l'utiliser pour accomplir davantage soi-même, soit forcer les autres à faire le travail à sa place. Les Najahn font les deux.

— Pour l'instant, marmonna Ami. Leur heure de vérité approche.

À la dernière marche, une porte carrée en pierre s'élevait, triplant la taille de Wax et bordée de roches grises empilées de chaque côté. Les blocs de la porte étaient érodés par le vent, lisses sauf pour quelques lignes éparses ici et là, creusés par les rafales incessantes. Eujo les conduisit à l'ombre de la porte avant de s'arrêter, fixant le blizzard tourbillonnant au-delà. Le temps n'avait pas été si violent sur les marches.

— Nous appelons ça la Porte des Dieux, dit Eujo. Au-delà se trouvent les skars de Kance. C'est aussi là que les Renewals se blessent, ou meurent. Prêts ?

— Avec un tel préambule, dit Wax, comment ne pas l'être ?

Le tourbillon de neige n'était pas un blizzard, mais un brassage constant de flocons, à la fois de neige et de pierre brisée, de poussière, et de tout ce que Kance pouvait attraper à l'intérieur du grand bol au sommet de la flèche. Wax plissa les yeux, protégés par des lunettes de vol, en scrutant le brouillard blanc. Des particules s'accrochaient à ses cheveux, ses robes, ses gants, s'accumulant et le forçant à se secouer de temps en temps, de peur que son rempart vivant ne le voie enseveli. Les autres étaient dans le même état, Annalyse faisant un pas en arrière pour se protéger dans l'ombre de la porte.

— J'attendrai que vous trouviez le chemin, cria-t-elle par-dessus le rugissement du vent.

Décision intelligente.

— Regardez attentivement et vous verrez les pierres, cria Eujo. Il y a un chemin entre la plupart. Étroit, mais il est là. Prenez votre temps, marchez prudemment, et ne tombez pas dans les trous. Ils sont trop profonds pour y survivre.

— C'est de la folie ! dit Sawi, se blottissant avec les deux autres sur la petite corniche au-delà de la porte. C'est impossible !

— Ne sois pas lâche maintenant, Sawi, gronda Ami, faisant de son mieux pour simplement supporter l'assaut constant, sa plaque faciale dorée comme un phare au milieu du blizzard. Je ne t'ai pas gardée en vie pour que tu abandonnes ici.

Chaque épreuve du Renewal avait d'abord semblé ridicule, un défi impossible ou presque. En s'installant, cependant, on pouvait trouver un moyen. Eujo l'avait déjà fait, comme la Reine l'expliquait maintenant à Sawi, alors ils pouvaient-

La skar de Kance babilla, sa mélodie saccadée apportant une recommandation facile. Leur problème résidait dans le vent, et le vent était à la merci de la skar. Comme l'était, réalisa Wax, le défi de presque toutes les skars. Faites votre chemin jusqu'à la skar, et son pouvoir vous ramènerait en sécurité.

Peut-être pouvaient-ils tricher.

Eujo se déplaça vers le côté le plus éloigné de la corniche, évaluant un premier pas, quand Wax lui cria de s'arrêter. Alors que la Reine hésitait, Wax laissa la skar de Kance respirer. Elle s'étendit à travers ses mains, ses pieds, ses cheveux pour attraper le vent tourbillonnant et apaiser son vacarme. La neige et la poussière s'arrêtèrent, comme si quelqu'un avait gelé les flocons dans le temps, avant qu'ils ne voltigent vers le sol. Les débris s'éclaircirent, le bol révéla ses secrets faciles : de simples lignes reliant les petites flèches rocheuses au hasard, mais faisant leur chemin peu à peu vers le centre du bol.

— Vous voyez ? dit Wax, la skar de Kance continuant de chanter dans son esprit. Facile.

— Brillant, murmura Annalyse, venant aux côtés de Wax. Mais combien de temps toi et la skar pouvez-vous maintenir ça ?

— Ne cherchons pas à le savoir, d'accord ?

Les skars de Kance poussaient sur un arbre de diamant, jaillissant du centre du bol. Eujo le déclara l'œil de Kance, l'arbre lui-même étant la dernière larme du dieu gelée alors qu'elle tombait. Les skars pendaient aux branches comme de minuscules fruits, suffisamment pour remplir plusieurs petites bourses. Le quatuor cueillit les skars, les laissa tomber à l'intérieur et, juste au moment où Wax commençait à traîner, courut le long des chemins jusqu'à la Porte des Dieux.

Libérer la skar de Kance de sa mission ramena le corps de Wax à une demi-vie, et il tendit la main, trouva l'épaule d'Eujo pour se soutenir. Sawi tira quelques fruits secs de sa sacoche, les tendit à Wax, et, avec de l'eau fraîche de montagne, le Renewal récupéra suffisamment d'endurance pour descendre les marches, les cordes, jusqu'à leur campement de fortune de la nuit précédente. Ils prirent un long déjeuner, Annalyse passant en revue la prochaine étape du plan.

— Tu penses vraiment que c'est possible, même avec les skars ? demanda Sawi. Je veux dire, j'ai suivi parce que je n'ai pas d'autres idées, mais quand même.

— Qu'en pensez-vous ? demanda Annalyse à Wax et Eujo. C'est vous qui connaissez les pierres. Vous pensez pouvoir le faire ?

— Si je ne pensais pas qu'on en était capables, répondit Eujo, nous ne serions pas ici.

— Écoutez, ajouta Ami, j'ai vu les pierres faire des choses incroyables. Donner un petit coup de pouce à ces planeurs doit être parmi les moindres de leurs capacités. Ce que je me demande, par contre, c'est comment nous allons survivre ? La nourriture, l'eau, une éventuelle tempête ?

— Ça, dit Wax, c'est là que ça se corse. Mais tu aimes les défis impossibles, non ? Tu n'es pas excitée d'essayer ?

— Je suis excitée à l'idée de planter une lame dans le ventre de Fassle et de récupérer le foyer de mes marcheurs de feu. Si cela signifie m'attacher à l'un de vos cerfs-volants pendant quelques jours, alors je suis partante.

— Bien, déclara Eujo. Alors allez dormir. Du mieux qu'on peut. Demain, on rentre et on se prépare.

— Pour la chose la plus absurde et impossible que Les Sept Îles aient jamais vue, dit Sawi.

— Pour quelque chose à quoi Fassle et Yarvick ne s'attendront jamais, conclut Wax.

Les skars, au moins, trouvaient tout cela très excitant.

24
LA MISSION D'UNE VOLEUSE

Confronter son père, du moins son père adoptif, semblait toujours meilleur en théorie qu'en réalité. Torny, depuis qu'elle avait mis la main sur le journal intime dans cette propriété sur Whent — comme cela semblait lointain maintenant ! — avait imaginé cette rencontre environ un million de fois. Elle les avait imaginés sur une falaise, dans la grotte des voleurs, dans la carcasse abandonnée où la vraie famille de Torny avait vécu dans ses plus jeunes années. Jamais dans une poterie fermée, mais combien de fois les rêves se déroulent-ils comme on s'y attend ?

Pourtant, la main de Yarvick était là, tendue dans sa gloire fantomatique et pâle, teintée de rose par la lumière qui s'échappait de Sichi. La peau de l'homme ne s'affaissait pas avec l'âge, n'avait pas changé un brin depuis le jour où Torny l'avait rencontré pour la première fois, quand elle avait chapardé une mangue sur le chariot d'un marchand de Vis. Une voleuse bien dressée à partir de ce moment-là, passée au banditisme en apprenant à manier le couteau, à ôter la vie avec. Tout cela sous l'instruction de Yarvick.

Elle lui devait au moins ça.

Torny sortit le journal de la poche de sa poitrine, sous ses vêtements de cuir, et déposa le livre, froissé sur les bords et arborant une ou deux nouvelles taches de ses longues aventures à travers les îles, dans la main de Yarvick. Il ne bougea pas son trésor au début, se contentant de le regarder pendant un long moment, puis leva les yeux vers Torny.

— C'est le sien ? demanda Yarvick, sa voix rauque s'amenuisant. Vous en êtes sûre ?

— Lisez-le, répondit Torny.

— Vous auriez pu l'écrire.

Une question dangereuse. Yarvick ne lui avait pas interdit de lire le journal, mais il ne lui avait pas non plus dit de le faire. Si elle avait... Torny s'arrêta. Jouer au plus fin avec le seigneur des bandits était un moyen rapide de mourir, ou de perdre l'esprit à courir après des ombres. La confiance était une meilleure alliée ici.

— Lisez-le.

Yarvick hocha la tête, ramena le livre vers lui. Ouvrit la couverture. Les deux autres voleurs, le va-nu-pieds qui avait intercepté Torny à son arrivée dans la grotte de Yarvick et celui qui avait poignardé le capitaine Najahn, Pavarde, se rapprochèrent de Torny. Leurs mouvements soulevèrent la poussière restante dans la boutique, un nuage rose tourbillonnant s'élevant dans l'air mort tandis que Yarvick feuilletait le début du journal. Pendant de longues secondes, personne ne dit rien, les seuls sons étant le bruit des pages tournées par Yarvick et les bruits étouffés de la nuit de la Cité Encerclée.

Avec un peu de chance, Quik s'était échappé. Torny ne l'avait pas laissé dans une situation idéale, mais si le Vis était venu ici avec elle, la vie de Quik aurait probablement été perdue, ou utilisée pour quelque chose de pire encore que la garde de Pavarde.

— Savez-vous ce que c'est, dit Yarvick dans le silence, sans lever les yeux des pages, que d'aimer quelqu'un et de savoir qu'il vous déteste en retour ?

— Vous.

Yarvick leva les yeux du livre. — Moi ?

— Vous n'êtes pas si bête, Yarvick. Vous m'avez donné un but, vous m'avez appris la plupart de ce que je savais. Votre approbation était tout pour moi, et puis vous m'avez jetée.

— Je ne vous ai pas jetée. Vous avez échoué.

— Les gens échouent, Yarvick. Ça ne veut pas dire qu'on ne peut pas leur donner une autre chance.

— Et c'est ce que j'ai fait, quand vous avez prouvé que vous en méritiez une.

Le seigneur des bandits retourna au journal, tourna une autre page avant de le fermer. Il le glissa dans la poche de son propre manteau. L'homme avait toujours évité les robes et n'avait pas commencé à en porter maintenant, malgré sa position Najahn. Une chemise, un manteau, un pantalon miteux et un large chapeau, tous portant les marques d'un dur labeur.

— J'ai vécu plus longtemps qu'une douzaine de vies, pourtant je suis plus attiré par la courte vie dans ces pages que par mes propres souvenirs, médita le seigneur des bandits, puis il hocha la tête vers Torny. À moins que vous n'ayez amélioré vos compétences en matière de contrefaçon, je crois que c'est exactement ce que j'ai demandé. Vous avez ma gratitude.

L'introspection terminée, Torny haussa les épaules. — Il n'était pas content de le perdre.

— J'en suis sûr, mais je suis plus heureux de l'avoir.

Yarvick fit un signe aux deux voleurs derrière l'épaule de Torny. Vous pouvez partir maintenant. Préparez la suite. Bien joué ce soir.

Les deux bandits firent de courtes révérences avant de se glisser par la porte. Aucune inquiétude à laisser Yarvick seul avec Torny. Ils savaient qu'il était le plus mortel dans la pièce, et que Torny le savait aussi.

— Venez avec moi, Torny, dit Yarvick, se dirigeant vers l'arrière de la boutique. J'aimerais discuter un peu plus de notre relation.

— Ne l'appelez pas comme ça.

— Quoi ?

— Une relation.

Yarvick sourit, un léger rictus malsain. — Si c'est ce que vous souhaitez.

Prenant une lanterne éteinte sur une étagère proche, Yarvick pressa sa main contre le verre. Une étincelle apparut de nulle part, allumant la mèche et éclairant l'objet. Impossible, à moins que Yarvick n'ait ajouté plus de skars à son arsenal. Torny ne demanda rien. Yarvick aurait pu entrer avec la lanterne allumée. Qu'il ne l'ait pas fait signifiait qu'il voulait que Torny comprenne qu'elle était encore plus surclassée qu'elle ne le pensait.

Le seigneur des bandits conduisit Torny au-delà des fournitures empilées, des peintures et des listes de clients, il trouva un petit escalier montant. Gravir les marches solides menait à un grenier encombré, à moitié rempli de ce qui ressemblait à des œuvres terminées. Des choses soit pas encore vendues, soit en attente que leur propriétaire en prenne possession. Yarvick ne dit pas un mot pendant le trajet, gardant son dos tourné vers Torny tout du long.

Presque une invitation à tenter un coup de poignard, mais Torny ne laissa pas une seule fois ses mains dériver vers les manches de ses dagues. Elle n'était pas venue ici pour se suicider.

Le grenier avait une autre échelle rétractable, que Yarvick atteignit d'un petit saut peu digne. D'un coup sec, l'échelle descendit et ouvrit une petite trappe dans le toit. Il monta en premier, et Torny le suivit. Les toits pentus de Noctia auraient rendu une telle vue difficile presque partout, mais le potier avait installé de minces planches cloutées à l'extérieur de la porte, deux de chaque côté. Une pour les pieds, une pour s'asseoir. Yarvick prit la gauche, Torny la droite.

La Cité aux Anneaux s'étendait sous eux, lanternes allumées et grouillante d'activité. Torny chercha le manoir d'où ils venaient, le repérant grâce aux restes fumants d'un incendie éteint. Une réponse rapide et sans propagation. L'efficacité de Noctia et des Najahn à son meilleur.

—Cet homme a une dette envers moi, dit Yarvick, mais je refuse tout paiement. À la place, je peux venir ici n'importe quel soir, à ma demande. C'est un arrangement qui nous convient à tous les deux.

—Qu'avez-vous fait pour qu'il soit votre débiteur ?

—Un rival cherchait à casser le marché de mon ami. J'ai veillé à ce que ces efforts échouent.

—Vous l'avez tué dans son sommeil, ou quelque chose comme ça ?

Yarvick, les bras croisés, ricana. —Non. J'ai donné au rival un meilleur emplacement dans le sud de la ville. La poterie là-bas est plus utilitaire que décorative, mais son commerce prospère et Noctia s'en porte mieux.

—Vous êtes un vrai héros, Yarvick.

—Je suis ce dont cette ville, cette île, a besoin, Torny. Je ne suis pas corrompu par la brièveté de la vie ou le besoin de richesses. Je cherche à élever ceux qui le méritent et à aider ceux qui en ont besoin.

—En égorgeant et en volant les riches.

—Vous n'êtes pas si mauvaise à ces jeux-là non plus.

—Je n'ai pas dit le contraire. Je ne suis juste pas sûre d'être d'accord pour dire que vos méthodes sont toutes nobles.

—Oui, et je suis sûr que beaucoup diront que mes intentions n'excusent pas mes tactiques, ou une absurdité du genre. Mais je ne vous ai pas fait monter ici pour débattre de ma vie. Yarvick balaya la vue d'un geste de la main. —J'ai cru comprendre que vous avez un nouveau maître ?

Yarvick savait clairement déjà, alors Torny lui parla d'Eujo, de Wax, de la mission de paix à Fassle. Pendant tout ce temps, Yarvick hocha la tête ici et là, restant autrement silencieux jusqu'à ce qu'elle ait fini.

—Alors je vous demanderais une faveur, dit Yarvick. Quand Fassle sera écarté, j'accepterai l'offre de paix de Kance. Nous rappellerons les forces Najahn, de toutes les îles. Elles seront dissoutes.

—Dissoutes ?

—Nous changeons le monde. Mieux vaut repartir de zéro que de garder la pourriture. Nous en avons éliminé une bonne partie ce soir. Je dirigerai Noctia sous une nouvelle bannière. Les autres îles feront comme bon leur semble.

Torny plissa les yeux, —Comme bon leur semble ? Ce n'est pas votre genre.

—Tout le monde peut changer, Torny. Même ceux aussi vieux que moi.

—D'accord, mais vous ne m'avez toujours pas dit quelle était la faveur ?

—Quand le moment viendra, je ne m'attends pas à ce

que les Najahn abandonnent tranquillement, même si Fassle est écarté. Votre ami, celui qui, comme moi, échappe à la mort ? Prenez les skars. Gardez-les jusqu'à ce que la révolution soit terminée. Ces pierres sont la seule chose qui pourrait nous ruiner. Yarvick lança à Torny un regard doux, presque aimant, si l'homme était capable d'une telle chose.

—Ferez-vous cela ? Pour moi ? Pour les îles ?

25
INTERROGATOIRE

À un moment donné, Quik avait dû s'endormir, car une femme drapée dans une robe Najahn était maintenant assise en face de lui. Elle l'observait, une tablette de cire entre les mains, un stylet de charbon prêt. Bien qu'elle se trouvât dans une cellule — la porte à barreaux derrière elle était fermée — avec un homme de la carrure de Quik, qui venait juste d'assommer un garde en se faisant capturer, ses épaules affaissées et son doux sourire suggéraient que la peur était loin. Quik nota sa peau saine, claire et sans rides, qui aurait pu être celle d'une femme plus jeune, mais sa posture et son regard perçant témoignaient d'une expérience acquise.

Quoi qu'il en soit, Quik la pensait plus âgée qu'elle n'en avait l'air, ce qui signifiait qu'elle était soit fortunée, soit dans une position suffisamment puissante pour s'offrir une alimentation saine, des crèmes et des soins. Tout cela contribuait à mettre Quik dans un état d'alerte confuse. Il s'attendait au bourreau, pas à un interrogateur.

— Vous avez eu tout un périple, Quik, dit la femme, son accent net et précis la désignant comme originaire de Rana, sinon par allégeance. Un chasseur Vis, une recrue Najahn, avant de disparaître avec un traître pour réapparaître ici. Un meurtrier, une expérience, et le frère du Renouveau Vis. Est-ce que je résume bien la situation jusqu'ici ?

— C'est assez proche.

— Bien. J'aime toujours voir que mes sources sont fiables.

— Qui sont-elles ?

— Quiconque a besoin d'une tranche de pain supplémentaire pour passer la journée. La femme se réinstalla dans son sourire en parlant, ne s'arrêtant jamais sur une autre expression. Je m'appelle Kavasa et, après quelques heureux accidents, je suis la nouvelle Troisième Main Tenet.

— La remplaçante de Masayo ?

— La suivante dans une lignée continue. Les remplaçants impliquent plus du même. Je suis différente, c'est pourquoi je suis ici pour vous offrir une chance.

— Une chance de quoi ?

— Des questions, Quik. Vous me donnez des réponses, et je vous en donnerai en retour. Un échange équitable, et un que vous trouverez utile, je pense.

— Je me fiche de ce que vous pensez, dit Quik en croisant les bras. Je suis coincé dans une cellule Najahn. À quoi vont me servir des informations ?

— Quand tout ce que vous avez, ce sont vos pensées, ne voudriez-vous pas qu'elles soient plus heureuses ?

Quik fronça les sourcils, mais l'irritation disparut aussi vite qu'elle était apparue. À quoi bon ? S'il essayait de lui sauter dessus, Kavasa l'éventrerait probablement et le laisserait se vider de son sang sur le sol de la cellule. Même s'il parvenait à passer outre, la porte était fermée, et Kavasa n'avait probablement pas de clé. De plus, Quik avait effectivement des questions.

Si Kavasa pouvait y répondre, eh bien, cela pourrait en effet être utile.

— Où est mon frère ? demanda d'abord Quik.

— Je regrette de dire que nous n'en sommes pas sûrs, répondit Kavasa, une admission audacieuse. Si elle avait voulu manipuler Quik, elle aurait pu dire qu'il se tordait de douleur dans une cellule au-dessus, prêt à être tué si le chasseur ne coopérait pas. La dernière fois que j'en ai entendu parler, il était descendu dans la Blessure avec les skars de l'Aegis après sa mort, au moment où les tremblements de terre ont frappé.

— Il est allé dans les Ténèbres d'en Bas ?

— Et n'en est pas ressorti, pour autant que nous le sachions. Kavasa leva un seul doigt de la main tenant le stylet de charbon. Maintenant, les Whent ont une colonie grandissante à la base de la Blessure. Ils ont dit que Wax avait accompli un miracle là-bas. Scellé les démons. Un accomplissement stupéfiant.

Quoi ? Sawi n'avait pas mentionné cela sur Vis, mais peut-être que Wax n'était pas encore arrivé. Sawi avait décrit les portes et l'obsession d'Ami pour elles. Wax avait-il réussi à... ? Quik soupira, sourit. Son frère avait réussi d'une manière ou d'une autre ce que chaque Aegis avait échoué à faire.

— Vous avez raison d'être fier de lui, dit Kavasa. J'aimerais que nous sachions où il est, pour lui offrir la célébration qu'il mérite.

Quik renifla. — Si c'était vrai, Fassle ne serait pas en train de faire piétiner ses capes violettes sur toutes les îles.

Kavasa ne dit rien à cela, se contentant de garder son sourire tandis qu'elle griffonnait quelque chose sur la tablette. Quik observa, attendit qu'elle lève les yeux, inclinant la tête vers sa droite.

— Mon tour ? demanda Kavasa.

— C'est vous qui faites les règles.

— En effet. Parlez-moi d'abord de la raison pour laquelle vous avez été attrapé. Il y avait un manoir à proximité qui a brûlé. De nombreux corps ont été trouvés. Étiez-vous mêlé à cela ?

— Non. Pas directement, dit Quik. Je n'ai pas déclenché l'incendie, et je n'ai certainement tué personne.

— Mais vous étiez là.

Pas une question, mais une confirmation.

— Pavarde m'a amené. Elle voulait une protection.

Kavasa l'encouragea à en dire plus et Quik s'exécuta. Il décrivit l'attaque du manoir, les assassins des Doigts Agiles.

— Les Doigts Agiles ? demanda Kavasa. Vous en êtes certain ?

— J'en connaissais un, répondit Quik. Pavarde pensait que ça pouvait être un piège. Dégager la voie pour prendre le contrôle.

— Yarvick est toujours en train de comploter. Le regard de Kavasa se perdit dans le vague tandis qu'elle griffonnait sur la tablette. Elle se reconcentra d'un coup, avec un mince sourire. Parlez-moi plus de Pavarde, de votre histoire.

Les craintes du capitaine Najahn, ses espoirs, leur passage de Vis jusqu'à Noctia. Kavasa griffonnait sur la tablette ici et là, sans dire un mot. Pour un chasseur qui n'avait pas l'habitude de parler autant, les circonstances sinistres provoquèrent un déluge. Il s'emporta à propos du décapage de Mottilan, des coups forcés de Pavarde sur les Vis, avant de revenir plus loin en arrière sur la trahison de Gladdring et leur fuite de l'île.

— Il a laissé la Reine mourir ? demanda Kavasa.

— Gladdring était toujours à la recherche du prochain

risque, répondit Quik. J'ai détesté ça, la laisser, plus que tout le reste.

— Même Mottilan ?

— La guerre est une chose, même en tant que chasseur je le sais. Mais laisser quelqu'un se noyer là-bas ?

— Eh bien, c'est une chose dont vous n'avez pas à vous inquiéter, dit Kavasa. J'ai l'intention d'être juste envers vous, en remerciement de votre coopération. Elle glissa la tablette à l'intérieur de ses robes. Je crois que j'ai ce dont j'ai besoin. Pour la première fois, son sourire se transforma en une ligne triste. Malheureusement, vous avez commis de nombreux crimes, Quik. Vous avez combattu les Najahn. Tué nos soldats. Et, je crois, vous le feriez à nouveau si on vous libérait. Tout cela signifie que votre vie, selon la loi de Noctia, est perdue.

Une fois de plus, Quik envisagea de se précipiter dans un élan de panique, et une fois de plus, il rejeta cette idée. À ce stade, après être resté assis si longtemps, ses jambes étaient à moitié engourdies de toute façon. Il risquerait plus de trébucher et de s'écraser contre le mur de la cellule que de lancer une attaque convaincante contre Kasava.

— Alors vous allez me tuer maintenant ? demanda Quik.

— Si vous le souhaitez, répondit Kasava. Mais je préférerais que vous choisissiez. Il y a trois méthodes que je vais vous recommander, et vous pourrez en choisir une.

— Pourquoi pas un couteau sous la gorge ?

— Parce que nous sommes civilisés, et qu'un pauvre garde devrait nettoyer votre cellule. Kasava plissa le nez. Vous êtes sûrement conscient à quel point c'est salissant quand on prend une vie ?

Comme Quik se contentait de la regarder bouche bée, se

demandant comment elle pouvait parler de la mort comme d'un simple verre d'eau renversé, la Tenante poursuivit.

— Nous pouvons empoisonner une boisson pour vous. Nous le ferons au hasard, donc vous ne saurez pas. Un peu d'agonie pendant que la substance fait effet, mais une mort sans effusion de sang à la fin. Kasava leva deux doigts. Ou nous pouvons vous jeter à la mer. Avec des chaînes lestées, bien sûr, pour garantir le résultat. La noyade, d'après ce que je sais, est assez terrible, mais quelques gorgées pourraient mettre fin aux choses rapidement. Un troisième doigt rejoignit ses frères. Enfin, une exécution traditionnelle. La pendaison, devant un public. Cela ne devrait pas vous surprendre que Fassle préfère celle-ci, pour faire un exemple. Je peux passer outre, pour vous.

Comment mourir ?

Sur Vis, la mort d'un chasseur devait venir de l'une de ces deux façons : si vous en aviez encore la force, le mieux était de partir seul dans la jungle à votre crépuscule, à la recherche d'une dernière proie. Que vous ne reveniez jamais était accepté, attendu, admiré. L'autre, si la maladie ou les blessures avaient pris leur tribut, était de boire un mélange particulier qui vous endormirait pour ne plus jamais vous réveiller. Vous preniez ces dernières gorgées entouré de votre famille et de vos amis.

Si Quik ne pouvait avoir ni l'un ni l'autre, alors il se tiendrait debout pour son île. Une marque d'indépendance, de courage.

— Donnez-moi la corde, dit Quik.

Kasava hocha la tête, cachant bien toute surprise face au choix du chasseur.

— En l'état actuel des choses, vous n'êtes pas le seul prisonnier à attendre la fin de sa vie, dit Kasava en se levant.

Demain matin, vous trouverez votre fin, Quik. J'espère qu'elle sera paisible.

La Tenante poussa la porte de la cellule — qui n'était pas verrouillée après tout, un détail qui fit tressaillir Quik — avant de sortir et de la fermer à clé derrière elle. Kasava ne se retourna pas vers le chasseur en s'éloignant, et sans sa conversation, le chant désespéré de la prison, ses cris et ses clameurs, conquit le silence.

26
PRÉPARATIFS DU VOL

L e capitaine ne voulait pas de cette responsabilité. Eujo n'avait jamais vu un tel mélange de peur et de dégoût que lorsqu'elle avait posé ce fardeau sur les épaules compétentes de Narro. Il agitait les mains dans la salle du trône vide, à l'exception de Livier qui observait près de l'entrée, et se plaignait des noms qu'il ne connaissait pas, des politiques qu'il ne comprenait pas, du pouvoir qu'il devrait exercer.

— Et tu crois que c'était différent pour moi ? dit Eujo, stoppant net sa frénésie. Quand la Reine a posé la couronne sur ma tête, j'étais bien plus jeune que toi, avec une vie passée à voler de la nourriture dans les maisons plus aisées. Pourtant, je suis toujours là.

— Vous vous en êtes si bien sortie que l'ancienne Reine a essayé de vous faire tuer.

— Elle avait d'autres raisons. Erronées, mais des raisons quand même. Eujo sourit. Ne t'inquiète pas, Narro. Quelqu'un essaiera de te tuer aussi. Beaucoup de personnes, en fait.

— Encore mieux. Le capitaine regarda entre les trônes,

comme s'il envisageait de sauter par les fenêtres. Une tentative plus sage avec un skar de Kance à disposition que sans. Pourquoi moi, alors qu'il y a des officiers plus expérimentés ? Alors que vous avez, à mon dernier décompte, un millier de conseillers ici prêts à prendre les rênes ?

— Deux raisons, dit Eujo. Premièrement, parce que je te connais et te fais plus confiance qu'aux amiraux plus âgés. Ils travaillaient pour ma prédécesseure. Toi, tu travailles pour moi. Deuxièmement, parce que tu ne veux pas de ce poste.

— C'est une bonne chose ?

— Une très bonne chose, parce que tu me le rendras quand je reviendrai.

Narro plissa les yeux vers elle. — Vous ne m'avez même pas dit où vous alliez.

— Tu n'as pas besoin de le savoir. Surtout si les Najahn se révèlent plus capables que toi, un résultat que j'espère ne pas voir se produire.

Narro, sentant sa défaite imminente, abandonna sa défense. Il s'affaissa avant que son dos entraîné ne se redresse, et il s'inclina.

— Comme vous le souhaitez, ma Reine. Quand l'opération commencera-t-elle ?

— Demain, dit Eujo. Tu me rejoindras pour le discours du matin, où je te céderai le pouvoir. Ensuite, Kance sera à toi.

— Jusqu'à votre retour.

Eujo acquiesça et congédia le capitaine. Quand il fut parti, jetant seulement deux regards en arrière à la recherche d'une plaisanterie, d'une blague, d'une résolution prouvant que tout cela n'avait été qu'un malentendu, Livier remplaça Narro devant le trône d'Eujo.

— Les missives ont été livrées, déclara Livier. Aucune

n'a été rejetée. Mes amis rapportent que les autres îles ressentent la pression des Najahn et ne l'apprécient guère.

— Bien. Si ça ne marche pas, alors peut-être que Kance ne sera pas seule.

— Qu'est-ce que tu prépares exactement, Eujo ?

— Cela dépend, Livier, dit Eujo, ses yeux glacés se fixant sur l'assassin. Es-tu prêt à m'accompagner ?

L'assassin, légèrement verdâtre, regardait fixement le bord de la terrasse dans un silence résolu. Leur planeur avait été chargé et préparé. Des pièces de rechange pour à peu près tout pendaient en grappes autour des ailes massives. Conçus pour les livraisons de courrier à l'échelle de l'île et les livraisons urgentes, ces gros transporteurs étaient aussi solides que Kance savait les fabriquer, et Eujo allait les tester bien au-delà de leurs limites.

Autour de leur niveau du Palais Céleste, près de son sommet absolu, se trouvaient deux autres terrasses dominées de la même manière : deux aviateurs nerveux, un énorme planeur, et une collection de skars de Kance, parmi d'autres fournitures. Eujo avait vérifié la liste, les sacoches attachées aux fines membranes de bois et de métal du planeur. Foti avait fourni ce dernier élément, une technique plus récente qui avait permis à ces planeurs de passer de frêles engins volants à des appareils robustes aux utilisations infinies. Ces forgerons suceurs de lave promettaient des résultats étonnants.

S'ils ne tenaient pas leurs promesses, Eujo et Livier seraient morts, très morts.

— Tu fais tes dernières prières ? demanda Eujo à l'assassin, en mettant ses lunettes et son bonnet de vol. Ils portaient tous deux les robes les plus épaisses que Kance offrait avec des sous-vêtements et des camisoles en dessous, et la Reine se sentait plus comme un rocher massif que comme une personne, mais c'était mieux que de geler. Kance t'écoute-t-il ?

— Je l'espère, dit Livier, continuant à regarder la lumière matinale. Après tout le travail que j'ai fait, Eujo, je pensais avoir arrêté de trouver de nouvelles façons de mourir.

— Nous n'allons pas mourir, Livier. Pas sur cet engin.

— Il n'a jamais volé si loin. Personne ne l'a jamais fait. Jamais.

Des gens avaient essayé, bien sûr. Des casse-cou et des fous en quête de gloire. Les planeurs n'allaient pas loin au-dessus de la mer ouverte, où des vents étranges et des tempêtes dévieraient n'importe quel pilote ordinaire de sa route. Les inventeurs de Kance bricolaient des moteurs à manivelle pour essayer de donner un certain contrôle au pilote, mais ceux-ci introduisaient plus de problèmes et étaient trop nouveaux pour être essayés ici.

De plus.

— Personne ne l'a fait comme nous allons le faire, dit Eujo. Allez, c'est presque l'heure.

— On ne peut pas être en retard pour ça, n'est-ce pas ?

— Si tu veux mourir, voler seul est le meilleur moyen.

Cela poussa Livier dans la bonne direction et bientôt l'assassin rejoignit Eujo pour s'attacher au planeur. Norma-lement, avec un planeur de cette taille, des assistants aide-raient à le porter jusqu'au bord et à le pousser. Eujo ne voulait pas qu'un mot supplémentaire s'échappe vers les espions Najahn, alors ils se tenaient seuls sur leur terrasse, attendant.

Jusqu'à ce qu'un certain cri perce l'air.

— C'est le signal, dit Eujo, prenant une profonde inspi-ration. Son corps frémissait de la même excitation qu'elle avait ressentie en préparant un coup, en faisant son premier pas dans la cale d'un skar profondément enfouie dans les îles. C'était l'aventure, pure et simple. Prêt ?

— Toujours, ma Reine.

— Si formel, Livier, dit Eujo, laissant le skar de Kance prendre son premier élan. Pendant ce vol, pour cette mission, appelle-moi par mon nom.

— Eujo ?

Le skar de Kance fit tourbillonner le vent, obéissant au commandement d'Eujo et poussa la rafale contre les ailes du planeur. Les bâches argentées, cousues comme des voiles de Kance dans leur perfection prismatique et scintillante, prirent l'impulsion et se gonflèrent. Le planeur gémit et commença à avancer doucement. Eujo et Livier marchèrent avec lui, leurs torses appuyés contre les poutres de soutien.

— C'est ça. Depuis le jour de ma naissance.

— Quel jour mémorable ça a dû être, marmonna Livier alors qu'ils s'approchaient du bord, pas à pas. Le skar de Kance maintint sa poussée légère. Eujo ne pouvait pas le laisser siphonner trop d'énergie au départ, elle devait le garder sous contrôle. Tu crois que tes parents savaient qu'ils mettaient au monde une reine ?

— Je ne sais pas. Je ne les ai jamais connus.

— Je suis désolé d'entendre ça. Les îles ne sont pas toujours un endroit heureux.

Eujo renifla, sentant le planeur prendre son premier élan au-dessus du vide. Ils commencèrent à basculer en avant.

— Est-ce que tes parents s'attendaient à avoir un assassin ?

— Bien sûr, répondit Livier, sa voix montant dans les aigus alors qu'ils tombaient de la terrasse, le skar de Kance s'estompant tandis que les deux pilotes de Kance tiraient sur leurs cordes de guidage, redressant le planeur de sa plongée. Ils s'orientèrent vers l'ouest, en direction de deux autres formes similaires. Des ombres filant vers le soleil. Ils étaient aussi des Vientas, Eujo. Protéger Kance est l'entreprise familiale.

— Eh bien, je suis contente que tu sois là, Livier, dit Eujo, le vent et l'air vif les emportant alors qu'ils levaient leurs jambes et accrochaient leurs pieds sur les planches arrière. Ils s'installèrent dans la position qu'ils allaient maintenir jusqu'à leur arrivée, ou leur mort. Kance a besoin de toi maintenant, plus que jamais.

27
CIEL

La scientifique s'occupait du vol, Wax des plaisanteries. Une bonne dynamique renforcée par la confiance de Wax avec le skar de Kance, qu'il laissait chanter ici et là pour maintenir le planeur en vol dans le ciel bleu clair. En quelques minutes, le duo, suivi par Ami et Sawi, puis Eujo et Livier, s'était éloigné de la côte de Kance et survolait la mer ouverte. L'immense étendue bleu profond entourée d'un horizon dégagé aurait dû plonger Wax, habitué aux vues obstruées par les arbres de la jungle, dans une sorte de crise de nerfs.

— C'est ce que nous avons observé, poursuivit Annalyse, avec les travailleurs de Whent sortis des montagnes et mis sur des bateaux. C'est une réaction négative à l'espace ouvert.

— Il y a beaucoup de Vis dans ces études à vous ?

— Il y en aurait si tu venais un jour dans le nord.

— Je suis déjà allé à Whent, Annalyse. C'est à peu près aussi amusant que ce planeur.

Malgré la plaisanterie, Wax appréciait l'agencement, jusqu'à présent. Ses mains et ses poignets reposaient sur des poignées rembourrées, la barre robuste en dessous traversant toute la largeur du planeur. Des sacoches étaient nichées au-dessus, sous l'aile prismatique de Kance. Des outres d'eau étaient placées entre Wax et Annalyse, suffisamment près pour que le Vis puisse se pencher quand il avait envie de boire une gorgée. D'autres commodités de vol étaient moins glamour, comme les linges de taille à resserrer en cas de besoin ou la pâte de fruits et légumes sur le côté gauche de Wax, buvable à travers une paille de roseau s'il avait faim.

Ces petits désagréments ne valaient guère la peine d'être mentionnés, étant donné que le vol devrait réduire le temps de trajet jusqu'à Noctia de plusieurs jours à, eh bien, un seul. Les navires de Najahn ne patrouillaient pas non plus dans les cieux, et le temps de la fin du printemps signifiait un air frais mais pas glacial pour voler. Pour sa troisième fois en planeur, Wax avait trouvé un bon vol.

Et tout cet espace ouvert ne dérangeait pas le moins du monde Wax.

— Tu es venu à Whent en plein hiver, dit Annalyse. C'est comme dire que Vis est étouffant en été.

La scientifique avait les cheveux et le visage emmitouflés derrière des lunettes et sous un bonnet. Elle portait des robes plus épaisses que Wax, qui préférait sentir l'air sur sa peau, même s'il faisait assez frais pour faire apparaître la chair de poule. Un bracelet sur le poignet gauche d'Annalyse contenait plusieurs skars de Kance alignés, une conception propre à la scientifique. Une qu'elle avait terminée à Vis, de tous les endroits, pour Deshiva, après l'avoir commencée à Noctia pour Gladdring.

Une des nombreuses digressions dans lesquelles Annalyse se lançait, si on lui en donnait l'occasion.

Au cours des deux derniers jours depuis sa rencontre

avec la scientifique, Wax l'avait trouvée silencieuse en groupe, observant et attendant d'intervenir jusqu'à ce qu'elle ait quelque chose à ajouter. En tête-à-tête, cependant, sa voix se libérait, et la scientifique bavardait sans fin sur tout et n'importe quoi. Pour quelqu'un de moins curieux, Wax pouvait imaginer que cela pourrait être agaçant. Pour lui, Annalyse couvrait le bruit constant des skars.

— Alors tu devras nous faire visiter à une meilleure période, dit Wax. On en fera un grand voyage. Nous tous.

Annalyse saurait à qui Wax faisait référence, et son silence, son regard fixé sur l'horizon brumeux, le confirma. Elle avait parlé à Wax de Quik, de leur connexion fulgurante, et de la façon dont elle était constamment rompue par un terrible hasard. Avec les probabilités plaçant Quik quelque part sous terre dans le Mottilan conquis, mentionner son frère mettait toujours Annalyse mal à l'aise.

— Tu sais qu'il est vivant, n'est-ce pas ? poursuivit Wax. Il n'y a aucune chance que Quik se laisse tuer par un Najahn.

— Ils ont tué beaucoup de tes Vis, répondit Annalyse, sans croiser le regard de Wax. Avec les lunettes protégeant leurs visages, un échange de regards n'aurait probablement pas aidé de toute façon. Vos chasseurs sont courageux, Wax, mais vous êtes habitués à combattre des animaux. Pas une armée.

C'était la raison pour laquelle Vis était tombé si vite. Pourquoi Wax était assis dans ce planeur, filant vers Noctia. Il avait ses motivations, mais Annalyse ?

— Quik t'a dit d'aller à Vis pour te protéger, n'est-ce pas ? demanda Wax.

— Nos options étaient limitées.

— D'accord, mais tu y es allée. Tu es restée. Tu aurais pu prendre un autre navire pour Foti, et de là retourner à Whent ?

— Parce que j'ai réalisé que faire simplement de la recherche ne suffisait plus. J'avais joué avec des dispositifs pratiques à Whent, fabriqué ces armes ingénieuses, ces outils, seulement pour que les skars les surpassent tous. Pourquoi utiliser un dispositif pour cracher du feu quand on peut le faire par la pensée ? Pire encore, pourquoi aider quelqu'un à manier ce genre de pouvoir ?

— Tu nous aides. Nous.

— Parce que vous n'êtes pas Fassle et Gladdring. Annalyse se déplaça, regardant maintenant Wax à travers ces lentilles de verre enchâssées dans des montures en bois, attachées par un ruban autour de ses oreilles. Vous essayez d'aider les îles. Si ça change, j'arrêterai de vous aider aussi.

— Je suppose que c'est une raison de plus d'éviter de devenir maléfique.

Un rire, puis un froncement de sourcils. — Fais attention à ce mot, Wax. Gladdring pensait qu'il sauvait les îles, et je parierais qu'il le croyait jusqu'à la fin. Fassle peut-être aussi. Les grands mots embrouillent les choses. Enlève l'émotion, regarde les données.

— Comme une scientifique. Je ne devrais pas être surpris.

— Nous sommes les meilleurs, Wax.

Les planeurs continuèrent leur progression dans la matinée, silencieux et constants. Ils naviguaient en se guidant sur le soleil, utilisant sa position à l'ouest et au nord comme repère vers Noctia. Annalyse s'occupait de cette tâche, relevant de temps en temps le nez du planeur pour réajuster leur position. Wax puisait alors dans le skar de Kance, envoyait une rafale vers le haut, puis ils se réorientaient.

— Je dirais que c'est un bon rythme, dit Annalyse après la dernière correction, mais il est difficile de dire à quelle vitesse nous allons. L'océan n'est pas une mesure statique.

— Les navires le sont, par contre.

Les vaisseaux s'étaient raréfiés à mesure qu'ils s'éloignaient de Kance, mais à partir de ces premières observations, Annalyse avait estimé leur vitesse à presque dix fois celle des navires à voile. Plus que suffisant pour faire le voyage jusqu'à Noctia en une journée, mais la vraie question était de savoir à quel moment de la journée ils arriveraient réellement.

Personne ne voulait voler de nuit, quand les nuages ou les Sichi volant bas pouvaient signifier qu'on dépasserait complètement Noctia.

— C'était avant, c'est maintenant, dit la scientifique. Nous ne sommes pas tirés par un bœuf, mais poussés par le vent. Ce n'est pas fiable.

— C'est pour ça qu'on a les skars.

Annalyse rejeta la tête en arrière et Wax regarda par-dessus son épaule les planeurs qui les suivaient. Jusqu'à présent, ils étaient tous restés proches les uns des autres, maintenus à peu près à la même altitude. Quand Wax utilisait le skar Kance pour donner un coup de pouce à leur planeur, les autres le remarquaient et faisaient de même.

— Tu es inquiète ? dit Wax. Pourquoi ? Je joue avec les skars depuis des saisons maintenant, tout comme Eujo. Tu as formé Ami et Sawi toi-même. Nous sommes les meilleurs des îles à ça.

— J'espère que tu as raison.

Sur les îles, les routes de navigation suivaient la direction générale du vent. Depuis Foti, on pouvait facilement naviguer vers l'est en longeant la côte sud de Noctia. Pour revenir rapidement, il fallait suivre les lignes de Vis dans la direction opposée, fonçant vers le nord une fois atteint son objectif. Annalyse avait expliqué tout cela en soulignant les risques, alors qu'ils tentaient de traverser les vents d'ouest en est dans leur trajectoire directe vers Noctia.

Quand ces vents les frapperaient, s'ils le faisaient, c'était l'inconnue. Pendant des heures, la brise resta calme, les skars Kance étant utilisés pour pousser les planeurs vers le haut au besoin, pour effleurer leur élan vers l'avant. Alors que le soleil plongeait vers le milieu de l'après-midi, maintenant sur leur côté est, l'air commença à changer. Le planeur eut un soubresaut, et Annalyse l'inclina davantage vers le nord, captant le vent changeant sur leur aile et l'utilisant comme une voile pour les propulser en avant, même si ce n'était pas aussi droit qu'avant.

— C'est parti, murmura la scientifique, à peine audible par-dessus le vent.

— Prêt, répondit Wax, tout comme les skars Kance qui chantaient. Garde-nous juste dans la bonne direction, et tout ira bien.

Une belle idée, pleine d'espoir. Un rêve brisé à peine trois souffles plus tard quand le juron d'Ami traversa l'air. Wax et Annalyse se retournèrent tous les deux, virent le planeur du milieu se retourner, plongeant vers la mer tumultueuse.

28

JUSTICE ÉGARÉE

Ils signèrent en silence pendant une heure après le retour de Torny. Bliss insista, refusant de laisser Torny s'endormir avant qu'elle n'ait expliqué à la satisfaction de la Vis ce qui s'était passé. Bliss voulait se rendre immédiatement au *Storm's Edge* pour trouver Quik, et Torny ne put la convaincre du contraire, ce qui expliquait pourquoi elles se retrouvèrent sur le quai, fixant le navire sombre à l'approche de l'aube. La vigie désignée par Deux les observait depuis la proue, déclarant d'un ton morne que Quik n'était pas venu par là.

— Où pourrait-il être d'autre ? signa Bliss, regardant en arrière vers la Cité des Anneaux comme si, en plissant suffisamment les yeux, elle pourrait faire apparaître son frère.

— N'importe où, Bliss, dit Torny. Mais si je devais deviner, je dirais qu'il n'a pas réussi à s'échapper du manoir.

Bliss se raidit.

— Mort ?

— Qui sait. Quik est un battant. Peut-être qu'il a lancé ses griffes sur le mauvais garde. Voyant Bliss pâlir, ses belles mains se resserrant autour de son bâton, Torny reconsidéra. La dernière chose qu'elle voulait ce soir était que Bliss parte en guerre toute seule. Écoute, les Najahn aiment leurs cérémonies, d'accord ? Fassle veut que ses adversaires, et ses amis, sachent quand il a capturé un ennemi. Si Quik n'est pas ici, il est probablement dans une cellule Najahn, ou en train d'être interrogé sur qui a commencé les meurtres.

— Cela ne les mènera pas à toi ?

— Moi ? Torny rit et poussa doucement Bliss vers le bas du quai. Si elles ne traînaient pas, la bandite pourrait encore avoir une heure ou deux de sommeil. L'énergie de toute cette action s'estompait, et Torny ne voulait pas affronter la journée aussi épuisée. Yarvick a orchestré tout ça. Si Quik est dans le complexe Najahn, tu peux parier que Yarvick contrôle qui l'interroge. Il empêchera Quik d'avoir trop d'ennuis.

— Pourquoi ?

— Pourquoi quoi ?

— Pourquoi Yarvick se soucierait-il de Quik ?

— Il ne s'en soucierait pas, mais... Torny s'arrêta, marmonnant un juron. Yarvick serait tout aussi susceptible d'égorger Quik que Fassle de pendre le chasseur. Ni l'un ni l'autre n'avait besoin de Quik vivant. D'accord, je change d'avis. Ton frère est probablement en danger.

— Alors nous devons le trouver.

Autrefois, dans les terres dévastées par la lave de Foti, Quik avait fait de son mieux pour séparer Torny et Bliss. La Vis avait voulu que Torny soit jetée dehors, exécutée par Pavarde et son équipage Najahn. Cette brèche ne s'était jamais vraiment refermée, bien que Rana ait servi à la combler. Maintenant, Quik subissait le traitement qu'il avait espéré pour Torny, et la bandite était censée s'en soucier ? Censée se jeter, elle et Bliss, dans la gueule du loup, juste pour le frère de Bliss ?

Son frère.

Torny cracha un autre juron. Un meilleur.

Svarde n'aimait pas l'idée qu'une évasion de prison puisse se refléter sur leur accord de paix. Le barbare, tiré de son regard sans fin par la fenêtre de sa chambre, descendit en grommelant dans la salle à manger de l'auberge. L'homme pâle et couvert de cicatrices semblait tellement hors de place dans sa robe légère et portant son énorme lame que Torny l'aurait raillé si Bliss n'étouffait pas toute joie avec ses froncements de sourcils sinistres et son front plissé.

— Je ne te demande pas si on peut le faire, signa Bliss alors qu'ils s'asseyaient autour d'une table basse, l'aubergiste assez aimable pour leur servir une bouillie de riz et un café aqueux. Quelques autres lève-tôt, des dockers à en juger par leur apparence, remplissaient l'espace. J'y vais maintenant, et je vais le trouver.

Kivi, recroquevillé sous la table à leurs pieds, renifla.

— Comment ? fit écho Svarde à la question du ferrite, faisant se demander à Torny si elle avait appris à comprendre les paroles de Kivi après la semaine passée en compagnie du lézard de roche. Le quartier Najahn n'est pas petit, et ils n'aimeront pas que tu te promènes partout.

— Je vais demander. Bliss hocha la tête vers Svarde. Je veux dire, tu vas demander.

Cela lui valut un sourcil levé et fragile. Les cheveux restants de Svarde étaient cassants, chaque coup ou brise en emportant un peu plus, pour ne plus jamais repousser. La barbe autrefois imposante du barbare avait été creusée, créant un ajout inquiétant à l'apparence déjà effrayante de Svarde.

— Je vais leur demander où ils ont caché un chasseur Vis ? Ils me diront d'aller me jeter à la mer.

— Tu devras les effrayer. Avec cette épée.

— Svarde, intervint Torny, je pense qu'on peut simplifier les choses. Toi et moi savons où se trouvent les tours de prison Najahn. On entre, on se dirige par là, on essaie de faire en sorte que Bliss puisse voir son frère. Peut-être qu'il n'est pas là, peut-être que Quik s'est perdu, ou qu'il a trop bu, ou qu'il est monté sur le mauvais bateau. Mais s'il est dans une cellule, on le fera sortir.

— Et on attirera tous les Najahn sur nous.

— Non, dit Torny, arrivant à une idée qu'elle avait évitée parce que, eh bien, on ne s'endettait pas envers Yarvick à moins qu'il n'y ait pas d'autre choix. Une fois qu'on saura où il est, je ferai en sorte que Yarvick le libère.

— Ça, dit Svarde en pointant un doigt vers Torny, c'est la première idée intelligente que j'ai entendue de toute la journée. Laissons le voleur libérer ton frère.

Sur ce, Svarde, qui n'avait pas de bouillie à manger, se repoussa de la table. Bliss, qui avait à peine touché à sa nourriture, copia le mouvement, laissant Torny fixer son propre bol, encore bien rempli. Svarde ne remarqua pas ou ne s'en soucia pas, se dirigeant lourdement vers la sortie, alors Torny fit la seule chose qu'elle pouvait : elle engloutit quelques bouchées, les fit passer avec son propre café et celui de Bliss.

Dégoûtant, mais elle n'avait pas trouvé ce sommeil, et la journée promettait un mal de tête après l'autre.

Les rues étaient sur le qui-vive. La Najahn patrouillait en force, un corps sur deux semblait revêtu d'une robe pourpre et portait une vouge. Les éditions bordées d'or, normalement réservées aux patrouilles maritimes, faisaient aussi leur apparition : Fassle appelait les réserves. Apparemment, quiconque ne partait pas en guerre par la mer était chargé de dévisager les passants.

Torny balayait tout cela du regard, ses années parmi la classe des voleurs lui ayant appris à ignorer chaque froncement de sourcils, chaque ricanement réprobateur. La moitié des plaisantins de la Najahn qui essayaient d'avoir l'air si effrayants ici n'étaient que des voyous locaux, de toute façon, enrôlés de force par les exigences de Fassle et appâtés par des récompenses promises. Les couteaux de Torny auraient vite fait de les régler si l'un d'eux avait agi selon ses expressions, mais aucun ne le fit.

Noctia était tendue après les meurtres de la nuit dernière, mais elle n'avait pas explosé. Pas encore.

Svarde acheta leur entrée dans le quartier Najahn avec l'audience promise par Fassle. Ils durent attendre qu'on leur assigne un guide, un misérable laquais bien trop empressé de vanter le passé de Svarde en tant que Gardien. L'homme ne commença pas par une visite des chambres de réunion du Cercle, cependant, les conduisant plutôt directement vers une foule grandissante sur la première place.

Torny aurait demandé au guide où ils allaient exactement, mais elle n'eut pas à le faire : le gibet se dressait haut au-dessus des têtes devant elle, le bois peint en noir, avec cinq nœuds coulants suspendus en ligne, attirant suffisamment l'attention.

— Une pendaison ? signa Bliss alors que la foule les compressait, bien que Svarde et Kivi se retrouvèrent avec de l'espace pour respirer, grâce à la lame du barbare. Noctia fait encore ça ?

— C'est un spectacle, rappelle-toi ? Fassle veut que ses ennemis sachent que ça pourrait leur arriver, dit Torny en croisant les bras. Des conneries macabres.

Une cloche sonna l'heure, et avec elle, la foule bougea.

Torny se dressa sur la pointe des pieds, aperçut une file arrivant par la droite. Cinq formes encapuchonnées, les poignets liés par des cordes. Des voix Najahn s'élevèrent, des railleries couplées à des invectives amères et furieuses. Une haine que Torny comprit venir de l'idée que ces cinq devaient être les auteurs des meurtres de la nuit dernière.

L'embuscade de Yarvick avait tué certains des leaders les plus aimés de la Najahn. Pas étonnant que les boucs émissaires choisis reçoivent un traitement de traître.

Quatre des prisonniers, répartis également entre femmes et hommes, vêtus de lin sommaire, marchaient comme des habitués de Noctia. Des pantins envoyés à la mort par Yarvick, ou peut-être Fassle transformant des peines mineures en condamnations capitales. Pour autant que Torny le sache, pour autant qu'elle le croie, les Doigts Agiles s'étaient échappés la nuit dernière sans aucune perte.

Cela dit, tuer quelqu'un en représailles du crime d'un autre était une spécialité éprouvée de la Najahn.

Le cinquième, cependant, coupa le souffle de Torny. Les vêtements fins n'avaient pas de manches, ne faisant rien pour cacher les tatouages qui couraient le long des bras musclés de Quik. Quand Torny sentit la main de Bliss saisir son poignet, elle sut que Bliss les avait vus aussi.

Et aucune sœur ne laisserait son frère être pendu. Surtout pas Bliss.

— On se bat, signa Bliss, assez clairement pour que Svarde le voie aussi, et bien que le barbare ne fût pas expert en signaux manuels de Bliss, son expression était suffisamment claire.

— J'imagine que Kance n'aura pas sa paix, alors, marmonna Svarde.

— Qu'est-ce que c'est ? demanda leur guide.

— Mon ami, dit Svarde en posant sa main libre sur l'épaule du petit homme. Je te suggère de partir. Cette place va devenir un endroit très dangereux dans un instant.

29
UNE PENDAISON

Les Najahn ne donnèrent pas de petit-déjeuner à Quik. Rien de plus que de l'eau, servie avec une remarque sur le gaspillage de ressources pour les morts. Le chasseur n'avait pas dormi, alternant simplement entre la paille fine et le sol toute la nuit. Il s'était attendu à un autre visiteur, peut-être même Fassle, venant se réjouir ou insister pour obtenir plus d'informations, mais personne n'était venu. Les cris, les rires, le claquement des cartes que jouaient les gardes au bout du bloc cellulaire étaient les seuls sons qui lui tenaient compagnie.

Un homme pourrait devenir fou s'il était laissé ainsi longtemps, alors quand ils vinrent pour lui mettre le capuchon, pour le changer en une tunique de lin propre, Quik accepta leurs soins sans commentaire, avec soulagement. Il fut moins enthousiaste pour les cordes attachées autour de ses mains et enfoncées dans sa bouche. Un autre jeu autour de ses pieds, le forçant à se traîner. Pas de course, pas de derniers mots, pas de chance de lancer un hymne de martyr.

Quik mourrait silencieux, immobile et dans l'obscurité.

Ses pieds nus et ses oreilles donnaient au chasseur une certaine idée de l'endroit où il se trouvait. La pierre de la tour cédait la place aux pavés de la rue. Les lamentations des prisonniers se transformaient en curiosité de la foule, quelques railleries mêlées, bien que l'heure matinale ait écarté les plus violents. Les Najahn qui le guidaient, ainsi que plusieurs autres, affirmaient que leur exécution matinale était une bénédiction, que les choses avaient tendance à empirer au fil de la journée.

— Mourir avec de la bière éventée et des tomates pourries sur soi, c'est le pire qui puisse arriver, nota un garde, débordant d'une jovialité sans fin, alors qu'ils approchaient d'une place, trahie par la foule vocale grandissante.

Quik réfléchit aux paroles de l'homme, se demandant quelle vie enchantée le Najahn avait menée pour placer le sommet de la misère avec un peu d'humidité et quelques taches de légumes. Le Vis avait vu un village déchiré par les démons, de pauvres gens déchiquetés dans leurs maisons, dans les rues. Il avait été témoin de l'avant-poste Rana, du spray acide du démon à bulles faisant fondre la peau. Une pendaison ne serait peut-être pas agréable, mais elle serait rapide et définitive.

Parmi les morts dans les îles, celle-ci était loin d'être la pire.

Le chasseur, cependant, refusa de laisser ses dernières pensées être si morbides. Au lieu de cela, alors que le guide les faisait monter les marches de l'estrade du gibet — le bois si finement poncé, les marches nivelées, tant de soin apporté à une affaire si lugubre — Quik évoqua de meilleurs souvenirs.

Comme lorsque son père, avant qu'un amour de la nourriture n'emporte cette capacité, avait appris à Quik comment se balancer sur une liane. Un jour frais, grimpant à l'arbre, marchant sur une branche. D'épaisses fougères tapissaient le sol, plantées et cultivées pour donner aux jeunes Vis un endroit sûr pour s'entraîner. De grosses lianes pendaient, et le père de Quik en avait attrapé une, l'avait apportée à Quik, lui avait montré où la saisir et comment la relâcher. Ce même jour, Quik avait aussi reçu sa première corde de Vis, avec l'attrapeur de griffes au bout.

Une journée heureuse, suivie de tant d'autres.

— Voici un traître, résonna la voix du guide, ramenant Quik au présent. Bien que Quik ne puisse pas voir l'homme, il devait se tenir à moins d'un pas. — Autrefois une recrue Najahn, cet homme a mis son île avant nous tous. Il a assassiné un Tenet, massacré nos braves soldats dans de lâches embuscades. La mort est le minimum que celui-ci mérite, mais comme il a supplié pour obtenir miséricorde et demandé pardon, nous montrerons que les Najahn peuvent être cléments. La mort, mais pas la torture, ni la famine ou le fouet. Le Cercle exige que nous payions pour nos crimes, mais ils ne sont pas des monstres.

Tout au long du discours de l'homme, le bruit de la foule montait et descendait. Quand il eut fini, l'homme passa au suivant. Quik compta cinq victimes, sa propre place étant la troisième parmi elles. Les crimes des autres n'étaient pas spécifiés. Comme Quik, ils étaient déclarés traîtres, voleurs et meurtriers. Leurs sentences étaient déclarées miséricordieuses au vu de leurs graves offenses.

Ce que les compagnons prisonniers de Quik ressentaient face à leur sort restait inconnu. Les cordes qui bâillonnaient leurs bouches étaient assez serrées pour étouffer la parole, assez lâches pour laisser Quik respirer, bien que sa salive ait trempé la spirale et que le reflux dans sa bouche fasse tousser le chasseur. Ce n'était pas une façon digne de faire face à ses derniers moments.

Mais alors, Quik ne voulait pas faire face à ses derniers moments. Ni maintenant, ni jamais. La même peur qui l'avait saisi sur la falaise au-dessus de Mottilan revenait, une emprise froide sur son ventre, ses poumons. Malgré le bâillon, Quik essaya de crier, un gémissement sans mots mourant contre le rugissement anticipé de la foule. Le chasseur frotta ses poignets contre les cordes, essaya de faire passer ses mains au travers, mais les Najahn faisaient bien leur travail : des coupures et des plaies furent tout ce que Quik gagna pour ses efforts.

Le Najahn marchait devant Quik, le long du gibet, tandis qu'un autre soldat venait derrière, attachant les nœuds coulants. Quand Quik entendit des pas devant lui, il se jeta en avant, un coup de tête frénétique rencontrant une main calme qui le repoussa à sa place. La foule rugit. Il essaya l'inverse quand l'autre Najahn vint placer la corde autour de son cou, et se retrouva avec une main forte l'attrapant à nouveau, le maintenant immobile.

— Meurs avec un peu d'honneur, habitant de la jungle, siffla le Najahn.

Quelle importance avait l'honneur maintenant ?

Le nœud coulant grattait le cou de Quik, sec et serré. Le chasseur ne doutait pas qu'il tiendrait, et il se débattit plus fort, ne gagnant rien pour ses efforts. Il haletait, respirant rapidement. Quik avait encore trop à faire, trop de promesses non tenues.

Il avait dit à Wax qu'il trouverait les Najahn derrière son frère, et à quel point Quik avait-il échoué dans cette tâche ? Mourir avec cela comme héritage ?

Un clic, un claquement lorsque le Najahn tira le levier. L'échafaud trembla, les trappes sous leurs pieds s'ouvrant brusquement. Quik essaya d'écarter les jambes, de trouver une prise sur les côtés, mais ne rencontra que le vide. La

corde se pressa contre son cou alors que son poids l'entraînait vers le bas. La panique le saisit. Des taches apparurent
devant ses yeux. Il tenta de vomir, mais le contenu resta
coincé dans sa gorge.

Le chasseur lutta, et échoua.

Et heurta l'échafaud, rebondissant sur le bois avant de
tomber sur les pierres en dessous. La corde se relâcha, Quik
hoquetant, haletant sous la cagoule sombre. Des cris et des
hurlements retentissaient tout autour de lui, le sol tremblant sous les pas qui couraient dans tous les sens. Les
détails s'estompaient et Quik les ignora, ne s'accrochant
qu'à un seul fait alors que son cœur battait la chamade et
que son corps tremblait.

Il n'était pas mort. Il n'était pas mort.

Comment ?

La question et le choc qui l'accompagnait percèrent le
voile glacé de la panique, ramenant Quik au moment
présent. Pas qu'il puisse faire grand-chose, la cagoule
couvrant toujours son visage, les mains et les pieds liés.
Fassle ou Yarvick avaient-ils mis en scène toute cette
histoire comme une ruse destinée à briser l'esprit de Quik ?
La Troisième Main était-elle derrière tout ça ? Ou bien la
corde qui le retenait s'était-elle simplement défaite, un
accident qui, dès que les prisonniers morts seraient déga-
gés, le verrait retourner à la potence ?

Sauf que la foule. Ce n'étaient pas des cris de joie préda-
trice et vicieuse. Peur. Douleur. Fuite. Quik avait déjà
entendu ces sons, à Mottilan. Mais comment-

Quelque chose coupa la corde qui liait les mains de
Quik, puis ses pieds en deux coups. Le chasseur aurait
voulu les bouger, mais ses membres étaient engourdis.
Ensuite vint la cagoule, arrachée pour révéler un visage que
Quik n'avait pas vu depuis bien, bien trop longtemps.

— Salut, frangin, signa Bliss, utilisant un simple couteau pour couper l'horrible bâillon de Quik, sa main libre continuant de signer. On dirait que tu avais besoin d'un coup de main.

Quik laissa échapper un rire qui ressemblait presque à un sanglot. D'une manière ou d'une autre, elle l'avait trouvé. D'une manière ou d'une autre, tout comme il avait secouru Bliss après sa chasse sur Vis, elle avait fait de même pour lui. Il voulait le lui dire, commença à prononcer les mots tandis que Bliss jetait les cordes au loin.

Avant qu'il n'ait pu en dire un seul, un carreau d'arbalète s'enfonça dans l'épaule de Bliss, la faisant tournoyer et s'effondrer au sol.

30
EMBRASSER LA MER

Le skar se déchaîna. Eujo sentit l'air changer, le vent naturel s'intensifiant alors que l'après-midi s'installait sur l'océan ouvert. Elle corrigea sa trajectoire, tirant sur le planeur pour le diriger davantage vers le nord, laissant le vent les pousser.

Ami et Sawi, les pilotes de planeur les moins expérimentés, ne firent pas l'ajustement. Ils volaient devant Eujo et Livier, placés derrière Wax et Annalyse. Le vent changeant les poussa vers le bas, et Ami réagit comme Eujo l'aurait fait des années auparavant : elle paniqua, fit appel au skar de Kance, et laissa la pierre divine essayer de les sauver. Des rafales tourbillonnèrent, l'air poussant dans des directions folles, des bouffées assez fortes pour forcer Eujo et Livier, ce dernier ajoutant ses jurons marmonnés à ceux criés d'Ami, à dévier leur planeur de sa trajectoire. La Reine vira vers l'est, s'éloignant de Noctia et suivant le vent naturel pour échapper aux rafales surnaturelles.

— Ils tombent, dit Livier, le ton froid et calculateur de l'assassin n'aidant en rien la situation.

Eujo se tordit pour regarder par-dessus son épaule

gauche et vit le planeur d'Ami pris dans une spirale, sa structure tordue par les vents qui se battaient. Ils plongeraient dans la mer dans quelques instants, et avec leurs bras et jambes coincés dans le planeur, seraient aspirés juste après. Une mort certaine, même avec les skars de Vis d'Ami.

— Alors nous aussi, répliqua sèchement Eujo, poussant leur planeur dans un piqué pour les poursuivre.

L'océan s'étendait devant eux, les vagues sans fin. Sans l'urgence, Eujo aurait pu se perdre dans cette masse bleue clapotante jusqu'à s'y écraser. Les cris utiles d'Ami tenaient cette envie à distance.

Tirant sur les cordes de direction, Eujo rentra la pointe droite du planeur, faisant pivoter leur appareil vers l'ouest et droit dans le vent. Le nez du planeur toujours incliné vers le bas, la brise les poussa encore plus bas, accélérant le piqué et leur permettant de se rapprocher de la chute hasardeuse devant eux. Ami et Sawi tournoyaient encore dans le maelström soulevé par leur skar de Kance, la pierre semblant penser que sauver le duo signifiait lancer de fortes rafales dans toutes les directions. Leur planeur tanguait et tournoyait, se secouait et tressautait.

Dans une autre situation moins grave, Eujo aurait trouvé la scène comique.

Wax, le Renouveau et supposé sauveur des îles, essayait de faire demi-tour, une forme qui s'amenuisait loin au-dessus et trop distante pour aider. Pas qu'Eujo en ait besoin.

— Garde-nous inclinés vers eux, dit Eujo. Ne laisse pas cette pierre nous emporter.

— Tu dis ça comme si c'était facile.

— Ça le sera.

Eujo puisa dans son propre skar de Kance, trouva la cadence saccadée de la pierre du vent et l'exhorta à se manifester. Non pas pour créer du vent, mais pour le contenir. La pierre palpita, une sensation de picotement s'étendant de ses mains, pieds, corps, pour envelopper l'espace autour du planeur et envoyer l'air gonfler dans l'aile du planeur. Alors qu'ils approchaient du duo tourbillonnant et en détresse, Eujo demanda au skar d'étendre son influence, tout en criant à Ami de maîtriser le sien.

La Gardienne n'était rien sinon réactive, les rafales mourant alors qu'Eujo donnait l'ordre. Le skar de Kance de la Reine remplaça celui déchaîné d'Ami, poussant les deux planeurs en avant avec une douce brise. Une tactique qui aurait pu fonctionner pour les amener, de justesse, à Noctia si Ami et Sawi avaient encore un planeur en bon état. Avec un endommagé ?

— Nous tombons toujours ! Le cri d'Ami parvint clairement alors qu'Eujo et Livier dérivaient au-dessus des deux autres. Ça ne marche plus !

Le pourquoi était évident : une traverse fendue et des cordes de guidage qui fouettaient l'air. Ami et Sawi avaient tous deux leurs prises sur le filet de chargement du planeur plutôt que sur le milieu endommagé. Le planeur se stabilisa juste assez pour leur donner une chance d'atterrir sans os brisés ni crânes fracassés.

— On va vous rattraper, dit Eujo, pas assez fort pour qu'Ami l'entende, mais Livier l'entendit certainement, à en juger par sa réponse stupéfaite.

— Tu ne peux pas risquer ta vie pour ces deux-là, aussi importants soient-ils, dit Livier alors qu'Eujo replongeait dans le skar de Kance, donnant à la pierre une nouvelle idée. Tu es la dernière Reine de Kance. Si tu meurs, notre île n'a plus personne. Tu ne peux pas...

— Je peux et je vais le faire, Livier. Maintenant, tais-toi et aide-moi.

La pierre de vent bondit à l'exhortation d'Eujo, abandonnant son doux glissement pour un lancement dur vers le haut depuis le bas. Le planeur d'Eujo trembla tandis que celui d'Ami et Sawi s'élançait vers le ciel. Une ascension disgracieuse, mais qui amena le planeur endommagé assez près de celui d'Eujo pour que la Reine lâche la barre centrale.

— Qu'est-ce que tu fais ? demanda Livier.

— Contente-toi de nous maintenir droit, et prie pour que Noctia ne soit pas trop loin.

Se recroquevillant, Eujo se glissa sous la barre, gardant ses pieds dans les verrouillages derrière elle. Le skar de Kance chanta, Eujo sentant les premières caresses alors que la pierre commençait à prendre l'énergie de la Reine pour compléter la sienne.

Un problème pour plus tard. S'ils survivaient.

Se penchant, Eujo tendit les deux mains, tout en poussant le skar de Kance à donner juste un peu plus d'effort, une plus grande poussée. Le skar répondit, buvant profondément, et Eujo sentit ses jambes faiblir, sa vue se brouiller, mais le planeur d'Ami s'éleva davantage, jaillissant suffisamment loin devant pour amener les mains tendues de la Reine derrière l'aile endommagée de l'appareil. La queue du planeur et son opportunité attendaient, une opportunité qu'Eujo saisit d'une double prise.

Les deux planeurs, propulsés par le Kance skar, restaient liés tant qu'Eujo pouvait maintenir sa prise. Un espace infime existait entre leurs ailes, le bleu argenté étant tout ce qu'Eujo pouvait voir maintenant. Rester à l'envers, avec le Kance skar qui sapait ses forces, n'était pas une position tenable, et Eujo le fit savoir en appelant d'abord Ami, puis Sawi.

En dessous, beaucoup trop près, les vagues poursuivaient leur voyage sans fin.

La Vis fit demi-tour en rampant, se détachant au milieu du vent et plaçant main après main, pied après pied le long du squelette fracturé de leur planeur. Le filet de cargaison s'avéra être le salut de Sawi, maintenant la structure du planeur ensemble et lui offrant des prises pour se retourner et approcher la position précaire d'Eujo.

— Des cordes ! dit Eujo, sa voix déjà faible et proche de l'enrouement. Attachez-nous ensemble !

— Quelles cordes ? demanda Sawi, avant de répondre à sa propre question.

La Vis, suspendue au filet de cargaison, tendit le bras vers le fourreau attaché dans le filet. D'un coup sec, Sawi arracha la lame Whent. Ce qui avait été une ascension difficile avec ses quatre membres devint presque impossible avec seulement trois, tout en essayant de ne pas se poignarder avec l'épée dégainée.

Si elles ne pouvaient pas attacher les planeurs ensemble, Ami et Sawi seraient mortes quand le Kance skar faiblirait. Cela devait être une motivation suffisante.

La Vis fit glisser sa main le long de la lame, saisissant à nouveau près de sa pointe, pour lancer l'arme vers l'avant comme un javelot maladroit. Eujo, le sang tonnant dans sa tête, noyant presque le Kance skar, ne vit pas où elle alla, mais aperçut d'abord une, puis deux cordes de direction revenir en volant vers Sawi. La Vis les attrapa toutes les deux d'une seule main, puis passa ses pieds à travers le filet de cargaison bleu, s'étirant vers Eujo.

Sawi lança l'extrémité de la première corde à la Reine, qui l'attrapa et la tendit vers Livier. L'assassin eut assez d'instinct pour prendre le bout offert et l'attacher autour du fuselage central de leur planeur, la poutre courant d'avant en arrière qui maintenait tout ensemble. Eujo, continuant à se pencher en avant, garda sa prise sur la queue du planeur de Sawi et Ami tandis que la Vis, se tordant, attachait la seconde corde à la première et testait le nœud.

— Laisse tomber, dit Sawi par-dessus le vent. Ça tiendra.

— Tu es sûre ?

— Bien sûr que je le suis. Si ce n'était pas le cas, je ne te laisserais jamais partir.

Eujo étouffa un rire, laissa ses mains se détendre et essaya de se redresser. La corde s'étira, se tendit. Le planeur de Sawi et Ami aurait basculé en dessous, mais Eujo ordonna au Kance skar de pousser fort. Le vent rugit, leur planeur se stabilisa, et la paire continua à filer en avant. Une main agrippa le dos d'Eujo et tira, ramenant la Reine vers la barre centrale de leur planeur, où Eujo retrouva sa prise.

— Je commence à réaliser, dit Livier, tandis qu'Eujo luttait pour rester éveillée, à quel point notre ancienne Reine avait tort. Vous êtes un honneur pour notre île, Altesse, et je suis honoré de voler avec vous.

Eujo aurait répondu, mais le skar avait pris sa voix, prenait tout le reste, et quand elle glissa dans l'obscurité, le vent de la pierre mourut avec elle.

31
LA VOIE DU CRATÈRE

Le voyage aérien, malgré sa rapidité, ne séduisait pas Wax. Lui et Annalyse tentèrent de faire pivoter et descendre leur planeur pour aider, d'une manière ou d'une autre, avec le désordre auquel Eujo, Sawi et les autres étaient confrontés. Ce simple mouvement plaça leur planeur du mauvais côté du vent, secouant sa structure et transformant leur vol paisible en une série de secousses et de chutes soudaines tandis que le duo tirait sur les cordes de guidage, puisait de l'énergie dans les skars de Kance, et paniquait généralement.

— Heureusement, ils n'ont pas besoin de notre aide, dit Annalyse une fois qu'ils eurent redressé leur planeur au-dessus de l'océan bleu saphir, se dirigeant vers l'ouest en direction de Noctia. En dessous, les deux autres planeurs semblaient maintenant attachés l'un à l'autre, la silhouette de Sawi étant la dernière visible, se frayant un chemin sous l'aile de son planeur. Parce que je ne suis pas sûre que nous aurions été d'une quelconque utilité.

— Au moins, nous ne nous sommes pas écrasés,

répondit Wax, observant les planeurs enchevêtrés et liés retrouver leur équilibre. Ils sont vraiment bas.

— Ce sont des planeurs, Wax. Ils ne s'élèveront pas sans geyser ou sans les skars.

— Ils en ont. Les skars, je veux dire.

— Combien d'eux-mêmes ont-ils dû donner ? D'après ce que j'ai vu, les skars s'épuisent rapidement lors d'une utilisation intensive. Eujo et Ami, peut-être même Sawi, doivent être épuisés maintenant. Livier n'est pas habile avec les skars. Ils ont besoin d'un endroit pour atterrir.

— Tu veux que j'utilise le skar de Whent pour en créer un ?

Annalyse jeta un regard intrigué à Wax. — Tu pourrais ? Quelque chose d'aussi grand ?

À cette idée, le skar de Whent s'anima en gargouillant. La gemme avait un ton profond, mais alors que Wax imaginait un rocher de pierre surgissant de la mer, le skar ne rejeta pas l'idée et ne se rétracta pas. Possible... mais probablement pas une vraie solution.

Surtout qu'une meilleure cible se dessinait à l'horizon.

Noctia apparut d'abord comme une tache grise graduelle contre le ciel bleu, une traînée sinueuse. La teinte s'assombrit à mesure qu'ils approchaient, la définition des côtés rocheux et escarpés de l'île révélant la terre inhospitalière laissée par la Déesse de la Mort. Ici, cependant, Noctia allait leur accorder la vie. Du moins un peu.

— Ils ne franchiront pas ces falaises, dit Annalyse alors que les planeurs continuaient à dériver, la paire accouplée s'enfonçant lentement vers l'eau. S'ils tiennent jusque-là.

— Tu penses qu'on a l'altitude ?

Annalyse confirma que la trajectoire de leur planeur était bonne pour franchir les falaises abruptes au bord de l'océan, leurs bastions escarpés propices aux éboulis et aux buissons clairsemés. Les vagues léchaient doucement la côte est de Noctia, leur écume éparse formant une ligne brumeuse près de la surface. Des mouettes et d'autres oiseaux marins s'envolèrent à l'approche des planeurs, certains tournoyant pour s'approcher, cherchant s'il y avait quelque chose à saisir dans les filets de cargaison.

Wax n'y prêtait guère attention. Au lieu de cela, ses propres yeux se voilèrent tandis qu'il atteignait le skar de Kance, invoquait son chant et l'envoyait vers les planeurs liés. Un doux soulèvement, gonflant les deux ailes. Les planeurs s'élevèrent plus haut, les mettant sur la bonne trajectoire pour franchir les falaises.

— Joli travail, dit Annalyse, tirant sur les cordes de guidage pour diriger leur propre planeur vers la côte. Tu te rends compte que c'est le mauvais côté, n'est-ce pas ? Si on atterrit ici, c'est une longue marche jusqu'à la Cité des Anneaux.

— Je ne pense pas qu'on ait le choix.

— On ne l'a pas, à moins de les abandonner.

Wax rit, son attention partagée entre le skar de Kance et la conversation. — Toi et moi, Annalyse ? Fonçant seuls dans le repaire de Fassle ?

— Avec tes skars, ça pourrait suffire.

— Je n'ai pas parcouru toutes les îles pour rassembler ces choses juste pour faire exploser des gens.

— Tu pourrais devoir le faire.

Wax ne répondit pas à cela, bien qu'Annalyse ait raison. Les skars étaient des armes, et Wax les avait déjà utilisés comme telles, mais chaque fois, il avait l'impression de trahir un peu Pan. Une vie passée à essayer de sauver le monde ne devrait pas être honorée par sa destruction.

Eh bien, il n'avait pas à affronter ce dilemme maintenant. Au lieu de cela, Wax poussa davantage le skar de

Kance, sentit la pierre commencer à saper son énergie pour élever encore plus haut les planeurs couplés. La côte de Noctia se rapprochait à toute vitesse, le bruit du vent se mêlant au fracas des vagues et au chant des oiseaux. Le soleil était derrière eux, inondant la terre rocheuse de Noctia d'une lumière claire.

Les meilleures conditions d'atterrissage que Wax pouvait espérer.

— Je vais nous élever dans cinq secondes, murmura Annalyse.

Ils franchirent la falaise. Les deux planeurs en dessous passèrent la crête avec trop peu d'espace, mais quand Wax ne vit pas l'engin exploser ni des corps s'envoler, il relâcha un souffle qu'il ne savait pas avoir retenu. Une dernière poussée, alors, et le skar de Kance enroula l'air devant les planeurs en une poussée ascendante, envoyant les deux engins dans un bref décrochage vers le haut, tuant leur vitesse et les déposant dans un enchevêtrement de pierres et de buissons cassants.

— C'est parti ! cria Annalyse juste au moment où Wax relâchait le skar de Kance, ses bras lourds et ses jambes douloureuses.

Leur planeur s'éleva plus haut, perdant de la vitesse dans une approche instable des rochers en pente de Noctia. Wax tendit la main, défit les attaches retenant ses cuisses. Les deux pilotes balancèrent leurs corps plus bas, commencèrent à pédaler alors que le planeur approchait du sol. Le premier pas provoqua des tremblements, tout comme le second, la roche et la pierre craquant sous le poids de leur planeur, les fournitures reposant au-dessus faisant plus de mal que de bien à leurs os fatigués et leurs muscles engourdis.

L'avant du planeur ne trouva pas d'ami dans la pente

ascendante, s'enfonçant dans les rochers, se pliant avec un grincement et un craquement alors que leur élan restant s'épuisait. Les barres se tordirent, la belle aile de planeur de Kance se déchirant alors que sa structure se déformait. Mais leur élan s'épuisa, les pas de Wax continuaient de frapper, et le duo se tenait immobile devant leur aéronef ruiné, les fournitures en désordre mais intactes.

— Pas le plus joli, dit Annalyse en se détachant, mais je pense que, vu les circonstances, ce n'est pas si mal.

— Annalyse, répondit Wax, nous venons de voler jusqu'à Noctia en une journée. C'est incroyable.

Il se libéra des cordes et trébucha sur la pente.

— Tu peux détacher les provisions ? Je vais voir s'ils ont besoin d'aide.

— C'est toi qui as les skars, lui lança Annalyse. Va sauver des vies, héros.

Le qualificatif de héros ne semblait pas très approprié alors que Wax trébuchait vers l'épave du planeur. Après avoir tant compté sur le skar de Kance, il avait l'impression d'avoir passé plusieurs jours à voyager dans la jungle de Vis, avec des muscles endoloris, la gorge sèche et un mal de tête qui ne risquait pas de s'estomper de sitôt. Tous ces problèmes étaient mineurs comparés à ce vers quoi il se dirigeait.

Aucun cri ni appel à l'aide ne provenait du lieu du crash, mais Wax passait chaque pas hésitant à imaginer des cauchemars. Peut-être que les structures des planeurs avaient embroché Eujo et Sawi. Ou que la cargaison, ces armes, s'était libérée lors de l'impact et avait écrasé Ami. Livier aurait pu mal atterrir sur ses jambes, l'assassin se retrouvant estropié sur la côte, loin de toute aide.

Certes, ils avaient quelques skars de Vis, et les pierres pouvaient pratiquement ramener n'importe qui de ses blessures, mais les blessures graves prenaient des jours à guérir, un temps qu'ils n'avaient pas. D'un autre côté, s'ils étaient trop gravement blessés, le temps ne compterait peut-être plus : ils étaient six à avoir volé jusqu'ici parce que les six étaient nécessaires pour donner une chance au plan.

La paire de planeurs s'inclinait vers Wax, leurs grandes ailes bloquant la vue sur l'océan et tout ce qui se trouvait au-delà. Il pivota vers la gauche, appelant Eujo et Sawi, avant de contourner les ailes et de s'arrêter net.

Là, sans inquiétude apparente, Ami et Livier s'affairaient. Le duo découpait les provisions, arrangeant les sacoches, tandis que Sawi était assise avec Eujo, tenant la tête de la Reine contre son épaule et pressant l'embout d'une gourde contre la bouche d'Eujo. À part quelques égratignures, personne n'avait souffert ne serait-ce que d'un os cassé. Eujo était épuisée, et Sawi, qui avait pris son tour avec un skar de Kance lors de l'approche finale, n'était pas en meilleur état, mais elles n'étaient pas *mortes*.

— Rien de grave, dit Ami, remarquant le regard abasourdi de Wax. Nous sommes des pros, Wax. C'était facile.

Sawi rit alors que Wax s'asseyait, stupéfait, sur la pierre.

— Ça vient de la Gardienne qui n'a pas arrêté de jurer pendant tout le trajet.

— C'est cathartique.

Ami passa une troisième sacoche sur son épaule, avant de s'arrêter et de regarder le trio fatigué.

— Vous savez, il commence à se faire tard. Il n'y a pas de villes à proximité. On devrait peut-être installer le camp ici pour la nuit. Faire des plans pour traverser cette fichue île.

— Je suis d'accord, dit Livier en se tournant pour arracher les ailes du planeur. Bien que Noctia ait peu de ressources locales, ces voiles brûleront bien. J'espère, Wax, qu'il te reste assez d'énergie pour utiliser un skar de Foti ?

Wax n'en avait plus, mais Annalyse si, et de toutes les pierres, la scientifique disait être la plus familière avec celles qui lançaient du feu. Sa tentative leur donna un brasier rugissant qui roussit les sourcils de Wax avant de diminuer en une flamme amicale qu'ils utilisèrent pour faire bouillir de l'eau et se réchauffer les mains tandis que la fraîche nuit de Noctia s'installait. Eujo s'endormit rapidement et Sawi la rejoignit peu après, laissant les quatre autres — Wax repoussait les assauts du sommeil avec un thé corsé grâce aux connaissances en herboristerie de la scientifique — pour échanger de nouvelles idées.

Ami vota pour une poussée directe, en montant et à travers le cratère. Au-delà de la Blessure. En plus d'être le chemin le plus court, Ami pensait qu'ils pourraient envoyer un message à Jochi en utilisant le réseau de cordes qui s'étendait sur toute la longueur de la Blessure. Faire monter de l'aide, ou au moins se préparer à la réouverture des portes.

— Je suis sûre qu'il sera ravi d'apprendre que les démons reviennent, dit Annalyse.

— On n'en sait rien, dit Wax. Tout ceci n'est qu'un espoir, pas une certitude.

— Obtenons au moins la porte de Foti, insista Ami. C'est celle qui compte vraiment.

Elle travaillait avec une pierre à aiguiser, rendant leur éclat aux lames du groupe, chacun de ses mots ponctué par le glissement de la pierre sur le métal.

— Pour toi, répliqua Annalyse. Moi, je les veux toutes. Qui sait ce qui pourrait se cacher derrière ces portes. Il pourrait y avoir des démons comme les marcheurs de feu dans les autres mondes, des êtres intelligents qui pourraient vraiment nous aider, mais qui n'ont pas encore trouvé leur porte.

— Le temps presse, alors. D'après ce que j'ai vu, les dieux n'ont pas fait un bon travail pour que leurs emplacements durent.

— Raison de plus pour les explorer tant que nous le pouvons encore. Nous n'aurons pas d'autre chance.

Wax secoua la tête.

— Vous allez trop vite en besogne. Les skars et Fassle d'abord. Ensuite, on verra pour les démons.

Contourner la côte, soit par le sud soit par le nord, constituait les autres options. Les deux prendraient du temps et permettraient facilement à Noctia de les attraper. Cette réalité rendait facile l'adhésion à la suggestion d'Ami, et au moment où Livier, jusque-là silencieux, annonça qu'il prendrait le premier tour de garde, le groupe était décidé.

Une poussée en avant, droit dans le cœur de Fassle.

32
LA FIN DE L'EXÉCUTION

Sans effusion de sang, rapide et propice aux discours. Telles étaient les raisons invoquées par les Najahn pour les pendaisons. Jusqu'à présent, Torny comptait que l'exécution prévue de Quik en remplissait une sur trois, le bourreau prenant son temps pour déblatérer sur les crimes, de trahison et autres, commis par le quintette attendant au pied de la potence.

Cependant, lorsque Svarde rugit et brandit la lame noire, les deux autres objectifs échouèrent lamentablement.

La stratégie éclair du trio se déclencha quand Torny s'élança en avant, jouant des coudes, se faufilant sous les bras et entre les corps jusqu'à l'estrade en bois. Le bourreau, un homme flasque flanqué dans ses fonctions de deux Najahn en armure complète, les casques fermés pour empêcher d'éventuels vengeurs de deviner leur identité, tira sur le levier de la potence. Des cliquetis, des claquements, un bruit sourd, et les victimes tombèrent.

Torny sauta. Elle atteignit la potence, les bras au-dessus du rebord, ses dagues à plat contre le bois. Elle passa sa jambe gauche par-dessus et roula sur la surface. Elle vit une épée noire de Najahn s'abattre sur elle et leva rapidement ses dagues pour parer. Les deux lames se croisèrent, retenant l'épée entre leurs tranchants assez longtemps pour que Torny aperçoive le regard d'ardoise du garde qui mettait tout son poids dans son coup.

Si lourd, si concentré.

Si facilement déstabilisé.

La bandit laissa son épaule gauche s'affaisser contre la potence, poussa avec sa droite et fit glisser l'épée ennemie vers le mince pommeau de sa dague gauche. Le garde, dont le poids était considérablement augmenté par son armure, tomba avec le coup, perdant l'équilibre tandis que Torny le poussait sur sa gauche. L'épée effleura la robe Kance de Torny en passant pour mordre dans le bois, le garde roulant par-dessus et tombant de la potence.

Torny ne regarda pas la chute, se tournant plutôt vers sa droite et frappant d'un coup de dague, un temps invisible défilant dans sa tête. Le couteau trancha la corde qui attendait là, juste au-dessus de la tête gonflée et suffocante de Quik, et envoya le chasseur basculer en dessous.

— Il est tout à toi, Bliss ! cria Torny, avant de faire un pas en avant et de couper la corde suivante.

Sauver des vies et semer le chaos. Tout ça dans une bonne journée de travail.

Ce mouvement donna à Torny une minute pour évaluer la situation, et quel chaos la place était devenue. La foule, principalement des Najahn savourant leurs boissons matinales et leurs en-cas avant de vaquer à des occupations plus importantes, fuyait dans toutes les directions. Certains s'organisaient, affrontant Svarde dans une danse déjà sanglante. Les boutiques et les bâtiments Najahn autour de la place servaient alternativement d'abris ou déversaient des gardes réquisitionnés se précipitant dans un combat qu'ils ne comprenaient pas. Le bourreau et son second soldat avaient fui l'estrade, se fondant dans la foule.

Adieu le sens du devoir.

Les Najahn n'étaient cependant pas tous des incapables, et Torny entendit les premiers appels pour des archers, pour fermer les issues. Ils étaient en territoire ennemi, et rester immobile sur cette place signifierait leur mort. Torny coupa une autre corde, puis la suivit vers le bas, sautant sous la potence et se retournant pour voir Quik, libéré par Bliss, debout.

Elle vit Bliss recevoir un carreau d'arbalète dans l'épaule, le coup la faisant tournoyer.

Cette frappe coupa le souffle de Torny. L'arracha dans une panique mortelle. Malgré tous les périls qu'ils avaient affrontés, des désastres provoqués par les skars aux assassins Kance en passant par les soldats Najahn, celui-ci frappa droit et fort.

Un second suivit. Il atteignit le dos de Quik alors que le chasseur enveloppait sa sœur. Le carreau s'enfonça profondément, mais si Quik le sentit, il n'en montra rien.

— Par ici ! hurla Torny, la concentration du combat dissipant la panique avant qu'elle ne puisse s'installer. Il faut partir !

Par-dessus son appel, les défis de Svarde continuaient, le barbare méritant son nom, sa légende. Cet homme pouvait-il vraiment affronter tous les adversaires, rester là pendant des heures, des jours, et combattre chaque Najahn ? Quelque chose que Torny aurait aimé voir à un autre moment, n'importe quel autre moment.

Quik et Bliss — toujours debout, bien que le sang ruisselle sur eux — se traînèrent vers Torny, la bandit regardant de sous la potence une formation Najahn hâtive prenant forme à la sortie nord-ouest de la place, précisément celle dont ils avaient besoin. Cinq Najahn s'installèrent, chargeant leurs arbalètes, y compris le tireur. La foule en fuite continuait de se presser autour d'eux, la raison, selon Torny, pour laquelle ils n'avaient pas encore tous été criblés de carreaux.

Ces fuyards se disperseraient bientôt.

— Suivez-moi, dit Torny.

Elle ne prit pas la peine de demander s'ils en avaient la force. Il n'y avait pas d'autre option. Rester ici, c'était mourir.

La bandit s'élança en courant, essayant de zigzaguer avec ses dagues dégainées. La foule s'éclaircissait, les Najahn levaient leurs arbalètes. Encore bien trop loin, les pavés glissants de café et de thé renversés. Le soleil clair, pas de vent. Torny n'avait ni couverture, ni chance.

Elle avait cependant une amie.

Kivi, montrant une fois de plus que la ferrite n'était pas sotte, avait écouté leur stratégie et trouvé sa place. Elle fonça le long du bord de la place dans la formation Najahn. La ferrite n'était pas énorme, mais elle percuta un arbalétrier qui en renversa un autre avant de bondir sur le capitaine et de le plaquer au sol. La vue de leurs camarades agressés par un lézard de roche étranger attira, compréhensiblement, l'attention des deux restants.

Et donna à Torny une chance de réduire la distance.

Alors que Kivi griffait le capitaine, Torny lança sa dague principale sur l'arbalétrier. Ce n'étaient pas ses couteaux de lancer, ils n'étaient pas équilibrés pour cette tâche, mais les dagues étaient longues, tranchantes, et le lancer de Torny déchira les robes najahnes, plantant l'arme dans la jambe du tireur. L'homme glapit, tendit la main vers la dague, tandis que son ami, le dernier Najahn intact, réalisa la plus grande menace et fit pivoter son arbalète vers Torny.

Trop tard.

Sans armure, la dague de la bandit trouva facilement sa place dans la poitrine du Najahn, l'élan de Torny faisant tomber l'homme. Elle retira la dague alors qu'il tombait, les bords coupant l'os avant de trouver un bref souffle, pour ensuite plonger dans l'homme que Torny avait déjà frappé avec son arme lancée.

Ce coup alla droit au but, net, et mit fin aux soucis du Najahn.

Kivi, qui avait assommé le capitaine, se retourna vers les deux autres Najahn, qui se relevaient après la première charge du furet. Face à une mort sanglante, le duo fit la chose appropriée, lâchant leurs arbalètes et fuyant. Kivi renifla à ce revirement, jeta un coup d'œil à Torny, avant de se précipiter dans la place, dépassant Quik et Bliss qui approchaient.

Vers où ? Torny faillit rappeler le furet avant de voir la destination de Kivi : les rangs chargeant de plus de Najahn, ceux-ci armés de vouges et d'arbalètes. Que Kivi ne survivrait pas à un affrontement d'un contre douze semblait évident, mais le lézard chargea quand même.

Torny ferait en sorte que le sacrifice en vaille la peine.

— Plus vite ! cria Torny, comme si cela allait faire une différence, mais ça faisait du bien de crier.

Elle récupéra sa dague lancée alors que Quik et Bliss passaient en trébuchant, le trio se dirigeant vers le côté droit de la rue, où les auvents, les bancs et les débris de la vie dans le quartier najahn leur offraient une certaine couverture. La bandit rengaina ses couteaux, essayant d'afficher un air paniqué alors qu'ils fuyaient. Derrière, les hurlements de Svarde continuaient.

Devant, il n'y avait que des pavés et des drapeaux noir et violet flottant au vent.

La tour du Précepte Commercial. Yarvick avait donné à Torny les directions lorsqu'il avait transmis son ordre, et le trio s'y dirigea péniblement. La bandit retira le carreau du dos de Quik, tandis que le chasseur faisait de même pour celui dans l'épaule de Bliss. Le saignement n'était pas joli, il y en avait partout, mais porter des carreaux najahns n'attirerait que plus d'ennuis.

Une blessure sanglante aurait pu venir de n'importe où.

Bliss était devenue pâle, n'essayait plus de faire des signes, et s'appuyait de plus en plus sur Quik jusqu'à ce que le chasseur la porte, malgré le carreau sanglant toujours planté dans son propre dos. Ils passèrent devant des gardes najahns se précipitant vers la place, le départ du trio de celle-ci servant en quelque sorte de déguisement. Quelques-uns leur crièrent qu'ils devraient se rendre à l'hôpital najahn, trouver de l'aide pour leurs blessures, que Torny déclara avoir été causées par des assassins kanciens. Que le trio ne ferait rien de tel était évident.

Là où ils se dirigeaient, il y aurait des skars vis, et ces petites pierres feraient plus que n'importe quel médecin najahn ne pourrait faire.

La tour du Précepte s'élevait, ses pierres de taille montant jusqu'à une flèche najahne, les gouttières descendant jusqu'en dessous de la surface vers les vastes réservoirs sous la ville. Torny repéra la porte principale en bois, ses marches vides. Étant donné une attaque, il était logique de laisser une tour comme celle-ci sans défense.

À moins de savoir ce qu'il y avait à l'intérieur.

Torny les mena en haut des fines marches de pierre grise, poussa la porte. Personne ne défendait le couloir tapissé, des portraits et des lanternes vacillantes décorant les murs. Presque accueillant, si on préférait le pouvoir lugubre. Des voix montaient et descendaient, rebondissant sur les murs, plus par curiosité que par chaos.

Encore une fois, si vous vous croyez invincible, alors rien ne devrait vous effrayer.

D'ici la fin de la journée, Torny pensait que Fassle serait détrompé de cette notion.

Derrière elle, Quik et sa sœur suivaient, le chasseur silencieux sauf pour des grognements de douleur, des respirations difficiles. Après ce qui avait probablement été une nuit terrible dans une prison najahne, trouver l'énergie pour porter Bliss sur tous ces pâtés de maisons avec un carreau dans le dos avait dû demander quelque chose-

Une autre fois, Torny. Concentre-toi.

La bandit s'avança d'un pas bondissant, gardant ses dagues rangées. Ils pouvaient encore parader sous couvert d'innocence pendant un moment. Elle passa devant des pièces vides, certaines avec des portes ouvertes et d'autres fermées. Personne ne les accosta, et même l'escalier central était dépourvu de défense, bien que Torny entendît des conversations venant de bien au-dessus. Une retraite planifiée, peut-être ? Forcer tout assaillant à gravir la tour pour trouver des otages ou des victimes ?

— En bas, dit Quik. C'est là que ça se trouve, si tu vas où je pense.

— Tu sais ?

— Je peux deviner. Le chasseur hocha la tête vers les escaliers. C'est un bon choix. On peut les utiliser.

Torny ne se donna pas la peine d'échanger plus de mots. Le flot rouge en disait assez. Elle descendit, vit deux gardes najahns en robe avec des vouges dégainées devant une seule porte. Deux chaises et une table, l'une portant une cruche d'eau et un jeu étrange, suggéraient que les gardes n'arboraient pas habituellement des regards aussi féroces, des armes aussi tirées et aiguisées. Ils ne lancèrent pas de défi, cependant. Ne dirent rien jusqu'à ce que Torny, Quik et Bliss aient atteint leur niveau.

À ce moment-là, Torny comprit que quelque chose avait changé.

— On nous a dit que vous pourriez venir, dit un garde, la voix lourde et directe. Transmettant un ordre, rien de plus. Vous devez laisser vos armes ici et nous suivre. Quand Torny se contenta de le fixer du regard, le garde leva son regard rude au-delà d'elle. Vous aurez vos skars si vous obéissez. Vous mourrez si vous ne le faites pas.

— Je ne deviendrai pas à nouveau prisonnier, dit Quik alors que Torny s'apprêtait à annoncer le contraire. Au diable vos menaces.

Torny passa à un juron, reculant et dégainant ses dagues alors que Quik déposait Bliss sur les marches. Le chasseur, le sang gouttant sur le sol autour de ses pieds, fusilla du regard les deux Najahns. Les gardes hésitèrent pendant une longue seconde, peut-être donnant au groupe une chance de changer d'avis, puis pointèrent leurs vouges.

— Bon choix, dit le même garde. J'espérais que la journée ne serait pas si ennuyeuse.

33
À TRAVERS LES ROCHERS

La morsure du carreau laissa un trou suintant. Quik sentit sa propre vie couler le long de son dos, trempant sa chemise, gouttant sur la marche de pierre à ses pieds. À côté de lui, appuyée contre le mur, Bliss avait l'air encore pire. Sa robe Kance portait des taches rouges tout le long de son bras, descendant sur son côté gauche, créant une mosaïque avec l'argent et le bleu qui aurait pu être belle dans d'autres circonstances.

En l'état, Quik mit la douleur de côté comme il l'avait fait tant de fois auparavant et leva ses poings nus. Les deux gardes Najahn devant eux, protégeant un couloir familier, préparèrent leurs vouges. Ils avaient demandé des prisonniers, mais Quik avait déjà permis que cela se produise une fois sur ces escaliers. Il avait permis que des cordes lient ses mains plus de fois qu'il n'aurait pu le croire au cours de la dernière année.

Plus jamais.

Cette peur de la mort qui hantait son âme recula face à sa conviction, et Quik respira plus facilement. Il montra les dents comme un hanoko face à une proie fraîche.

Torny, à sa droite, dégaina ses dagues au milieu de jurons frais.

Qu'elle panique.

Quik s'élança en premier, poussant sur la marche pour bondir sur la paire de Najahn. Flanqués de deux lanternes au-dessus des épaules des Najahn, le couloir derrière eux étant la seule sortie d'un palier circulaire autrement occupé par une petite table et deux chaises, les Najahn n'avaient pas beaucoup de place pour bouger. Quik non plus, ce qui aurait dû donner l'avantage contre le Vis désarmé.

Mais Quik n'était pas qu'un bagarreur. C'était un chasseur.

Le saut ne porta pas Quik directement sur les vouges levées, mais vers sa gauche, contre le mur de pierre empilée. Les Najahn tournèrent leurs vouges pour suivre, un mouvement facile, que Quik contrecarra en plantant son pied gauche sur ce mur de pierre, se propulsant fortement vers la droite. Une plongée rapide coupa l'élan du chasseur, laissant les Najahn poignarder le vide.

Quik roula au sol, passant devant les deux Najahn et se retrouvant près de la table. Les deux gardes manquèrent leurs coups d'arrêt, puis se lancèrent à la poursuite de leurs ennemis. Celui qui s'était adressé à Quik se dirigea vers Torny, tandis que l'autre avançait sur Quik, sa vouge déjà tendue pour frapper le dos blessé de Quik.

Le chasseur saisit les pieds d'une chaise et fit tournoyer le meuble en arrière à travers son corps, heurtant violemment la vouge qui s'élançait. La lance courbe se plia vers la gauche de Quik, le chasseur continuant son mouvement, repoussant la vouge sur le côté. Quik poussa en avant, plaquant le manche de la vouge contre le Najahn, la force du chasseur surpassant largement celle du garde. Le Najahn recula d'un pas, grognant, avant de laisser tomber sa main droite sur la lame gainée à sa taille, l'autre agrippant la vouge alors que Quik la pressait contre son cou.

Une éventration facile. Alors Quik changea de tactique, levant la chaise au lieu de la pousser en avant, le rebord de bois s'écrasant contre le menton du Najahn. Les yeux de l'homme se croisèrent au craquement, la lame à moitié tirée oubliée alors que le Najahn trébuchait davantage en arrière, le dos maintenant contre le mur incurvé.

À la gauche de Quik, Torny dansait, ses dagues incapables d'atteindre le Najahn, mais elle n'était pas encore morte non plus. Donnant du temps à Quik, ce qui était tout ce dont il avait besoin.

Le chasseur lâcha la chaise, la vouge du Najahn s'abaissant alors que le garde la ramenait vers Quik. Le chasseur leva la jambe et marcha sur le manche de la lance, l'arrachant des mains du Najahn. Marmonnant un juron, le garde tendit à nouveau la main vers cette lame, la tirant alors que Quik s'approchait. Le chasseur saisit, attrapa la main gauche du garde qui dégainait, l'épée non libérée et maintenant épinglée au mur comme son porteur.

Le Najahn frappa Quik de son autre main, gantée mais faible. Un coup à l'épaule de Quik qui fit rire le chasseur. Quik rendit le coup d'abord au cou non protégé du Najahn, s'écorchant la main sur le casque du Najahn mais frappant au-dessus de la robe, coupant le souffle et les nerfs. Quik enchaîna avec un second coup, le Najahn gargouilla et devint mou dans sa prise. Son épée cliqueta au sol près des escaliers, aux pieds de Bliss, bien que sa sœur ne semblât pas capable de l'utiliser.

Le chasseur jeta l'homme au loin.

Et hurla. Un feu brûlant courut le long de son côté. Quik jeta un coup d'œil à sa gauche, vit la vouge se retirer de son coup tranchant. Le Najahn inversa sa prise, commença un mouvement de retour. Derrière lui, allongée contre les pierres dans sa propre mare de sang, se trouvait Torny, cette danse des dagues apparemment vaincue.

Quik recula, s'éloignant du Najahn et évitant un second coup. Le Najahn n'avança pas si vite, se préparant plutôt, les yeux sombres ombrés par le casque. Debout au centre du palier, le garde pouvait atteindre Quik presque partout avec la vouge, sauf si Quik se retournait et s'enfuyait dans le couloir.

Mais cela signifierait abandonner Bliss. Laisser Torny mourir.

Pas un choix que Quik pouvait faire.

Au lieu de cela, le chasseur glissa son pied gauche sous la vouge tombée du Najahn mort. Il la fit remonter d'un coup de pied, l'attrapa à deux mains. Le côté et le dos de Quik continuaient de saigner, de brûler, mais le Vis trouva quand même sa position.

— Courageux, de combattre un Najahn avec sa propre arme, dit le garde, bien que ses mots ne contenaient plus de supériorité maintenant. Seulement de la prudence, du respect. Tes amis sont morts, Vis. Bientôt, tu le seras aussi.

Cette affirmation brisa la concentration de Quik, attira son regard vers la droite, où Bliss continuait de s'appuyer contre le mur. Elle n'était pourtant pas encore tombée. Ses yeux aussi étaient ouverts, et voilés par la mort. Derrière le Najahn, Torny luttait pour tenir son ventre blessé.

Une estocade rapide et dure vers la poitrine de Quik, que le chasseur dévia en une autre coupure courbe contre son épaule gauche. Le Najahn retira la vouge en un coup descendant de retraite, que Quik repoussa, se précipitant en avant pour réduire la distance.

Exactement comme il l'avait fait avec l'ami du Najahn.

Celui-là n'était pas si bête. Le Najahn esquiva l'attaque,

s'appuyant sur sa vouge tout en reculant, empêchant Quik de s'approcher. En un instant, Quik se retrouva au centre tandis que le Najahn se tenait près de la table, avec Torny à la droite de Quik et Bliss derrière lui. Le Najahn continuait à bouger, encerclant Quik tout en donnant des coups d'estoc, se fendant avec des attaques rapides. Quik essayait de se défendre, mais il n'était pas expert en vouge et ses réactions, le blocage du manche, arrivaient trop tard encore et encore.

Les pires entailles manquèrent leur cible, mais davantage de coupures s'ajoutèrent aux flots de sang de Quik. Une mort lente, sans danger pour le Najahn. Le garde continuait autour de la pièce, passant devant le couloir, près des escaliers. Quik dévia une autre attaque, puis, grognant, lança sa vouge sur le Najahn. La lance effleura la robe de l'homme, heurta le mur derrière et tomba au sol. Sans arme, en sang, Quik recula vers le côté de la table, la tenant dans son dos avec ses deux mains.

— Tu abandonnes ? dit le Najahn en faisant un pas en avant, gardant sa vouge prête. Ou tu acceptes ton destin ?

— Mon destin est avec ma famille.

Le Najahn le fixa, haussa légèrement les épaules, et hoqueta lorsqu'une épée émergea de sa poitrine. L'homme s'effondra en avant, heurtant le sol de pierre dans un fracas métallique bien trop bruyant pour être ignoré. Derrière lui, à nouveau trempée, se tenait Bliss, respirant difficilement, puis vomissant sur le cadavre du Najahn.

Quik ne se précipita pas vers elle, mais vers Torny. S'accroupissant près de la bandit et évaluant ses blessures, ou plutôt, sa blessure. Un coup de poignard profond à l'estomac, sombre et, Quik le devinait, probablement fatal.

— Oh, arrête ça, croassa Torny, des postillons rouges

s'échappant avec ses mots. Je vais bien. J'ai juste besoin d'une minute.

— Tu as besoin de plus qu'une minute, dit Quik, glissant ses bras sous la bandit. Tu as besoin de skars. Maintenant.

— Eh bien, quelle chance. J'ai entendu dire qu'il y en avait tout près.

Quik ne répondit pas, il se contenta de bouger. Il courut par-dessus les corps des Najahn dans le couloir, Bliss le suivit. Ni l'un ni l'autre n'avait l'énergie ou le besoin de se faire des signes. Ils comprenaient tous deux l'enjeu, le temps qui s'écoulait. Le Vis défonça la première porte à droite, celle dont il se souvenait, dont il avait des cauchemars.

En s'ouvrant, la porte révéla l'escalier ouvert le long du mur à gauche, bordé de cellules. Des cellules qui auraient pu contenir des prisonniers, des démons, ou pire pour les tests de skar et qui étaient maintenant vides. Des lanternes brillaient intensément entre chacune d'elles, fraîchement entretenues et vacillantes, donnant un indice d'espoir que Fassle n'avait pas déplacé les skars de leur entrepôt choisi.

Cet espoir subit un autre choc lorsque Quik commença à descendre les marches, son regard se tournant vers le cœur de la pièce. À l'époque où Ami et Annalyse dirigeaient l'endroit, elles avaient réparti les skars dans des vitrines autour de la pièce, chacune verrouillée et protégée. Un établi central servait à construire de nouvelles armes, à réaliser des expériences.

Tout cela était resté. Même les skars dans leurs pierres scintillantes semblaient être là où elles étaient autrefois, reconstituées après le vol de Gladdring grâce aux efforts des Najahn pour extraire ces choses à travers les îles. L'établi, cette dalle de pierre, était toujours là aussi, prêt.

Ce qui avait changé, c'était l'expérience proposée, et ceux qui la menaient.

— Non, marmonna Torny, sa tête ballottant contre le bras de Quik alors qu'ils descendaient les marches. Je n'y crois pas.

Attaché à l'établi, bras et jambes liés par des cordes, se trouvait le seigneur bandit lui-même. Yarvick, sans son chapeau, sans ses nombreux tours. Plus pâle qu'un fantôme. Deux gardes Najahn se tenaient à proximité, l'un tendant ce qui ressemblait à des pinces, ces outils Foti, à une ombre de la Troisième Main. Derrière ce tueur, près d'un escalier familier menant vers le bas, se tenait un homme que Quik reconnut, arborant un froncement de sourcils dur lorsqu'il remarqua les intrus.

Fassle n'était pas le seul spectateur, bien que sa robe ait le plus de patchs dorés. Des sangles autour de ses épaules suggéraient une armure en dessous, et un collier à son cou scintillait de skars. À côté de lui se trouvait un visage familier, Kavasa, qui avait interrogé Quik la nuit précédente. Avec eux se trouvaient plusieurs autres gardes Najahn, ainsi que quelques rôdeurs encapuchonnés que Quik reconnut de son bref passage au service de Masayo.

En bref, ils étaient en infériorité numérique, et, alors que Fassle faisait signe aux gardes et aux tueurs de la Troisième Main de s'occuper de Quik, Torny et Bliss, ils étaient très très morts.

34
GRANDES ILLUSIONS

Dormir sur des rochers, sans sacs de couchage — les planeurs ne pouvaient pas supporter le poids — signifiait qu'Eujo se réveilla avec le Vis skar autour de son poignet chantant déjà sa mélodie. Son dos lui faisait mal, son esprit était embrumé. Le ciel de l'aube avait trouvé des nuages quelque part, leur allure rapide au-dessus promettant une journée chargée en météo. Son nez lui offrit un meilleur début, captant l'odeur du feu de broussailles couvant et du petit-déjeuner en train de cuire.

La nourriture elle-même, des légumes séchés et légers, du poisson Kance fumé, était bien au-dessus de la cuisine habituelle de campement. Définitivement au-dessus de ce qu'Eujo avait mangé pendant leurs courses autour de Whent et Tamas. Quatre d'entre eux mangeaient, utilisant des couteaux tout autant destinés à poignarder, tandis que Wax, qui avait pris le premier tour de garde, dormait jusqu'à ce que le soleil se lève au-dessus de l'horizon. Ami et Annalyse démontèrent les planeurs et dispersèrent leurs morceaux sur les falaises dans la mer, dissimulant leur arrivée à toute patrouille Najahn errante.

Qu'aucune ne les ait encore trouvés suggérait à nouveau que les Najahn avaient de profonds défauts ou une confiance excessive. Fassle pensait-il vraiment qu'aucune île, et encore moins Kance, ne tenterait une incursion ? Une attaque surprise ?

Ou peut-être que Fassle s'en fichait tout simplement, croyant qu'aucune île ne pourrait pénétrer la Cité Encerclée même si elles débarquaient sur Noctia. Sur ce point, Fassle avait encore raison.

— Debout, Vis, dit Ami en revenant au camp. Eujo regarda la Gardienne donner un léger coup de pied à Wax. La journée file et nous avons une longue marche devant nous.

Eujo adoucit le réveil brumeux de Wax avec un rocher plat couvert de nourriture.

— Mange, Renouveau. Ça pourrait être notre dernier bon repas avant un moment.

Trois sacoches chacun, plus leurs armes, alourdissaient leurs pas. Eujo et Wax étaient au milieu tandis qu'Ami menait et qu'Annalyse et Sawi fermaient la marche, une ligne formée par nécessité alors que leur chemin serpentait le long de la falaise du cratère de Noctia. Livier suivait à une plus grande distance, une tactique que l'assassin déclara utile pour dissuader d'éventuels poursuivants. Au-delà des broussailles, les rochers gris et noirs se penchaient et s'inclinaient, formant des sentiers peu profonds et furtifs tout autour et au-dessus. Ils utilisaient mains et pieds pour grimper, Wax et Eujo faisant appel au skar de Whent si le chemin atteignait une impasse. Plus d'un petit glissement de terrain ondula le long de la falaise de Noctia, marquant une perturbation assez claire pour quiconque observait.

— Ils ne sauront pas pourquoi, dit Ami après le premier, le nuage de poussière se dissipant. Personne ne soupçonne les skars, ce qui signifie qu'ils ne nous soupçonneront pas. On continue.

Eujo n'était pas tout à fait sûre de comment Ami avait pris le contrôle de la mission, mais dans les heures depuis l'atterrissage sur Noctia, l'ancienne Gardienne avait donné des ordres et personne ne s'était donné la peine de protester. Peut-être parce qu'Ami offrait de la clarté, un chemin facile à suivre, quand tout le monde avait d'autres problèmes en tête ?

— Ou parce qu'elle est vraiment douée pour ça ? proposa Wax quand Eujo le lui fit remarquer, le couple bien derrière l'ascension menée par Ami. La Gardienne exigeait la distance, au cas où une prise mal placée nécessiterait un repli ou délogerait un rocher. Elle a parcouru toutes les îles avec l'Égide, non ? Elle va savoir comment nous y emmener.

Ils se frayèrent un chemin par-dessus un gros rocher, chacun offrant ses mains et son aide à l'autre tour à tour. Les bottes d'escalade de Kance qu'ils avaient portées sur les planeurs s'avérèrent utiles ici, les pointes enfoncées dans les semelles s'accrochant à la pierre. On ne pouvait pas en dire autant de leurs robes de Kance qui, bien que plus fines que les versions d'hiver, gagnaient déjà des trous à force de s'accrocher aux roches rugueuses. Mais si quelques vêtements usés étaient le pire de leurs problèmes, Eujo serait sacrement ravie.

—Et puis elle s'effacera quand ce sera notre tour ?

Wax rit.

— Notre tour ? Tu veux dire quand on aura les skars ? Je pense qu'Ami pourrait nous lâcher d'ici là, pour aller après Fassle.

— Ce qui nous laisse avec Sawi et Annalyse ? Eujo jeta

un coup d'œil en arrière au duo qui fermait la marche, respectant la même distance qu'Ami devant.

— Tu as entendu les histoires de Sawi. Ils savent se battre. Wax, au-dessus d'Eujo sur le sommet du rocher, se retourna et lui offrit un bras pour l'aider. La Reine accepta et, avec un grognement, Wax la hissa. Et puis, je t'aurai toi aussi.

Les yeux d'Eujo brillèrent.

— Je pensais que je t'aiderais avec les skars ?

Wax garda le silence et ils regardèrent tous deux Ami, un peu plus haut, alors qu'elle choisissait un chemin étroit vers le haut entre deux falaises noires en saillie. De la mousse s'accrochait aux dessous ombragés, un lichen jaune pâle ajoutant une odeur de renfermé à l'air aride de Noctia. L'océan, pas si lointain, s'étendait dans toutes les autres directions alors que l'île se terminait par ses falaises abruptes.

— Quand j'ai fermé les portes, j'ai dû mettre les skars en harmonie les uns avec les autres. Synchroniser leurs efforts, dit Wax. Je ne sais pas comment faire ça avec autre chose.

— La coopération, Wax. C'est de ça dont tu parles. On fait ça tout le temps.

— Ce serait différent. Comme penser la même chose, mais en rythme.

Eujo voulut faire appel à ses propres skars à ce moment-là, tester la théorie de Wax et prouver qu'elle pouvait faire de même, mais l'idée de faire surgir un tas de forces élémentaires alors qu'elle se tenait en haut d'un rocher tua cette idée. Pas question de s'écraser elle et ses amis pour prouver un point.

— Alors montre-moi, dit Eujo. Quand on sera dans un endroit plus sûr, montre-moi comment faire. On ne peut pas risquer tout ça sur une seule personne. Même si cette personne est plutôt cool.

Wax rit à nouveau, se déplaçant pour suivre Ami alors que la Gardienne criait qu'elle avait trouvé le prochain point de repos, l'une de ces falaises étant une bonne cible pour le déjeuner.

— Je pensais que le but principal de tout ça était de détruire Fassle, dit Wax alors qu'ils commençaient à se frayer un chemin vers le haut, des cailloux et de la terre se glissant sous les ongles d'Eujo.

— Pour Kance, peut-être. Mais si on ne trouve pas un moyen de sauver ces démons, je pense qu'Ami pourrait tous nous tuer.

— C'est étrange, n'est-ce pas, que nous devions sauver les démons ? médita Wax en glissant son pied pour atteindre la prochaine prise. Eujo ferma les yeux tandis que la poussière tombait sur son visage, luttant contre une envie d'éternuer. Les dieux étaient si puissants, mais ils n'ont pas pu faire durer leurs mondes ?

— As-tu déjà pensé que c'est peut-être pour ça qu'ils sont venus ici ? Ils ont réalisé que quelque chose n'allait pas dans leurs foyers ?

— Quelque chose qu'ils ne pouvaient pas réparer ?

— Peut-être pas, dit Eujo. Pour le nôtre, ils se sont réunis pour le créer. D'après ce qu'Ami a dit sur les autres mondes, d'où viennent les démons, ils sont brisés de différentes façons. Pas entiers.

— Tu penses que notre monde est, quoi, entier ?

— Ne l'est-il pas ?

Wax glissa, se rattrapa et jura. Ils approchaient des falaises fendues d'Ami, l'ombre bienvenue contre un soleil qui se réchauffait de minute en minute.

— Nous nous battons les uns contre les autres, dit Wax. Les îles, et même entre les îles. Elles sont trop petites, mais l'océan s'étend à l'infini, plus loin que quiconque n'est jamais allé. N'est-ce pas bizarre ?

— Un peu ?

— Je dis que peut-être les dieux avaient l'intention d'en faire plus.

— Et ils ne l'ont pas fait parce que Vis et Noctia se sont disputés, et qu'ils sont tous morts ? Eujo renifla. Quelle révélation tu as là, Wax.

— Les skars me disent tout.

— Quoi, vraiment ?

— Je plaisante.

Une fois de plus, Wax atteignit la falaise, se retourna et s'allongea sur le ventre pour tendre la main à Eujo. La Reine la prit et grimpa le reste du chemin. Ami avait déjà sorti quelques provisions de sa sacoche, plus de poisson et de carottes. À la manière des Kance.

— De quoi parlez-vous tous les deux ? demanda la gardienne flamboyante alors qu'ils la rejoignaient.

— De la création de l'univers, de comment les dieux sont une bande d'idiots, répondit Wax.

— Évidemment, dit Ami. Mais maintenant, c'est à nous de réparer leurs erreurs.

— Pourquoi penses-tu qu'il n'y a que les îles et un tas d'eau ? demanda Eujo à Ami.

Ami mordit dans une carotte, croquant dans l'épaisse orange. Elle mâcha, son regard devenant distant, indiquant que la réponse viendrait une fois qu'Ami l'aurait bien mijotée. Ce moment arriva alors qu'Eujo était bien avancée dans ses propres bouchées, la Gardienne se penchant comme si elle allait révéler un secret.

— Parce que, commença Ami, rencontrant tour à tour

les regards de Wax et d'Eujo, les dieux ont merdé, et maintenant c'est à nous de réparer ça. Tu vas utiliser ces pierres,
Wax. Ou Eujo. Je m'en fiche, mais vous allez les utiliser pour
faire ce que les dieux n'ont pas pu. Vous allez transformer
plus que les îles. Vous allez refaire le monde.

35
LA SURVEILLANCE

Après la déclaration retentissante d'Ami, le groupe replongea dans la routine familière des repas et de la marche, l'après-midi s'étirant vers le soir avec plus de prises, de rochers déplacés et d'altitude gagnée. Escalader les arbres Sana, avec leurs prises épineuses et leurs branches épaisses, était tellement plus facile que cette ascension sournoise à travers des fissures étroites et des arêtes acérées. La pierre de Noctia gardait bien ses secrets, surtout lorsque le soleil glissa de l'autre côté du cratère, les plongeant dans l'ombre.

Le tunnel creusé dans la montagne de la Cité aux Anneaux leur avait fait gagner tellement de temps sur le trajet, une valeur que Wax ne comprit que lorsque, trempé de sueur malgré le froid, les mains et les pieds n'évitant les ampoules que grâce au skar de Vis, il vit que le sommet dentelé était encore hors de portée. Une fois de plus, Ami trouva une falaise hospitalière où s'abriter, tirant sur les racines et les buissons pour rassembler du matériel pour un feu alors que Wax et Eujo la rejoignaient.

— Combien de temps encore ? demanda Wax à la

Gardienne tandis qu'Eujo se penchait sur le combustible rassemblé. La Reine puisa dans son skar de Foti, laissant son étincelle enflammer les débris collectés. *Encore une journée comme ça et je pourrais bien abandonner.*

— Je ne sais pas, dit Ami. Je n'ai jamais fait ce voyage moi-même, parce que c'est un voyage stupide. Voyant le regard confus de Wax, elle poursuivit : Quiconque veut aller à la Cité aux Anneaux devrait simplement y naviguer, plutôt que de traverser le cratère à pied.

Bien sûr, comme ils envahissaient, qu'ils étaient déclarés ennemis de Noctia, ce genre d'entrée ne fonctionnait pas vraiment.

Sawi et Annalyse les rattrapèrent alors que Wax et Eujo buvaient de l'eau et puisaient dans des provisions qui commençaient déjà à sembler maigres. La collectrice de Vis fronça les sourcils devant le feu qui brûlait avec vigueur et demanda si cela n'allait pas les trahir.

— À l'intérieur du cratère, je te l'accorde, dit Ami, la Gardienne se frottant les jambes, les pieds pendants au bord de la falaise. Personne ne vit de ce côté de l'île, pour des raisons évidentes, donc personne ne nous espionne.

Wax était d'accord avec l'évaluation d'Ami. Avec les teintes orangées du coucher de soleil qui s'attardaient au-dessus d'eux, l'océan s'étendant à l'est prenait une apparence ombrée. La distance qu'ils avaient parcourue, toute cette pierre maudite, se fondait en un magma gris-noir. Une brise apathique se leva et mourut tout aussi vite. Ni oiseaux, ni animaux ne brisaient l'étrange silence.

La déesse de la Mort ne s'était pas vraiment fait un foyer.

— Livier arrive toujours ? demanda Eujo au duo arrivé plus tard.

— Il s'est de plus en plus attardé, dit Annalyse, qui griffonnait déjà sur un autre bloc de papier. Elle avait demandé ces rares appareils et Eujo les avait fournis, les tirant des réserves royales de Kance, et maintenant la scientifique semblait toujours être en train d'écrire avec ses crayons de charbon. J'ai voulu lui demander pourquoi, mais quand je l'ai appelé une fois, il n'a pas répondu.

Eujo se tourna vers le bord de la falaise et Wax la rejoignit, tous deux regardant dans l'obscurité. Ils ne virent rien d'autre que des ombres. Pas d'assassin.

— Si la nuit tombe, il va avoir du mal à monter jusqu'ici, nota Wax.

— Livier s'en sortira, répondit Eujo. Il nous a poursuivis à travers tout.

— Pas tout à fait. Wax sourit. On lui a échappé sur Whent, tu te souviens ?

C'étaient de bons moments, à Harrow's Edge, sur le bord nord-est de Whent. Après leur évasion du avant-poste Najahn. Des heures fraîches dans la charrette à bœufs cahotant vers l'est, se relayant aux rênes, apprenant à garder le contrôle des animaux tout en découvrant, aussi, qu'il y avait quelque chose entre lui et Eujo. Des mains trouvant d'autres mains sous les couvertures le long de la toundra gelée et vallonnée...

— Là, dit Eujo, pointant du doigt le bas de la falaise. De l'argent de Kance, immobile, en dessous. C'est lui, mais il ne bouge pas.

La Reine appela Livier par son nom mais la robe ne bougea pas, tout corps qu'elle pouvait dissimuler caché dans l'ombre. Wax fit écho à l'appel, les trois autres quittant le feu pour se joindre à leur observation.

— Vous pensez qu'il est tombé ? demanda Sawi quand la forme continua à rester immobile.

— Livier ne tomberait pas, dit Eujo. Quelque chose ne va pas.

Quelque chose qui n'allait pas signifierait une descente pour secourir l'homme, une idée risquée dans l'obscurité, mais une pour laquelle Wax se porta volontaire dans le silence. Sawi le seconda, déclarant qu'elle et Wax étaient les meilleurs grimpeurs du groupe après toutes leurs années sur Vis.

— Le reste d'entre nous montera la garde, déclara Ami, ne contestant pas l'évaluation de Sawi. Si Livier est blessé, ce qui l'a causé pourrait encore être là-bas.

Descendre était, au moins, plus facile que grimper. La pente raide était toujours une pente, ce qui signifiait que Wax pouvait se rattraper quand il manquait une marque, quand un pied glissait ou que sa paume ne pouvait pas tout à fait garder prise. Cela arriva plus de fois qu'il ne voulait l'admettre, suscitant plus d'une remarque de Sawi, d'abord moqueuse puis curieuse, inquiète.

— Épuisé, dit Wax alors qu'ils approchaient de l'endroit où devait se trouver la robe de Livier, le duo se rapprochant sur un rocher. Tu accumules tes égratignures et tes coupures, elles guérissent de la vieille manière naturelle. Les miennes disparaissent rapidement parce que le skar de Vis ne cesse de fonctionner.

Sawi, dont le visage n'était guère plus qu'une silhouette alors que le crépuscule se transformait en bleu profond de la nuit, ricana.

— Tu dis que le fait d'être en bonne santé te tue ?

— On dirait bien.

— Alors laisse-moi prendre la tête.

Sawi fit exactement cela, rampant devant Wax. Elle chuchota le nom de Livier, ne reçut aucune réponse. Wax leva les yeux, vit trois têtes qui regardaient en bas, le feu éclairant les ombres en orange. Ses amis ne seraient pas d'une grande utilité là-haut, mais savoir qu'ils pouvaient donner l'alarme était... Rassurant ?

— Wax, dit Sawi, et le Vis vit qu'elle tenait la robe de Kance, sans Livier à l'intérieur. Il n'est pas là. Mais regarde. Elle est ensanglantée.

Wax vit une tache plus bas sur la robe, près de la taille, bien qu'elle parût noire sans beaucoup de lumière. Néanmoins, assez grande pour suggérer un coup de poignard.

—Eh bien, ce n'est pas bon, dit Wax en jetant un regard autour des pierres sombres empilées le long des falaises qui les entouraient. Des recoins sans fin, des crevasses, des endroits pour se cacher. Je ne suis pas sûr qu'on devrait continuer à crier son nom.

—Alors quoi ? N'es-tu pas le chasseur ?

— Moi ? Je suis plus jeune que toi. Je n'ai jamais fait ce saut.

Certes, dans un an, Wax aurait essayé d'intégrer les rangs des chasseurs. Il avait le don pour voyager à travers les arbres, mais pister une proie ? Ce n'était pas vraiment quelque chose qu'il avait appris à faire. Il n'avait pas besoin de ces compétences pour attraper la prochaine liane et voir où elle le menait.

— Il n'y a pas de meilleur moment que maintenant, dit Sawi en reposant la robe sur le rocher. C'est soit ça, soit on remonte et on espère que Livier apparaisse.

—Je vote pour cette option.

—Vraiment, Wax ?

— Vraiment, Sawi. Peu importe ce qui a pris Livier, s'il est mort, ça pourrait encore être là dehors. Sinon, on va se blesser en rampant dans le noir. Je ne veux pas paraître froid, mais ce que nous sommes venus faire est plus important.

— Depuis quand es-tu devenu si insensible, Wax ?

Wax croisa les bras et s'appuya contre le rocher.

— Je ne sais pas, Sawi. Peut-être quand j'ai vu Pan mourir. Quand les gens ont continué à essayer de m'utiliser. Quand on n'a cessé de me dire qu'une vie ne compte pas face aux démons, aux îles, à tout ça. Il changea de ton et de cible. Pourquoi as-tu abandonné Quik, Sawi ? Pourquoi l'as-tu laissé à Mottilan ?

— Parce que nous n'avions aucune chance. Les Najahn étaient partout.

— Tu vois ? Ça craint quand les probabilités sont contre toi, n'est-ce pas ?

— C'est cruel, Wax.

— Je suis juste équitable.

Si Sawi avait une réplique plus cinglante, elle n'eut pas l'occasion de la prononcer. Une silhouette se dressa derrière elle, comme si les ombres elles-mêmes se condensaient en un homme. Un homme avec une main levée, un couteau captant la lumière des étoiles alors qu'il s'approchait de l'épaule de Sawi.

— Plonge ! cria Wax, et la Vis s'exécuta, ses vieux réflexes toujours aiguisés.

Le couteau fendit l'air là où Sawi s'était trouvée, la cueilleuse roulant durement contre le rocher. Wax n'attendit pas, le désespoir, la colère et la peur de ce moment réveillant brusquement le skar de Noctia. Wax le laissa faire, l'éclair sombre jaillissant de sa main pour frapper l'ombre, repoussant l'homme par-dessus le rebord. Il entendit le bruit sourd trop tôt après, un rappel que les falaises ici ne promettaient pas une chute mortelle.

Avec cette connaissance, avec les pas qu'il fit vers Sawi,

vint la faim de Noctia, et ses bienfaits. L'épuisement de Wax fondit alors que cet éclair noir lui rendait ce qu'il avait volé. Une petite gorgée de la boisson de la mort, et Wax était renouvelé, prêt.

Une bonne chose, car d'autres ombres se levèrent et tombèrent, créant une forêt de couteaux, tous pointés vers lui.

36
ÉVENTRÉE

Malgré la douleur atroce provoquée par le coup de vouge dans le ventre, Torny trouvait un certain plaisir à être portée par Quik. Le frère de Bliss avait une force considérable, et Torny n'avait pas été soulevée ainsi depuis... peut-être jamais. Elle gardait ses mains pressées sur la blessure de son ventre, espérant que ce n'était que du sang qui s'écoulait entre ses doigts et rien de plus important. La douleur restait constante et terrible, mais elle pouvait la repousser, la tenir à distance.

Surtout lorsqu'ils firent irruption dans la chambre des skars et que Torny eut son premier vrai aperçu de la trahison qui s'y déroulait.

La Troisième Main avait capturé Yarvick, avec Fassle, des gardes et une femme vêtue des robes de Tenet qui le dominaient. Le même homme qui, il y a à peine douze heures, parlait à Torny de son projet de prise de pouvoir sur un toit de Najahn. Il était maintenant allongé sur un dais de pierre, les mains et les jambes attachées aux coins, ressemblant moins à un dieu en devenir qu'à une pauvre expérience ratée.

Un bien mauvais résultat pour Torny et ses amis, étant donné que la survie de Yarvick devait leur sauver la vie et apporter la paix à Kance.

L'ordre de Fassle de les tuer, alors que Quik se tenait sur l'escalier de pierre à côté des lanternes vacillantes, aiguisa la concentration de Torny, qui passa de Yarvick aux skars éparpillés dans leurs étuis respectifs en contrebas.

— Lance-moi, dit Torny alors que Bliss, blessée à l'épaule, se frayait un passage avec une vouge volée. La femme de Vis agita l'arme vers le trio de la Troisième Main qui s'approchait, ralentissant leur avancée avec leurs couteaux dégainés.

— Te lancer ? répondit Quik, reculant d'un pas tandis que Fassle poussait ses forces en avant, le chef de Najahn semblant presque s'ennuyer. Où ça ?

— Sur les skars de Whent, dit Torny, se laissant aller dans les bras de Quik. S'asseoir signifiait une douleur lancinante à travers son ventre, insupportable pendant plus d'une minute. Les pierres dorées.

La bandite pensa que Quik pourrait douter de sa demande, pourrait essayer une autre solution moins folle, mais le chasseur n'était pas du genre à débattre. Juste au moment où la tête de Torny retrouvait le confort relatif du bras gauche de Quik, Torny fut propulsée en l'air, bien qu'elle ne culbute pas. Quik avait eu l'intelligence de garder sa blessure loin de l'atterrissage.

Ce qui n'empêcha pas Torny de hurler.

Les regards se tournèrent vers elle, y compris celui de Yarvick, coincé sur le dais. L'éternité sembla passer tandis qu'elle flottait dans les airs, les bras et les jambes écartés pendant sa chute. Son estomac venait à peine de commencer à remonter dans sa gorge lorsqu'elle heurta sa cible, ses fesses et ses jambes brisant le verre encadré qui contenait les skars. De nouvelles coupures lacérèrent le pantalon sous sa robe de Kance lorsque Torny atterrit parmi les skars, leur podium s'effondrant sous l'impact, dispersant les pierres dorées sur le sol.

Comme un enfant attrapant des jouets, Torny ignora l'indignité et les nouvelles douleurs pour saisir les skars. Fassle cria aux gardes de la prendre, un ordre détourné par le propre saut de Quik. Le chasseur de Vis ne suivit pas tout à fait la trajectoire de Torny, tombant plutôt sur un garde de Najahn qui s'était retourné pour obéir au nouvel ordre de Fassle. Sur les escaliers, Bliss tenta une entaille vers l'avant, un coup pitoyable avec sa blessure à l'épaule, mais le mouvement garda l'attention des Troisièmes Mains.

Et Torny ne sut plus rien.

Les skars de Whent l'inondèrent, la submergeant dans leur bourdonnement en cascade. Elle en tenait quatre ou cinq dans ses mains, serrant les pierres contre sa poitrine alors qu'elles s'étendaient et trouvaient toute la pierre, essayant de la plier à sa volonté. À la leur.

Anéantis-la, disaient les skars. Démolis la tour et enterre les ennemis de Torny. Ou fissure les blocs sous leurs pieds et scelle la pierre au-dessus d'eux, enfermant les imbéciles dans la roche pour toujours. Ces idées se mêlaient à trop d'autres, les skars se disputant son attention.

Torny n'en accorda à aucun, sauf au seigneur bandit sur le dais, celui qui avait toujours été là aussi longtemps que Torny avait vécu et bien avant. Risquer de coincer le pied de Fassle dans un rocher ne les sauverait pas, et enterrer tout le monde vivant sous les décombres était le genre de coup que Torny n'était pas encore prête à jouer.

Au lieu de cela, elle libéra Yarvick.

Deux petits blocs lisses tombèrent du plafond de la pièce, plongeant avec des bords tranchants et atterrissant directement sur les cordes qui liaient les mains et les pieds de Yarvick. Les cordes se brisèrent alors que le premier garde de Najahn atteignait Torny, l'homme reculant sa vouge pour un coup facile.

Yarvick saisit le manche de l'arme, l'avertissement de Fassle étouffé par la chef de la Troisième Main, qui agrippa son commandant et le tira vers les escaliers descendants à la droite de Torny. La traction de Yarvick fit pivoter le Najahn, permettant au seigneur bandit de tendre le bras, de tirer la lame de la ceinture du Najahn et de l'éventrer avec. Alors que le Najahn reculait en titubant, Torny ressentit l'exaltation des skars, un sourire illumina ses propres lèvres.

— Ne les laissez pas s'échapper, siffla Yarvick, faisant tournoyer la vouge dans sa main droite derrière lui, tailladant le garde qui se débattait avec Quik. La coupure étourdit le Najahn, permettant à Quik de saisir le crâne du soldat et de le fracasser contre le mur voisin. Fassle ne peut pas s'échapper à nouveau !

Les skars de Whent entendirent l'appel de Torny alors que Fassle et la chef de la Troisième Main dévalaient les escaliers. Ils s'étendirent, cherchant à écraser les marches, à enterrer le duo sous les décombres, mais alors que les premières pierres commençaient à se détacher, les skars vacillèrent. Leurs voix, dans la tête de Torny, perdirent leur rythme, bégayant de confusion.

Torny elle-même ne comprenait pas, essayait de forcer les skars à reprendre leur action, pour découvrir que sa propre voix lui faisait défaut. Sa gorge humide de sang chaud, correspondant à la flaque dans laquelle elle réalisait, maintenant, qu'elle était assise. Des éclats de verre et ces pierres dorées trempaient à côté de sa robe Kance en lambeaux, le premier coup à son ventre loin d'être guéri, prenant son tribut final.

Eh bien. Elle l'avait fait maintenant. Une bandit n'était pas censée se retrouver dans des bagarres comme celle-ci.

Yarvick, jurant, roula hors de l'estrade. Il lança à Torny un regard froncé, le visage gris pâle ne lui faisant aucune faveur, n'ajoutant aucun souvenir agréable avec sa déception cinglante. La seconde suivante, Yarvick disparut dans les mêmes escaliers, poursuivant Fassle.

Le genre de loyauté à laquelle elle devait s'attendre de sa part, vraiment.

Plus surprenantes étaient les trois silhouettes qui se précipitaient après Yarvick, l'une portant une légère blessure à un bras. La Troisième Main poursuivant sa proie, leurs propres chefs.

— Laissez-les partir, résonna la voix de Quik. Torny est gravement blessée.

Quelle inquiétude de la part du chasseur de Vis. Quik avait toujours traité Torny avec une sorte de dédain dégoûté, alors n'était-ce pas agréable ?

Pourtant, ce n'était pas le visage de Quik qui apparut en premier, alors que Torny réalisait qu'elle était tombée en arrière, sa tête reposant dans sa propre flaque qui s'élargissait. Les skars avaient cessé de parler, un mystère résolu lorsque Torny sentit de nouvelles pierres pressées dans ses mains, des murmures différents et urgents prenant le contrôle. Des doigts clignotèrent devant ses yeux, des symboles familiers, des routines.

"Skars de Vis. Tu dois rester avec nous, Torny. Reste."

Rester ? Torny voulait rire, mais sa gorge s'étouffa à la place, un jet humide. Pourtant, la bandit n'allait nulle part. Elle ne le pouvait pas vraiment, dans cet état.

— Tiens, dit Quik, en pressant un paquet déchiré de

robe Najahn contre la blessure au ventre de Torny. Garde ça pour essayer de ralentir le saignement. Donne aux skars le temps d'agir.

Bliss avait dû faire un signe que Torny ne pouvait pas voir, car Quik répondit qu'il ne restait pas. Pas ici, pas maintenant.

— Yarvick est parti après Fassle. Là-bas, dit Quik dans un grognement. L'un d'eux va survivre, mais ils ne seront pas en grande forme. C'est notre meilleure chance de les arrêter. La tête de Quik apparut dans le champ de vision, le visage du chasseur un mélange de colère et de tristesse. Torny, vis. Aide ma sœur, et fuis.

Sur ce, le chasseur disparut dans les escaliers après les autres, laissant Torny mourir avec la seule personne qu'elle ait jamais aimée. Il y avait quelque chose de poétique là-dedans, n'est-ce pas ?

37
LES SEIGNEURS EN GUERRE

Une fois de plus, et espérons pour la dernière fois, Quik tenta de mettre de côté l'horreur pour un acte de vengeance. Il descendit les escaliers, adoptant à chaque pas l'attitude du chasseur. Il avait envisagé d'emporter les skars de Vis en partant, souhaitant diriger leur pouvoir de guérison rapide vers la blessure de carreau dans son dos et les entailles de vouge le long de son flanc et de ses jambes, mais il laissa les pierres derrière lui : les skars voleraient son énergie pour refermer les plaies, et Quik avait besoin de chaque once de force.

Ses proies, Fassle et Yarvick, se trouvaient quelque part en bas, dans une grotte que Quik ne connaissait que trop bien. Les escaliers en colimaçon, faits de métal strié, frémissaient sous ses pas, accrochés à la roche creuse par d'épais boulons. Le fait que les marches ne tremblent pas davantage signifiait que le Najahn et Yarvick qui le poursuivait avaient déjà quitté l'escalier.

Quik ne pressa pas le pas.

La grotte n'offrait aucune sortie facile hormis celle-ci, une conception délibérée pour garder secret les tests de skar et confiner les démons qu'elle utilisait. S'échapper signifiait nager, et Quik ne voyait ni Fassle ni Yarvick plonger dans les eaux froides pour une fuite maladroite, surtout quand la victoire ici signifiait le contrôle exclusif de la force militaire la plus puissante des îles.

Et que se passerait-il quand ces deux monstres mourraient ici, ce soir ?

Pavarde avait offert un aperçu à ce sujet, lors de ces nuits passées en conversation sur les vagues agitées, quand elle avait réalisé que son contrôle sur Quik ne s'étendait pas aux plaisirs physiques. Elle avait réfléchi à la ligne de succession, aux Tenets et aux Adeptes qui lutteraient pour prendre le pouvoir à la mort de Fassle. Que le Najahn se divise selon les loyautés envers leurs commandants locaux semblait probable, que les îles retrouvent leur individualité était presque certain.

Que Vis regagne sa liberté, pratiquement garanti.

Quik esquissa un sourire féroce malgré la douleur en approchant du bas de l'escalier, posant ses pas avec précaution pour rester silencieux. Deshiva, qui avait échappé à la conquête de Mottilan à bord d'un vaisseau de Vis et s'était dirigée vers Kance, reviendrait à la tête de chasseurs, rejoindrait les Lira, et repousserait le Najahn dans la mer.

Le rêve s'estompa lorsque Quik atteignit le fond sablonneux et les deux corps qui y gisaient. Éventrés et égorgés, leurs vouges et épées éparpillées. L'œuvre rapide de Yarvick. Quik n'avait pas entendu un bruit.

Autour et au-dessus de lui, la nuit plongeait la grotte dans l'obscurité. Les torches entretenues pendant qu'il était prisonnier ici avec les expériences d'Annalyse et Ami avaient été laissées à l'abandon, la seule lumière provenant du rose de Sichi, le peu qui filtrait jusqu'ici. Le clapotis des vagues et l'agitation lointaine de la Cité aux Anneaux se mêlaient à un goût salé sur la langue de Quik, ou peut-être était-ce du sang qui s'infiltrait, une blessure plus profonde que Quik ne voulait le croire.

Quoi qu'il en soit, en restant baissé, Quik s'avança sur le sable. Il se pencha et ramassa une vouge. Le chasseur avait peu d'expérience avec les épées, mais une vouge, il pouvait la manier, même si elle était plus lourde et invitait à des techniques avec sa pointe recourbée que Quik ne pouvait pas employer.

Mais une vouge pouvait frapper depuis les ombres aussi bien que n'importe quelle autre arme.

Les cavernes offraient plusieurs directions, et une impulsion morbide attira Quik vers la droite, en direction de la cage où il avait été enfermé pendant des jours. Une chance de se moquer de cette prison de l'extérieur, ou d'en briser davantage les barreaux. Quik aurait pu s'aventurer dans cette direction si ce n'était un rire méprisant, le ton de Fassle, venant du tunnel ouest. Celui menant à la mer et au même ponton d'où Quik et Annalyse avaient sauté il y a si longtemps pour échapper à l'attaque purificatrice de Fassle sur l'opération de Gladdring.

Se collant aux murs, remarquant que les pièges anti-démons intégrés dans les grottes avaient été désarmés - si Fassle en avait utilisé un pour coincer Yarvick, Quik aurait été forcé d'admirer le chef du Cercle - Quik se faufila jusqu'au bout de la grotte. Au-delà, sur la petite plage déserte, se tenait une confrontation. Fassle se tenait avec Kasava, la chef de la Troisième Main, dos au ponton et aux vagues derrière eux. Yarvick, encore plus échevelé que d'habitude, leur faisait face avec une seule lame mouillée. Du sang gouttait de sa pointe.

— J'aurais pensé, disait Fassle alors que Quik approchait, que vous aviez un meilleur plan que le chaos, Yarvick.

Que tout cela était au service de quelque chose de plus que la destruction.

— Guère de la destruction. Une remise à zéro. Une chance pour le peuple, libéré des démons, de décider ce qu'il veut pour lui-même.

— Pendant que vous planez au-dessus d'eux comme un dieu courroucé ?

— Comme les dieux planent au-dessus de nous, même dans la mort. Je maintiendrais les frontières, m'assurerais qu'aucun grand pouvoir n'émerge. Assisterais ceux dans le besoin. Il pointa la lame vers Fassle. Votre quête de pouvoir est allée trop loin. Vous voudriez régner, je voudrais guider.

— Je garderais Noctia en vie, répliqua Fassle, sa main gauche tressaillant vers la chef de la Troisième Main, qui tira de son dos deux brise-lames, leurs pointes fendues en bords recourbés destinés à saisir et trancher les lames. Sans les démons, notre île a peu de ressources. La pierre calcinée ne vaut pas grand-chose. Les autres îles se retourneront contre nous, nous laisseront pourrir. Avant Demion, Noctia était un désert, et c'est à cela que, sans moi, elle retournera.

Quik ne pouvait pas voir le visage de Yarvick, mais il le vit lever sa main gauche, pointer vers une bouche qui ne tenait plus de dents particulières. — Laissez-moi deviner, vous restez au pouvoir pour toujours ?

— Tout comme vous, répondit Fassle. Maintenant, la nuit avance, et je préférerais de loin récupérer mes skars. Si vous n'acceptez pas l'exil, alors je serai heureux de mettre fin à votre trop longue vie. Choisissez, Yarvick.

La décision du seigneur bandit se fit sans mot, l'homme lançant un grognement féroce avant de bondir en avant. Le sable se dispersa sous sa poussée, Yarvick faisant un pas, puis deux, avant que la main levée de Fassle ne déchaîne un jet de flammes. D'un jaune et orange vif, suffisamment intense pour faire grimacer Quik, le feu enveloppa Yarvick, le projetant au sol. Alors que Yarvick retombait, son bras droit fouetta l'air, l'épée tourbillonnant avant d'être écartée par Kasava.

Le feu de Fassle trouva de quoi s'embraser dans la cape en lambeaux de Yarvick, le chef des bandits cherchant à l'étouffer par une roulade en avant dans une petite dune. Kasava se précipita pour en profiter, un long couteau scintillant, prêt à transpercer le ventre de Yarvick alors qu'il se relevait, la cendre et le sable tombant de lui. Le seigneur bandit ne prit pas la peine de parer, encaissa le coup de poignard dans la poitrine et rit, saisit Kasava par le cou et la jeta dans le sable plus mou où les vagues les plus lointaines léchaient son corps.

— Il ne reste plus que toi et moi maintenant, Fassle, dit Yarvick, en retirant le couteau de Kasava de sa poitrine. Aucune goutte de sang ne coulait de la lame, étincelante de rose sous la lumière de Sichi. Deux bâtards assoiffés de pouvoir s'affrontant pour l'avenir de nos îles.

— La différence, répliqua Fassle, tout en reculant vers le bord de la jetée, c'est que je veux ce qu'il y a de mieux pour Noctia. Tu ne veux que ce qu'il y a de mieux pour toi.

— C'est une question d'opinion.

Yarvick s'élança en avant, projetant du sable, le long couteau brandi. Quik se tint dans l'ombre du côté gauche du mieux qu'il put, restant bas sous les falaises rocheuses tandis que le seigneur immortel chargeait, une approche subtile gagnant en furtivité grâce au spectacle impossible qui se déroulait devant lui. Fassle para le coup avec un autre skar, une rafale soudaine attrapant le pied de Yarvick et faisant tournoyer l'homme dans les airs. Il s'écrasa dans le sable alors que Fassle s'accroupissait, les mains sur ses genoux recouverts de sa robe.

L'épuisement n'apportait pas la victoire. Yarvick se releva, se débarrassa du sable. Il pointa le couteau alors que Fassle tendait une main. Une vague à la droite de Yarvick s'éleva, sa large étendue se concentrant en une seule poussée pour frapper le bandit, le soulever et le faire atterrir non loin de Quik, froissé et mouillé dans la boue.

Les jambes et les bras de l'homme semblaient pliés à des angles terribles, témoignant de la force de la vague. Pourtant, Yarvick tressaillit encore, roula et se releva, une épave chancelante.

— Tu vas bientôt t'épuiser, articula Yarvick en tremblant. Tes skars s'épuiseront bien avant les miens, et alors tes tripes décoreront cette plage, Fassle. Je te le jure.

Fassle, cependant, ne semblait pas intimidé. Malgré sa respiration haletante et ses pas chancelants, l'homme s'avança vers Yarvick. Il leva une main, à nouveau, et Yarvick vit sa marche hésitante stoppée. Le sable boueux sous les pieds de Yarvick s'était rapidement durci autour des chevilles du bandit. Le seigneur bandit leva le long couteau, ajustant sa prise pour le lancer.

— Tu vois, Yarvick. J'ai dû m'adapter, chaque jour, pour survivre parmi les Najahn, grogna Fassle, continuant à s'approcher. J'ai dû saisir chaque avantage, choisir mes batailles, en perdre certaines pour en gagner d'autres. C'est une leçon que tu n'as jamais eu à apprendre.

Le bandit lança le poignard, un jet mou avec son épaule brisée, un coude dans le mauvais angle. Le couteau vola quand même, assez près de Fassle, qui fixa la lame du regard, l'arrêta d'un regard en sueur, un vent violent qui ébouriffa les cheveux de Quik. Le couteau fut renvoyé, se plantant dans l'épaule de Yarvick.

Et bien que Quik ne puisse pas voir le visage de Yarvick, il perçut la raideur de sa colonne vertébrale. Le frisson qui parcourut son corps meurtri alors que le choc s'installait, la réalisation que, malgré tout son pouvoir, malgré ses longues, longues années, Yarvick était surpassé.

Cette révélation ne le tourmenta pas longtemps. Fassle, à moins d'un pas de Yarvick, écarta les deux mains, et des flammes bleu-vert enveloppèrent le seigneur bandit. Avec ses pieds scellés, ses os brisés, il n'y avait pas moyen de rouler cette fois. Pas d'évasion.

Juste l'anéantissement.

Yarvick s'effondra dans le sable alors que le feu diminuait, vacillant. Fassle chancela sur le sable, observant, tandis que Kasava trébuchait à ses côtés. Tous deux épuisés, distraits.

— Une fois de plus, murmura Fassle. Jusqu'à ce qu'il ne soit que cendres, je ne croirai pas qu'il est mort.

Quik redressa les épaules, planta son pied droit, alors que le feu jaillissait à nouveau de la main de Fassle sur Yarvick. Le chasseur lança la vouge, étirant son épaule, ignorant les picotements sur sa peau ensanglantée. Le projectile vola droit, frappant Fassle en pleine poitrine.

Le feu disparut instantanément, Fassle reculant en titubant, glissant dans le sable mouillé et s'effondrant. Kasava fixa la vouge dans la poitrine de son commandant, teintée de rose sous la lumière de Sichi, comme si elle était apparue par magie. Yarvick fumait au milieu des dunes.

— Toi, dit Kasava quand Quik émergea de la grotte. Le chasseur se pencha, ramassa une pierre dans sa main droite. Bien sûr, toi.

Kasava dégaina ses deux brise-lames de leurs fourreaux dorsaux en marchant vers lui. Quik ralentit, s'arrêta. La distance était essentielle à sa survie.

— Je ne suis pas là pour toi, dit Quik, levant la pierre,

bien que cela n'arrêtât pas son approche. Fassle et Yarvick sont un poison pour les îles. Tu le sais.

— Je sais qu'un homme a donné à ma famille et à moi tout ce que nous avons aujourd'hui, répondit la femme, bien qu'elle s'arrêtât près du corps vacillant de Yarvick. Sans quitter Quik des yeux, elle fit tourner le brise-lame dans sa main droite, l'enfonça dans le cadavre de Yarvick. Une fin méritée. Je sais que tu es en train de nous l'enlever. La sécurité de ma fille, les soins de mes parents, le plus féroce champion de la Cité Annulaire gît dans la poussière derrière moi. Je ne peux pas laisser cela sans réponse.

— Il a attaqué mes îles. Tué mes amis.

— Et sauvé les miens.

Quik hocha la tête alors qu'elle retirait le brise-lame, le pointant vers lui. — Alors il n'y a pas d'autre issue ?

— Les Najahn sauront qui a vengé leur chef, répondit Kasava. La mort arrive, Quik. Mieux vaut être prêt.

Le chasseur l'était, mais pas maintenant, pas cette nuit. Quik donna un coup de pied dans le sable, projetant un nuage dans le visage de la femme. Il pivota avec le coup, enfonça ses talons dans la terre, et courut.

De retour vers les escaliers, la tour, les skars, et, avec un peu de chance, de l'aide.

38
LES TUEURS D'OMBRES

Les assassins frappèrent et Eujo ne pouvait pas faire grand-chose. Elle observa, avec Ami et Annalyse, Wax et Sawi se faire encercler. Le duo battit en retraite dans une faille étroite et les assassins les suivirent, leurs robes sombres détournant la lumière de Sichi, les faisant apparaître comme des ombres floues dans la nuit. Wax et Sawi avaient tous deux des épées, mais selon Eujo, aucun d'eux ne valait grand-chose en tant que maître d'armes.

Il semblait certain qu'ils trouveraient rapidement la mort, et Eujo se tourna vers la descente, prête à s'élancer—

— Non, trancha Ami en saisissant la main d'Eujo. Tu n'y arriveras jamais à temps.

— Alors je vais sauter. Le skar de Kance peut me rattraper.

— Flotter dans les airs sans protection ? Tu te retrouveras avec des couteaux dans la gorge. Ami, silhouettée par le petit feu, scintilla. La colère, la déception et une froide expérience creusaient ses yeux plissés et figeaient sa moue. Soit Wax utilise les skars pour les sortir de là vivants, soit il ne le fait pas. C'est à lui de voir. Ce que nous devons faire, c'est nous préparer à leur venue.

— Ou pas, murmura Annalyse, toujours en train de regarder par-dessus le bord.

Annalyse fit suivre ses quelques mots cryptiques par d'autres, ses descriptions excitées se transformant en action réelle alors qu'Eujo retournait au bord de la falaise et à sa vue en contrebas. Une autre ombre avait rejoint les autres, mais au lieu de resserrer le cercle, celle-ci semait le chaos. La silhouette bondissait et se faufilait, lançait des fléchettes étincelantes et enchaînait avec une fine lame acérée. Les assassins tourbillonnaient, soudain sur la défensive, formant une ligne de quatre personnes contre le bloc de la faille. À la gauche d'Eujo, hors de vue, Wax et Sawi devaient tenir bon. À droite, le long d'un sentier se terminant par un rocher pointu et la robe argentée de Livier, se tenait la nouvelle silhouette et les deux autres.

— On dirait que Livier n'est pas mort, dit Ami, mettant des mots sur leur soupçon commun.

— Pas encore, répondit Annalyse alors que les deux assassins se ruaient vers le Kance Vientas.

L'un chargea directement, frappant Livier de son épée et forçant le Kance à parer. L'autre bondit sur la montagne, contournant pour porter un coup plongeant à l'épaule gauche de Livier. Le tueur, lame levée, sauta pour porter son coup descendant, et vola loin, très loin, projeté au-delà de la falaise dans la grande nuit.

— Qu'est-ce que c'était que ça ? demanda Annalyse.

Ami croisa le regard d'Eujo, remarquant la respiration haletante de la Reine. Le skar de Kance avait réagi rapidement à sa demande, mais la distance, la force nécessaire pour pousser l'assassin assez loin pour assurer une issue fatale... Eujo prit une minute pour récupérer, observant

Livier qui parait, feignait et achevait son adversaire. De l'autre côté, Wax et Sawi firent la chose intelligente, maintenant leurs assassins potentiels à une distance statique, que ce soit par des épées menaçantes ou des skars tourbillonnants. Quoi qu'il en soit, les deux ombres évaluèrent leurs faibles chances et s'enfuirent, dévalant la montagne.

Avec un peu de chance, ils tomberaient et se casseraient les jambes.

Ou le crâne.

Livier émergea en dernier autour du feu de falaise, portant à nouveau sa robe ensanglantée. Il favorisait son côté droit, une blessure causée par un couteau de lancer bien placé. Il avait abandonné la robe dans l'obscurité, fui en bas de la montagne et feint un effondrement.

— La Troisième Main a toujours été trop confiante, dit Livier, tenant le skar Vis d'Eujo tandis que les cinq étaient assis autour du feu, leur repos nocturne gâché. Ils présument la mort quand ils ne devraient pas, c'est pourquoi trop d'ennemis de Fassle sont encore en vie.

— Ils m'ont paru plutôt mortels, dit Wax, appuyé contre l'épaule d'Eujo, les yeux mi-clos. Sawi l'avait aidé à remonter. Les skars qu'il avait utilisés pour souffler des rafales, déplacer la terre et, finalement, semer la peur dans le cœur des assassins l'avaient vidé de son énergie. Quelques secondes de plus et nous aurions été finis.

— Je nous aurais donné quatre secondes, dit Sawi. Nous avions des épées.

Livier rit sèchement en fixant le feu. Ils ne s'attendaient pas à vous. Leur proie, presque seule dans l'obscurité. Cette surprise leur a coûté cher.

— Mais deux se sont échappés, dit Ami. Je parie qu'il y en a d'autres qui arrivent. La gardienne jeta un coup d'œil vers Kance, le ciel éclairé par Sichi. Les Najahn ont des espions. Ils nous ont peut-être vus préparer les planeurs. Envoyé une équipe pour nous tendre une embuscade. Elle se retourna vers le groupe, balayant du regard l'assemblée. Fassle sait que nous sommes là. Ils vont se préparer. Nous devons reprendre l'initiative.

Livier acquiesça. Nous devons continuer. Cette nuit, demain. De courtes pauses, puis en avant.

— Si nous faisons ça, nous arriverons épuisés, dit Annalyse. Ils nous balayeront.

— Svarde est là-bas. Il nous protégera, répondit Ami. Cet homme ne peut pas mourir, ne dort pas.

— J'ai aussi des contacts dans la ville, des gens fidèles à Kance, ajouta Livier. Si nous pouvons entrer dans la ville sans être vus, Fassle ne nous trouvera pas avant que nous soyons prêts.

— Donc c'est le voyage, le problème, dit Eujo. Nous devons traverser le cratère, et vite.

— Une chose difficile la nuit. Nous ne sommes pas tous des grimpeurs expérimentés, et toute lumière de torche nous trahirait.

Eujo hocha la tête. La vérité poussait une idée qu'elle avait en tête depuis que l'ascension était devenue plus raide, plus ardue. Quand Ami avait fait remarquer à quel point le tunnel de Noctia de l'autre côté du cratère rendait le voyage plus rapide.

— J'ai une solution, dit Eujo en se tournant vers Wax. J'ai besoin de tes skars Whent.

— Pourquoi ?

— Si Noctia sait que nous sommes là, alors nous pouvons nous tourner vers quelque chose de mieux que la surprise. Eujo prit les deux pierres dorées que Wax lui tendit. La peur.

Elle se tenait debout, une courte heure plus tard, sur

une autre falaise plus petite, à quelques prises au-dessus de leur campement choisi. Ami attendait derrière Eujo, prête à attraper la Reine si cette terrible idée allait trop loin dans la mauvaise direction. Le fait que la Gardienne ne montre aucune inquiétude, n'ait pas émis de doute sur le plan d'Eujo, donnait à la Reine un peu de confiance.

Le fait que les skars Whent bouillonnent d'enthousiasme lui en donnait davantage.

Eujo donna l'ordre aux pierres. Elle leur dit de faire ce que Torny avait fait sur Whent, de déplacer la terre et de la déchirer. Torny ne savait pas ce qu'elle demandait, elle avait cédé aux pulsions sauvages des skars, mais Eujo maîtrisa leur excitation croissante, la focalisant sur la roche devant elle. Elle ordonna aux skars de creuser, de percer tout le cratère jusqu'à l'autre côté.

Maintenant venait la partie difficile. Les skars se déchaînèrent contre les rochers, brisant et projetant des pierres dans l'air ou aux pieds d'Eujo. Derrière elle, Ami jura. Eujo ferma les yeux, se concentrant sur les skars et leur chant, le rythme que Wax avait dit être le secret pour unifier les pierres divines. Les roches de Whent résonnaient d'un motif, oui, des coups staccato profonds entremêlés de bruissements rapides chaque fois qu'un skar s'élançait vers la paroi du cratère.

Comme si elle modelait de l'argile, Eujo ordonna à un skar de ralentir son coup de pioche, pour ne relâcher l'effort qu'au moment où le deuxième skar frappait la pierre. Ensemble, l'effort poussa vers le haut toute une section, creusant une entrée semblable à une grotte dans le flanc de la montagne et compactant fermement la bordure, pulvérisant la roche, l'argile et les gravats en une arche solide.

Eujo s'occupa ensuite du troisième skar, le maîtrisant jusqu'à ce que les deux autres, toujours synchronisés, se lancent sur leur prochain bloc. La Reine libéra le skar retenu, lui dit d'y aller, et alors que ses genoux fléchissaient, la terre rugit devant elle. Le tunnel s'enfonça plus profondément, dans l'obscurité, les skars de Whent plaquant à nouveau les débris déplacés en un plafond, un sol et des murs lissés.

— Porte-moi à l'intérieur, dit Eujo, sa voix se brisant, mais Ami l'entendit suffisamment bien. Il faut continuer maintenant.

La Gardienne ne posa pas de questions. Elle souleva Eujo alors que les jambes de la Reine s'engourdissaient, que ses épaules tremblaient sous l'effort. Les skars de Whent s'agitaient encore et encore, creusant chaque fois plus loin à travers le cratère en longues poussées. Un tunnel, brut et pur, mais un tunnel néanmoins.

Ce n'est que lorsqu'Ami annonça qu'elle pouvait voir les fleurs de lelune, quand Eujo sentit une brise venir contre son visage, et que les skars de Whent, toujours affamés, trouvèrent leur cible diffuse, que la Reine accepta ses muscles brisés, son âme épuisée, et sombra à nouveau dans l'inconscience.

39
PORTES OUVERTES

W ax dormait. Durant le reste de cette nuit tourmentée et jusqu'à tard dans la journée suivante, et Eujo dormit plus longtemps encore, allongée dans le tunnel qu'elle avait creusé avec les skars Whent. Les quatre autres se relayèrent pour surveiller les deux extrémités, mais la Troisième Main ne tenta aucune autre attaque. Du cratère, aucune force Najahn ne marcha à leur rencontre.

C'était comme si le désir de donner la mort avait disparu. Un revirement étrange, mais que Wax accueillit avec soulagement tandis qu'il observait le soleil descendre sur l'immense cratère. Une autre nuit claire s'annonçait, fraîche et facile pour marcher sous la lumière de Sichi. Le centre de la Blessure, un endroit où Wax avait failli mourir il n'y a pas si longtemps, était à une courte distance.

Malgré les tremblements de terre, de nouvelles constructions éclipsaient déjà la Blessure elle-même. Le trône de pierre de l'Égide, si longtemps une prison viscérale, avait disparu. Remplacé par des chariots et des caisses empilées, avec des scribes notant les transactions et les livraisons. La cité Whent souterraine de Jochi avait déjà commencé l'excavation avant que les démons ne soient scellés, et dans les jours qui avaient suivi l'arrêt par Wax de ce flux monstrueux, le commerce battait son plein.

Wax n'avait pas besoin de s'approcher pour voir tout cela, pour le sentir. Les sons suffisaient : le martelage, le forage, les cris et les grincements incessants des poulies envoyant des monte-charges le long du grand puits. À toute heure, sans relâche. Suffisamment pour pousser Ami à jurer et Sawi à marmonner sur les bruits plus agréables de la jungle chez elle.

— C'était juste là, dit Wax, partageant la sortie lisse du tunnel avec Sawi, grignotant les derniers poissons séchés rapportés de Kance. Ils avaient abandonné les sacoches vides tout au long de l'ascension, un chemin maintenant également marqué par les corps de la Troisième Main. Tu vois cette zone ? Sans les fleurs ? C'était moi.

— Je croyais que c'était cette capitaine Rana ?

— Oh, elle a déclenché tous les tremblements de terre. Fait exploser ces explosifs Whent. Mais moi, j'ai provoqué ce glissement de terrain pour nous faire descendre. J'ai sauvé Catya. Wax esquissa un sourire triste. Puis, parce qu'elle est l'Égide, elle a sauvé tout le monde.

— Ensuite, tu as dû la surpasser.

— Elle m'a montré comment faire. Je parie que si elle en avait eu l'occasion, Catya aurait pu le faire. N'importe lequel d'entre eux aurait pu.

— Mais ils ne l'ont pas fait. Sawi tambourina des doigts sur la roche. Derrière eux, les autres préparaient leurs sacoches. Livier ne laissait personne réveiller Eujo, pas avant le dernier moment. Maintenant, on va inverser tout ça, comme tu dis. Prendre ce que les dieux n'ont pas fini et le faire à notre manière.

Wax acquiesça. — S'il y a une leçon que j'ai tirée de tout ça, Sawi, c'est que personne ne sait vraiment rien. Tu trouves ce que tu veux et tu te bats dur pour l'obtenir, et tu aides tes amis à faire de même, parce que quoi d'autre ? Les dieux ne savaient certainement pas.

— Et tu veux ramener les démons.

— Je ne veux pas avoir toutes ces vies sur la conscience. Celle de Pan est suffisante. Wax lui jeta un coup d'œil. Et toi, que veux-tu ? Ici, de tout ça ?

Sawi ne répondit pas pendant un long moment, tous deux regardant les fleurs presque noires et fermées.

— Avant Gladdring, avant ce Renouveau, je pense que j'aurais été heureuse d'une vie Vis, dit Sawi. Grimper aux arbres, cueillir les fruits. Danser, rire, avec toi, Bliss et tous les autres. Maintenant ? Je ne pense pas que ce sera suffisant. Je veux laisser ma propre marque.

— Avec cette épée ?

Sawi rit. — Non. Dieux non. J'ai vu assez de sang, et je parie qu'il y en aura encore. Mais bien que Gladdring ait été terrible, il m'a aussi beaucoup appris sur la façon d'amener les gens à soutenir ce qui est juste. Vis a été une arrière-pensée parmi les îles pendant longtemps, Wax. Je veux changer ça. Kitaye devrait être un joyau, pas un simple arrêt entre Kance et Foti.

— J'espère que tu en auras l'occasion.

Ami s'approcha, se tenant aux côtés du duo. — Et j'espère qu'on descendra cette section escarpée avant la tombée de la nuit. Prêts ?

Avec le poisson terminé, l'outre d'eau rafraîchie avec un petit coup de pouce du skar Rana, Wax mélangeait un estomac plein avec des muscles endoloris, une tête pleine de skars chantants, et l'âme détrempée de quelqu'un loin de ses habitudes préférées. Pas une façon idéale de marcher en territoire ennemi, mais Wax ne pouvait pas se plaindre.

Eujo avait l'air bien pire.

La Reine de Kance, même après avoir dormi près d'une journée entière, s'appuyait sur Livier alors que l'assassin la conduisait à la sortie du tunnel. Des cernes décolorés pendaient sous ses yeux, et bien que la robe de Kance couvrait sa peau, Wax vit de nouveaux cheveux gris mêlés aux boucles d'Eujo. D'étranges rides, aussi, s'attardaient sur son visage, comme si elle avait vieilli de plusieurs années en une nuit.

Les skars prélevaient leur prix.

— Tu ressens autre chose ? demanda Annalyse, marchant au rythme chancelant de la Reine, griffonnant sans cesse. Tout est important.

— Pourquoi ? dit Eujo, sa voix plus faible que Wax ne l'avait jamais entendue. Comme celle de Catya, avant la chute. Quelle importance ?

— Le taux de dégradation. Ce que tu viens de faire, ce tunnel ? Le construire avec des outils prendrait des mois, peut-être un an ou plus. Si nous pouvons déterminer l'ampleur du tribut qu'il exige, si cette tension est permanente, cela pourrait révolutionner les îles.

— Ça ne ressemble pas à une révolution que je voudrais.

Wax s'interposa entre les deux. Il lança un regard à Annalyse qui signifiait que la recherche pouvait peut-être attendre. La scientifique sembla comprendre le message, bien que la façon dont elle mordillait le bout de son crayon de charbon indiquait que de nombreuses questions restaient sans réponse.

Annalyse n'eut pas non plus l'occasion de les poser pendant la marche, Ami prenant de nouveau la tête et la colonne s'étirant. Livier reprit sa place à l'arrière, avec Eujo et Wax juste devant. Sawi et Annalyse restèrent près d'Ami cette fois, tous descendant la pente relativement douce, la roche noire couverte de fleurs en bouton.

Tout cela, les restes d'un dieu en poignardant un autre.

Les mains restaient proches des lames tandis que l'obscurité s'épaississait et que Sichi transformait le cratère en une beauté pourpre et rose. Les torches et les lanternes tachaient ce tableau au centre de la Blessure, tout comme le bruit continu des affaires. Aucune embuscade, ni de la Troisième Main ni des Najahn, ne survint. Au lieu de cela, le groupe atteignit le centre de la Blessure bien avant minuit et continua tout droit, les marchands et les Najahn qui y travaillaient leur lançant des regards mais ne levant pas une voulge pour attaquer, se défendre, ou même poser une question.

— Parce qu'ils savent qui nous sommes, dit Livier, leur colonne se regroupant alors qu'ils passaient devant des caisses, des tonneaux et des marchandises en mouvement. Quelque chose a changé depuis hier soir, et le signal s'est propagé rapidement.

— Je ne sais pas si c'est une bonne chose ou non, répondit Ami, la Gardienne adoptant un froncement de sourcils permanent alors qu'ils commençaient à monter le tunnel vers la Cité Encerclée. Un bon combat est beaucoup plus facile à comprendre.

— Vu notre état, un bon combat est la dernière chose que nous voulons.

— Toi, peut-être.

— Tu penses que Svarde aurait pu conclure l'accord ? demanda Wax à Eujo, qui avait passé la majeure partie de la marche dans un état second. Juste à temps pour nous ?

— Soit ça, soit il y a eu un autre miracle, balbutia Eujo, s'appuyant plus lourdement sur Wax maintenant.

Ils avaient prévu de se diriger directement vers les skars, de foncer en territoire Najahn par la force si nécessaire, d'atteindre les pierres et de tenir bon jusqu'à ce que Wax puisse refaçonner le monde. Une fois les marcheurs de feu libérés, soumettre les Najahn avec leur force ardente serait assez facile, du moins selon Ami. Mais, étant donné ses jambes lourdes et l'état épuisé d'Eujo, Wax opta plutôt pour le plan de secours.

La planque la plus proche de Livier était à une bonne distance de marche, au-delà du quartier Najahn et dans la ville, un trajet périlleux sans un étrange changement. Les Najahn gardant la tour à l'autre bout du tunnel ne demandèrent même pas qui ils étaient, ils firent simplement signe au groupe de passer. Pourtant, alors qu'ils commençaient leur lente descente le long du sentier de la falaise occidentale, Wax jura avoir vu un coureur bien en avance sur leur groupe, filant vers les fortifications Najahn en contrebas.

— Ils vont nous attendre maintenant, dit Ami. Nous laisser entrer complètement, piégés.

— Tu es paranoïaque, répliqua Sawi. Ce sont les Najahn. Fassle. Ils auraient pu nous cribler de flèches dès que nous nous sommes approchés de cette tour de garde. Il n'est pas comme Gladdring. Il ne joue pas à ces jeux.

— Il veut le pouvoir à tout prix. S'il nous laisse aller aussi loin, c'est parce qu'il pense que ça lui profite d'une manière ou d'une autre.

— Peut-être que c'est le cas, dit Wax. Peut-être que nous pouvons tous nous entendre là-dessus.

Cet espoir vacilla, cependant, alors qu'ils passaient sous l'arche ouverte menant au quartier Najahn. La lueur rouge pâle de Sichi se reflétait sur la pierre, les lanternes et les robes violettes. Les casernes, les forges et les magasins le long des rues pavées étaient fermés, leurs façades gardées par des soldats qui attendaient, le regard fixe.

Ami posa une question à l'un d'eux, ne recevant qu'une réponse bourrue de continuer à avancer. Chaque autre soldat qu'elle interrogea répéta la même chose. Une veillée silencieuse, qu'ils parcoururent jusqu'à ce que les six entrent dans la place centrale du quartier Najahn, la plus grande. Annalyse haleta en premier, et le juron d'Ami suivit rapidement. Du sang était répandu en larges flaques sur les pierres. L'air empestait la mort, bien que les corps aient été enlevés. Un gibet brisé se dressait au centre de la place, plusieurs des nœuds coulants coupés, les cordes se tordant dans la brise fraîche.

Debout sur ce gibet, les mains jointes et les yeux brillants, se tenait Fassle. Il était seul, et son visage étroit et tranchant n'exprimait rien de la mort, de la colère ou de la terreur. De la tristesse, plutôt. Un regard différent de celui, calculateur, dont Wax se souvenait, et qui devint encore plus étrange lorsque Fassle s'assit, laissant pendre ses jambes au bord du gibet comme un enfant. Il leur fit signe d'approcher, et avec une armée autour d'eux, que pouvaient faire d'autre Wax et les autres ?

— Bienvenue, dit Fassle, sa voix faible. La main de l'homme dériva vers sa poitrine, s'y reposant un moment comme pour se ressaisir. Je vous en prie, après tant de morts, après tant de destruction, pouvons-nous enfin avoir la paix ?

40
UNE PRISON POUR LA PAIX

Quik réapparut comme un fantôme crasseux, le sang et la saleté recouvrant ce qui restait de sa tenue de prisonnier. Les tatouages Vis semblaient luire dans la lumière de la chambre des skars, à moins que ce ne soit un effet de la volonté déclinante de Torny. Elle s'affaissa contre un mur tandis que Bliss s'occupait d'elle, enveloppant ses blessures de tissus déchirés alors que la Vis elle-même saignait encore du premier carreau d'arbalète. Les skars Vis grattaient furieusement l'esprit de Torny aussi, ajoutant leur chant frénétique alors qu'ils épuisaient d'abord leur pouvoir puis cherchaient à atteindre le sien.

Bliss, cependant, avait résolu cette énigme particulière. La Vis avait rassemblé les skars Vis en un tas, les échangeant au fur et à mesure qu'ils épuisaient leur pouvoir accumulé avant qu'ils ne puissent creuser dans les derniers vestiges de Torny. Chaque échange faisait taire une voix et en ajoutait une nouvelle, un petit coup de boost à la fin de la vie.

— Sacrément malin, tu sais ça ? marmonna Torny alors que Bliss échangeait une autre poignée de skars.

« Évidemment », signa Bliss en retour.

Un grondement provint des escaliers et Quik tressaillit, posant une main sur l'estrade tout en lâchant les skars Whent de l'autre. Les pierres dorées rebondirent au loin, l'une d'elles se posant sur les pierres écrasées bloquant les escaliers montants, les mêmes que Quik venait d'emprunter.

— Ça devrait nous faire gagner du temps, dit Quik, en prenant plusieurs skars Vis supplémentaires du tas de Bliss et les serrant fort. Yarvick et Fassle sont morts.

L'homme soupira tandis que leur pouvoir le traversait, et Torny faillit glousser à cette vue, car elle ne pouvait croire ses paroles. Quik dut voir son expression, car il continua, décrivant le corps calciné de Yarvick et son coup de vouge dans la poitrine de Fassle.

— Tu n'étais pas là, dit Torny alors que Quik terminait sa description, tandis que Bliss aidait la bandite à se remettre sur ses jambes tremblantes, quand Ami a dit comment elle avait finalement tué Gladdring. La tête coupée des épaules. Rien d'autre n'est garanti.

— Si j'étais resté pour ça, je serais mort aussi. Kasava vit toujours.

« Alors il est temps de partir, signa Bliss. Retour au *Storm's Edge*. »

— Tu penses qu'on peut aller aussi loin ? dit Torny alors qu'ils trébuchaient vers les escaliers. J'adore ton optimisme, Bliss.

« Svarde nous ouvrira la voie. »

L'idée que le vieux barbare se battait encore là-dehors semblait absurde. Même si cette lame noire et ses skars Noctia permettaient à Svarde d'encaisser quelques mauvais coups et de rester debout, il y avait toute une armée Najahn ici. Ils le réduiraient en miettes, l'enterreraient littéralement sous les carreaux d'arbalète.

Torny s'inquiétait davantage pour Kivi, car le ferrite resterait probablement avec Svarde jusqu'à la fin.

Pourtant, épuisée, au bord de la mort, Torny ne pouvait argumenter avec Bliss ou qui que ce soit d'autre. Continuer à bouger ses pieds dans ces escaliers de pierre, dans le couloir, et jusqu'à l'entrée de la tour était à peu près tout ce sur quoi Torny pouvait se concentrer. Bliss et Quik n'en faisaient guère plus non plus, bien que ce dernier marmonnât une prière à Vis.

Comme si ce dieu pouvait, ou voulait, faire quoi que ce soit pour eux.

Le chaos avait fait taire les Najahn, ou du moins ceux qui n'avaient pas de vouge à manier. La tour du Tenet du Commerce se tenait dans un silence presque total, à l'exception des portes qui claquaient et des verrous qui tournaient. Les pourpre et noir avaient-ils un plan en cas d'invasion ? Chaque érudit était-il censé se barricader dans la pièce la plus proche et attendre les secours ?

L'idée absurde que quelqu'un envahisse Noctia fut remplacée par la réponse plus évidente alors que le trio traînait ses pieds ensanglantés sur le tapis vers la porte d'entrée. Chercher un abri quand le désastre frappait aurait été un plan contre les démons, ces terreurs qui pouvaient pénétrer dans la Cité Encerclée lors d'une mauvaise journée.

Ironique, peut-être, que les Najahn aient été forcés à cela après que Wax eut maîtrisé ces monstres. Torny sourit. Leur petit groupe, causant autant de panique qu'un monstre géant.

« Prêts ? » signa Bliss à la porte. Elle seule portait une arme, une épée Noctia volée à un garde tombé dans la salle des skars, comme si la courte lame suffirait à leur tailler un chemin vers la sortie.

— Vas-y, grogna Quik.

Mettant son épaule valide dans la poussée, Bliss écarta la porte et laissa entrer la lumière de midi. Au lieu d'une rue déserte, ou d'une rue jonchée de cadavres tranchés par Svarde, des soldats Najahn de base remplissaient l'espace devant eux. Arbalètes levées et pointées. Se tenant au milieu d'eux, à une distance respectable des épaules les plus proches, son épée saisie à deux mains, le cramoisi imbibant ses épaules, se trouvait Svarde. À ses pieds, égratigné et écorché, l'œil toujours vif, était assis Kivi.

— Je n'ai pas pu le faire, gronda Svarde alors que la porte s'ouvrait. Ils allaient tuer Kivi, et je ne pouvais pas les laisser faire.

Bliss se figea, et Torny sentit Quik se raidir derrière elle. Le Vis avait peut-être pris quelques skars, avait peut-être une idée stupide en tête, et Torny mit fin à cela en avançant. Sa tête lui faisait mal. Le dernier lot de skars Vis de Bliss s'était épuisé et maintenant soutenait Torny à ses propres dépens.

Mais la bandite pouvait arranger ça. Une dernière fois.

— Nous avons essayé, annonça Torny aux Najahn, mais nous étions trop tard. Yarvick a tué Fassle. Nous savions qu'il essaierait, et nous l'avons détruit pour cela. Je suis désolée.

Un bruit, un rire étouffé, humide et rauque, incita Torny à se retourner. Quik et Bliss firent de même, tous trois découvrant Fassle, aussi diminué par sa propre force vitale que n'importe lequel d'entre eux, appuyé sur Kasava. L'homme semblait à un souffle de la mort, pourtant ses yeux durs étaient clairs, et sa voix encore plus lorsqu'il ordonna qu'on les emmène tous.

— Pas morts, Svarde, poursuivit Fassle, tandis que des gardes najahns accouraient pour saisir Bliss, Quik et Torny. J'ai appris qu'essayer de vous tuer tous coûte plus cher que ça n'en vaut la peine. La maudite Reine Kance a fait un voyage jusqu'à cette île, et si elle veut la paix, si elle veut mettre fin à tout ce bain de sang, alors je vais la lui donner.

Fassle ferma les yeux pendant une longue seconde. Il les rouvrit avec un lent hochement de tête pour lui-même.

— Nettoyez-les. Plus aucune âme ne mourra aujourd'hui. Notre ville et notre peuple ont assez souffert.

Torny cligna des yeux, ses bras fermement tenus par ses nouveaux geôliers najahns. Que Fassle soit en vie n'était pas une surprise — cet homme semblait toujours survivre — mais la paix ? Pas de représailles ?

Cela n'avait aucun sens, et aucune réponse ne vint à l'esprit fatigué de Torny tandis que les Najahns les emmenaient vers une autre tour, une autre cellule.

La bandite était endormie avant même de toucher le lit.

41
LA NOUVELLE VOIE

Qu'ils soient prisonniers n'était pas une illusion, que Quik et les autres reçoivent de la nourriture, de l'eau et l'attention des médecins najahns était tout aussi réel. Fassle avait fait dégager un étage dans la tour désignée, la même où Quik avait séjourné lors de son premier séjour à Najahn, et chacun des quatre, ainsi que Kivi, avait reçu une chambre. Torny avait choisi de rester avec Bliss, mettant ainsi fin à toute idée de plan d'évasion en fermant leur porte.

Svarde n'offrit à Quik qu'un hochement de tête au regard vide avant de se retirer dans sa propre chambre, Kivi sur ses talons. Ce que pensait le barbare restait insaisissable, mais le silence quasi total de l'homme depuis leur reddition à Fassle en disait long.

La paix avec Kance. Apparemment, c'était le véritable objectif de la sœur de Quik, atteint avec une sanglante surprise. Ce que cela signifiait pour Vis et les troupes najahns qui occupaient le foyer de Quik restait inconnu, une question que Quik pourrait poser après s'être bien reposé, avoir bien mangé, et avoir essayé d'accepter que son voulge lancé n'avait pas mis Fassle à terre définitivement.

Puisque Quik lui-même avait survécu à un coup de poignard grâce aux skars de Vis, le chasseur n'aurait pas dû être surpris de voir Fassle debout, mais ç'avait été un lancer puissant. Un lancer mortel. La remarque de Torny sur le fait que la décapitation était la seule voie sûre vers la victoire n'était pas drôle : s'approcher suffisamment de quelqu'un comme Fassle pour le décapiter serait presque impossible.

Ce qui signifiait que les plus dangereux, les plus puissants des îles, étaient aussi presque invincibles.

Ces pensées troublantes se jouèrent entre des rêves agités jusqu'à ce qu'un coup frappé tôt le matin réveille Quik de son dur lit de camp. Une tunique propre, sa peau serrée par des bandages, et une couverture en laine de Rana qui grattait constituaient tous les biens de Quik — Fassle avait exigé, et reçu, tous leurs skars volés, et les gantelets de Quik avaient disparu depuis la fête mortelle de Pavarde — mais le chasseur se leva au coup frappé en se sentant mieux qu'il ne l'avait été depuis Mottilan.

Prisonnier, certes, mais sans une lame sur la gorge.

La petite fenêtre au-dessus de son matelas suggérait une aube nuageuse et morne, un avenir démenti lorsque Quik ouvrit la porte pour voir quelqu'un qu'il avait tenu trop brièvement l'attendant là. Quelqu'un qui aurait pu mourir en fuyant Mottilan, parmi les démons et les cavernes traîtresses dans les Ténèbres d'en-dessous, qui—

— Une vraie surprise, murmura Annalyse, un sourire effaçant les signes d'épuisement sur son visage. C'est assez merveilleux venant de toi.

— Comment ? demanda Quik, avalant ses mots, reculant pour laisser Annalyse se glisser à l'intérieur.

Elle portait une tenue d'aventurière, bien que Quik

remarqua des fourreaux vides à sa taille. Pas de gadgets ou de lames cachées à dégainer. Pas un sauvetage en temps de guerre, donc, mais une venue dans les cellules. Un étrange soulagement accompagna cette réalisation. Quik n'aurait pas à traîner son corps meurtri dans un autre combat. Il pourrait, à la place, poser des questions.

Annalyse donna aussi des réponses, tout en retirant ses accessoires, ses épaisses bottes, les couches de cuir destinées à la protéger des épées et des risques de glissade. De l'eau fraîche et de simples pâtisseries arrivèrent dans un petit panier, qu'ils dévorèrent tous les deux pendant qu'Annalyse passait la responsabilité du récit à Quik.

Après, quand Quik pensa d'abord à partir à la recherche de son frère, Annalyse l'arrêta. Elle dit que Wax et Eujo dormaient probablement et ne se réveilleraient pas avant un moment. Ils avaient tous besoin de repos. Ce qui allait suivre pouvait attendre.

Et quand Annalyse tourna ses yeux fatigués vers le lit de camp, suggérant qu'ils retournent sous ses maigres couvertures et partagent, juste un peu, l'un l'autre, Quik fut heureux d'éloigner Fassle, les skars et le destin de son île de son esprit.

Fassle leur donna deux jours. Il dit qu'il lui faudrait ce temps pour rassembler ses Tenets, pour que les rues se remettent des combats précédents. Les Doigts Agiles de Yarvick étaient traqués dans toute la Cité des Anneaux, une tâche brutale que Fassle dirigeait personnellement. Quand Quik et Annalyse quittèrent leur chambre cet après-midi-là, vêtus de robes najahns pourpres fraîches, ils trouvèrent Wax et Eujo encore endormis. Ami, Svarde, Torny, Bliss et Sawi étaient partis avec une escorte najahne pour retourner au *Storm's Edge* afin de récupérer les skars et remplir la part du marché de Kance.

Livier refusait de quitter la porte d'Eujo, l'homme semblant dormir debout, les yeux ouverts.

Ce qui laissait Quik et Annalyse seuls pour errer, sauf qu'Annalyse avait un objectif très précis. Comme si le repos du matin lui avait non seulement rendu son énergie mais aussi son sens de soi, Annalyse alla directement à la tour du Tenet du Commerce. Leur escorte najahne, deux soldats et un érudit aux yeux perçants, ne la questionna pas, même quand Annalyse déclara qu'elle voulait entrer pour voir les skars.

— Fassle est d'accord avec ça, tant que vous ne prenez pas ou ne touchez pas les pierres, répondit l'érudit. Il a ajouté que vos affaires ont été laissées intactes.

— Homme intelligent, dit Annalyse, et au regard confus de Quik, elle rit. Utilise l'un de mes dispositifs de la mauvaise façon, et tu pourrais te retrouver mort. Gladdring le savait. Peut-être qu'il l'a dit à Fassle.

Retourner dans la chambre des skars fit frissonner Quik. Les taches de sang avaient été nettoyées de la tour principale, mais descendre les escaliers dans le couloir gardé signifiait être témoin des pierres tachées. Des gouttes d'un rouge profond. L'humeur joyeuse d'Annalyse s'assombrit alors que les marques devenaient trop évidentes pour être ignorées.

— Les tiennes ? demanda-t-elle.

— Certaines.

La scientifique garda son froncement de sourcils mais ne dit rien d'autre, sauf pour tendre la main et prendre celle de Quik. La serrer fort. Un geste étrange — Vis préférait les poignets serrés et les étreintes proches entre partenaires, mais Quik s'en contenterait — qui cessa lorsqu'ils atteignirent la salle centrale circulaire des skars. Annalyse ignora les pierres scintillantes de retour dans leurs vitrines verrouillées, celle brisée par la chute du corps de Torny déjà remplacée, et se dirigea vers un coffre quelconque à l'arrière droit de la pièce. Il était placé sous des étagères d'outils et près d'un établi, celui où, expliqua Annalyse, elle creusait des fentes pour contenir les skars dans des armes, des armures et d'autres objets pour tester leurs capacités.

Ouvrant le coffre, Annalyse fouilla pendant que Quik, se frottant les bras, observait les skars. Sans la présence de la mort et l'adrénaline du combat, les pierres scintillaient sous une lumière différente. Belles, mais aussi ordinaires. Comme n'importe quelle autre pierre précieuse ou métal brillant.

— Voilà, dit Annalyse en sortant un tube incurvé avec des incrustations le long du canon et une buse à une extrémité. C'était censé être le prochain projet.

Elle le regarda longuement, puis jeta un coup d'œil au savant et aux deux gardes qui l'observaient.

— Ça vous dérange si je le garde ?

— Qu'est-ce que c'est ? demanda le savant. Nous ne pouvons pas vous laisser garder des armes.

Annalyse pointa l'objet vers le plafond de la pièce et appuya sur une gâchette près de sa main qui émit un clic. Rien ne se produisit.

— Inutile sans les skars, dit Annalyse. Vous voyez ? C'est juste mon préféré du lot.

Le savant haussa les épaules.

— Gardez-le, dans ce cas, mais je dirai à Fassle ce que vous avez pris.

— Je suis sûre que ça ne le dérangera pas.

Annalyse se tourna vers les escaliers descendants, ceux qui avaient été à la fois enterrés et rouverts par le travail des skars Whent.

— Pouvons-nous aller à la plage ?

Quik cligna des yeux. La plage ? La grotte ? Il avait raconté à Annalyse ce qui s'était passé là-bas. Voulait-elle voir le corps de Yarvick ?

Le savant et les gardes, qui soit ne savaient pas, soit s'en moquaient, ne s'y opposèrent pas. Ils descendirent tous tranquillement, Annalyse ouvrant la marche vers son ancien terrain d'essai. Le soleil de l'après-midi et l'air salin imprégnaient les grottes, donnant à toute l'expédition une atmosphère bien plus détendue que Quik ne l'aurait cru.

Peut-être n'était-ce qu'une balade pour voir l'océan.

Leurs surveillants restaient à bonne distance derrière Annalyse et Quik, continuant à laisser de l'espace au duo. Fassle semblait chercher à rétablir la bonne volonté, bien qu'Annalyse et Quik ne pensaient pas que cela durerait. Quik avait entendu Fassle déclarer à Yarvick l'affaiblissement de la position de Noctia, exposant clairement les risques que prendraient les Najahn en laissant les autres îles libres.

Que Fassle change d'avis après une rencontre avec la mort semblait trop commode.

Annalyse s'approcha de la plage marquée où la bataille avait eu lieu d'un pas hésitant. Quik interpréta d'abord ses pas lents comme la marque de quelqu'un surpris par la dévastation des skars, les plaques vitreuses de sable calciné, les rochers explosés, les taches de sang pas encore emportées par les vagues.

Comme pour la plupart de ses premières impressions, c'était une erreur.

— Reste près de moi, dit Annalyse d'une voix chuchotée. Le dispositif tubulaire qu'elle avait pris dans le coffre reposait dans une poche de sa robe, heurtant la cuisse de Quik lorsqu'il s'approcha. Je vais tomber dans une minute.

— Quoi ?

— Quand je le ferai, penche-toi pour m'aider à me relever et fais-moi écran.

Une version plus jeune de Quik aurait continué à poser des questions. Celui-ci savait qu'il fallait se taire et faire ce qu'Annalyse demandait. La chute survint soudainement, une chute sur un genou dans le sable. Annalyse ajouta un juron, et Quik baissa les yeux, essayant de feindre l'inquiétude.

Et vit exactement où Annalyse était tombée.

Un creux noirci se trouvait à leurs pieds, des os calcinés à moitié couverts de sable. Les quelques cendres pas encore emportées par la brise frémissaient. Les mouches s'envolèrent au mouvement soudain, mais les insectes plus lents ne parvinrent pas à s'échapper, continuant à se repaître d'un cadavre que Fassle avait soit oublié, soit laissé derrière.

Le crâne de Yarvick, presque entièrement brûlé, gisait près des pieds de Quik. Les grains ensevelissaient le seigneur bandit, mais Annalyse enfonça sa main droite dans la bouche béante du crâne, fouillant. Fouillant quoi, Quik le comprit quand sa main revint avec plusieurs vieilles dents et une pierre noire.

— Pas tous, chuchota Annalyse, glissant le skar dans sa poche. Ils ont pris ses dents de devant, mais ont raté celles de derrière.

— Comment le savais-tu ?

— Gladdring me l'a dit. Yarvick a vécu à travers ces skars. Six implantés au fur et à mesure que ses dents tombaient. J'espérais.

Avant que Quik ne puisse poser une autre question, des pas qui s'approchaient les firent taire tous les deux. Le savant, demandant maintenant s'ils avaient besoin d'aide.

— Non, dit Annalyse en se levant, adressant un sourire tremblant au savant. Je ne m'attendais pas à ça, c'est tout.

Le savant, regardant le corps de Yarvick, fronça les sourcils.

— Tous les traîtres devraient être de la nourriture pour les insectes et rien de plus.

L'homme s'éclaira, regardant vers le quartier Najahn au-dessus d'eux, s'étendant sur les falaises rocheuses.

— En parlant de nourriture, l'heure du dîner approche, et Fassle aimerait que vous partagiez tous sa table ce soir.

42

UN DÎNER AU BOUT DU MONDE

Comment se réveille-t-on dans les bras d'un homme qu'on apprend à aimer — oui, aimer, Eujo ne se mentirait plus à elle-même à ce sujet — tout en étant dans la maison de son plus grand ennemi ?

Eujo pesait cette question dans le flou du soir, allongée et serrée contre un Wax encore assoupi dans la petite chambre que leur avait accordée le toujours généreux et toujours comploteur Fassle. Quand Ami et Wax avaient accepté l'offre de l'homme, Fassle assis là sur l'échafaud, Eujo tenait à peine debout. La création du tunnel l'avait épuisée pendant près de deux jours et son mal de tête lancinant signifiait que la souffrance n'était pas encore terminée.

Normalement, le skar Vis sur son bracelet aurait chassé cette irritation, mais son absence marquait la deuxième raison pour laquelle Eujo était allongée sur le lit de camp, fixant le plafond dans une confusion bouillonnante. Ses skars avaient disparu. Ceux de Wax aussi. Retirés et mis dans une boîte verrouillée, selon les dires de Fassle, un prix à payer pour maintenir la paix. Quand Eujo et Wax monteraient à bord de son navire et retourneraient à Kance, ils pourraient récupérer les skars.

Ce qui n'avait pas été dit, ce qu'Eujo prévoyait de faire, c'était de prendre ces fichues pierres dès qu'elle en aurait l'occasion. Wax aurait besoin des siennes s'il voulait sauver les démons, et le reste des skars Noctia en plus.

Le cessez-le-feu de Fassle accepterait-il ce genre de retournement ?

Eujo n'y comptait pas.

Sa rêverie ne dura pas beaucoup plus longtemps, avec un coup à la porte, une porte entrouverte glissant de nouvelles robes dans la chambre ainsi que de l'eau et des crackers. Le Najahn qui livrait les biens leur donna quinze minutes pour se préparer avant que le dîner de Fassle ne commence.

— Fassle peut demander, mais je ne peux pas refuser ? lança Eujo en retour, mais sa voix n'était pas à la hauteur de la tâche, faiblissant sans obtenir de réponse.

— De quoi tu parles ? demanda Wax, bougeant, se réveillant.

Eujo prit son oreiller fin, donna un léger coup au Vis.

— Lève-toi, Wax. Tu as du charme à déployer.

Le Quartier Najahn ne semblait pas bienveillant envers la Reine de Kance, des regards suspicieux observant Eujo et son groupe alors qu'ils marchaient sur les pavés derrière un guide et plusieurs gardes, tous vêtus de robes najahniennes d'un violet profond. Seul Svarde tenait encore son épée, une concession permise en attachant les mains de l'homme à l'épée avec une prise qui forçait la pointe de l'arme vers le bas. L'épée avait également été émoussée, un fourreau attaché autour de son tranchant noir luisant. Tous les autres marchaient les mains libres, leurs humeurs un mélange de curiosité et, Eujo faillit rire, d'espoir.

Sawi et Ami portaient des sacoches remplies des skars ramenés de Kance, un cadeau pour Fassle qui restait en travers de la gorge d'Eujo. Elle avait appris l'attaque désespérée des chambres de skars, le marché de Torny avec Yarvick qui avait si terriblement mal tourné au point de laisser le seigneur bandit mort. Bien au-delà de ce qu'Eujo avait voulu que ses diplomates improvisés fassent, mais c'était peut-être une leçon de gouvernance : ne pas envoyer un barbare, un bandit et un chasseur de Vis pour conclure un accord.

— Ne faites pas cette tête, ma Reine, dit Livier, l'assassin se tenant plus près d'elle que Wax. Nous sauvons des vies aujourd'hui. C'est toujours une raison de sourire.

— Venant de toi, Livier, j'ai du mal à prendre ça au sérieux.

— Oh, j'ai toujours cru que mon travail sauvait bien plus de vies qu'il n'en prenait.

Eujo rit, un son s'élevant au-dessus des murmures du reste du groupe.

— Un jour, tu devras m'apprendre comment tu as trouvé cette perspective. J'en aurais bien besoin en ce moment.

— Ce serait mon plaisir absolu.

Quelle que soit leur réputation, les escortes najahniennes gardaient Eujo et ses amis en sécurité. La virée meurtrière de Svarde dans le quartier deux jours plus tôt avait dû laisser beaucoup de gens désireux d'une vengeance plus sévère pour leurs amis ou partenaires, mais pas une âme ne tenta un assassinat ou une confrontation. Eujo aurait pu mériter la même chose, car elle savait que de nombreux soldats najahniens pourrissaient maintenant au fond de l'océan après s'être battus contre les navires de Kance. Pourtant, ils marchèrent, sans être inquiétés, jusqu'à la tour centrale du Cercle. Des érudits en attente acceptèrent les sacoches de skars, disparaissant avec les pierres sans un mot de plus.

Personne ne protesta, car que pouvaient-ils faire ?

Leur chemin ne les mena pas aux chambres d'audience du Cercle, mais plutôt à un seul étage par des escaliers en colimaçon recouverts d'un tapis bordeaux, jusqu'à une grande salle à manger. La table en bois de cerisier au centre de la pièce était ronde, avec des places dressées pour Eujo et ses compagnons, ainsi que pour Fassle, le chef de la Troisième Main, et plusieurs autres Préceptes. Des gardes najahniens se tenaient près des portes, et un creux au-dessus dans le plafond pointu de la pièce suggérait un archer espionnant avec une arbalète chargée.

Fassle était déjà assis, tout comme ses invités najahniens, et l'homme ne prit pas la peine de se lever quand Eujo et les autres entrèrent. Il fit un geste vers les chaises, leur disant de choisir leurs propres places. Du vin de Tamas et de l'eau fraîche de Rana étaient disponibles et versés rapidement dans des gobelets en pierre à leurs places, sans que personne n'ait besoin de demander, chacun pouvant choisir ce qu'il voulait.

Eujo regarda Wax s'installer dans sa chaise, s'asseoir droit et prendre la première gorgée de vin exactement de la bonne manière. Elle lui avait bien appris, et le Vis s'en souvenait. Une petite victoire en cette étrange journée.

— La nourriture arrivera en temps voulu, dit Fassle alors que tout le monde se rassemblait. Avant cela, je préférerais que nous réglions les détails.

Il se tourna vers Eujo, assise entre Wax et Livier.

— J'accepte votre proposition. Les skars ont été restitués, et Kance sera laissée à son propre gouvernement. Après le repas de ce soir, je ferai passer le mot et notre marine se retirera.

— Et Vis ? demanda Wax dans le vide. Qu'en est-il de notre île ?

— Le traité est avec Kance, répondit Fassle. Mais je préférerais que les Lira problématiques de Vis cessent leur harcèlement incessant. Peux-tu les convaincre de déposer leurs lances ?

— Ils ne le feront jamais…, commença Wax, mais Eujo l'interrompit.

Fassle avait ouvert une opportunité et elle ne pouvait pas laisser Wax la gâcher.

— Nous le pouvons, dit Eujo. Mais nous avons besoin d'une faveur, et vous devez tenir une promesse.

Bliss faisait furieusement des signes à son frère, mais Eujo l'ignora. Vis et son occupation pourraient être renégociées plus tard. Les skars et les démons passaient en premier, pour des raisons qui dépassaient ces monstres et leur besoin de foyers.

Fassle donna la parole à Eujo, se retirant vers son vin et attendant qu'elle continue.

— Vous avez dit à Ami et Svarde que vous accorderiez un foyer aux marcheurs de feu, commença Eujo, mais ils ne sont peut-être pas les seuls démons parmi les mondes laissés par les dieux à avoir besoin d'un endroit où vivre, d'être sauvés d'un désastre qui n'est pas de leur fait.

Les mots s'alignèrent avec le ton pratiqué d'une reine, mesurés et passant d'un point à l'autre. Eujo raconta, en termes plus rapides, comment Wax avait fermé les portes, comment les marcheurs de feu signalaient une innovation qui ne pouvait être perdue, et comment condamner tant de créatures à la mort était à la fois cruel et irresponsable. Sous le regard de ses amis, Eujo empila les arguments rationnels si haut que, lorsque vint le moment de faire la demande, tout le poids s'abattit sur Fassle et ses Tenets et Adeptes.

— Tout ce dont nous avons besoin, c'est d'une chance, avec les skars que vous avez rassemblés, d'offrir aux démons un foyer qui leur soit propre, dit Eujo, se lançant dans le plan qu'ils avaient élaboré autour des feux de camp sur Noctia et du vin sur Kance. Wax peut leur donner une nouvelle île, séparée des nôtres. Assez grande pour contenir les démons qui ne peuvent pas raisonner, et pour ceux qui le peuvent, de l'espace pour construire un foyer.

— Il commanderait le pouvoir d'un dieu ? demanda l'un des Tenets. Et s'il faisait une erreur ? Personne n'a jamais fait cela auparavant. Il pourrait engloutir Noctia, ou n'importe quelle île.

— Ça n'arrivera pas, rétorqua Wax. Je contrôle les skars, pas l'inverse.

— De l'hubris, affirma un Adepte. C'est ridicule. Risquer tout pour quelques démons.

Les arguments éclatèrent en une série de contre-arguments, principalement entre Wax et les lieutenants de Fassle. Fassle lui-même resta silencieux, écoutant avec un léger sourire et croisant le regard d'Eujo, comme pour dire : voilà ce à quoi nous, dirigeants, devons faire face. Sur ce point au moins, Eujo devait être d'accord avec le leader de Najahn. Les conseillers adoraient s'entendre parler, avaient besoin de formuler même des arguments spécieux juste pour faire entendre leur voix.

Et la seule façon d'y mettre fin était...

La claque coupa court aux mots, et le raclement de la chaise sur la pierre attira tous les regards de la table vers Ami, maintenant debout au-dessus d'eux. Sa plaque faciale dorée brillait chaleureusement à la lumière des lanternes, mais son froncement de sourcils ne promettait rien d'aussi confortable.

— Eujo a fait une demande. Je vais faire une promesse, dit Ami. Soit vous donnez à Wax une chance avec ces skars, soit je passerai chaque minute de ma très longue vie à rassembler des démons, des combattants et toutes les armes que je pourrai trouver pour les lancer contre vos robes violettes. Vous n'aurez pas la paix. Vous perdrez ceux que vous aimez chaque jour, tout comme moi.

Ami tourna son regard furieux vers Fassle.

— Nous ferons ça demain.

Un coup de force, et un que Eujo se serait attendue à voir Fassle transformer en une dispute criarde, un concours de volontés là, autour de la table. Au lieu de cela, Fassle agita son verre de vin, haussa les épaules et acquiesça.

— Comme vous voulez, Ami. Wax, dit Fassle, j'ai hâte de voir votre miracle. Pour notre bien à tous, j'espère que cela fonctionnera comme vous le souhaitez.

43
CHANGEMENT DE PLANS

Si on le lui demandait, Wax aurait été ravi d'exposer les nombreuses différences entre la cuisine royale de Kance et celle de Noctia. L'île du vent préférait des aliments plus proches de ceux de Vis, avec des fruits et des pains légers. Beaucoup de légumes verts et de viandes fines. Noctia empruntait davantage à Whent et Foti, des repas plus copieux accompagnés de sauces épaisses, de vins et de pâtes en couches. La table de Fassle ne faisait pas exception, et Wax prit son temps pour savourer les steaks de saumon gloutons et les nouilles au fromage pendant qu'Eujo et Fassle négociaient leurs positions et leurs frontières maritimes.

Le Vis n'était pas le seul à se désintéresser de la conversation. Les différents lieutenants de Fassle semblaient absorbés, plusieurs notant sur des tablettes de cire chaque petite ligne convenue par le duo, mais, à l'exception de Livier, tous ceux que Wax connaissait à table chuchotaient à l'oreille de leurs voisins ou trituraient leur nourriture. Être assis à côté d'Eujo plaçait Wax dans une position terrible, voulant feindre de l'attention pour le bien d'Eujo, mais allez, était-il vraiment censé se soucier des droits commerciaux de Kance et Noctia ?

Bliss lui offrit une échappatoire. Sa sœur, située à plusieurs places de lui, croisa le regard de Wax et lui fit un signe subtil lui demandant s'il avait besoin d'aide. Cela déclencha entre eux un va-et-vient, tout en mangeant, à travers des hochements de tête polis, et ce jusqu'à la fin du repas.

Une fois de plus, Wax fut forcé de reconnaître qui sa sœur était devenue au cours des mois depuis le début de leur aventure. Elle avait échappé à la mort autant de fois que Wax, mais continuait de s'y jeter, même sans la pression fatidique de quelque chose comme le Renouveau. Elle insistait sur le fait qu'elle n'avait jamais cru que Wax était mort, et qu'elle serait venue le chercher, mais Bliss ne savait pas naviguer, et encore moins posséder son propre navire pour poursuivre les Noctiens qui avaient enlevé Wax du *Storm's Edge* il n'y a pas si longtemps.

Wax ne lui en voulait pas. Eujo avait survécu, Kance avait combattu jusqu'à l'impasse, et il avait appris à utiliser les skars de l'Égide elle-même. Pas un mauvais échange.

Le Vis continua de raconter son histoire de fermeture de porte à Bliss lorsqu'ils retournèrent, avec une escorte najahne, à leur tour. Fassle avait, longuement, déclaré le dîner terminé, notant aussi qu'après le petit-déjeuner du lendemain, Wax serait autorisé à tenter sa technique de destruction du monde avec les skars. Jusque-là, ils étaient encouragés à passer une soirée reposante.

Tous enfermés dans leur tour, bien sûr.

Leur étage, comme la plupart, avait un hall d'entrée circulaire, avec les marches montant et, du côté opposé, continuant vers le niveau suivant. Deux tables et suffisamment de chaises en bois trapues pour accueillir la plupart du groupe occupaient l'espace éclairé par des lanternes, ainsi que des portraits de Najahns que Wax ne connaissait pas et ne se souciait pas de connaître.

Wax et Bliss occupaient l'une de ces tables lorsqu'Ami et Svarde — la lame noire sur l'épaule gauche du barbare — revinrent de l'entrée de la tour portant un tonneau de bière entre eux. Kivi suivait, renâclant d'excitation évidente.

— Elle boit de la bière ? demanda Wax tandis que le duo posait le tonneau entre les tables.

Ami disparut à nouveau en bas pour rassembler des gobelets tandis que Svarde prenait place, plantant la lame dans les pierres à ses pieds.

— Kivi peut nager dans la lave, répondit Svarde. La bière n'est rien pour elle.

« Mais je croyais que tu ne buvais plus ? » signa Bliss, les sourcils froncés.

— Ils ne le savent pas.

Wax fronça les sourcils.

— Qui ? Les Najahns ?

Les chopes s'entrechoquèrent tandis qu'Ami remontait les escaliers. Svarde fit un clin d'œil malicieux à Wax, un geste effrayant venant de quelqu'un portant autant de cicatrices de bataille que le barbare. De toutes les surprises, revoir Svarde avait le plus déstabilisé Wax. L'ermite musclé de la jungle avait été remplacé par un rocher gris cendre qui insistait sur le fait qu'il serait mort depuis longtemps sans l'épée qu'il portait. Svarde ne grognait plus à propos de l'Égide ou des rêves d'aventure, mais restait silencieux et vigilant. Pas de bière, et si Wax se souvenait bien, l'homme n'avait pas touché à la nourriture non plus pendant le dîner.

Eujo avait promis de lui raconter plus tard ce qui s'était passé, et Wax comptait bien la tenir parole.

La Reine émergea avec les autres, remplissant les sièges aux tables tandis qu'Ami remplissait les gobelets. Elle en tendit un à chacun, à l'exception de Svarde et Wax. Quand le Vis jeta un coup d'œil aux autres chopes, essayant de faire comprendre l'évidence, Ami secoua la tête.

— Un toast, annonça la gardienne. À la Reine de Kance, pour avoir mis fin à une guerre ! Elle leva sa chope. Et, bien sûr, à Quik pour l'avoir commencée !

Le chasseur vis rougit, marmonnant que c'était Glad-dring qui avait commis les méfaits, pas lui, mais les autres ne firent que rire. Annalyse, debout à côté de Quik avec une main sur l'épaule du chasseur assis, ne fit ni l'un ni l'autre. Elle ne prit pas non plus plus qu'une gorgée de son gobelet. Pendant que Sawi, qui s'était installée à la table de Wax, et Bliss se moquaient de Quik en langage des signes, la scientifique restait sérieuse.

Que se passait-il ?

Wax essaya de capter le regard d'Eujo, mais la Reine était plongée dans une conversation, vidant sa propre bière avec Livier. L'assassin repassait en revue quelque détail du dîner, sirotant légèrement. Néanmoins, Wax commença à identifier ceux qui avaient un intérêt dans le jeu d'Ami, le réduisant aux deux anciens Gardiens et Annalyse. Tous les autres se jetaient sur les boissons, la promesse d'une nuit de repos sans une lame dans le dos ou pire.

Svarde se déplaça sur le côté, laissant de la place à Ami pour se tenir debout, puis se pencha près de l'oreille de Wax.

— Tu ne bois pas, Wax, parce que tu vas avoir ta chance avec les skars ce soir. N'ose pas faire quelque chose de stupide comme réagir. Fassle a probablement des yeux et des oreilles sur nous en ce moment.

Au lieu de cela, Wax fronça les sourcils et secoua la tête.

— Je ne me sens pas malade. Donne-moi une bière, Ami.

La Gardienne s'écarta, plissa les yeux, mais quand Wax réitéra sa demande, elle comprit. Peut-être pensaient-ils que Wax, sans cicatrice de Vis, était un ivrogne facile, mais il savait faire semblant de boire comme les meilleurs. Et si Fassle surveillait cette fête improvisée, le fait que Wax ne boive pas serait un signe évident que quelque chose clochait.

Ami lui donna une chope de la boisson dorée, fit un signe de tête vers Svarde, et Wax rapprocha sa chaise du barbare à la peau grise.

— Fassle n'est jamais quelqu'un à qui faire confiance, murmura Svarde alors qu'Ami se lançait dans une autre histoire bruyante et entraînante, celle-ci couvrant la fin de Gladdring et sa propre place glorieuse dans cet événement. Quik nous a fait savoir que Fassle pense que les Najahn doivent s'emparer du monde maintenant, pendant qu'il est faible, avant que les îles ne réalisent qu'elles n'ont plus besoin de ses vouges sans les démons.

— Mais je serais en train de leur rendre les démons, non ?

— Même s'il pense que tu réussiras, Fassle a un ordre mondial qu'il connaît maintenant, un monde qu'il dirige. Pourquoi prendre le risque ?

— Alors tu penses qu'il va quoi, s'interrompit Wax, buvant une autre gorgée et plaquant un sourire sur son visage tandis qu'Ami détaillait comment Svarde avait éliminé l'unique soldat de Gladdring, me tuer ?

— Il sera prêt à le faire, au moins. Donc on part ce soir.

— Genre, maintenant ? Comment ?

Svarde laissa un sourire s'étaler sur ses lèvres bleues et froides, sa peau craquelée fendue par trop de petites coupures qui ne guériraient jamais.

— Les ferrites sont des créatures affamées, Wax. Je frapperai à ta porte plus tard. Sois prêt. Svarde posa une main sur l'épaule du Vis. Ami a fait une promesse à ces marcheurs de feu, et s'il y a une chose que je sais à son sujet, c'est qu'elle tient toujours parole.

44
ÉVASIONS IMPROVISÉES

Après les combats, la convalescence, les retrouvailles et les exigences du dîner, la première prise de conscience de Torny face à cette nouvelle réalité survint lorsqu'Ami lui tendit une bière. Le goût malté de la boisson ouvrit une porte sur des nuits similaires à Noctia, dans les grottes des Doigts Agiles près de la mer du sud, où à des heures plus proches de l'aube que de la nuit, les voleurs se faufilaient et échangeaient leurs butins autour de boissons. Une nuit de plus en vie, avec des gains à exhiber.

C'étaient les meilleurs moments, souvent vécus sous le regard de Yarvick, pâle et distant malgré sa présence autour des mêmes feux que les autres. Néanmoins, le seigneur bandit, toujours présent et ne vieillissant jamais, apparaissait comme une couverture sécurisante. Les Najahn n'oseraient pas s'en prendre à eux tant que Yarvick serait là, disaient les rumeurs.

Fassle et les autres avaient trop peur.

Sans Yarvick, cependant, les Doigts Agiles étaient condamnés et maudits.

Fassle l'avait dit lors du dîner, pendant une pause dans

leurs échanges diplomatiques. S'adressant principalement à Livier et Ami, Fassle avait raconté la chute de Yarvick. Que le seigneur bandit ait été responsable du massacre de tant d'officiers Najahn était évident, mais que Yarvick accepte encore une convocation le lendemain et arrive en se pavanant, confiant et composé, c'était trop à supporter.

Des soldats Najahn et des assassins de la Troisième Main étaient prêts, mais ce que Yarvick avait vraiment sous-estimé, selon Fassle, c'étaient les mêmes skars que l'homme utilisait pour rester en vie. Fassle avait utilisé les pierres pour sceller les pieds de Yarvick au sol, pour assommer son esprit. L'attacher et l'amener à la chambre des skars pour un travail dentaire de vol de pierre avait été l'étape suivante, si grossièrement interrompue par Torny, Quik et Bliss.

La mort finale de Yarvick était survenue de manière similaire, sous-estimant la capacité d'un skar Foti à réduire à peu près n'importe quoi en cendres.

— Il savait comment contrer toutes les armes, sauf les plus anciennes des îles, avait dit Fassle, riant de son rire sec. Nous avons arraché les dents plus tard, bien sûr, et ma Troisième Main est en train de mettre un terme définitif et bien mérité aux Doigts Agiles pendant que nous mangeons. Noctia sera enfin débarrassée de ces voleurs.

Eujo avait alors interjeté quelque chose à propos des marchands de Kance qui récupéreraient une partie de leurs marchandises volées, et la conversation était revenue à son sujet principal, laissant Torny avec un estomac noué jusqu'à ce moment précis.

Tenez la chambre des skars, et je m'occuperai de Fassle.

C'est ce que Yarvick avait dit, ce que Torny avait essayé de faire après avoir sauvé Quik d'une mort prématurée, et elle avait... réussi, mais sans Yarvick. Aucune embuscade des Doigts Agiles, aucun soulèvement n'était jamais venu. Maintenant, ils allaient tous mourir ou fuir, et elle resterait ici, une voleuse qui avait échappé au filet.

Le fils de Yarvick à Whent le saurait-il jamais vraiment ?

— Tu es perdue ce soir, signa Bliss en s'approchant de la table avec son frère, le siège du Vis étant maintenant occupé par Ami. Ces deux-là, et Svarde, avaient la tête plongée dans une conversation au-dessus de leurs chopes, mais Torny n'arrivait pas vraiment à se motiver pour essayer d'écouter. Tu n'as pas beaucoup parlé au dîner non plus ?

— Je réfléchissais juste, dit Torny, faisant tourner lentement sa chope, juste pour occuper ses mains.

— À quoi ?

— Tu n'as jamais perdu un parent, n'est-ce pas ?

Bliss secoua la tête.

— J'en ai perdu trois maintenant, et aucun d'entre eux n'était parfait, mais ils étaient les miens.

— Tu es triste ?

— Je ne suis pas encore sûre. Elle adressa un demi-sourire à Bliss. Yarvick n'était pas un héros, mais il a accueilli beaucoup des gens les plus nécessiteux de cette île, leur a donné une chance quand personne d'autre ne le faisait. Je ne pense pas que Fassle va prendre le relais. Torny fit à nouveau tourner sa chope. Beaucoup de gens meurent ce soir, Bliss. Des gens que je connaissais. Des gens avec qui j'ai partagé un travail il y a à peine quelques nuits. Ça va créer un vide.

Torny n'avait pas prévu ce discours, pourtant il coulait de source, traçant son propre chemin alors qu'elle trouvait ce qu'elle avait besoin de dire.

— Je vais demander à Fassle de me laisser prendre la place de Yarvick. Devant le regard de Bliss, le sourire de Torny s'élargit. Pas comme voleuse, évidemment. Je veux dire pour veiller sur tous ceux que la ville laisse derrière. Essayer de leur donner un chemin à suivre. Comme ce que toi et tes frères avez fait pour moi, à Foti.

— Qu'est-ce que ça veut dire exactement ?

Fixée sur une idée, Torny se lança, les idées affluant alors qu'elle commençait à répondre à la question de Bliss, un échange qui dura une chope de bière et se poursuivit dans la seconde avant qu'une ombre ne tombe sur leur table.

Ami, ne portant plus le large sourire du vainqueur ni la joie du célébrant.

— Une dernière chose, dit Ami tandis que Torny se taisait et que Bliss arrêtait de signer. J'ai un travail pour toi, et il doit être fait maintenant.

Leur tour-prison avait une douzaine d'étages et Fassle avait installé le groupe de Kance au milieu. Deux portes fermaient les escaliers, montant et descendant, s'ouvrant ici et là selon les besoins des gardes et des coursiers Najahn pour apporter nourriture, eau ou autres fournitures à l'étage choisi. Alors qu'Ami mettait fin à la fête improvisée, délivrant des messages chuchotés aux différentes personnes à tour de rôle, le cercle central se vida.

Sauf pour Torny, qui avait fait un rapide détour dans la chambre qu'elle partageait avec Bliss pour enfiler une robe Najahn plus chaude, avec suffisamment de poches. Ce qu'Ami avait demandé ne serait pas facile, et Torny aurait pu refuser d'emblée, si elle n'avait pas vu le regard de Wax, et la décision déjà prise par cet imbécile.

Torny n'avait pas pu sauver Yarvick, un homme à qui elle ne devait rien, mais elle ferait bien mieux pour Wax.

Alors elle se tenait devant la porte menant vers le haut, testant le trou de la serrure et la poignée. Un travail raide et simple, que les outils habituels de Torny, qui reposaient maintenant sur le *Storm's Edge*, auraient pu crocheter sans trop d'effort. Comme elle en manquait, Torny devrait recourir à des méthodes plus brutales.

Le tonneau de bière qu'Ami avait réquisitionné était muni d'anneaux métalliques en haut et en bas, et Svarde avait utilisé sa lame noire pour en découper subtilement un petit morceau. Ce morceau reposait dans les mains de Torny, qu'elle avait enveloppées de morceaux de tissu déchirés pour éviter que la coupe dentelée ne la blesse. Torny le coinça, couvrant le trou de la serrure avec son corps, cette ligne métallique dans la serrure et se mit au travail.

Avec un mouvement ici, un coup là, Torny brisa des morceaux, transformant son crochet de fortune en une clé suffisamment efficace. Une serrure mieux conçue aurait résisté à ses efforts brutaux, mais les Najahn traitaient leurs tours les plus confortables comme partout ailleurs : juste assez bien pour arrêter un passant, guère plus. Torny sentit le tremblement lorsque l'anneau attrapa le simple loquet, et elle appuya sur son extrémité, tirant la serrure hors de sa place avec un déclic.

La bandite recula, ouvrit grand la porte. Le niveau suivant était sombre, quelques lanternes allumées donnant des indices sur son statut : trop sombre pour des prisonniers ordinaires, trop gaspilleur pour un niveau laissé vide. Torny acquiesça dans le vide. Première étape, terminée. Venait maintenant la deuxième étape, plus dangereuse. Elle se faufila par la porte, la tirant derrière elle, laissant la serrure non verrouillée.

Roulant sur ses pieds nus, Torny arriva au centre du niveau suivant, le trouvant très semblable au leur, à quelques détails près. Les tables avaient des assiettes et des verres, quelques miettes d'un dîner depuis longtemps dévoré et laissé pour un nettoyage ultérieur, mais trop récent pour attirer les mouches ou pourrir. Plusieurs sacoches, également, étaient posées contre le mur.

Ami avait suggéré que Fassle placerait des espions pour les surveiller, et l'endroit le plus pratique pour garder un œil sur un groupe comme le leur serait d'en haut. Pas une seule âme n'était descendue de la tour pendant la fête arrosée, ce qui signifiait que tous les espions seraient encore ici.

Et Torny allait les trouver.

Chaque niveau comportait un anneau entourant le centre, avec un seul couloir menant aux cellules. Un moyen facile d'empêcher les coups de poignard dans le dos en cas d'évasion, et qui simplifiait la tâche de Torny. Elle avança doucement sur les pierres, espérant que Wax, Sawi et Eujo remplissaient leur part du marché.

Une querelle d'amoureux, un appât juteux pour n'importe qui.

La voix de Wax traversait les fins planchers alors que Torny atteignait l'anneau extérieur, venant de sa gauche. Déplaçant le crochet dans sa main droite, Torny se dirigea vers la première cellule. Celle-ci serait directement reliée à celle de Wax en dessous par les latrines communes qui descendaient le long de la tour et finissaient par se jeter dans la mer. Une chance opportune d'écouter si quelqu'un voulait risquer que son espionnage soit gâché par une surprise désagréable.

Les espions de Fassle, tous les trois, avaient apparemment estimé que le risque qu'un prisonnier plus haut dans la tour utilise le même conduit valait la peine d'entendre le drame. Torny, en entendant les excuses frénétiques de Wax à Eujo sur le fait qu'il n'aimerait jamais personne comme elle, devait admettre que les espions avaient raison. Le Vis, formé par Tamas, offrait un bon spectacle, et les trois espions pingres de la Troisième Main que Torny voyait étaient tous pendus à ses paroles.

Se retirant dans l'anneau, Torny leva les bras au-dessus de sa tête, décrochant la lanterne suspendue. La lumière orangée dansa le long des pierres, provoquant un bruit confus dans la cellule. Les espions se retourneraient comme un seul homme maintenant, se demandant ce qui se passait.

Parfait.

Tournoyant au coin, Torny lança la lanterne et son huile brûlante sur le trio d'espions, leurs trois visages curieux alignés parfaitement dans sa ligne de mire. Le globe enflammé frappa le premier, dispersant des étincelles brûlantes sur les deux autres. Le verre suivit, et dans leurs jurons et leurs cris, Torny passa à l'attaque.

Le crochet n'était pas une arme idéale, mais du métal brisé et aiguisé faisait parfaitement l'affaire contre des cibles désorientées. Torny ignora le premier espion, celui dévasté par l'impact initial de la lanterne, visant son premier coup vers celui de gauche, qui avait réussi à dégainer une dague tout en frottant son visage brûlé.

Cette dague n'eut aucune chance de frapper, Torny rencontrant le bras tombant avec une attaque directe de son crochet. Le bandit reçut le crochet de plein fouet, Torny sentit un jet chaud, et elle ne prit pas la peine d'essayer de libérer le crochet. À la place, elle attrapa le poignet de l'espion mort et fit pivoter sa main à travers son ventre. La dague frôla sa propre robe avant de s'enfoncer dans l'espion du milieu, celui qui souffrait le plus de l'impact de la lanterne.

La dague de la Troisième Main s'enfonça profondément, laissant Torny face à un seul ennemi, armé de deux dagues et saignant, mais clairement venant vers elle.

L'homme filiforme se déplaça, coupant la retraite de Torny vers la cellule et le couloir circulaire.

Pas exactement comme Torny l'avait prévu.

— J'étais déçu, grogna l'espion, quand je n'ai pas été choisi pour trancher quelques gorges des Doigts Agiles. On dirait que je vais avoir mon souhait après tout.

Derrière l'espion, une nouvelle ombre se profila, donnant à Torny un espoir ardent, et elle déstabilisa le Najahn avec un sourire dentu.

— Tu ferais mieux d'en faire un autre.

45
L'ARME DE DIEU

Le chasseur regarda Torny disparaître dans les escaliers. Envoyer le bandit seul contre un nombre inconnu d'espions semblait risqué, mais compte tenu de leur effectif et des chances qu'une maladresse lors d'une mission furtive puisse provoquer une alerte prématurée, eh bien, Quik ne discuta pas.

Un sentiment de culpabilité le ramena à ses premières rencontres avec Torny, leurs disputes incessantes sur ce qui était juste, injuste, et qui méritait un couteau dans le dos. Le bandit ne serait jamais la personne préférée de Quik — quiconque considérait le vol avec autant de désinvolture comme moyen de survie avait une limite à son approbation — mais Torny lui avait sauvé la vie à Noctia, avait gagné sa confiance.

Il en allait de même pour la personne qui descendait maintenant les escaliers, se dirigeant vers le niveau inférieur de la tour. Annalyse, vêtue de robes najahniennes comme chacun d'entre eux, frappa fort à la porte menant vers le bas. Pendant qu'elle frappait, Quik se plaça au centre de l'étage, se positionna derrière Annalyse. Il se décala hors de vue lorsque la porte s'ouvrit, un garde najahn curieux demandant à Annalyse ce dont elle avait besoin si tard dans la nuit.

— Des traîtres, dit Annalyse. Ils prévoient de trahir Fassle.

Pour faire s'agiter un Najahn, il suffisait de leur dire que Fassle était menacé. Les gardes, les deux chargés de tenir le niveau inférieur et de servir d'aides, de messagers et de gardiens pour le groupe de Kance, demandèrent plus de détails à Annalyse, la suivant dans les escaliers.

Et détournant leur attention dans la mauvaise direction.

Aucun des gardes ne portait de vouge, tous deux avaient de grossières lames de fer à la ceinture. Un équipement de bas étage pour des soldats supposés ne pas voir de combat. Ils avaient laissé leurs casques, ainsi que la majeure partie de leur armure. Une odeur d'ale émanait de leur haleine. La nuit suivant la conclusion d'un traité devait être calme, et leur manque de vigilance allait leur coûter cher. Quik descendit, atterrissant sur les marches et forçant les deux gardes à se retourner maladroitement.

Le chasseur avait deux poings, et chacun trouva un visage. Annalyse fit sa part, frappant le garde de gauche avec l'étrange appareil, abattant le manche sur la tête de l'homme chancelant. Cela laissa à Quik une ouverture pour s'occuper de l'autre, l'homme toussant, le dos pressé contre l'escalier alors qu'il tentait d'atteindre sa lame. Quik attrapa le poignet qui dégainait avec sa main droite, posa sa gauche sur la gorge du garde et serra. Les yeux du garde se révulsèrent, il tressaillit.

— Ne le tue pas, dit Annalyse d'un ton ferme. Ils ne méritent pas de mourir.

— Ils travaillent pour Fassle, répliqua Quik, le garde s'affaissant, inerte.

— Nous aussi, autrefois. S'il te plaît.

Quik jeta un coup d'œil à Annalyse, confirmant que son regard était sincère. Il lâcha le garde, maintenant inconscient comme son partenaire.

— Les Najahns ont assassiné Vis, marmonna Quik, dépouillant les gardes de leurs épées. Il en tendit une à Annalyse qui la tint avec peu d'assurance, mais la tint tout de même. Ils ne méritent aucune pitié.

— Mais nous la leur accorderons quand même, répondit Annalyse, parce que nous pouvons être meilleurs.

— Étranges paroles de la part d'une scientifique. N'es-tu pas censée te préoccuper des données, pas des émotions ?

— Pour mes expériences, oui. Ceci n'en est pas une.

Quik aurait pu poursuivre la conversation, mais le temps des bavardages était passé avec l'ale. Les effets persistants de la boisson pesaient légèrement sur les épaules de Quik — il n'avait bu qu'une seule chope — tandis que le chasseur se retournait vers les escaliers et descendait au niveau inférieur. Des en-cas tardifs — noix, fruits — et un jeu simple étaient posés sur la table abandonnée. Si les cellules ici étaient occupées, Quik n'entendit rien.

La porte menant vers le bas était verrouillée.

— Continue, dit Quik, sans se retourner pour voir si Annalyse suivait.

Ses pas étaient suffisamment bruyants, la Whent n'étant pas habituée à se faufiler. Un enfant de Vis apprenait à garder ses pieds légers presque aussitôt qu'il pouvait marcher. Si Quik et Annalyse avaient leurs propres enfants, il leur apprendrait...

Quik interrompit cette pensée, cachant un sourire en fixant la porte. Il commença à tester les clés, s'interrogeant sur ses propres présomptions. Ce n'était pas parce qu'ils avaient partagé quelques moments, qu'ils avaient été réunis par le conflit et, autant que Quik le détestait, les machinations de Gladdring, que cela signifiait qu'ils pourraient trouver le bonheur ensemble dans les cimes.

Mais cela ne signifiait pas non plus qu'ils ne le pourraient pas.

La porte s'ouvrit avec un léger grincement. Les mêmes lanternes que sur tous les étages brillaient. Un garde lança une raillerie, demandant si quelqu'un nommé Falg avait finalement décidé qu'il voulait cette deuxième ale. Les rires moqueurs s'éteignirent rapidement lorsque Quik entra dans leur champ de vision.

— Que fais-tu ici ? demanda l'un des trois Najahns, le même qui avait parlé en premier. Un homme plus âgé, des cartes graisseuses dans les mains. Derrière et à côté de lui étaient assis deux autres, tout aussi perplexes. Des taches d'ale parsemaient la table, ainsi que des notes de biens à échanger dans les paris. N'est-ce pas l'heure de ton coucher ?

— Pas pour moi, dit Quik, s'avançant depuis les marches vers la table. Pour vous, par contre.

— Quoi ?

Quik frappa l'homme à la tempe, le faisant tomber. Les deux autres réagirent rapidement, s'écartant de la table d'un coup de pied. Le plus proche trébucha en se levant, sa dextérité amoindrie par l'ale le trahissant dans sa chute. Quik lui asséna un coup de pied sec et l'homme rejoignit son ami.

Le troisième courut vers le couloir et les fenêtres au-delà. Une alarme criée de là-bas réveillerait la moitié du quartier, condamnant l'évasion avant même qu'elle ne puisse commencer.

Un éclair noir, l'opposé de la foudre, fendit la vision de Quik. L'homme en fuite s'effondra, se ratatinant dans sa robe. Quik s'approcha du Najahn tombé. Il souleva le col de la robe pour confirmer ce qu'il pouvait déjà voir.

Le garde était plus que mort. Il s'était desséché, sa peau passant rapidement d'un brun sain à un gris mort, encore plus pâle que Svarde. Des touffes de cheveux gisaient autour, semblant avoir bondi du corps de l'homme en un instant. Les entrailles de l'homme s'étaient vidées, souillant les robes et poussant Quik à lâcher le tissu pour se retourner vers Annalyse.

La scientifique respirait comme si elle venait de courir. Son visage était empourpré, ses yeux grands ouverts et alertes. Elle se tenait droite sur les marches, regardant l'appareil dans ses mains.

— Qu'est-ce que c'était ? demanda Quik, retournant vers le premier garde et lui prenant ses clés. Il les posa sur les pierres pour ceux qui suivraient. Les armes najahniennes étaient déjà accrochées à un râtelier, prêtes si quelqu'un avait le temps de les atteindre. Il est plus que mort, Annalyse.

— Je ne savais pas ce qui allait se passer, murmura Annalyse, plus pour elle-même que pour Quik. Je n'étais pas sûre que ça marcherait, mais il allait donner l'alarme. Je n'avais pas le choix.

Quik s'approcha et posa une main sur Annalyse. Elle tressaillit à son contact.

— Ça va aller, tenta Quik. On savait qu'il y aurait d'autres morts. Sauver les îles et ces démons aura un prix.

— Je sais, je sais. Ce n'est pas ça. Annalyse leva ses yeux humides de l'appareil vers Quik. Quik, j'ai aimé ça. C'était tellement bon. Toutes mes douleurs, mon épuisement, tout est parfait. Elle déglutit. Je ne sais pas ce que j'ai créé, Quik, mais je veux que tu me promettes. S'il m'arrive quelque chose, si ça se passe mal, que tu détruiras cet appareil. Que tu le réduiras en mille morceaux.

— Pourquoi ?

— Parce que si la mauvaise personne le trouve, beaucoup de gens vont mourir.

46

RUINE CHUCHOTÉE

Ami exposait les enjeux autour d'une bière dans une conversation chuchotée après l'autre, affirmant que Fassle trahirait certainement le groupe le lendemain. Avec Svarde et Sawi qui appuyaient cette affirmation, personne n'argumentait beaucoup. Seuls Livier et Eujo, qui avaient le plus à perdre avec le récent traité de paix de Kance, marmonnaient à propos de la prudence, mais même l'assassin convenait que Fassle agissait toujours dans son propre intérêt en premier, en dernier, et entre les deux.

Ce qui conduisit à une planification improvisée. Le groupe se déplaçait entre les chaises et les deux tables comme dans un rituel, échangeant partenaires et idées. Ami interrompait le mélange de temps en temps avec un rire tonitruant, rappelant aux gens d'intercaler quelques conversations décontractées entre leurs plans de trahison envers la personne la plus puissante des îles.

Wax n'était pas sûr de qui avait d'abord suggéré le jeu des amants déchirés, que lui, Sawi et Eujo devraient mettre en scène un spectacle verbal pour les espions que Fassle avait presque certainement placés pour surveiller ou écouter dans la tour. Le Vis voulait pourtant objecter. Trouver à peu près n'importe quelle autre façon de distraire. Sawi et Eujo, cependant, avec des sourires fous, poussèrent le plan à son aboutissement.

Alors Wax s'était prêté au jeu, s'était installé dans la cellule de Sawi pour l'attendre, seulement pour qu'Eujo entre en premier et exige de savoir ce que Wax faisait là, seul. Sawi, bien sûr, les rejoignit après une autre minute d'excuses frénétiques improvisées, attirant la suspicion glaciale d'Eujo. La Reine avait soit tiré plus de leur jeu de rôle Tamas que Wax ne l'avait réalisé, soit il y avait une part de vérité dans la façon dont elle interrogeait Sawi et Wax, comment elle cherchait à savoir s'ils s'étaient jamais aimés, et suggérait que Wax ne devrait jamais être autorisé à retourner sur Vis.

Quand le bruit de verre brisé résonna dans le conduit des toilettes, Wax poussa son premier soupir de soulagement, s'effondrant sur le lit de Sawi tandis que les deux femmes éclataient d'un rire étouffé.

— Tu es douée pour ça, dit Sawi à Eujo, cette dernière faisant un rapide signe dans le couloir.

— Une Reine a un million de visages, dit Eujo, puis elle sourit à Wax d'un air à lui briser le cœur. Y compris quelques-uns qu'elle garde pour des occasions spéciales. Sawi étouffa un rire tandis qu'Eujo fixait Wax du regard, puis secouait très légèrement la tête. Bien sûr, ceux-là doivent être mérités.

— Comment ?

Eujo se redressa d'un bond, redevenant tout à fait sérieuse.

— En sauvant ces démons, Wax. Évidemment.

— Évidemment, murmura le Vis alors que d'autres

bruits, désagréables, descendaient par le conduit. J'espère que Torny va bien là-haut.

Bliss devait maintenant courir à l'aide de Torny, tandis que Quik et Annalyse ouvraient la descente. Un ordre strict de donner des chances de déni si les Najahn réagissaient plus vite que prévu. Ces excuses seraient déjà difficiles à faire passer, cependant. La représentation avait commencé, et Wax se retrouverait à modeler les skars ce soir.

En était-il capable, après un dîner copieux, du vin et de la bière ?

Une question qu'il examinerait en chemin. Ami et Svarde apparurent à la porte de la cellule, faisant signe à Wax de se mettre en mouvement. Sawi, Eujo et Livier joueraient les nettoyeurs, s'assurant que tous les retardataires restent attachés ou enfermés pendant que Bliss et Torny termineraient leur balayage d'espions. Leur quintette rejoindrait celui de Wax à la tour des skars, agissant potentiellement comme renforts surprises si les Najahn jouaient un jeu plus malin qu'ils ne l'avaient fait jusqu'à présent.

Dans l'ensemble, pas mal pour une concoction improvisée, surtout quand Wax vit les corps, inconscients, dans les escaliers et à l'étage inférieur. Quik et Annalyse avaient déjà continué, leur travail résonnant en coups étouffés et glapissements occasionnels des niveaux inférieurs.

— Ils ne sont pas mauvais, dit Ami, troisième dans leur file, avec Kivi en tête et Wax à l'arrière. Meilleurs que ce à quoi je m'attendais.

— Quik est un chasseur, répondit Wax. Une proie est une proie.

— Ce n'est pas tant lui que la scientifique. Annalyse a toujours évité les démons quand nous étions ici.

Svarde jeta un coup d'œil en arrière alors qu'ils descendaient au deuxième niveau, s'approchant maintenant de l'entrée.

— La guerre change tout le monde, Ami.

— Si je veux de la philosophie, je demanderai à quelqu'un qui est encore en vie, Svarde.

Le barbare se contenta de ricaner, descendant pour trouver d'autres gardes neutralisés. Du moins, c'est ce que pensait Wax jusqu'à ce que Svarde leur chuchote à tous les deux de s'arrêter. Kivi, en tête, poussa de côté l'un des corps à terre avec sa griffe avant. La forme roula, révélant une peau flétrie et des os, comme si l'homme avait été vidé de l'intérieur.

— Que lui est-il arrivé ? demanda Wax, le trio se regroupant sur le palier sous la lumière de la lanterne. En bas, les sons maintenant familiers de surprise s'élevaient alors que Quik et Annalyse poursuivaient leur ravage silencieux. Ce n'est pas l'œuvre de mon frère.

— J'ai une idée, dit Ami et Svarde acquiesça. Peut-être que cette guerre sur Vis l'a vraiment changée.

Ami eut l'occasion de poser directement la question à Annalyse au niveau suivant, alors que Quik et la scientifique attendaient que le trio les rattrape. Les derniers gardes avaient été neutralisés, à l'exception de ceux qui attendaient peut-être à l'extérieur de l'unique sortie de la tour. Quik lui-même avait les jointures ensanglantées mais était par ailleurs indemne. Annalyse semblait presque radieuse, bourdonnante d'énergie et parlant vite, déballant les détails écœurants de son dispositif et du skar Noctia qui y était intégré.

Le mystère résolu, Wax porta la main à sa gorge, là où le collier et ses skars se trouvaient autrefois. Il avait utilisé les pierres noires en bas pour vider un démon de sa vie et avait ressenti la même chose qu'Annalyse embrassait maintenant, connaissait cette montée d'adrénaline et à quel point elle pouvait être addictive. Même ainsi, invoquer un skar Noctia à l'action demandait un effort, nécessitait de la réflexion. Annalyse avait capturé ce même pouvoir de siphonner l'âme dans une simple pression de gâchette.

— Je sais, dit Annalyse en voyant l'expression de Wax, tandis que Quik commençait à se faufiler vers la porte d'entrée. Un couloir tapissé, aux murs couverts de portraits, comme tant d'autres à Noctia, étouffait ses pas. Ce n'est pas bien. Je le détruirai quand nous aurons fini. Je te le promets.

Kivi et Svarde emboîtèrent le pas à Quik, tous les trois ne faisant pas plus de bruit que la brise de Noctia à l'extérieur. Svarde n'avait même pas besoin de respirer, une réalisation qui fit frissonner Wax. Noctia était une île étrange, et ses skars l'étaient tout autant.

Il accepterait l'offre d'Eujo de retourner à Kance après ça, au moins les flèches venteuses avaient un sens.

— Ça pourrait être utile, cependant, murmura Ami. Si Wax ici présent ramène les démons, il pourrait y en avoir quelques-uns qu'on pourrait abattre avec quelque chose comme ça.

Annalyse s'anima à cette suggestion :

— Certainement. Et celui-ci est petit, je pourrais...

— Arrête, dit Wax, posant une main sur l'appareil qu'Annalyse tenait près de sa taille. Ce n'est pas bien. Ne l'utilise pas. Sauf s'il n'y a pas d'autre moyen.

— Bien sûr, Wax.

Mais cette lueur brillait toujours dans ses yeux, un rêve réalisé.

Quik ouvrit la porte principale, attirant l'attention d'un garde somnolent. Le chasseur attrapa l'homme, le traîna à l'intérieur pendant que Svarde refermait la porte. Ils n'eurent pas besoin d'assommer celui-ci, l'homme coopéra sans protester, laissant ses bras être attachés, sa bouche bâillonnée. Svarde le déposa à nouveau à la table sur le niveau le plus bas du palier.

Le fait que Torny, Bliss, Sawi, Eujo et Livier ne les aient pas encore rattrapés était un peu inquiétant, mais Ami insista sur le fait qu'ils ne pouvaient pas attendre. Un changement de quart aurait lieu à un moment donné, ou un coursier livrant un casse-croûte de minuit, et leur intrusion serait découverte. La vitesse, maintenant, était primordiale.

Quik prit à nouveau la tête, ouvrant doucement la porte de la tour sur l'une des rares nuits brumeuses de Noctia. La saison des pluies de l'île approchait rapidement, et cette avant-première précoce rendait les rues glissantes et embrumait l'air, transformant les tours de pierre montantes du Quartier Najahn et leurs lanternes en une beauté trouble et luisante.

— Quelle chance, marmonna Ami, restant près de Wax alors que Quik et Kivi faisaient les premiers pas dans la rue. La pluie gardera les gens à l'intérieur. Moins d'yeux pour se demander ce que nous faisons.

Cette prédiction se révéla exacte alors que le groupe errait en file vers la tour, s'espaçant suffisamment pour empêcher les quelques yeux curieux de se demander pourquoi un grand groupe déambulait dans les rues. Ami resta proche de Wax, et Kivi disparut dans les ruelles, grimpant aux murs et se collant aux ombres.

Une anticipation familière montait, la même tension délicieuse que Wax ressentait en traquant un hanoko ou en se préparant à sauter dans l'air ouvert de la jungle. Cela ne faisait pas longtemps, mais les skars lui manquaient avec leur bavardage constant, leurs explosions musicales quand quelque chose captait leur intérêt. Un esprit vide était ennuyeux, silencieux et effrayé.

Wax ne savait tout simplement pas à quel point c'était ennuyeux, à quel point c'était silencieux, jusqu'à ce qu'il trouve les pierres.

La tour des skars n'offrait aucune défense à l'avant, pas un seul garde sur les marches. La plupart des tours n'avaient pas de gardes, surtout pas celles qui détenaient des criminels, donc l'entrée facile de Quik n'était pas surprenante. Le chasseur se glissa à l'intérieur de la porte alors que Wax et Ami contournaient le pâté de maisons derrière lui, le couple regardant Svarde suivre, la grande épée aussi bien cachée que possible sous les robes najahnes. Après que le barbare eut disparu à l'intérieur, Kivi apparaissant de nulle part pour grimper et entrer avec lui, Ami et Wax firent leur lente marche près de la tour, se tournant pour monter les marches.

— Toi d'abord, chuchota Ami.

Wax tendit la main vers la poignée, tira, et entendit les combats avant de les voir.

Quik, Svarde et Kivi se tenaient fermement au milieu du couloir, face aux vouges et aux arbalètes najahns pointés dans leur direction. Le capitaine najahn appela à la reddition, mais Svarde ne fit que jeter sa robe de côté et pointer sa lame vers les soldats.

— Plus jamais, gronda le guerrier foti, et l'homme mort se lança dans une charge sauvage, la lame noire ouvrant la voie.

47
LE BOURBIER MORTEL

Épées, couteaux et flacons dissimulés dominaient le butin pris aux gardes Najahn abattus. Sawi, Eujo et Livier suivaient le premier groupe, traînant et jetant les Najahn survivants dans les cellules. Une idée conçue par l'assassin, qui arguait que plus longtemps on pourrait empêcher l'alarme, mieux ce serait. Après avoir enfermé les gardes, ils continueraient vers la tour du Précepte du Commerce, aideraient Wax à sauver les îles, puis s'enfuiraient par les mers vers le *Bord de la Tempête*, où le prochain combat commencerait.

— Fassle annulera le traité, dit Livier alors qu'ils poussaient le dernier garde protestataire dans la cellule confortable — cette tour de prisonniers avait assez de commodités pour faire honte à celle de Kance. Il reprendra la guerre contre Kance, ma Reine. Nous devrons être prêts.

Tous les trois se tenaient près du couloir de sortie, attendant que Bliss et Torny les rattrapent. Wax et les autres étaient partis il y a quelques minutes dans la nuit bruineuse, et Eujo brûlait d'envie de les suivre, mais les paroles de Livier exigeaient une réponse.

— Si vous pensiez qu'il allait respecter ce traité, alors vous devez fréquenter davantage de politiciens, dit Eujo. Tout ce qu'il a négocié là-bas était pour les autres Préceptes dans la salle.

—Les autres Préceptes ?

— Cet homme illustrait ce qu'il voulait le plus de Kance. Ce qu'il prévoit de prendre.

Eujo fit un moulinet avec l'épée, la lame plate lourde et grossière à côté de la finesse d'une rapière.

— Rappelez-vous, il a déjà envoyé les marcheurs de feu après nous une fois. Fassle essaiera de faire la même chose à nouveau, une fois qu'il pourra prétendre avoir donné aux démons leur nouveau foyer.

— Mais ce n'est pas lui qui le fait. C'est Wax, dit Sawi, imitant les mouvements d'Eujo avec sa propre épée.

C'était une chose étrange que de s'exercer à l'escrime au cœur de la nuit lors d'une mission secrète, mais après tout, mieux valait connaître le comportement de son arme avant de l'utiliser contre un ennemi.

— Si vous pensez que Fassle va laisser Wax vivre ou prendre le moindre crédit pour cela, alors vous n'avez vraiment pas fait attention, répliqua Eujo. Elle n'ajouta pas que, d'après ce que Wax avait suggéré, le Vis pourrait ne pas y survivre du tout.

C'était une pensée à laquelle elle ne s'attardait pas. Au lieu de cela, elle revint à des choses meilleures, plus sûres.

— Fassle a déjà gagné ces derniers jours. Yarvick a tué tous ses principaux rivaux au pouvoir chez les Najahn, et maintenant ce voleur est mort aussi. S'il parvient à nous éliminer, à forcer Kance à se rendre, tout en ralliant les marcheurs de feu à sa cause *et* en ramenant les démons comme une menace ?

Eujo avait envie de rire, mais dire tout cela à voix haute la rendait plus que légèrement malade.

— Les Najahn auront plus de pouvoir que jamais, et il sera seul au sommet.

— Vous dites ça comme si vous aviez lu dans ses pensées, dit Sawi. Il n'est peut-être pas si mauvais.

— C'est mauvais de votre point de vue, réfléchit Livier, faisant un signe de tête à Eujo. Fassle le voit différemment. Les îles chaotiques ont besoin d'une main forte pour les remettre dans le droit chemin, que Wax ramène ou non les démons dans le jeu. Ma Reine, je vous ai sous-estimée.

— Il était temps que vous vous en rendiez compte.

Tous les trois se retournèrent au bruit de pas dans les escaliers, Torny et Bliss arrivant, la voleuse saignant d'une coupure à la cuisse, mais pas sévèrement. Toutes deux avaient leurs propres poignards pillés aux espions au-dessus, et Torny partagea les détails alors qu'ils se diri-geaient vers la sortie de la tour, se glissant par la porte dans les rues humides et silencieuses.

Ce silence ne dura pas longtemps. Le fracas du métal contre le métal, des carreaux d'arbalète manqués frappant la pierre, fit accélérer le pas d'Eujo et des autres. La Reine de Kance était méfiante des rues vides. Qu'ils soient sortis de la tour sans être remarqués avait un certain sens, mais ça ? Une bataille dans le Quartier Najahn ?

Comment se faisait-il que personne n'ait donné l'alarme ?

— Attendez, siffla Livier alors qu'ils approchaient de la tour du Précepte du Commerce, la porte grande ouverte mais les marches vides. Le bruit du combat continuait à l'intérieur. Il y a une entrée séparée.

— Il a raison, dit Sawi. Par ici.

S'orientant vers la gauche dans une avenue plus large, qui descendait en serpentant vers les docks privés des Najahn au loin, Sawi conduisit les autres loin des bruits vers une porte latérale, unique et étroite. Et, au premier essai, verrouillée.

— On ne se repose jamais, marmonna Torny alors qu'ils s'écartaient pour laisser passer la voleuse. Cette serrure est plus grande que les autres, et je n'ai pas mon matériel. Il va falloir y aller par la force brute.

Sans attendre, Torny prit sa propre épée volée, recula d'un pas de la porte, puis enfonça la pointe dans la serrure. Elle la poussa fermement et donna un coup de pied sec sur la garde de l'épée. Le métal grinça, se tordit, et une fissure apparut dans la porte en bois. Bliss écarta doucement Torny et prit son tour.

Eujo savait que Bliss avait des compétences. Le Vis avait aussi de la force.

L'épée se brisa, transperçant la serrure, laissant un trou dans le bois, le sceau brisé pendant dans les airs. Livier poussa la porte, révélant un couloir désert, tapissé de rouge et éclairé par des lanternes.

— Pas très élégant, mais ça fera l'affaire, dit Torny alors que l'assassin s'élançait en avant, les autres suivant.

Eujo se plaça au milieu du groupe, courant avec son épée tirée vers les craquements, les chocs et les jurons qui résonnaient contre les murs. Le centre de la tour arriva rapidement, et avec lui une image de combat acharné, bien que changeant rapidement.

À la droite d'Eujo, de l'autre côté du grand palier central, un escadron complet de Najahns et leurs réserves tenaient un rempart contre Svarde. Le barbare semblait combattre seul, encaissant les carreaux et les coups tout en faisant tournoyer sa grande lame noire. Les Najahns avaient dû apprendre, car le premier rang de combattants maniait des boucliers en pierre de Whent avec leurs vouges, tenant les remparts hauts pour parer les coups de Svarde. Eujo ne pouvait ni voir ni dire où étaient Wax, Quik et les autres au-delà de cette ligne.

Combien de temps Svarde pourrait-il encore tenir était une question sans réponse certaine, une réponse qu'Eujo ne voulait pas voir déterminée aujourd'hui, ce soir, maintenant.

Livier mena la charge vers l'arrière des Najahns, courant dans un assaut de berserker devant l'escalier qui descendait à la chambre des skars. Cinq arbalétriers se retournèrent au bruit, leurs deux chefs en robes à franges dorées pivotant avec eux. Le fait que ces pivots n'in-cluaient pas un dégainement rapide des lames à leurs ceintures signifiait que les deux chefs moururent en premier, Livier leur assénant une large entaille à travers le cou. Leur chute aurait laissé Livier exposé à une volée aveugle si Bliss et Sawi, suivant de près, n'avaient pas couru droit devant avec leurs propres épées najahnes en tête.

Les arbalétriers lâchèrent leurs armes et passèrent au combat rapproché, dégainant leurs propres épées pour répondre à la charge. Eujo et Torny arrivèrent, suivies par Livier, dans une mêlée égale. L'adversaire d'Eujo, une femme qui semblait encore plus jeune qu'Eujo elle-même, répondit à la première estocade directe de la Reine par une parade ascendante standard, exécutée suffisamment bien pour exposer Eujo, qui était habituée au poids plus léger et à la redirection plus rapide d'une rapière.

En l'état, la pauvre âme tenta de frapper Eujo, un coup qui s'enfonça dans les robes d'Eujo. Eujo tordit sa prise sur son épée, la laissa tomber au-delà du blocage de la Najahn et enfonça le pommeau directement dans le visage trop jeune de la Najahn. La Najahn trébucha en arrière tandis qu'Eujo reprenait sa posture, et hésita.

Si jeune. Prise dans un combat au-delà de son expérience, la Najahn méritait-elle de mourir ?

— À gauche ! cria Sawi, envoyant Eujo pivoter dans cette direction, parant une estocade latérale du Najahn de Sawi, alors même que l'épéiste donnait un coup de pied dans les genoux de Sawi et la faisait tomber.

Tandis que Sawi se relevait, le Najahn pressa Eujo d'une autre pique rapide, lançant l'attaque vers le visage d'Eujo et forçant la Reine à une parade frénétique, perdant quelques cheveux mais rien de pire. Sawi plongea à nouveau, volant l'attention du Najahn et permettant à Eujo de retrouver son équilibre. Son cœur tonnait, ses oreilles résonnaient du choc des parades et des bruits plus sourds lorsque les coups trouvaient des cibles charnues. Cris et jurons se mêlaient.

Tout comme la nuit du raid Najahn sur le *Storm's Edge*, la nuit où Eujo crut avoir perdu Wax, et faillit perdre sa propre vie.

Eujo recula alors que sa propre Najahn, l'œil gonflant, retrouvait une position instable. Autour du soldat, le chaos enveloppait le niveau central. Leurs archers pris en embuscade, l'assaut indomptable de Svarde sur la ligne de boucliers donnait de meilleurs résultats, aidé par de soudaines entailles noires, chacune transperçant un Najahn sur les côtés. Les soldats tremblaient, s'effondrant au sol sans un bruit. Le barbare en profita, frappant fort sur le flanc gauche et écrasant le soldat sans protection contre son partenaire.

Svarde reçut une autre vouge dans la poitrine comme prix, mais le visage mort et figé du barbare ne réagit pas. Eujo si, pointant par-dessus l'épaule de son ennemi avec sa propre épée.

— Fuyez, Najahn, lança Eujo. Cette bataille est terminée.

Comme si elle levait un voile, la Najahn jeta un rapide coup d'œil autour d'elle, vit la dévastation de son escouade, et fit volte-face pour faire un pas vers Eujo et le couloir derrière elle, la pure terreur guidant sa fuite.

La Najahn ne fit qu'un pas de plus avant que Livier ne l'abatte par derrière, une entaille qui fit tomber la Najahn aux pieds d'Eujo. La Reine resta figée, une glace familière prenant forme dans son ventre, ses bras, son esprit. La même qu'elle adoptait lors d'une apparition royale, d'une mission qui tournait mal. Eujo serait résiliente, car elle n'avait pas d'autre choix, et d'autres dépendaient d'elle.

Cette Najahn était morte parce qu'Ami voulait les skars ce soir. Cette Najahn était morte à cause de leurs choix.

Wax avait intérêt à ce que tout ce sang en vaille la peine.

48
L'OFFRE D'UN POIGNARD

Torny n'avait jamais été fan des charges sauvages, et voir Livier, un homme qui avait tenté de les tuer tous jusqu'à récemment, mener celle-ci contre les arbalétriers Najahn ne changeait rien à ce fait. Sawi et Eujo se sont joints à l'assaut sans hésiter, alors qu'ils auraient pu attendre, car Livier tuait sans merci.

Torny ne connaissait pas grand-chose des Vientas et de leur entraînement, mais quand Livier ouvrit son attaque en lançant sa lame volée dans un seul jet en boucle pour empaler l'archer sur la gauche, esquiva un coup maladroit et frénétique du suivant, et retira sa lame lancée seulement pour la balayer vers l'attaquant imprudent, Torny comprit que le groupe d'assassins connaissait son affaire.

— Allez, dit Torny à Bliss. On a mieux à faire ailleurs.

Le Vis lança un regard curieux à Torny, peut-être en raison de sa blessure encore cuisante et bouillonnante, mais suivit quand Torny se précipita vers les escaliers. Certes, la bataille faisait rage derrière eux, mais l'issue était déjà décidée. Les Najahn se battaient pour gagner du temps, attendant des renforts. Les couper était plus important.

Retourner au palier où Torny avait failli trouver la mort, un palier qui portait encore les traces du combat avec sa table et ses chaises éparpillées, et le sang éclaboussé sur les murs, fit tressaillir la bandite. Pas tout à fait comme retourner dans la grotte de Yarvick, mais presque.

S'il y avait eu un autre garde Najahn debout là, Torny n'était pas sûre qu'elle aurait pu s'approcher de la vouge. Heureusement, elle n'eut pas à faire ce choix, car le palier et le couloir au-delà étaient vides.

— Fassle a dû mettre toute sa confiance dans l'escouade là-haut, dit Torny alors qu'elle et Bliss atteignaient la porte de la chambre des skars. Cela dit, plus de douze Najahn, plus tous les gardes dans notre tour ? Le pauvre homme a probablement pensé qu'il était paranoïaque.

'Ce n'est pas la première fois qu'il commet une erreur.'

La remarque signée de Bliss aurait pu faire sourire si le penchant de Fassle pour les pièges n'avait pas été si évident ces derniers jours. Torny poussa la porte de la chambre des skars, s'attendant à trouver le chef Najahn et ses larbins, souriants et prêts à se lancer dans un discours sur l'évidence de la présence de l'équipe de Wax. Puis il y aurait eu un zap, une explosion de flammes, ou un poignard plongé dans le cœur de Torny et ça aurait été la fin.

Mais tout ce qu'ils trouvèrent furent quelques lanternes faiblement allumées, la chambre vide. Un coup d'œil par-dessus l'escalier descendant révéla les skars empilés dans leurs caisses, la dalle centrale dégagée. Il y avait certes des ombres en abondance, mais aucune n'était armée de dents ou ne tourbillonnait vers le duo avec la mort en tête.

— Wow, fut tout ce que Torny dit en sentant le faible air salin qui montait du trou effondré descendant vers la mer. Je pensais qu'il aurait plus.

'Alors profitons-en.'

Bliss avait raison sur ce point. Torny dévala les escaliers, serrant les dents à travers la douleur en se disant que dans quelques secondes, ce serait fini. Ce n'était pas un mensonge : la bandite brisa la caisse des skars Vis avec le pommeau de sa lame et ramassa quelques pierres turquoise. Immédiatement, le babillage Vis frémit dans son esprit, et la douleur de la poignarde commença à se dissiper, tout comme les douleurs persistantes du coup de vouge presque mortel qu'elle avait reçu juste au-dessus de cette maudite pièce.

Torny se fit une promesse alors qu'elle localisait les autres skars qu'elle voulait : après cette nuit, elle ne reviendrait plus jamais dans cette tour.

'Skars Whent ?' signa Bliss, utilisant ses mains pour rassembler plus de pierres Vis.

— Juste une autre de mes brillantes idées.

Torny n'ajouta rien de plus, car Bliss lui faisait confiance. Et c'était le meilleur sentiment dans toutes les îles.

La bataille était terminée lorsque Torny et Bliss revinrent au palier central. La plupart des Najahn étaient morts ou gravement blessés, les autres s'étaient rendus et étaient ligotés par Ami et Sawi. Trois Najahn avaient l'air flétri et dévasté, résultat de l'étrange appareil d'Annalyse, qu'elle avait utilisé ici et là alors qu'ils sortaient des pièces latérales dans le couloir d'entrée de la tour. À part des blessures mineures, personne dans leur groupe n'était particulièrement blessé, alors Bliss donna les skars aux Najahn qui pourraient survivre.

'Nous ne sommes pas mauvais', signa le Vis à Livier, ses signaux interprétés par Wax, qui regardait autrement les escaliers comme s'ils étaient les derniers pas qu'il ferait jamais.

Torny, au moins, lui donnerait le temps de les prendre. Les skars Whent avaient joint leurs coups plus lourds au babillage Vis dans son esprit, et alors que l'idée de Torny prenait forme, qu'elle disait aux autres de se rassembler plus près du centre de la tour, les quatre pierres Whent qu'elle tenait dans sa main s'excitèrent. Torny les sentit s'étendre, déversant leur essence à travers ses doigts et dans la tour, palpant le mortier, les piles stables, et où ces piles pouvaient être brisées sans faire s'effondrer tout le bâtiment.

— Prêts ? Torny ne demanda pas tant qu'elle ne respira, les skars l'attirant dans leur exercice, comme si elle se tenait sur une haute falaise sur le point de sauter.

— Ne nous tue pas, c'est tout, dit Eujo. Pas d'avalanches.

Torny sourit et libéra les skars.

Les pierres, comme des animaux libérés de leurs cages, explosèrent. La tour du Principe Commercial trembla, une vibration remontant à travers les pieds, les jambes, la colonne vertébrale de Torny. Le premier écroulement se produisit devant elle, autour de l'entrée principale de la tour. L'ouverture en arc s'effondra vers l'intérieur, la clé de voûte tombant en premier et le reste s'écroulant en un tas de bois et de pierre brisés. Un éclat humide brillait à travers les interstices en haut et sur les côtés, aucun assez grand pour qu'un soldat puisse s'y faufiler.

Les skars Whent ne s'arrêtèrent pas pour évaluer leurs efforts, mais firent pivoter Torny vers la droite, en direction du couloir plus petit et de la porte latérale. À nouveau, la tour trembla. La pierre à la base de la porte se déforma, comme si quelqu'un l'avait ramassée avec une pelle et lancée vers le haut. Les blocs s'écrasèrent contre la porte brisée et s'empilèrent les uns sur les autres, les skars Whent massant les morceaux séparés jusqu'à ce qu'ils se fondent en une barrière laide et imperméable. Là où se trouvait le couloir, il n'y avait plus que du mortier et de la terre aplatie.

— Encore un, chuchota Torny, son cœur s'envolant. Les skars n'avaient pas encore beaucoup puisé en elle, mais alors que Torny regardait vers le haut, elle sentit les pierres boire à son puits.

L'escalier montant, en colimaçon, menait à d'autres niveaux susceptibles d'abriter des renforts. Même un érudit courageux qui trouverait un poignard pourrait causer la surprise ou aider Fassle à renverser la situation. Il fallait couper tout accès, sauf un.

Ses skars n'ont pas détruit l'escalier — d'une part, faire pleuvoir des décombres sur Wax et les autres n'était pas une bonne idée — mais, bien que cela demandât plus d'efforts, les skars ont sculpté les marches pour correspondre à la vision de Torny. Ce qui avait été des marches plates est devenu hérissé de petites pointes acérées. D'autres se sont tordues, s'inclinant vers le centre et garantissant qu'un faux pas enverrait le malheureux plonger vers une fin douloureuse en contrebas.

— Je suis impressionné, dit Livier tandis que les skars continuaient de s'élever dans la tour, déformant les marches sur leur passage. Une idée diabolique.

Livier, se tenant maintenant devant Torny, étudia la bandite.

— Je pensais que vous n'étiez qu'une simple voleuse, mais peut-être envisageriez-vous de rejoindre les Vientas quand tout cela sera terminé ?

Les skars de Whent s'estompèrent, ramenant brusquement Torny au présent, le babillage des skars diminuant suffisamment pour qu'elle saisisse la question de Livier. Bliss se tenait derrière l'assassin, fronçant les sourcils vers le dos de Livier. Malgré tout, être invitée dans un tel groupe ?

Une famille, à nouveau, après la fin de Yarvick ?

Torny croisa le regard de Bliss alors que Livier répétait l'offre, commençant à énumérer les avantages. Dans le regard de Bliss, cependant, Torny vit quelque chose de bien différent. Des nuits gorgées de vin de pêche et de musique, des jours à courir dans une jungle magnifique, une âme en paix.

— Peut-être une prochaine fois, Livier, dit Torny, puis elle fit un signe de tête au-delà de l'homme, vers l'endroit où Wax et les autres étaient déjà descendus. D'ailleurs, le monde va probablement finir dans l'heure qui vient, alors ne nous faisons pas trop d'illusions.

49
TENIR LA TOUR

Les arbalètes grimpaient rapidement en tête de liste des armes les moins appréciées de Quik. Il avait reçu un carreau dans le dos, une blessure qui, malgré deux jours de soins minutieux avec le Vis skar, continuait de le faire grimacer à chaque mouvement. Et maintenant, il se retrouvait sous un barrage de ces mêmes projectiles, accroupi dans une pièce latérale non loin de l'entrée de la tour. Kivi avait trouvé ce simple abri, le ferrite ayant défoncé la porte verrouillée pendant que Svarde attirait l'attention. Au moment où Quik et Annalyse s'y étaient faufilés entre deux salves meurtrières, le seul endroit sûr se trouvait dans un espace simple destiné, selon Quik, aux bavardages sur les taux de change des céréales et le volume des importations de bière de Tamas.

La défense indomptable de Svarde consistait à se tenir au centre du couloir et à avancer d'un pas lourd, une marche assaillie à chaque pas. Bien que le barbare insistât sur le fait qu'il continuait à ressentir la douleur, Svarde ne le montrait pas. Quik, avec Annalyse derrière lui, jeta un coup d'œil par l'embrasure de la porte et observa carreau après carreau percer la peau grise et glabre de l'homme. Svarde balayait chaque salve, ramassant et jetant les carreaux sur le côté tout en poursuivant sa marche, beuglant une chanson foti.

— Il est invincible, marmonna Quik.

— Il ne peut pas mourir tant qu'il tient la lame, répondit Annalyse. Ce n'est pas la même chose. Maintenant, bouge.

Annalyse échangea sa place avec Quik et commença à tirer, envoyant des éclairs noirs de Noctia depuis son appareil, passant devant Svarde en direction des Najahn. Quik s'attendait à ce que les hommes meurent, mais les tirs mortels n'étaient pas immuables. Ils rebondissaient sur les boucliers Najahn, s'évanouissant dans le néant, et forçant Annalyse à corriger sa visée.

Une tâche qui devint plus facile lorsque Svarde entra en collision avec la ligne Najahn, sa lame noire et son corps déchiré attirant l'attention, forçant la ligne Najahn à se replier vers l'intérieur et offrant à Annalyse des cibles plus larges. Puis vinrent aussi les cris surpris venant de derrière, les jets de sang et l'effondrement rapide.

Après coup, les Najahn ligotés et entassés autour de la pièce centrale, isolés grâce au travail de Torny avec les Whent skars, Quik remercia Svarde. Il tendit la main pour serrer celle du barbare qui ne tenait pas l'épée, mais la trouva brisée, les doigts écartés ou manquants. La robe Najahn du barbare pendait en lambeaux, la peau et l'os en dessous tout aussi lacérés. Des bords d'un violet profond se formaient le long des blessures, bouillonnant dans une sinistre renaissance.

— Ça ne fait pas meilleure impression que ça n'en a l'air, dit Svarde, réagissant à l'expression maladive de Quik. Au moins, je n'ai pas perdu un œil cette fois.

— Est-ce que ça t'est déjà arrivé ?

Svarde esquissa un sourire aux dents cassées et à la lèvre fendue. — La seule chose que je n'ai pas perdue, c'est la main qui tient cette épée. Le sourire s'évanouit aussi vite qu'il était apparu. — J'ai hâte d'être au jour où je pourrai la lâcher.

Le barbare passa alors en boitant devant Quik, rejoignant les autres qui descendaient vers la chambre des skars. Quik ne le suivit pas, et son hésitation fit s'arrêter Annalyse aussi.

Le chasseur se retourna face à la question muette de la scientifique, observant l'étage central et ses couloirs. Pas de voies d'accès faciles, des espaces confinés. À part placer Svarde dans l'embrasure de la porte de la chambre des skars, ce serait le meilleur endroit pour tenir leur position.

— On peut au moins les retarder, conclut Quik à l'attention d'Annalyse. Je ne sais pas combien de temps mon frère aura besoin pour faire quelque chose qui n'a jamais été fait auparavant.

— Torny a fait s'effondrer les portes, dit Annalyse. Aucune équipe Najahn ne pourra les dégager avant des heures.

— Fassle a aussi des skars, et les Najahn en ont formé davantage. Quik laissa tomber le masque, ne serait-ce qu'un instant. — Et, Annalyse, je ne veux pas être dans cette pièce. Pas cette fois.

Les gémissements et les jurons des captifs ôtaient leur gravité aux mots, mais l'aveu de Quik, autant à lui-même qu'à Annalyse, fit son effet néanmoins.

— Je ne comprends pas.

— Je suis un chasseur, Annalyse. J'*agis*. Dans cette pièce, avec tous ces skars, je ne ferai que regarder Wax soit accomplir quelque chose de miraculeux, soit mourir. Nous avons tous les deux vu ce que ces pierres peuvent faire, ce qu'elles peuvent prendre, et je ne veux pas voir ça arriver à Wax. Un bruit, un craquement sec, résonna depuis la porte d'entrée de la tour. Le premier coup de marteau, un pic sur la pierre. Quik trouva un sourire. — Tu vois ? Ils sont déjà là. Tu vas m'aider ?

— Tu me demandes de manquer le plus grand événement que les îles aient jamais connu ? Annalyse commençait à secouer la tête quand un second craquement retentit, suivi de nouveaux cailloux roulant sur les pavés. — Audacieux, Quik.

Un chasseur devait lire les signes, trouver des indices, et dans le ton pince-sans-rire d'Annalyse, la légère courbe du côté gauche de ses lèvres, Quik vit quelque chose qu'il n'avait jamais vu auparavant, et ressentit une excitation qu'aucune liane de la jungle, aucune bête traquée ne lui avait jamais donnée. Il posa une main dans le dos d'Annalyse, l'attira à lui alors qu'un autre craquement résonnait dans la tour. Elle le laissa faire, avec un minuscule rire.

Juste un baiser à la fin du monde.

Les arbalètes étaient le fléau de la vie de Quik, et le chasseur ne savait même pas s'en servir. Le bref passage de Quik parmi les Najahn lui avait donné des compétences rudimentaires avec la vouge, le chakram et les épées couramment utilisées par les soldats en violet et noir, mais les arbalètes Whent étaient réservées aux soldats plus expérimentés. Par conséquent, il n'avait aucune réponse à apporter au trou qui s'élargissait dans le mur de pierre.

Annalyse, si.

Malgré les réticences persistantes de Quik à propos de cet engin mortel, il *était* efficace. Annalyse attendit que le martèlement ait dégagé suffisamment de pierres pour lui donner une ouverture sur le Najahn de l'autre côté. La scientifique, cependant, ne tira pas immédiatement. Au lieu de cela, elle et Quik se tenant de l'autre côté du couloir, au milieu des lanternes vacillantes et des voix Najahn de plus en plus fortes, elle tendit l'appareil vers lui.

— Pourquoi ? demanda Quik, sans prendre l'outil.

— Parce que tu dois comprendre, dit Annalyse, et parce que je vois à quel point tu souffres encore.

— Je n'ai pas besoin...

Un autre craquement, des roches bougèrent. Une acclamation rauque s'éleva des soldats encore à moitié endormis, le milieu de la nuit étant un moment difficile pour se lever et se battre.

— Moi si, dit Annalyse. J'ai besoin que tu le prennes, juste pour un moment.

Elle lui montra comment faire, une leçon de quelques secondes accompagnée du claquement irrégulier du skar Noctia dans l'esprit de Quik. Loin du doux murmure du Vis ou des chuchotements frénétiques d'un skar Kance, le Noctia s'agitait, exigeant de l'action.

Quik pouvait lui en donner.

Il s'accroupit et longea l'arrière des décombres, les pierres jointes à des angles étranges ou fondues ensemble par le travail aléatoire de Torny. Les renforts Najahn avaient estimé qu'un côté était plus fin que l'autre et avaient taillé presque jusqu'à la moitié. Quik s'était attendu à voir des skars, mais jusqu'à présent, il n'y avait eu aucun signe des pierres magiques.

Du moins, pas du côté des Najahn.

Le chasseur se recroquevilla, levant l'appareil et le pointant sur le soldat Najahn qui maniait la pioche Foti. Le soldat, sa robe remplacée par un cuir trempé, ne remarqua Quik que lorsque le chasseur appuya sur la gâchette. Le skar Noctia bondit, l'éclair noir jaillit, et le manieur de pioche tressaillit en plein élan. Il eut deux spasmes et s'effondra, la pioche cliquetant sur son corps. Derrière lui, les rangs Najahn tombèrent dans un silence stupéfait.

Et Quik ?

Le chasseur était un homme nouveau. La douleur à l'épaule disparut. La fatigue persistante d'une longue journée et du peu de sommeil s'évanouit. Presque aussi bon que d'embrasser Annalyse quelques instants auparavant. Aussi agréable qu'une bonne dose de vin de pêche Vis, de la musique et une nuit tropicale étoilée.

Annalyse le tira sur le côté alors qu'un carreau d'arbalète fusait dans l'ouverture, rebondissant sur le mur près de la tête de Quik. Le chasseur s'appuya sur Annalyse un long moment tandis que l'euphorie s'estompait, bien que la douleur à son épaule ne revînt pas, ni sa fatigue. Au contraire, Quik était prêt à se battre, à courir, à tenir bon contre tout ce que les Najahn pouvaient envoyer.

— Tu vois ce que je veux dire ? demanda Annalyse. C'est incroyable.

— Je ne comprenais pas, répondit Quik. Mais tu as raison.

Avant que Quik ne puisse approfondir cette sensation, ce que quelque chose comme ça pourrait signifier pour la guerre, pour la chasse à travers les îles, la tour trembla. Un nouveau bruit provenait de l'autre couloir, résonnant vers eux. Quik et Annalyse interrompirent leur conversation et coururent vers le centre, s'arrêtant brusquement en voyant de nouveaux soldats Najahn grimper à travers une ouverture lisse dans la barrière effondrée de Torny.

À leur tête, la tête haute et arborant un collier orné de skars, se trouvait Kasava. Alors que Quik levait l'appareil, Kasava claqua des doigts, captant le regard de Quik et arrêtant l'avancée des Najahn.

Le chasseur hésita. Il avait la distance, tout le temps nécessaire pour tirer. Derrière lui, Annalyse se dirigeait vers les escaliers descendants. Une retraite combattante donnerait plus de temps à Wax, mais si les Najahn voulaient d'abord parler, eh bien, c'étaient des minutes gratuites à brûler.

— Quik, dit Kasava. J'ai de la chance que tu sois là, car, de vous tous, tu pourrais être le plus raisonnable. La femme pouvait voir les captifs derrière Quik, les corps aussi. Je suis désolée de constater que Fassle avait raison. Il soupçonnait que vous tenteriez tous quelque chose ce soir.

— Soupçonnait, répliqua Quik, ou en a été informé par le skar Tamas ?

— Est-ce que ça importe ? Kasava secoua la tête. Ce qui importe, Quik, c'est que tu comprennes pourquoi nous n'allions jamais laisser ton frère utiliser les skars.

Un aveu évident, étant donné l'escouade Najahn postée, et ces paroles poussèrent Quik à remettre son doigt sur la gâchette.

— Les démons ont disparu, continua-t-elle. À part Kance, et Fassle aurait honoré ce traité, nous pourrions avoir la paix entre les îles.

Annalyse commença à protester contre les créatures laissées pour mourir, mais Kasava la coupa d'un refus sec. Ce n'est pas notre faute si les dieux ont laissé leurs anciens mondes mourir. Ton frère met celui-ci en danger. Il prendrait les skars et élèverait une toute nouvelle île à partir de rien ? Permettrait aux démons de se déverser dans ce monde ? Et c'est dans le meilleur des cas ?

Kasava fit un autre pas en avant. Un claquement résonna dans le premier couloir, l'escouade là-bas reprenant sa percée plus conventionnelle. Que se passe-t-il s'il échoue, Quik ? Que se passe-t-il si les skars le submergent ?

Noctia s'effondrerait-elle, ensevelissant non seulement la Cité des Anneaux mais aussi tous les Whent dans les Ténèbres d'en-bas ? Les démons pourraient-ils apparaître ailleurs, se déversant sur Vis et Kance, tuant avec une folie déchaînée ?

— Ça n'arrivera pas, dit Quik.

— Non ? D'où vient ta confiance ? Wax lui-même a admis qu'il ne pouvait pas rouvrir les portes sans plus de puissance. Ça n'a jamais été fait auparavant, ni par Demion, ni par aucun autre Aegis. Kasava fit un autre pas. Seulement trois enjambées les séparaient maintenant, bien que son escorte ne l'ait pas suivie. Il va détruire notre monde, Quik. Ta famille, la mienne, toutes pourraient mourir.

Quik jeta un coup d'œil vers Annalyse, la promesse contenue dans leurs retrouvailles, une promesse faite dans un monde que Quik pensait connaître. Un monde au bord de l'évanouissement.

— Ça n'a pas besoin d'arriver, chuchota Kasava, ses mots silencieux mais résonnant dans chaque nerf de Quik. Aide-moi à aider ton frère, Quik, et nous pourrons sauver les îles ensemble.

50
LE CHANT DES SKARS

La Reine de Kance déposa deux poignées de skars de sa propre île sur la dalle. Leurs voix légères s'évanouirent lorsqu'Eujo les lâcha, les diamants venant se reposer en petits tas près de groupes similaires de topazes, d'émeraudes, de saphirs et d'opales. Bliss, Wax et Sawi rejoignirent Eujo pour saisir les pierres et les apporter au seul endroit de la chambre où Wax pourrait, en un éclair, en prendre davantage. Le Vis n'était pas sûr, mais il pensait qu'il aurait peut-être besoin de tous les skars qu'il pourrait trouver.

Les autres membres de leur groupe s'attelèrent à différentes tâches. Torny, blessée et épuisée après son travail avec les pierres Whent, serrait plusieurs skars Vis et s'assit sur le côté, observant d'un œil mi-clos. Svarde et Kivi, le fidèle lézard des roches, avaient disparu dans les escaliers menant aux grottes sablonneuses en contrebas. Ils s'assureraient qu'aucun assassin ne les attendait, garderaient la grotte dégagée pour la fuite à venir.

Deux serait en attente. Le capitaine de Kance avait envoyé un messager après plusieurs jours de silence, un messager qui avait été stupéfait de trouver sa reine qui l'attendait. Eujo avait dicté qu'un signal viendrait ce soir, un signal que Deux comprendrait s'il le voyait. Si Wax pouvait d'une manière ou d'une autre faire émerger un continent et ouvrir les portes des démons dans un silence total, alors Eujo n'aurait qu'à saisir un skar Foti et envoyer un jet de feu.

Le *Storm's Edge* naviguerait à leur secours, et à l'aube, tout le groupe serait en route pour Kance.

Si cela se produisait, si sauver les démons et briser l'emprise des Najahn sur les îles était aussi facile, alors Eujo se considérerait comme la femme la plus chanceuse du monde.

Ami et Livier se postèrent dans les escaliers menant au niveau inférieur de la tour. Avec Quik et Annalyse assurant la défense extérieure, ces deux-là tiendraient la dernière ligne de défense. Personne ne s'attendait à ce que leur frappe reste secrète longtemps, et l'escouade en attente de Fassle prouvait que le Cercle l'avait prévu, ce qui-

— Tu es prête ? lui demanda Wax, et Eujo réalisa qu'il y avait déjà sept tas scintillants sur la dalle. Bliss s'était reculée vers Torny, tandis que Sawi tenait une voulge Najahn et se tenait près des escaliers descendants, soit pour écouter si Svarde avait besoin d'aide, soit pour se placer près d'une sortie rapide. — Eujo ?

— Explique-moi encore une fois, rapidement, répondit Eujo.

— D'accord. Wax hocha la tête, plus pour lui-même, ce qui était la raison pour laquelle Eujo avait posé la question. Tenter quelque chose de nouveau dans l'histoire des îles, avec toutes ces pierres, pourrait amener le désastre sans une vraie concentration. — D'abord, je vais essayer d'ouvrir les portes des démons. Je les ai fermées, donc j'ai une idée de comment les affecter à nouveau. Wax tambourina des doigts sur la dalle grise. — Ensuite, une fois que ce sera fait, j'utiliserai les skars Whent pour déchirer l'océan à l'ouest de Foti et créer une nouvelle île.

— Tu fais ça paraître si facile, rit Torny, d'une voix faible.

— Avec tous ces skars, j'espère que ça le sera, répondit Wax. Mais ce sont les parties les plus simples. Si tout ça fonctionne, on en arrive à la partie vraiment folle. Je vais essayer de déplacer les portes. D'après ce que je peux dire, ce ne sont que des skars tous liés ensemble d'une manière ou d'une autre, donc si je peux les pousser à travers l'océan avec ces skars Rana ici, alors je peux pousser les portes juste à côté de la nouvelle île. Ensuite, les démons seront majoritairement contenus, et on pourra filer d'ici.

Wax jeta un coup d'œil à Eujo. — Quand ce sera fini, par contre, tu devras peut-être me porter.

Cette assurance dissimulait la réalité, où la survie de Wax semblait improbable. Mais c'était la raison pour laquelle ils avaient empilé tant de skars sur la dalle. Chacun avait un peu de pouvoir propre, et si Wax pouvait continuer à alterner entre les skars — Eujo et les autres pelleteraient plus de skars des réserves de la pièce au fur et à mesure que Wax les épuiserait — il pourrait avoir une chance de garder sa propre énergie intacte.

Comme plans, il y avait des trous partout, comblés par l'espoir et les suppositions.

Comme plans, Eujo n'en avait pas de meilleur.

Elle pouvait, cependant, serrer fort la main de Wax, déposer un doux baiser sur sa joue, et lui lancer un dernier regard qui promettait une vie entière si le Vis pouvait trouver son chemin à travers tout ça.

— Prête, dit la Reine de Kance.

Wax commença avec sept. Un ensemble Aegis standard devant lui, balayé dans ses deux mains. Les yeux du Vis se fermèrent et Eujo attendit que quelque chose commence, jusqu'à ce que la tour tremble. Une légère secousse, et une qui fit signer une question à Bliss.

— Non, grogna Ami, en haut des escaliers. Ce n'est pas Wax. Les Najahn percent.

— Alors nous tenons ici, répondit Livier, montant vers la porte en bois, la fermant et glissant le verrou.

— Hé ! appela Sawi près de la dalle. Quik et Annalyse sont toujours dehors !

— Et j'espère qu'ils se battront jusqu'au bout.

— Se battre jusqu'au bout ? Ils vont devoir fuir, et ils peuvent fuir ici, dit Sawi en s'éloignant des escaliers descendants, pointant la voulge vers Livier. Ouvre cette porte.

Wax, pour sa part, restait immobile sans un frisson, sans une goutte de sueur. Eujo ne sentait rien, pas une brise, un tremblement, un frôlement contre son esprit venant d'un skar Tamas. Wax serait en quête maintenant, tendant la main à travers les Ténèbres d'En-Dessous pour trouver ces portes et les déchirer, à une distance bien plus grande que lorsqu'il les avait fermées la première fois.

Possible ?

Qui savait, mais Eujo ne pouvait rien y faire. Elle pouvait, cependant, empêcher ses amis de se battre.

— Ouvre la porte, Livier, dit Eujo, mettant du fer dans sa voix. Nous sommes ici pour sauver des vies.

— C'est un risque, ma Reine.

— C'est un ordre, Livier.

L'assassin s'inclina, fit glisser le verrou et ouvrit la porte. Sawi lança un regard de remerciement à Eujo, pour se retrouver poussée de côté alors que Bliss, tenant également une voulge Najahn — assez proche d'un bâton, ou du moins le signala la sœur de Wax — grimpait rapidement devant elle. Ami laissa passer la jeune femme, tout comme Livier, Bliss disparaissant de la chambre et montant, où des craquements continuaient en rythme régulier.

— Où va-t-elle ? demanda Ami.

— Aider son frère, répondit Sawi, avant de continuer à monter derrière Bliss. Les Vis ne s'abandonnent pas les uns les autres.

Ami et Livier ne suivirent pas les deux femmes, l'assassin se plaçant plutôt de manière à pouvoir surveiller le couloir. S'il devait verrouiller la porte, cela ne leur achèterait pas beaucoup de temps, mais avec un peu de chance, ils n'en auraient pas besoin de tant que ça.

— N'est-ce pas, Wax ? marmonna Eujo, se retournant vers le Vis. Faire émerger une nouvelle île devrait être vraiment rapide et facile.

Wax frissonna. Qu'il ait entendu Eujo ou non, le Vis secoua lentement la tête dans le vide, avant de se tourner vers elle. Les yeux du Vis s'ouvrirent, un bref instant, et Eujo n'y vit pas les pupilles du Vis, sa gaieté éclatante, mais des couleurs tourbillonnantes et changeantes. Rouge sang, bleu océan, les lignes dentelées d'un éclair jaune. Un frisson glacé parcourut Eujo et elle prononça le nom du Vis, s'approchant. Elle tendit la main vers le bras de Wax tandis que ces yeux aveugles l'observaient.

Et le Vis saisit la main d'Eujo, les skars dans la paume de Wax s'écrasant contre la peau d'Eujo. Wax appuya, plaquant sa main droite contre la dalle, bien qu'Eujo ne ressentît à peine la pression.

Car elle avait laissé la chambre des skars loin derrière elle.

Boire suffisamment de bière, manger le bon champignon, ou fumer la bonne plante pouvait vous transporter. Eujo en avait fait l'expérience suffisamment de fois — plus durant ses jours de voleuse que sous la loupe royale — mais rien ne se comparait à la vague qui chamboulait le monde, envoyant Eujo tourbillonner au loin au contact de Wax. Alors que la chambre de pierre se brouillait, Eujo entendit des voix de skar résonner dans son esprit.

Non, pas des voix. De la musique.

Wax avait mentionné la symphonie, mais Eujo n'avait jamais entendu l'orchestration auparavant. Maintenant, elle résonnait clairement et en cadence, avec les skars Rana et Kance volant à travers les notes plus aiguës dans une mélodie constante, tandis que Foti et Whent offraient des battements plus graves, leurs grondements alternant, jouant, plongeant vers les profondeurs bien en dessous.

Eujo s'enfonça sous la tour des skars, à travers la roche et la pierre, sans sentir un seul bloc. Ils défilaient en un flou fantomatique de bruns, de gris et de géodes scintillantes. Quand Eujo essaya de tendre la main, de toucher, elle ne sentit rien. Le chant s'accéléra en même temps que la descente d'Eujo, la terre tourbillonnant dans un miasme sombre jusqu'à... l'espace.

Une chambre, une piscine, mais une brisée. Des roches tombées et des colonnes dentelées reposaient au milieu d'eaux noires. Une seule flamme vacillait faiblement à une extrémité, mais Eujo ne s'en approcha pas. Au lieu de cela, la même force qui l'avait amenée jusque-là la poussa plus loin. Dans l'eau et sous sa surface.

— Eujo, dit et ne dit pas Wax, les mots étant une pensée interrompant la musique continue des skars. Alors que la voix de Wax résonnait dans sa tête, l'homme apparut, une tache floue étirée, déformée par l'eau. J'ai besoin de ton aide.

Wax expliqua le reste sans mots, par des impressions. Une simple vérité transmise à travers le skar Tamas, dont la présence se jouait dans la symphonie comme un bourdonnement de fond. Ensemble avec les autres skars, la pierre Tamas tirait leur conscience jusqu'ici, où Wax pouvait voir les portes mortes. Il les désigna à Eujo, chaque groupe mort s'animant d'un tourbillon sous-marin du skar Rana.

— Et ensuite ? demanda Eujo.

— J'ai besoin de tous les skars Vis et Noctia que tu peux me procurer, dit Wax. Chacun d'entre eux.

Eujo ne s'envola pas en retour, mais se libéra brusquement pour revenir dans la chambre des skars. Elle tomba, se rattrapant sur la dalle. Torny demanda ce qui se passait, mais Eujo ne répondit pas, se remettant sur pied et regardant à nouveau Wax. Le Vis avait les yeux fermés, mais sa main gauche était tournée vers le haut, en attente.

— Des skars Vis et Noctia, dit Eujo à la bandite, et Torny se redressa brusquement, rejoignant Eujo pour pousser une pile de pierres sombres et vertes vers la main ouverte de Wax.

— Où es-tu allée ? demanda Torny tandis qu'Eujo déversait autant de skars qu'elle le pouvait de chaque type dans la prise de Wax, l'homme frissonnant à nouveau au contact des pierres.

— Il m'a fait entrer, dit Eujo, reculant et observant. Il va avoir besoin de notre aide, Torny. Ça ne va pas être facile.

— Oh, eh bien, Dieu merci. Je commençais à m'ennuyer.

Alors que Wax refermait sa prise sur les skars, un nouveau son rebondit dans la pièce. Du métal contre du métal. Un juron Vis crié, la voix de Sawi.

Pire encore, le bruit ne provenait pas seulement de la porte ouverte. Le combat avait commencé, à la fois au-dessus et en dessous.

51
DÉFAIRE L'IMPOSSIBLE

Les nouveaux skars de Vis et de Noctia menaçaient l'équilibre que Wax avait établi entre ses sept premiers. Mettre les pierres en place avait été plus facile cette fois-ci, comme enfiler un vêtement, et la symphonie initiale permit à Wax de dériver vers le Sombre Dessous, chevauchant la portée infinie du skar de Noctia au-delà de la Cité Morte jusqu'à la piscine effondrée. Wax ne ressentait pas vraiment ce voyage, il visualisait plutôt la destination, offrant une vague direction vers l'endroit où il pensait qu'elle se trouverait, et laissant le skar de Noctia étendre ses tentacules invisibles et apparemment infinis pour trouver les portes fermées.

Ces sept portails attendaient toujours, leurs skars flottant dans des eaux calmes. Leurs empreintes scintillaient, comme des étoiles dans le ciel nocturne, les pierres conservant leur énergie divine mais ne formant plus un tout. Des pièces disparates attendant d'être enchaînées à nouveau, et avec leur union, les portes vers les anciens mondes s'ouvriraient de nouveau.

Mais si le skar de Noctia avait trouvé les portes, la

déesse de la mort semblait peu disposée à conduire cette union. Alors que Wax poussait la pierre à jouer un rôle plus important dans la musique soigneuse, le skar de Noctia refusait, désintéressé. Jusqu'à ce que Wax s'oriente vers une porte particulière, celle appartenant à Noctia elle-même. Alors, comme une personne reconnaissant de vieux amis, le skar se lança dans un solo retentissant, projetant son énergie vers ses skars sœurs de Noctia.

Wax ressentait cela de loin, comme s'il remuait un orteil et voyait la couverture posée dessus bouger. Le retour était clair, cependant : la première ruée du skar de Noctia s'essouffla, ses notes tonitruantes brisant le rythme et indiquant à Wax ce dont il avait besoin ensuite : plus de skars.

Eujo les lui fournit.

Avec les skars de Noctia en main, Wax canalisa l'énergie sombre de l'opale vers leurs frères enfouis. Des liens violet-noir se formèrent dans ces profondeurs aqueuses, liant chaque skar flottant à celui d'à côté, siphonnant l'énergie nécessaire des pierres que Wax tenait à la surface. Comme une toile d'araignée se tissant, les skars se lièrent un à un, et lorsque le dernier se joignit, les skars cessèrent d'être séparés et retrouvèrent leur ancien but.

Comment ?

Wax n'en était pas sûr. Peut-être un ancien modèle imposé par les dieux, ou peut-être que les skars, comme ils le faisaient souvent, comprenaient ce que Wax voulait et n'avaient pas besoin de ses directives expresses pour y parvenir. Quoi qu'il en soit, les pierres commencèrent à bouger, brillant d'un violet profond, luisant dans les eaux sombres.

Une porte revint à la vie.

Si Wax respirait vite, si ses jambes étaient faibles, s'il avait besoin d'un verre ou d'un jour de repos, le Vis n'en savait rien. Tout ce qu'il entendait, ressentait, comprenait était la symphonie des skars. Il détourna l'attention de la porte de Noctia et se tourna vers celle de Vis, un choix fait par les impressions dans son esprit, l'épanouissement soudain des skars de Vis dans sa main alors qu'il les poussait vers leurs frères.

Une fois de plus, les skars firent couler l'énergie de la main de Wax, chevauchant la chaîne symphonique à travers la roche et la pierre, l'air et l'eau jusqu'à la chambre et la porte en attente. Des lignes vert feuille reliaient les skars de Vis, et bientôt les pierres tournoyaient sous l'eau, un autre portail s'ouvrait.

La voie étant dégagée, Wax se ramena à la dalle, à la chambre des skars. Il laissa tomber les skars épuisés de Vis et de Noctia, les pierres rebondissant de la dalle au sol, et demanda à une Eujo déterminée les skars de Whent et Rana ensuite.

Ceux-là allèrent assez vite, tout comme Foti et Tamas après. Kance vint en dernier, et avec toutes les portes tournoyant vivantes, Wax se poussa de nouveau vers la dalle avec un large sourire.

— Félicitations, dit le Vis alors que la symphonie s'estompait, tandis qu'il déversait les skars sur la dalle. Les démons sont de retour.

— Tout comme les Najahn, répliqua Eujo d'un ton glacial, l'humour bien caché de la Reine ayant disparu. Svarde et Kivi sont pressés en bas, tandis que ta sœur et Sawi aident Quik en haut, pour autant que nous puissions en juger.

Wax leva les yeux par-dessus son épaule et vit Livier surveiller la porte tandis qu'Ami se positionnait près de la base de l'escalier, prête à courir là où on aurait besoin d'elle. La Gardienne aux cheveux de feu et au visage doré fit un signe de tête à Wax quand leurs regards se croisèrent, répétant son succès avec les portes.

— Une promesse que je tiendrai effectivement, alors, dit Ami. Essaie d'en faire deux, Vis.

Tout ce qu'il aurait à faire serait de faire surgir une nouvelle île du fond de l'océan. Facile, non ?

— Skars de Whent, dit Wax à Eujo et Torny. Tous.

— Tu vas bien ? demanda Torny tandis qu'elle et Eujo poussaient les pierres dorées restantes vers Wax, avant de se précipiter vers l'autel de Whent pour en prendre d'autres. Je pensais qu'après ce que tu viens de faire, tu serais épuisé.

— Tant que nous aurons des skars à utiliser, ça ira, dit Wax, puis il cligna des yeux, émerveillé. Les skars, ils font la plupart du travail eux-mêmes. Je dis ce que je veux qu'il se passe, mais ce sont les pierres qui savent comment le faire.

— Vestiges des dieux, dit Eujo, ajoutant suffisamment de pierres de Whent pour donner à Wax au moins cinq dans chaque main, plus du double de ce nombre empilé devant lui. Il semble qu'ils se souviennent de quelques choses.

— Espérons que cela inclut la construction d'un nouveau monde, dit Wax, les voix de Whent résonnant fort et vite dans son esprit.

Abandonner les autres skars signifiait qu'il n'y aurait pas de symphonie éthérée à diriger, pas de voyage fantomatique à travers la roche et la pierre pour apercevoir et se connecter aux portes. À la place, Wax avait un solo de Whent, et avec lui venait le sens de chaque roche, rocher et bloc à travers la tour, Noctia et le grand sol sous l'océan. Alors que les skars saisissaient son idée, son rêve d'une nouvelle île, les pierres accélérèrent leur cadence, et Wax tomba dans la nouvelle chanson.

Ses jambes ne se terminaient plus par ses pieds, la

sensation s'étendant plutôt sous la mer. L'orteil qu'il remuait sous la couverture n'était plus un skar de Noctia, mais de Whent, et le tressaillement faisait trembler la terre. Wax suivait la sensation au-delà de la côte de Noctia, moins visuelle et plus instinctive, comprenant que l'orteil sous la couverture était réellement là, même s'il ne pouvait pas le voir.

Wax poussa les skars de Whent encore plus loin, et les pierres dorées s'étendirent.

Le Vis ferma les yeux et voyagea. Il ressentit la lave bouillonnante de Foti, les volcans grondants au cœur de l'île. S'enfonçant plus loin dans l'océan frais et infini, Wax et les skars arrivèrent à leur rêve désolé : une étendue vide, prête à être déchirée.

— Ici, murmura Wax, et les skars écoutèrent.

Les pierres Whent envoyèrent leur énergie à travers le plancher océanique, s'agrippant aux bords, formant un grand cercle, et commencèrent à forer. À fendre. À affaiblir. Wax ouvrit les yeux, tendit la main et attira plus de skars Whent. Il les serrait maintenant, rassemblant chaque pierre, leurs efforts combinés creusant de profonds sillons dans une terre si lointaine d'ici.

Les skars étaient confiants, ils étaient assurés. Ils étaient Whent, et c'était pour cela qu'ils avaient été créés, ce que leur dieu pouvait faire, et ils allaient construire un nouveau monde ensemble.

Wax commença à sculpter, esquissant des espoirs de montagnes, de vallées, de plaines et de plages lisses. Des idées transmises aux skars pour qu'ils construisent, qu'ils agissent. Il se concentra sur un pic particulier, comme les flèches de Kance, et alors qu'il commençait à s'élever du fond de l'océan, Wax se surprit à sourire.

C'était ça, être un dieu.

Jusqu'à ce que la douleur surgisse. Vive, instantanée, intense. Wax s'effondra sur les skars, son visage enfoui dans les pierres Whent. Eujo hurla, surprise et colère mêlées. Un liquide chaud coula le long du dos de Wax, sur sa poitrine, sur les skars Whent, et le chant vacilla. Les skars devinrent confus, et Wax, haletant, sombrant dans l'état de choc, perdit le contrôle.

52
LE COUP INTERDIT

Elle ne retournerait jamais dans la chambre des skars, Torny en avait fait le serment. Elle avait vu trop d'horreurs dans cette pièce de pierre avec ses lanternes tamisées, ses gemmes scintillantes, et cette dalle de pierre dernièrement occupée par la seule personne qu'elle aurait pu appeler un père. L'impression n'était pas améliorée par Wax, qui semblait en transe, tremblant avec les skars Whent tout autour de lui. Dans un autre contexte, un autre endroit, le Vis aurait pu ressembler à un homme riche extatique devant ses propres richesses.

Difficile de voir cela avec les bruits de combat tout autour. En haut, là où Bliss était allée et où l'escalier s'enroulait, on entendait des cris et des coups, des jurons et des chocs. Qu'était-il arrivé à Annalyse et Quik ? Torny l'ignorait, et il était plus facile de suivre les ordres d'Eujo de prendre plus de skars Whent et de les donner à Wax que de spéculer. En bas, des rugissements familiers résonnaient, Svarde entonnant son chant Foti. Sa grande lame devait balayer, frapper, tuer.

Tant de morts en si peu de jours, sans même compter

les Doigts Agiles, ses amis voleurs déjà morts ou sur le point de l'être.

La bandit liait sa profonde tristesse aux skars Whent, à leur action.

Pourtant, alors qu'elle poussait encore quelques pierres dorées, presque les dernières, contre les bras de Wax, elle ne put s'empêcher de tressaillir vers les escaliers. Bliss était là-haut, se battant pour sa vie. Quik et Annalyse aussi. Torny pouvait aider, pouvait-

La tour trembla. Les skars Whent se mettaient en action. Torny et Eujo s'agrippèrent à la dalle pour garder l'équilibre, la bandit regardant à nouveau vers la sortie de la chambre, cherchant Bliss. Les cages des skars se fissurèrent, les pierres sur la dalle dégringolant. Ami, dans l'escalier, se pressa contre le mur pour ne pas tomber. Livier apparut dans l'embrasure, sa rapière étincelant tandis qu'il dansait avec le tremblement de la tour. Le combattant Najahn qui le pressait ne garda pas aussi bien son équilibre, Livier glissant dans la chambre des skars pour attraper le Najahn et le projeter, un mouvement qui envoya le corps en robe s'écraser près de Wax.

Torny tâtonna autour de la dalle, tira son épée volée, se préparant à achever le Najahn gémissant. Les robes noires et la ceinture de couteaux suggéraient la Troisième Main, un tueur qui mériterait ce que Torny lui ferait, un fait que Torny utilisa pour adoucir son coup. Une seule entaille nette, le travail terminé, et Torny essuya la lame sur le vête-ment de l'homme mort.

— Jette-nous-en un autre ! cria Torny à Livier tandis qu'Eujo rassemblait et lançait plus de skars Whent à Wax, qui continuait d'enfouir toutes les pierres dorées dans ses bras.

L'avalanche sur Whent, la destruction d'une montagne,

n'avait pas pris plus d'une poignée de pierres. Wax en avait tellement maintenant. Un malaise s'installa. Torny serra son épée, comme si l'arme volée pouvait la fortifier contre le désastre.

Bliss aurait mieux géré tout cela, mais le Vis n'était pas encore apparu dans la porte au-dessus. Un autre visage qu'elle reconnut le fit cependant. Quik, le chasseur de Vis semblant battu, ensanglanté et étourdi alors qu'il se tenait au bord de l'escalier, regardant son frère. Tenant une vouge, une que Torny pensait reconnaître, pensait avoir vue dans les mains de Bliss un instant auparavant. Un autre combattant Najahn passa en trombe devant Quik, interrompant les questions de Livier par une nouvelle rafale de couteaux, que l'assassin Kance contra en reculant dans les marches.

De nouveau, la tour trembla. Plus fort qu'avant. Quik planta la vouge, se stabilisant. Une autre femme passa la porte, marchant aussi agilement que Livier malgré la terre qui grondait. Torny la reconnut, Kasava, et jura alors que la femme arrachait la vouge des mains stupéfiées de Quik.

Le chasseur de Vis bascula alors que l'arme et son support le quittaient, l'homme roulant dans sa chute juste à côté de Wax. Eujo cria quelque chose, mais tout ce que Torny put faire, une main tenant son épée et l'autre agrippant la dalle pour rester debout, fut de regarder Kasava lancer la vouge sur Wax.

Courbée, lourde et tranchante, la vouge s'enfonça dans le dos de Wax, plaquant le Vis contre la dalle, les skars, et arrachant un cri déchirant au Renouveau. À l'homme que Torny était censée protéger.

Comme une douche froide ou une gifle au visage, la vouge plantée dans le dos de Wax brisa l'hésitation de Torny. La terre se convulsa, une violente secousse envoyant poussière et pierres craqueler autour d'eux. La bandit se faufila entre les blocs qui tombaient, dépassa Ami qui descendait, Eujo qui paniquait, et Quik sonné, pour atteindre les escaliers.

Livier avait profité de la violente secousse pour prendre l'avantage sur son adversaire, balayant la défense du tueur déséquilibré et plongeant la rapière profondément dans son flanc. Torny acheva le travail, glissant l'épée sur la gorge du tueur en sprintant, bondissant dans les marches avec la précision alerte de quelqu'un qui avait passé sa vie à courir sur l'inconnu et l'imprévisible.

Kasava se tenait toujours en haut de l'escalier, se stabilisant contre le mur de la tour alors que le mortier se fissurait et que des blocs se détachaient. La porte elle-même avait tordu ses gonds, le bois pendant de travers en travers de la sortie. Torny ignora tout cela, atteignant le palier à toute vitesse, se dirigeant droit vers sa cible.

Et vit les skars de topaze autour du cou de la femme, croisa son regard, son froncement de sourcils, et Torny, malgré la tour qui tremblait, la blessure de Wax, le chaos tout autour d'elle, trébucha et s'arrêta. La bandit ne pouvait pas tuer cette femme, ne pouvait pas lui faire de mal. Cela n'aiderait plus Wax, ne sauverait plus rien désormais.

La seule chose que Torny pouvait faire maintenant, avec la tour qui s'effondrait, était de courir. Sortir, trouver Bliss, et fuir.

— Va-t'en, dit Kasava, les skars Tamas scintillant autour de son cou, et Torny se tourna vers la porte, abandonna son épée, et plongea à travers.

Le couloir au-delà de la chambre des skars dansait. Le sol se soulevait et se brisait, les pierres s'arrachant de leurs emplacements. Les œuvres murales et les lanternes s'écrasaient au sol, les premières offrant du combustible au feu libéré par les secondes. Torny naviguait à travers ce désastre vers la salle centrale de la tour, sautant, esquivant et espérant, espérant que Bliss soit encore en vie.

Au bout du couloir, un cercle familier l'attendait. La table et les chaises avaient été renversées. Plusieurs autres corps de Najahns gisaient dans des mares de sang. Cependant, l'attention de Torny se porta sur les trois formes ligotées et pressées contre le mur du fond, à l'ombre de l'escalier en colimaçon.

Bliss, Sawi et Annalyse.

— Torny ! cria Sawi à l'apparition de la bandite. À l'aide !

— J'y travaille, dit la bandite en s'approchant tandis que des débris pleuvaient autour d'eux.

Torny alla d'abord vers Bliss, trouvant la tête de la Vis ballottant sur le côté, mais respirant encore. Ses yeux étaient fermés, ses mains et ses jambes inertes. Les nœuds qui retenaient Bliss étaient simples, hâtifs et assez faciles à défaire. Un signe que leurs ravisseurs potentiels ne s'attendaient pas à un sauvetage.

Ou qu'ils s'en moquaient.

Torny réprima une soudaine envie de retourner dans la chambre des skars. Comme dans un lent réveil, Torny reconnut pourquoi elle était venue par ici, pourquoi elle avait laissé le leader de la troisième main en vie. Ces skars de Tamas. Mais avec la tour qui semblait s'effondrer, Torny ne pourrait pas retourner vers Wax de toute façon. Les autres devraient garder Wax en vie.

S'il n'était pas déjà mort.

— ... a manipulé l'esprit de Quik, Torny, disait Sawi, dont la lèvre saignait et dont les bras portaient des coupures de couteau. J'ai assommé Annalyse et Bliss s'est occupée des assassins, mais Quik et les autres nous ont submergées. Ils vont arrêter...

— Ils l'ont déjà fait, dit Torny, défaisant le dernier des nœuds. Allez, il faut qu'on sorte d'ici.

Avec un timing impeccable, la tour répondit aux paroles de Torny par un mur qui s'effondrait derrière elle, révélant la falaise nue. Ces rochers naturels n'avaient pas meilleure allure, des fissures en toile d'araignée promettant une fin terrible s'ils attendaient plus longtemps.

— Porte Annalyse, ordonna Torny tandis que Sawi se levait. La bandite souleva Bliss, pas plus légère que Torny elle-même, mais le désespoir faisait des miracles.

Torny ne pouvait pas tout à fait jeter Bliss sur son épaule, mais elle pouvait se traîner avec la Vis jusqu'aux escaliers. Le tremblement rendait presque la tâche plus facile, la tour vacillante offrant l'élan nécessaire pour avancer en titubant. Ensemble, la paire atteignit la première marche, Sawi et Annalyse pas loin derrière.

Monter, courir vers la sortie, et...

La Brèche Dorée avait disparu dans une formidable avalanche. Une cascade que Torny et les autres avaient évitée en se cachant derrière des rochers coincés. Elle n'y avait pas été, n'avait pas senti le monde glisser sous ses pieds. La bandite le sentait maintenant, non pas une secousse frémissante, mais un craquement affreux et broyant alors que la tour se disloquait. Elle se brisa dans un basculement déchirant tandis que le mortier, la pierre et le gravier en dessous se séparaient de leur ancienne demeure.

— Accrochez-vous ! cria Sawi, bien que Torny ne sût pas à quoi.

La tour entière pencha sur leur droite, projetant le quatuor contre le mur qui enveloppait l'escalier. Des étincelles jaillirent, des pierres tombèrent, et Torny roula pour se placer au-dessus de Bliss. Des objets inconnus s'écrasèrent sur son dos, lui coupant le souffle alors que la tour s'abattait sur la rue de Noctia, qu'elle labourait d'autres bâtiments au-delà, qu'elle passait par-dessus la falaise.

L'estomac de la bandite chuta avec la tour qui plongeait. Torny hurla, des larmes roulant avec la peur, la colère de ne pas s'être sauvée elle-même, de ne pas avoir sauvé Bliss.

Au son, les yeux de la Vis s'ouvrirent, trouvèrent ceux de Torny. Un dernier regard.

Jusqu'à ce que l'océan l'emporte.

53
DÉFIANCE HÉBÉTÉE

Sa tête résonnait d'une clarté douloureuse. La pluie qui lui éclaboussait le visage l'aidait, alors que l'eau tombait en torrent. La culpabilité, la honte et la peur bouillonnaient, serrant les poings de Quik et le forçant à fermer les yeux tandis que le chasseur tentait de revenir sur ses souvenirs déformés, les dernières minutes étant chacune un couteau dentelé qui lui lacérait l'âme.

Il était désormais évident que Kasava avait brisé son esprit tout comme Gladdring. Elle avait utilisé ces maudites pierres Tamas pour ouvrir une brèche dans les inquiétudes de Quik, son souci pour Wax et ce qui pourrait arriver si les skars étaient libérés. Une faille étroite était devenue une large brèche lorsque Quik avait rejoint sa sœur et Sawi en bas des escaliers. Elles avaient déjà décimé plusieurs assassins de la Troisième Main, ces tueurs furtifs n'étant pas habitués au combat ouvert, mais face à Quik, ils avaient hésité.

Chaque coup menaçait de briser l'emprise de Kasava, et c'étaient ces moments-là que Quik revivait maintenant, ces brefs instants de clarté terrifiante après qu'il eut attrapé la vouge de Bliss et l'eut arrachée, ou plaqué Sawi contre le mur, laissant Kasava et d'autres assassins de la Troisième Main ligoter les femmes. Ç'avait été une danse délicate : chaque fois que Quik vacillait, Kasava pressait à nouveau les skars, ramenant la peur de Quik au premier plan. Il fallait arrêter Wax avant qu'il ne détruise les îles, ne ravage Vis, et pour cela, Quik devait être prêt à se battre, à briser tous les obstacles.

Y compris Annalyse.

Elle avait été la première. Une question curieuse au centre de la tour, à laquelle Quik avait répondu en écartant son appareil, laissant la Troisième Main l'envelopper et la jeter contre le mur. Avec Bliss et Sawi, le trio serait en sécurité, survivrait. Peu importait à quel point leurs regards de trahison confuse lacéraient Quik. De telles blessures n'étaient rien face à la survie des îles, face à la beauté intacte de Vis.

Et maintenant ?

Quik se redressa, se préparant alors que le sol continuait de trembler sous lui. La tour avait disparu, la poussière et la terre flottant dans le vent de la tempête. Des rugissements, des craquements et des jurons proches se faufilaient autour du temps déchaîné, et le chasseur les suivait tous, trouvant sa propre place dans le chaos.

À sa droite, sur une marche brisée, Livier s'accrochait à un pilier en train de se fissurer. Le Vientas ne semblait plus avoir d'arme, sa robe trempée, ses pieds glissant dans un mélange de boue, de sang et d'eau. Pourtant, le regard de Livier restait vif, et il lança une question à sa Reine.

Eujo se tenait à la gauche de Quik, ses talents de voleuse en évidence alors qu'elle se déplaçait avec la terre tremblante pour ramasser et livrer des skars par poignées à Wax. De Vis, apparemment, mais pourquoi...

Quik grogna, un mélange sans mots de rage, de douleur et de frustration lorsqu'il vit la vouge plantée dans l'épaule de Wax. Ce n'était pas son coup, jamais son coup, mais Quik savait que c'était son offensive qui avait désorienté Bliss et Sawi, son revirement traître qui avait provoqué la mort de son frère.

Le chasseur se leva, titubant vers la droite jusqu'à la base de l'escalier, mais quelque chose de dur le frappa à l'épaule et le fit retomber au sol. Quik sentit ses dents heurter la pierre, un éclaboussement sanglant dans sa bouche.

— Reste à terre, Vis, gronda Ami, la gardienne appuyant une épée Whent volée contre le dos de Quik. Bouge encore, et je te tue.

— Wax, dit Quik, la joue pressée contre la pierre mouillée. Que se passe-t-il ?

— Ton amie de la Troisième Main a fait tout exploser, voilà ce qui se passe. Ami se pencha près de l'oreille de Quik. Maintenant, le monde entier est en train de se briser. Wax est peut-être mort, et tous les skars sont en train de se dissoudre. Joli travail.

Devant lui, Quik voyait le ciel ouvert. Zébré de pluie, d'éclairs et de nuages sombres. Au-delà de la côte de Noctia aurait dû se trouver la mer, un horizon dégagé. Au lieu de cela, de nouvelles formes se dessinaient, gigantesques et luisantes, éclairées par les éclairs. Des masses plus petites tressautaient et bondissaient, projetant des rochers haut dans les airs. Des geysers jaillissaient de profondeurs infinies, la lave orange se mêlant à l'eau bouillonnante. Des odeurs sulfuriques, comme celles des terres de lave de Foti, arrivaient par vagues.

Quik ne comprit pas tout de suite, mais Ami résolut l'énigme pour lui.

— Noctia n'est plus une île, et ce n'est pas fini. Elle enfonça l'épée plus profondément, s'assurant que le moindre mouvement de Quik le verrait tranché. La Cité Annulaire est en train de tomber dans une mer qui n'existera peut-être plus demain matin.

En parlant, la colère d'Ami s'estompa, comme si elle était stupéfiée par le moment. Quik l'était certainement. Torny avait raconté l'histoire de l'avalanche sur Whent, un accident causé par seulement quelques skars Whent libérés. Comment, alors, Wax avait-il fait cela ?

Quik tourna la tête contre la pierre, regardant en arrière vers la dalle. Il ne pouvait pas voir grand-chose de son angle. Eujo ne ramassait plus de skars sur le sol, mais se tenait à côté de Wax, qui avait toujours la vouge plantée dans l'épaule. La Reine Kance semblait étreindre le Vis.

En deuil ?

— Ne la laisse pas se concentrer ! cria Ami, un commentaire déroutant jusqu'à ce que Quik réalise qu'il ne lui était pas adressé. Elle utilise le Tamas !

Kasava. Celle qui était derrière tout ce désastre. La tour n'était plus là. Il avait laissé Bliss, Sawi et Annalyse — Annalyse ! — ligotées. Si la tour s'effondrait dans la mer, ou s'écrasait le long des falaises, elles n'auraient aucune chance, aucune chance, tout ça parce que...

Une pierre attira l'attention de Quik, entre ses respirations saccadées et pleines de rage. La pierre argentée roulait près de son visage, portée par un filet d'eau entre les pierres irrégulières. Ami continuait de donner des conseils à... Livier ? Quik n'en était pas sûr, ne pouvait pas se permettre de s'en soucier, tant que l'assassin ne tuait pas Kasava avant que le chasseur n'ait sa chance.

L'épée d'Ami s'était peut-être enfoncée dans le dos de Quik, mais elle n'avait aucun poids sur son bras droit. Quik lança sa main, éclaboussant pour saisir la pierre argentée. La voix du skar emplit sa tête et Quik la laissa libre, même si Ami jurait et changeait de position, grondant une autre menace inutile.

Inutile car le skar de Rana avait de l'eau partout, et cela libérerait Quik.

Les robes trempées autour de Quik envoyèrent leur eau vers son dos, plaçant la pointe de l'épée d'Ami et son pied dans un soudain jaillissement. La Gardienne tomba, sa poitrine heurtant le dos de Quik avant que le skar de Rana n'emporte cela aussi. Alors que Quik se relevait, la pierre de Rana poussa Ami vers le bord exposé de la falaise, un vestige de tour dentelé et malmené. La Gardienne lâcha son épée, cherchant désespérément une prise tandis que les eaux tumultueuses, renforcées par les flaques grandissantes tout autour, la propulsaient vers le néant.

Arrête. Quik ordonna au skar de Rana de s'arrêter, mais les skars n'étaient pas des muscles, n'étaient pas obéissants. La pierre chantait sa victoire, sa joie carnassière des eaux qu'elle déplaçait, et Ami ne parvint même pas à lâcher un juron avant que les eaux ne l'emportent par-dessus bord.

Le chasseur fixa l'inondation dans un choc silencieux, toute réflexion sur le chaos ruinée par le désastre continu. Par un autre tremblement déchirant qui mit Quik à genoux. Un défi lancé attira le regard de Quik vers l'endroit où Livier et Kasava dansaient au milieu de l'escalier malmené et brisé, des éclairs et des bâtiments s'effondrant en arrière-plan.

Le tueur de Kance sortit une petite dague de nulle part et la fit tournoyer entre ses mains tout en parant les brise-lames de Kasava. Tous deux ondulaient avec la terre tremblante, mais alors que Quik se remettait sur pied, la Troisième Main du Tenet utilisa sa position dominante, donna un coup de pied dans une flaque pour éclabousser les yeux de Livier. L'assassin recula sur la pierre glissante, sur la terre secouée, et son genou se plia de côté. Jurant, Livier se propulsa hors des escaliers, s'écrasant au sol devant Quik, gémissant sur la pierre.

Kasava descendit et Quik se leva pour l'affronter. La pluie les trempait tous les deux, et Quik se débarrassa de la robe imbibée en montant, ne gardant qu'une tunique en lambeaux en dessous. Froid, mais léger, et avec deux armes en moins contre zéro, Quik aurait besoin de sa dextérité. Kasava hésita alors qu'il approchait, deux marches fissurées entre eux.

— Pourquoi ? siffla Kasava. Tu ne vois pas la dévastation que ton frère a déjà causée ? Tu dois l'arrêter. Maintenant.

La sensation désormais familière incita Quik, soulignant la raison dans les paroles de Kasava. Il devrait faire demi-tour et séparer Wax des skars, le tuer si nécessaire. Préserver les îles, arrêter le carnage. Il le devrait, et dans un autre monde, un monde où son amour, sa sœur, sa vie pourraient encore exister, peut-être que Quik l'aurait fait.

Mais ce monde avait disparu, et Kasava avait été celle qui l'avait détruit.

— Tu ne peux plus me contrôler, dit Quik, d'un ton neutre.

Kasava serra les lèvres, plissa les yeux et frappa de sa main droite, un coup mortel vers le cou de Quik.

Le skar de Rana l'appela, et Quik le libéra. La pierre mouillée sous les pieds de Kasava tourbillonna, projetant son coup à gauche, au-dessus de l'épaule de Quik. Il n'en fut pas de même pour le contre-coup de poing de Quik, bas dans le ventre de Kasava. Elle se plia en deux, haletante mais balançant toujours sa main gauche, le brise-lame traçant une ligne rouge sur la poitrine de Quik. Le chasseur balaya sa main plus bas, attrapant la cheville de Kasava et la soulevant.

La Tenet craqua contre la marche de pierre, ses pieds volant haut. Quik saisit son talon gauche, fit de nouveau appel au skar de Rana, qui assécha la pierre sous ses pieds comme un os. Le chasseur se prépara tandis que Kasava, étourdie, tentait de l'entailler. Si elle le fit, Quik ne le remarqua pas. Si elle appela, cria ou supplia alors que Quik la jetait des escaliers, par-dessus la falaise, et dans le néant, il ne le remarqua pas non plus.

La vengeance avait toute son attention, et quand ce fut fait, le chasseur se retourna vers la dalle, vers la Reine et son frère.

Et vit la fin des îles.

54

LE LIEN

Les skars Vis disaient que Wax vivait. Les skars Noctia le maintiendraient ainsi.

Eujo passa rapidement de la vie à la mort après que la vouge frappa Wax et le plia sur la table, ces premiers moments écarlates le plongeant dans l'inconscience. Wax ne put, ne saisit pas les skars Vis qu'Eujo lui lançait, ne répondit pas quand elle lui cria de le faire. Pendant un bref instant, Eujo essaya de tirer sur la vouge, mais le poids de l'arme, son angle et le cri de Wax quand elle tenta de le faire la poussèrent à laisser l'arme tranquille.

Une poignée de skars Vis à la main, Eujo toucha Wax, ordonnant aux skars dans leur curiosité babillarde d'envoyer leurs énergies curatives à travers elle jusqu'à lui. Les skars répondirent avec confusion, avec une attention molle à la peau glacée d'Eujo, aux quelques coupures et ecchymoses restantes des épreuves pour arriver ici, à une tour dont la partie supérieure avait été arrachée, avec le vent, la pluie et les éclairs qui les fouettaient tous. Impossible, incroyable et accablant, à moins qu'elle ne reste concentrée sur la seule chose qui comptait.

Eujo pensa à Svarde.

Le barbare était absent depuis tout ce temps, disparu en bas pour sécuriser leur fuite et empêcher une embuscade. Des chocs métalliques, des jurons et les chants Foti constants de Svarde avaient résonné depuis, mais pas une âme n'avait émergé de ces marches. Elle pensait à lui, mais ce n'est pas là qu'elle se concentrait.

Au lieu de cela, elle croyait en la lame. Le couplage Vis et Noctia qui permettait au barbare de survivre à n'importe quelle blessure. Wax avait mentionné que les pierres opales pouvaient atteindre un autre être vivant et le toucher, lui prendre quelque chose. Pourtant, dans les moments précédant le coup de la vouge, Wax avait dit que ces mêmes skars le reliaient aux portes des démons, les avaient rouvertes.

Cet espoir poussa Eujo à fouiller les pierres noires dans les flaques à ses pieds, puis à tenir des skars Vis dans sa main gauche et des Noctia dans sa droite. Les poings pleins des deux, elle se jeta sur la forme de Wax, toujours penché sur la dalle et les skars Whent empilés dessus.

Un concert différent se joua cette fois.

Les skars Noctia menaient, leurs notes aiguës répondant à la demande d'Eujo. Elle ne voyait pas les vrilles sombres que Wax avait décrites auparavant, mais elle sentit la morsure lorsqu'elles trouvèrent Wax. Eujo combattit le premier désir, celui de drainer le faible pouls qui restait dans le corps de Wax. La Reine se donna alors aux skars Vis, les poussant à parcourir le lien entre elle et Wax. Le chant babillard des Vis semblait d'abord confus, mais elle fit comme Wax l'avait dit, poussant les skars dans un chant synchronisé avec leurs partenaires Noctia.

Et pour la deuxième fois en quelques minutes, le monde qui s'effondrait autour d'elle s'évanouit.

Comme si les mains d'Eujo s'étendaient à travers un

espace infini, elle sentit la vie tout autour d'elle. Wax, Quik et Livier, oui, mais aussi les araignées cachées dans les recoins de la tour brisée, blotties dans les restes de leurs toiles. Curieux, mais pas ce qu'Eujo voulait, et elle éloigna les skars Noctia des bestioles. Elle affina ses désirs. Seulement des gens, seulement des humains, seulement ceux abandonnés par leurs dieux.

En bas, Eujo en trouva davantage, les skars Noctia repérant de nouvelles âmes et renvoyant leurs pulsations chaudes à la Reine. Des flous orange vif au milieu d'un néant bleu profond. L'un d'eux se détachait, plus froid que les autres, un étrange point vide sur une toile autrement chaude.

Svarde.

Les skars Noctia invitèrent Eujo à tirer sur les liens, à se nourrir, et Eujo le fit. Une légère pression, comme entrouvrir une porte. Les skars Vis rejoignirent leurs sœurs Noctia à l'ouverture, suivant les conseils d'Eujo pour siphonner... quoi, exactement ? Wax n'arrêtait pas de l'appeler *énergie*, la volonté de vivre, de bouger, de respirer, et peut-être que cela suffirait, car l'essence s'écoulait de ces âmes vers Wax.

Il hoqueta. Se redressa brusquement pour retomber sur la dalle. Elle inversa le mouvement, serra à nouveau les Vis pour maintenir la chaîne intacte. Quik et Livier étouffèrent des jurons, s'effondrant au sol, ce qui déconcerta Eujo. Sûrement Wax n'aurait pas besoin de plus que tout cela pour rester en vie ? Sûrement-

Les skars Noctia ne s'étaient pas arrêtés. Le chant continuait, les skars s'étendant de plus en plus loin, liant Eujo aux Najahn autour de la tour, dans le quartier qui s'effondrait et la Cité des Anneaux dévastée. Beaucoup étaient blessés, et ceux qui ne l'étaient pas voyaient leur vie aspirée pour aider leurs frères. Les skars chantaient de plus en plus fort, et alors que la Reine comprenait ce qui se passait, elle refusa d'arrêter.

Wax était en train de briser le monde. Elle pouvait en maintenir la meilleure partie.

La Reine Kance ne savait pas combien de temps leur symphonie avait duré, seulement qu'à un moment donné, Livier et Quik avaient glissé plus de skars dans ses mains. Wax, lui aussi, marmonna des demandes de pierres Rana et Foti, recevant ce que l'assassin et le chasseur pouvaient recueillir des pierres trempées autour d'eux. Le duo, enfin, extirpa la vouge de l'épaule de Wax, tirant l'arme et regardant avec stupéfaction la blessure se refermer comme un tissu cousu sous leurs yeux.

Noctia et Vis continuaient leur synchronie, se dispersant au-delà de Noctia vers les mers, les îles, le Dessous Sombre et le Rêvaire de Jochi. Eujo trouva les malades, les blessés, les effrayés, et les soulagea tous. Elle effaça les poisons et les coupures, ressoudant les os brisés par des chutes récentes et d'anciens accidents. Les skars Noctia prenaient ce dont ils avaient besoin en rampant, liant tous les habitants des îles.

— Eujo, dit Livier, sa voix proche de son oreille, se faufilant. Que fais-tu ?

— Je guéris les îles, répondit Eujo, mêlant l'air abattu de l'assassin à son impression lointaine, une grande étendue bleue se remplissant d'âmes oranges. Chaque personne.

— Tu les tues, Eujo. Tu nous tues.

Quoi ? Non. Elle restaurait... La Reine ferma les yeux, se concentra sur le chant, sur la façon dont les skars poursuivaient leur travail. Les pierres n'étaient pas infinies, elles buvaient à leurs sources et à celles qui leur étaient liées. Eujo avait lié les îles ensemble, et ce faisant, elle buvait aux personnes en bonne santé pour sauver les blessés.

Guérir un os cassé signifiait qu'un autre homme pourrait perdre sa force et tomber. Soigner une maladie grave pourrait provoquer une crise cardiaque chez quelqu'un d'autre. Quelqu'un aux portes de la mort pourrait infliger de la douleur ou des muscles atrophiés à plusieurs autres juste pour survivre. Les skars étaient affamés, sans discernement, et ils avaient besoin de puissance.

L'idée surgit lorsque Wax s'effondra, les yeux clos et inerte, de la pile de skars Whent dans les bras de son frère, révélant les pierres dorées ternies sur la dalle. Tant de skars, tant de potentiel. Si terribles, si beaux. La cause de tant de peur et de souffrance, de puissance et de colère. Les dieux avaient laissé une partie d'eux-mêmes, qu'ils l'aient voulu ou non, mais peut-être était-il temps de rompre ce lien. Utiliser les skars pour ce que les dieux eux-mêmes n'avaient jamais fait, et sauver les âmes des îles.

Eujo ajouta un nouveau rythme à sa chanson de Vis et Noctia, un rythme que les pierres noires adoptèrent avec zèle. Plus de particules apparurent dans la vision discordante d'Eujo, mais ce n'étaient pas des personnes, pas des êtres vivants du tout.

Les skars se nourrissaient d'eux-mêmes, Eujo intégrant les pierres divines dans sa toile et envoyant leur pouvoir affluer dans les blessés, les déchirés, les brisés. Eujo trouva des pierres tout autour de Noctia, puis atteignit et saisit les joyaux dans la Faille Dorée, dans la Grande Forge de Foti. Elle découvrit les gemmes cachées dans les arrière-salles de Tamas et au sommet de la flèche de Kance, sous le Tourbillon de Rana et dans les bourgeons frais au sommet du Grand Sana. Avec chacune d'elles, Noctia s'abreuvait profondément et Vis les distribuait, ces particules brillant intensément avant de s'éteindre.

Lorsque la dernière lumière mourut, Eujo sentait encore

de nombreuses personnes souffrant de douleur, de maladie, de peur et pire encore, mais alors que les skars de Vis se tournaient vers les autres, vers elle, pour effectuer la guérison, Eujo se détacha.

Cette séparation la fit tomber en arrière, laissant tomber les skars morts de ses mains et atterrissant sur la pierre humide. Une pierre qui se brisait, qui craquait. Derrière et au-dessus d'elle, le Quartier Najahn tremblait. Livier et Quik tentèrent de garder l'équilibre, en vain. Wax tomba de la dalle, atterrissant à côté d'Eujo. Toujours inconscient, trempé de son propre sang, mais respirant.

Eujo tendit la main, saisit celle de Wax alors que la tour se détachait, que la falaise s'effondrait et qu'ils tombaient, plongeant dans un froid, humide et sombre néant.

55
GROTTE

Des douleurs aiguës ramenèrent Wax au monde qu'il avait ruiné. L'obscurité régnait, des éclairs lointains projetant une lueur grise dans la pénombre humide et pierreuse. De lourdes pierres et de la terre recouvraient ses jambes, mais par chance, le Vis n'avait pas été complètement écrasé. La femme qui tenait sa main non plus, bien qu'une ligne sanglante coulant sur le front d'Eujo suggérât que ses yeux n'étaient pas fermés par choix.

Les vagues s'écrasaient tout près, et des filets d'eau salée chatouillaient les pieds de Wax. Des cris retentissaient entre les coups de tonnerre, entre les effondrements de terre. Des voix que Wax reconnaissait.

Était-ce Svarde, qui beuglait comme seul ce barbare pouvait le faire ?

— Ici ! cria Wax, essayant de bouger ses bras, ses jambes, et les trouvant piégés par les décombres. Le fait qu'il puisse sentir ses orteils et ses doigts indiquait que son corps n'était pas brisé, mais il ne pourrait pas se dégager seul. Eujo et moi sommes là !

Wax se tourna vers la Reine, l'attira à lui et la serra fort. Eujo avait évité le pire de la chute, à l'exception du coup sur sa tête, et son corps inerte bougeait assez facilement. Wax répéta ses appels en serrant Eujo contre lui.

Quand la réponse vint, Wax poussa un soupir. Dans l'obscurité, alors que les éclairs continuaient, il s'émerveilla, s'interrogea, secoua la tête devant ce qu'ils avaient fait. Les îles avaient été refaites, brisées et forgées à nouveau, mais en quoi ?

Des heures passèrent au milieu des décombres. L'aube et l'éclaircissement du ciel approchaient avant que les blocs recouvrant Wax ne soient soulevés, l'effort incessant de Svarde dégageant l'effondrement une lourde pièce à la fois. Kivi aidait aussi, le ferrite profitant d'un festin au milieu de toutes ces pierres éparpillées. Livier était assis, hébété et à moitié endormi, sur le sable jonché de pierres. Quant à Quik, Wax ne voyait aucun signe de lui.

— Vous n'êtes pas les seuls à avoir eu besoin d'être secourus, répondit Svarde lorsque Wax demanda.

Le barbare, pour faire simple, semblait en lambeaux osseux. La chair de l'homme avait été tailladée par des lames faites de main d'homme et des skars forgés par les dieux, un récit que Svarde relata tout en continuant à dégager Wax et Eujo. Les assassins de la Troisième Main avaient été renforcés par Fassle lui-même, l'homme amenant plus de Najahn avec lui dans une descente spectaculaire de la falaise avec l'aide d'un skar de Kance.

— Ce salaud m'aurait mis en pièces si toute l'île ne lui était pas tombée dessus, dit Svarde. Il a esquivé les premières pierres, puis ces skars ont cessé de fonctionner, et lui aussi. Le barbare n'avait pas l'air particulièrement satisfait de cette dernière partie. J'aurais cru que j'allais tomber avec les pierres, mais il semble que cette lame ne soit pas du genre à abandonner son pouvoir si facilement.

— Je ne suis toujours pas sûr de comment Eujo a fait, dit Wax. Comment elle a tué les skars.

Svarde ne cessa pas son ballet de pierres, mais il lança à Wax un regard curieux et sombre tandis que ses bras écorchés soulevaient d'autres rochers.

— La façon dont tu dis ça me fait penser que tu te demandes plus de choses que juste les skars dans cette tour.

— Elle ne cessait de marmonner qu'il fallait garder tout le monde en vie. Je pense qu'elle voulait dire plus que juste moi et Livier.

— J'espère bien, parce qu'elle n'a pas fait un super boulot avec vous. Ni avec elle-même.

Quand Wax se dégagea enfin, quand lui et Svarde eurent extrait Eujo du glissement de terrain, la matinée était plus proche de midi que de l'aube. Le ciel clair laissait la lumière du soleil s'abattre sur un monde changé, que Wax contempla bouche bée tandis que Svarde et Kivi s'éloignaient pour répondre à d'autres appels à l'aide.

La Cité Annulaire, ou ce qu'il en restait, avait dévalé la pente du cratère jusqu'au-delà du port. Les bâtiments se mêlaient à la boue, s'étalant là où les vagues se trouvaient auparavant, là où s'étendait maintenant une vaste plaine de sable. Des navires grands et petits gisaient éparpillés sur la terre ocre comme des jouets jetés par un enfant capricieux. Wax crut apercevoir le *Storm's Edge* parmi eux, ses voiles argentées brillantes marquant sa progression vers le point de rendez-vous prévu.

La question de savoir si le navire retrouverait un jour l'eau semblait pertinente, car Wax ne pouvait ni voir ni entendre le clapotis des vagues.

Des gens grimpaient parmi les décombres, des groupes se formant déjà et creusant. Des Najahn en robe travaillaient avec des taverniers en haillons et des marins abasourdis pour déplacer les gravats et libérer les personnes piégées dessous. En haut de la falaise, au-dessus de Wax, les flèches majestueuses du Quartier Najahn s'étaient toutes effondrées, leurs ruines brisées saillant autour de lui.

Ce qui avait commencé comme de l'émerveillement commençait à se transformer en une terreur maladive. Comme à Torny avec l'avalanche, Wax avait commencé avec une noble intention pour voir son rêve sapé par des skars incontrôlables. Il avait fait plus que soulever une nouvelle île pour les démons, il avait tout refondu d'une main brutale.

Non, pas Wax. Les vestiges d'un dieu mort. C'était ce qui avait causé tout cela.

— Se blâmer n'est pas la solution, marmonna Wax pour lui-même. Pas d'apitoiement non plus. Il déposa Eujo aussi doucement que possible parmi les blocs boueux. Toi, si tu te réveilles, Eujo, crie. Je dois retrouver mon frère et ma sœur.

Quik n'était pas loin, aidant Svarde à sortir une Ami meurtrie d'un trou. La Gardienne Foti ressemblait à une bête effrayante, chaque parcelle de son corps couverte de brun et de noir. Ses yeux étaient hagards, ses pas incertains, sa bouche une grimace serrée. La raison était facile à repérer, car les deux skars Vis dans sa plaque faciale martelée étaient ternes et sans vie.

Néanmoins, alors qu'elle se tenait sur une étroite bande de pierre avec Quik d'un côté et Svarde de l'autre, Ami frappa Quik à l'estomac.

— C'est ce que tu mérites pour m'avoir jetée d'une falaise, toussa Ami, puis elle s'assit sur la pierre. Mes foutus skars ne fonctionnent plus. Quand personne ne manifesta de surprise, Ami jura à nouveau, puis regarda vers la ville dévastée. J'espère qu'il reste encore de la bière là-dedans, parce que j'en aurai besoin.

— Tu ne seras pas la seule, répondit Svarde.

Wax dépassa le duo de Gardiens, suivant Quik vers les vasières. Les glissements de terrain avaient enseveli la majeure partie de la grotte sous la tour du Précepte Commercial sous de profonds monticules. Wax n'eut pas à réfléchir longtemps pour deviner ce que Quik cherchait là-bas.

Et pour imaginer les sombres probabilités.

56
LE MONDE QUI SE BRISE

Une tour qui s'effondre ne figurait pas parmi les endroits étanches des îles. Torny, tenant Bliss alors qu'elles plongeaient avec Sawi, Annalyse et bien trop de pierres dans la mer, se souvint de prendre une profonde inspiration. Cela s'avéra inutile, car les blocs et les rochers qui frappèrent en premier ne coulèrent pas immédiatement, creusant plutôt les vagues et offrant au quatuor un moment haletant pour faire le point sur leurs corps meurtris, leurs lèvres mordues et leurs âmes confuses.

— Que se passe-t-il ? glapit Sawi, la Vis saisissant la main d'Annalyse et tirant le duo vers Bliss et Torny, elles-mêmes à l'extrémité supérieure de la tour qui sombrait.

Le chemin du duo pour rejoindre la voleuse et la chasseuse était une périlleuse enjambée, interrompue par les étages supérieurs de la tour inclinée. Ces six ou sept étages conservaient leur élan, le mortier se fendant sous des forces que ses constructeurs n'auraient pu concevoir, et Torny leva les yeux pour voir le plafond de pierre s'effondrer sur elles.

— Sous les escaliers ! cria Torny, traînant Bliss le long

du sol de pierre incliné sous les blocs qui se fissuraient, s'effritaient et se tordaient.

Utiliser des marches en train de s'effondrer comme abri aurait pu figurer parmi les pires décisions de Torny, mais le choix se justifia lorsque les décombres commencèrent à pleuvoir. Sawi reçut un coup à l'épaule, le choc tordant le bras gauche de la Vis dans un angle qui hanterait les cauchemars de Torny, mais le quatuor se retrouva dans un groupe serré et terrifié. L'assaut supérieur frappa durement pendant quelques brèves secondes avant que Torny ne voie la flèche de la tour et sa longueur attachée s'écraser dans la mer au-delà d'elles.

Une mer qui, maintenant, s'infiltrait autour des pierres qui coulaient, trempant les bottes najahniennes de Torny. La foudre et la pluie rivalisaient avec l'océan en férocité, enveloppant l'air de tonnerre et fouettant les derniers moments de la tour de gouttes violemment projetées.

Pour des derniers instants, Torny estima que cela ne pouvait pas être pire.

— Nous devons nager, dit Annalyse.

— Aucune chance, siffla Sawi entre ses dents serrées, sa main droite tenant maintenant son épaule ruinée. Je ne peux pas, de toute façon, et avec tout ce courant, nous serons aspirées sous les vagues.

Torny accueillit ces mots et le sombre destin qu'ils projetaient avec une acceptation silencieuse. Ce serait douloureux, ce serait terrible, mais bientôt, sa vie serait terminée. La lutte achevée, et elle partirait avec Bliss dans ses bras.

Peut-être que ce dernier moment n'était pas si mal après tout.

Jusqu'à ce que Bliss brise le charme en surgissant de l'étreinte de Torny, trébuchant vers les escaliers qui s'effondraient. Ses pieds éclaboussaient l'eau qui montait, la main gauche de la Vis signant des mots que seules Torny et Sawi pouvaient comprendre.

« Ce n'est pas encore fini. »

Une phrase simple et douteuse, qui provoqua une question d'Annalyse et un juron de Torny.

— Elle dit de bouger ton cul, grogna la bandit, se débarrassant de la robe najahn trempée et de son poids supplémentaire pour suivre la Vis. Apparemment, on n'a pas le droit de mourir.

« C'est exact. » signa Bliss, puis elle plongea au milieu de la tour, maintenant bien sous les vagues, et commença à faire la planche.

Alors que Torny sautait à moitié, tombait à moitié dans l'eau tourbillonnante, elle adressa un autre remerciement à Yarvick, qui avait veillé à ce que tous ses Doigts Agiles sachent nager. Noctia était une île entourée d'eau, disait le seigneur bandit, et quiconque ne pouvait pas exploiter l'océan sombre pour s'échapper était inutile. Que Yarvick ait tendance à se débarrasser des corps dans ce même océan liait le début et la fin de tant de Doigts Agiles au fil des ans.

Le courant tirait sur les jambes de Torny alors que la tour coulait sous elles, ouvrant un tourbillon. Torny garda les yeux sur Bliss et les deux se retrouvèrent, restant proches et battant des pieds comme des folles alors que la tour disparaissait. Pourtant, l'effondrement complet ne vint jamais, le tourbillon mourant aussi vite qu'il s'était formé, le bâtiment s'écroulant sur un fond marin pas si loin en dessous.

Bien sûr. Elles étaient tombées des falaises de Noctia, mais elles n'étaient pas loin du rivage. En fait, comme Torny l'annonça avec un espoir fébrile, la côte ravagée des îles n'était qu'à quelques brasses. Une bonne chose pour

Sawi et Annalyse. La scientifique aidait la Vis à rester à flot, un effort que Torny et Bliss nagèrent pour assister.

Le quatuor flottait au milieu des vagues déchaînées, trouvant des prises et reprenant leur souffle. Au-delà, Noctia et la Cité Annulaire continuaient de trembler et de s'effondrer. Des nuages de poussière s'élevaient pour rencontrer leurs cousins plus naturels. Des incendies éclataient et disparaissaient sous la pluie. Des cris et des appels dérivaient entre les coups de tonnerre. Les navires dans le port se trouvaient poussés sur les quais, tandis que ceux plus au large ou capables de larguer les amarres rapidement, tournoyaient ou chaviraient dans la mer déchaînée.

Les vagues empiraient à chaque seconde, une réalisation qui poussa le quatuor vers la grotte effondrée, ses jambes de roche noire encore debout. La falaise au-delà, y compris la tour où se trouvaient Wax et les autres, avait disparu, laissant un trou concave. Cette vue envoya une autre étreinte nerveuse au cœur de Torny.

Avaient-elles traversé tout cela, détruit tant de choses, seulement pour perdre ?

Bien que la seule plage de la grotte ait vu son sable souillé par les débris tombés, la pente qu'elle offrait leur permit de grimper pour s'échapper. Les vagues s'écrasaient sur leur fuite, roulant Torny sur des rochers pointus et des meubles brisés, des cadres de tableau rompus et des flacons qui ne contiendraient plus jamais de bière.

Juste quelques coupures et ecchymoses de plus à ajouter à sa collection.

Pourtant, elles se hissèrent et traversèrent la boue, titubant avec les bras sur les épaules, un équipage misérable oscillant avec la terre tremblante, jusqu'à ce qu'elles s'arrêtent, comme un seul homme, devant un homme voûté, le dos contre un mur de roche noire.

Fassle semblait endormi, une ligne rouge barrant sa poitrine, infligée par des moyens surnaturels. Si Torny devait deviner, la lame noire de Svarde avait fait le travail, une supposition renforcée par les autres corps éparpillés autour. D'autres assassins de la Troisième Main, ce qui amenait Torny à se demander combien d'espions tueurs les Najahn possédaient.

Après aujourd'hui, au moins, ce nombre serait considérablement réduit.

— On dirait qu'il a eu ce qu'il méritait, dit Sawi en s'approchant péniblement de Torny. Svarde a dû tenir bon.

— Le barbare a fait plus à lui seul que nous tous réunis, médita Annalyse, regardant avec les autres. Je ne suis pas sûre d'aimer ce que ça dit de nos capacités.

« Peu importe si Wax n'est pas en vie », signa Bliss, avant de cracher par terre aux pieds de Fassle et de continuer sur la plage.

Sawi s'affaissa près de Fassle, les yeux presque fermés à cause de son bras cassé. Annalyse s'accroupit à côté d'elle, déchirant un morceau de tissu d'un corps de la Troisième Main proche et l'enroulant en une écharpe improvisée. Bliss continua son chemin, ignorant Fassle pour se diriger vers le mur de décombres et ce qui pouvait se trouver au-delà.

Torny, quant à elle, n'était pas du genre à laisser une mise à mort non confirmée. Comme Wax quand la bandite l'avait rencontré pour la première fois sur Foti, Fassle portait un collier Najahn. De petites fentes le long de sa longueur métallique servaient à tenir des skars, et toutes étaient remplies de gemmes de toutes les couleurs. Plus de sept, et Torny compta plusieurs pierres de Foti parmi elles. Les skars, cependant, semblaient ternes et sombres, ne scintillant pas avec la même énergie pulsante dont Torny se souvenait.

Malgré tout, mieux valait enlever ce collier, éliminer le risque.

La bandite tendit la main vers la chaîne au cou de Fassle, se penchant près, et se figea. Fassle respirait encore, l'air sortant de ses lèvres et atterrissant sur son cou. Elle s'empêcha de jurer, utilisa ses doigts agiles et glissa le collier, le tirant seulement pour remarquer que les yeux injectés de sang de Fassle la regardaient. Le visage tranchant de l'homme, ses traits calculateurs, se fendirent en un sourire douloureux.

— Ce ne sont plus que des pierres précieuses maintenant, dit Fassle d'une voix rauque. Les skars sont morts, et nous aussi.

Torny jeta un coup d'œil au collier dans sa main, réalisant qu'elle n'entendait aucune voix chuchotante, aucun chant épars dans sa tête. Fassle avait peut-être raison, et si c'était le cas... Elle jeta le collier de côté, le laissant s'enfouir dans le sable. À proximité, un autre assassin tombé tenait encore ses couteaux, comme si l'homme avait été frappé à mort et refusait de les lâcher. Torny pouvait simplement s'approcher, saisir une des lames, et mettre Fassle, enfin, dans l'étreinte de Noctia.

Au lieu de cela, alors que Fassle fixait l'endroit où reposait le collier, Torny marmonna un juron pour elle-même et un sentiment totalement étranger qui retenait sa main. À la place, elle s'accroupit de nouveau sur Fassle, examina la blessure sur sa poitrine. Affreuse, mais superficielle. La marque de quelqu'un qui reculait lorsque l'épée avait frappé. L'homme ne mourrait pas, du moins pas aujourd'hui.

Alors Torny renifla, tapota le nez de Fassle, ce qui provoqua un glapissement offensé.

— Arrête de gémir, dit Torny, consciente que Bliss, Sawi

et Annalyse avaient les yeux fixés sur elle. Nous n'allons pas mourir, mais beaucoup d'autres personnes pourraient si tu ne te reprends pas.

— Moi ? demanda Fassle. Me reprendre ? Comment-

Torny croisa les bras, lançant un regard qu'elle espérait à la hauteur de ceux qu'Eujo lançait quand elle voulait flétrir l'âme de quelqu'un.

— C'est fini. Que Wax ait ramené les démons, changé le monde, détruit les skars, ou tout cela à la fois, ce qui compte maintenant c'est tout ça. Torny fit un signe de tête vers les décombres, puis vers le rivage derrière Fassle et la ville en ruines au-delà. Tu es toujours le chef du Cercle. Tu n'arrêtes pas de parler de pouvoir, voici ta chance de l'utiliser réellement pour quelque chose de bien. Alors lève-toi.

— Qui es-tu pour me donner des ordres ?

Torny fronça les sourcils, intensifiant la menace. — Ce n'est pas un ordre, c'est une attente. Qui es-tu, Fassle ? Quelqu'un qui trouve des excuses, ou quelqu'un qui mérite la confiance que les Najahn ont placée en toi ?

« D'où ça sort, ça ? » signa Bliss plus tard, quand la pluie était redevenue une bruine et que l'océan avait disparu, dévié dans de nouveaux lacs salés, les navires autrefois à sa surface maintenant éparpillés sur le sable.

— Je lui ai donné le même remède amer que je t'ai donné sur Rana, répondit Torny. Il n'y a pas de temps pour se complaire dans ses sentiments. La bandite fronça les sourcils. Et réfléchis-y, qui d'autre pourrait faire écouter tous ceux qui restent ici ? Ce n'est pas parfait, mais je pense que Noctia a besoin de son chef maintenant.

Quik les avait trouvés il y a plusieurs heures, apparaissant comme une apparition au sommet des décombres boueux à l'extrémité de la plage pour leur faire signe de revenir. Ils s'étaient rejoints de l'autre côté de la pente, sur un terrain plat et sale où Svarde et Kivi avaient fini de libérer Wax et Eujo. Dans l'ensemble, Torny était stupéfaite qu'ils n'aient perdu aucune vie, bien que tout le monde portât des blessures, certaines qui pourraient rester longtemps sans les skars Vis pour les guérir.

Fassle, bandé par Annalyse, avait disparu dans les décombres avec Kivi comme guide, l'homme désespéré après la réprimande de Torny de découvrir qui, ce qui restait de ses Najahn et de sa bien-aimée Cité Annulaire. Toute discussion de guerre, de punition ou d'accusation n'avait jamais commencé, bien que Torny ne fût pas assez naïve pour penser que le blâme et les regrets n'auraient pas leur jour.

Noctia avait été dévastée, et à en juger par l'ampleur, par ce que Wax disait être arrivé, chaque île avait pu souffrir. La mort, la destruction, et tout ça pour quoi ?

Les démons ?

Même Torny ne pouvait trouver aucun espoir là-dedans.

57
SABLE FRAIS

Les frontières étaient difficiles à définir. Les limites autrefois tracées par les corps des dieux morts avaient été effacées par la terre soulevée, et personne ne voulait céder le moindre terrain. Le sommet se tenait à Noctia, évidemment, car ce qui avait été l'île centrale était maintenant le centre d'une masse terrestre parsemée de lacs. Quik l'avait confirmé lui-même, partant avec Annalyse pour de longues randonnées, certaines durant plusieurs jours, dans les vasières en cours d'assèchement. Ce qui avait été autrefois le fond marin contenait l'engrais compact de plantes et d'animaux arrachés à leurs foyers pour une mort lente.

Une nouvelle vie la remplaçait, bourgeonnant à mesure que le printemps avançait. La courte saison des pluies de Noctia aidait les jeunes pousses à s'étendre de Vis, Rana et Whent vers les terres vierges, et Annalyse cataloguait les pousses, affirmant que ses amis voudraient savoir quelles plantes poussaient, quels animaux rôdaient.

— Pourquoi ? répondit le chasseur, se demandant si les

hanokos commenceraient à s'aventurer hors de Vis pour s'en prendre aux citadins de Noctia sans méfiance.

— Parce que tout ceci est à nous, répliqua Annalyse, étendant les bras sur l'étendue sablonneuse. Noctia et la Cité Annulaire, toujours bruyantes de construction et d'excavation, résonnaient dans son dos. Il y a quelques jours, nous avions rempli les îles et n'avions nulle part où aller. Maintenant, nous pouvons nous développer.

La déformation du monde avait été confirmée quand les premiers vagabonds étaient arrivés des autres îles, des âmes courageuses, d'anciens marins, essayant de comprendre ce qui s'était passé. Ils avaient marché pendant des jours sur des ponts terrestres ininterrompus depuis Rana et Tamas, Foti et Vis. Même Narro, le capitaine de la marine Kance, était arrivé en planeur, disant que les océans avaient été repoussés dans toutes les directions.

Le temps se brouillait. Les premiers jours avaient été consacrés au sauvetage des personnes piégées, une opération menée dans toute Noctia et les autres anciennes îles avec la surprise continuelle du peu de vies perdues. Certains, oui, avaient été ensevelis trop profondément ou détruits lorsqu'un navire s'était brisé sur une montagne soudainement surgie de la mer. Mais beaucoup, voire la plupart, avaient vu leurs blessures guéries, leurs os ressoudés, leur santé suffisamment renforcée pour attendre les secours.

Wax et Eujo n'abordaient pas la raison de ce phénomène, et personne ne questionnait Quik, alors le chasseur gardait le silence. Il avait eu suffisamment d'attention pour toute une vie.

Les rôles revinrent rapidement. Eujo entraînait Wax de réunion en réunion, ce dernier confiant à Quik à quel point il enviait le chasseur de pouvoir passer ses journées à explorer. Ami, sa plaque faciale retirée et ses brûlures atténuées, sinon effacées, par des crèmes et des soins traditionnels, était partie en marche avec Svarde et Kivi vers la Blessure.

Le trou profond et sa connexion avec Dreamhold avaient été à nouveau coupés par l'effondrement, mais les efforts incessants du barbare et son expertise nouvellement acquise en matière de creusement avaient rétabli les communications, puis les échanges et le transit. Les messages de Jochi confirmaient que les portes avaient été rouvertes, et que les démons grimpaient à nouveau, aussi désespérés que jamais de s'échapper.

Cette fois, cependant, le Seigneur de guerre de Whent avait un meilleur plan : ses ingénieurs creusaient, bombardaient et perçaient des tunnels vers l'océan lointain à l'ouest, vers la grande nouvelle terre que Wax avait fait surgir au-delà de Foti. Cela prendrait du temps, mais avec l'aide des marcheurs de feu, un tunnel souterrain conduisant les démons en fuite vers un foyer lointain serait achevé.

Le fait qu'un tel itinéraire serait pavé d'un carnage sans fin alors que les démons se battraient entre eux était reconnu, mais laissé de côté. Jochi promettait des observateurs le long du vaste tunnel, avec le sauvetage et l'offre de refuge pour tout démon intelligent comme les marcheurs de feu. L'étendue de la miséricorde des îles.

Ami l'accepta, et avec son assentiment, l'accord fut conclu.

— Tu es sûr de tout ça ? demanda Annalyse après avoir fini de noter la présence d'un oiseau proche, ses plumes tachetées de bleu bien loin de leur foyer à Rana. On pourrait partir, tu sais.

— Tu n'en as pas envie.

Sawi, Torny et Bliss partaient demain, Sawi étant suffisamment rétablie pour faire le voyage de retour vers Vis. Torny n'avait jamais vu la jungle, et Bliss n'avait pas vu ses parents depuis bien trop longtemps. Quand la garnison de Najahn, sur ordre de Fassle, avait abandonné son emprise sur l'île, Deshiva avait été la première à arriver à Noctia. Son apparition avait servi de catalyseur à la sœur de Quik, lui rappelant l'île qui lui manquait tant.

— Je... Annalyse secoua la tête. Il y a encore tellement à comprendre. Le monde entier est différent maintenant, Quik. Tout est nouveau. L'excitation pétillante s'estompa avec sa voix, et la scientifique détourna le regard. Et ce qui s'est passé là-bas, je ne suis pas sûre d'être prête pour ça.

Quik l'enveloppa dans une étreinte serrée, posant son menton sur son épaule. Les légers vêtements najahns étaient chauds, confortables. Plus agréables, Quik pouvait l'admettre, qu'un tissage sec et rêche.

— On pourra y retourner quand tu seras prête, dit Quik. Tu dis que le monde entier a changé, mais je pense que tu as tort.

— Ah bon ?

— Ça me semble familier. Le chasseur recula, sourit tandis qu'Annalyse tournait un œil curieux vers lui. Toi, moi, ce crayon de charbon, et un tas de choses à découvrir.

Annalyse rit, aussi lumineuse que la brise printanière ensoleillée. — Cette fois, je pense, on peut laisser les démons en dehors de ça.

58
REINE DU NOUVEAU MONDE

Des débats sans fin remplacèrent le silence laissé par les skars. Eujo regrettait ces voix tandis qu'elle passait un jour après l'autre sur la dalle en bord de mer choisie par Fassle comme nouveau siège du pouvoir de Najahn. Ce que cela signifiait, ce que tout cela signifiait dans ce nouveau monde restait indéfini, mais Fassle faisait de son mieux pour s'accrocher au passé.

Eujo, aux côtés des représentants des autres îles — qui n'étaient plus vraiment des îles grâce à Wax — contestait les revendications de domination de Fassle par des appels à l'indépendance, à l'unité, à un peu de raison dans un monde devenu fou. Les villes et les villages avaient été dévastés par des tremblements de terre alors que, dans le même temps, ceux qui étaient malades ou blessés depuis longtemps s'étaient retrouvés guéris. Les morts étaient peu nombreux, les confus étaient légion.

La Reine de Kance et le Vis Renewal gardaient le silence sur leur rôle dans tout cela, et Fassle n'en parlait pas. Tous les trois mettaient cela sur le compte de la dernière erreur des Dieux, les skars se trouvant les uns les autres et se répandant sur le monde. Comme explication, elle manquait de détails, mais ce flou détournait l'attention, et, comme le conseillait Livier, peu de dirigeants se donneraient la peine d'enquêter sur quelque chose qui les avait portés au pouvoir.

— Tu dis ça, mais tu ne me laisses jamais tranquille, taquina Wax tard dans la nuit, autour de bières partagées dans l'un des rares bars de Noctia encore debout. Le *Croc du Rat* avait survécu grâce à sa construction particulière, inondé de boue mais autrement indemne. Sans moi, tu...

— Termine cette phrase et je demanderai à Livier de t'éventrer, rétorqua Eujo, avant de sourire. Et je ne peux pas te laisser seul parce que tu ferais quelque chose de stupide, et ça se refléterait mal sur moi.

— Stupide ? Comme quoi ?

Eujo agita sa chope vers la porte, montrant les monticules de ruines au-delà.

— D'accord, dit Wax, peut-être que j'y suis allé un peu fort. Le Vis, toujours vêtu de robes de Najahn comme Eujo, afficha une expression plus sérieuse. J'ai repensé à ce moment, Eujo, et je ne suis pas sûr que les skars soient devenus fous tout seuls.

Eujo connaissait maintenant les habitudes de Wax et lui laissa un moment en savourant sa boisson.

— J'essayais de construire une autre île à l'ouest, mais plus profondément que ça, je voulais juste que tout ça se termine. Les combats, les skars, les meurtres. Je pense que les skars Whent ont perçu ça et ont pris le relais quand la vouge m'a frappé.

— Et leur réponse a été de relier tout le monde par la terre ? Comment ça va arrêter tous les combats ?

— N'est-ce pas le cas ?

Cela stoppa net Eujo. Il était vrai qu'en un instant, la

guerre entre Noctia et Kance avait pris fin. L'occupation de Vis était en cours de négociation. Des frontières communes faciliteraient le commerce, accéléreraient la communication. Chaque ancienne île, poussée par les missives de Livier, regardait Noctia avec suspicion et une solidarité renforcée. Que de petits conflits éclatent ici et là était inévitable, mais des guerres ?

— Wax, dit Eujo, je pense que tu as peut-être apporté la paix pour un moment, mais les dieux nous ont créés, et les dieux ne jouaient pas gentiment.

Les dieux et la guerre étaient cependant loin des pensées d'Eujo lorsqu'ils entrèrent dans Kitaye. La ville de la jungle émergeait de la brume matinale, son lagon et les lacs voisins conservant leurs bleus tropicaux. La Reine de Kance et son escorte — Deux avait abandonné le *Bord de la Tempête*, le vendant pour des chariots plus pratiques et des bœufs Whent — entrèrent dans la ville sous la conduite enthousiaste de Wax, leur premier arrêt étant un stand particulier installé du côté nord de la ville.

Là, des yeux inquiets se mêlant à un sourire vigoureux et un étal bien garni, se tenait la mère de Wax. Alors que le Vis faisait les présentations, le père de Wax apparut aussi, tous deux posant leur regard sur Eujo avec une curiosité bienveillante. Qu'il y ait des histoires à raconter était évident, que la vente de champignons puisse attendre l'était tout autant.

— Tu sais, dit la mère de Wax après plusieurs coupes de vin de pêche, les feux et les chants enveloppant la chaude nuit d'été, mon fils est un homme sauvage. Il a besoin de quelqu'un de fort.

Eujo rit tandis que Wax protestait, puis prit la parole. — Moi aussi, et les îles aussi. J'ai de la chance de l'avoir rencontré. Elle adressa à Wax un sourire malicieux.

Et tu peux me croire, tu as de la chance de m'avoir rencontrée.

Wax ne discuta pas, tendant simplement la main vers le vin. Sa tentative fut déjouée par la main plus rapide de Sawi, comme cela avait été le cas tant de fois. Torny, partageant le feu et la main de Bliss, claqua de la langue.

— Tu n'aurais jamais survécu dans les rues avec des mains aussi lentes, Wax, dit Torny.

— Ma Gardienne ne devrait-elle pas m'aider ? rétorqua Wax, souriant tout du long, pendant que Sawi remplissait leurs coupes en bois.

Torny jeta un coup d'œil à Bliss. — Je pense que ce boulot est terminé, non ? On en a fini avec les démons, on a arrêté la guerre. Que reste-t-il ?

'Des vacances', signa Bliss, 'et quelques leçons.'

— Des leçons ?

'Sauter de toit en toit n'est rien comparé à se balancer d'arbre en arbre.'

— Tu veux essayer ? demanda Wax à Eujo, et la Reine n'hésita pas à accepter, mais pas tout de suite.

Qu'ils finiraient par retourner à Kance, dans le Palais du Ciel, dont la flèche avait survécu aux tremblements de terre dévastateurs, était une évidence. Qu'ils exploreraient ce nouveau monde ensemble était une vérité qu'ils connaissaient tous deux, qu'ils partageaient. Quand Wax demanda comment Eujo trouverait jamais le temps, avec Kance ayant besoin d'un leader pour guider sa reconstruction, la Reine avait une réponse toute prête.

— Deux Reines, Wax, dit Eujo. Il est temps que nous en choisissions une autre, et ensuite toi et moi allons prendre de longues, très longues vacances.

59
L'ESPOIR DE L'ÉTERNITÉ

Le barbare leva sa lame et se mit en marche, se dirigeant vers le nord en direction de la surface. Lui et Kivi étaient maintenant loin de Dreamhold, où Svarde avait laissé Ami avec Jochi, le duo travaillant dur pour aménager le nouveau tunnel du démon. Svarde ne pouvait pas dire si cette source de chaos tiendrait, et il se doutait que la lame dans sa main le ramènerait en temps voulu vers les démons.

À moins qu'il ne la lâche.

Dans les profondeurs souterraines, Svarde pouvait s'asseoir et accepter une fin paisible. Il avait été ravagé dans le combat contre Fassle et les tueurs de la Troisième Main. La peau et les os s'étaient ressoudés assez bien, mais Svarde savait qu'il y avait d'autres coûts, des blessures plus profondes que le pouvoir du Vis ne pouvait guérir.

C'est pourquoi il marchait vers la seule personne qui pourrait l'aider à retrouver une perspective. Pas le Roi Mort, un esprit désolé si rongé par le temps qu'il n'était plus qu'un obélisque insensible. Svarde avait un autre objectif, une autre personne, et Jochi lui avait donné une direction.

Derrière lui, Kivi renifla et mordit dans un rocher appétissant. La ferrite, au moins, s'amusait.

Le petit village se trouvait sur la côte nord de Rana, bien au-delà du Tourbillon. Malgré la déchirure de Wax, l'océan ici était resté intact, tout comme les collines verdoyantes utilisées pour nourrir les moutons et aménagées en rizières. Les gens qui s'étaient installés ici étaient venus chercher un refuge, et d'après ce que Svarde pouvait voir, ils l'avaient trouvé.

Une petite taverne donnait sur la place du village, sans prétention si ce n'était pour les rires, la musique et les lanternes brillantes qui luisaient à l'intérieur. La douce odeur de l'été flottait dans l'air illuminé par les lucioles, la lueur rose de Sichi se mêlant à un coucher de soleil tardif. C'était assez beau pour faire hésiter Svarde devant la porte, du moins jusqu'à ce qu'une main frappe son épaule.

Noueux, barbu, mais paraissant plus plein de vie que Svarde ne l'avait jamais vu, Rasslebeck rit devant le regard fixe du barbare.

— Ne me juge pas, dit Rasslebeck, car c'est toi qui as l'air d'avoir perdu une bataille contre Noctia elle-même.

Avant que Svarde ne puisse lui dire à quel point il avait raison, Rasslebeck le dépassa et poussa la porte.

— Eh bien, les amis, nous avons un invité ce soir, et malgré son apparence, je parierais qu'il pourrait boire plus que nous tous réunis. Accueillez comme il se doit le vieux Gardien, bande de salauds.

C'est ce qu'ils firent, le groupe étant presque entièrement composé de l'équipage que Svarde avait mené dans les Ténèbres du Dessous il y a tous ces mois. Un par un, ils accueillirent le barbare avec des railleries et des cris, des chocs de tasses et des promesses de futurs tonneaux à percer. La dernière d'entre eux, cependant, observait depuis derrière le bar, remplissant déjà la chope de Svarde. Elle s'accouda au comptoir tandis que Svarde s'approchait, sa robe turquoise s'accordant avec la mer.

— Je te demanderais bien de laisser l'épée dehors, mais je suppose que ça ne marcherait pas, hein ? dit Maena, son sourire en coin s'illuminant à la lueur des lanternes.

— Pas si tu ne veux pas avoir un vieux cadavre poussiéreux sur les bras.

— J'en ai eu assez pour toute une vie, je pense, répondit Maena en poussant une chope fraîche vers Svarde. Qu'est-ce qui t'amène si loin, Gardien ?

— La dernière fois, quand je pensais avoir fait le boulot, je suis parti seul, dit Svarde. Je me disais que je pourrais essayer quelque chose de différent cette fois.

— Eh bien, il se pourrait que je puisse te trouver un nouveau travail. Tu as déjà géré un bar avant ?

Kivi, aux pieds de Svarde, renifla. Le barbare, l'épée sur l'épaule, prit la chope dans sa main droite. Il la fit tinter contre celle de Maena.

— Je ne l'ai jamais fait, mais je suis toujours partant pour un défi.

Cette nuit-là, pour la première fois depuis bien trop longtemps, la bière avait le goût dont Svarde se souvenait, les histoires venaient sans contrainte, et même lorsque toutes les autres âmes eurent dérivé vers le sommeil ou se furent écroulées sur le sol, Svarde ne se sentit pas seul.

Au contraire, alors qu'il s'aventurait dehors pour regarder le lever du soleil, Svarde se dit qu'il pourrait bien garder cette lame un peu plus longtemps.

60

LA FIN, LE COMMENCEMENT

L'automne était déjà bien installé lorsque Wax atteignit les magnifiques hauteurs du Grand Sana. Les jeux politiques d'Eujo se poursuivaient, mais Kance avait désormais sa deuxième reine et ils avaient réussi à s'échapper temporairement. Wax évitait tout cela autant que possible, passant ses journées au gré du vent, s'exerçant au vol plané, aidant à réparer les bâtiments endommagés et à en construire de nouveaux. Pourtant, il avait compté les semaines jusqu'à ce moment, ce jour précis.

Le majestueux cœur de la fleur avait repoussé depuis que les Najahn l'avaient incendié, mais une chose n'était pas réapparue au centre indigo : aucun skar ne scintillait parmi le pollen. Cela correspondait aux nouvelles venant de toutes les anciennes îles. Les pierres divines n'étaient pas réapparues depuis la lutte désespérée d'Eujo pour les relier, les drainer et les guérir sur Noctia.

Eujo avait déclaré que c'était un soulagement. Les pierres et leur pouvoir auraient autrement été un aimant pour quiconque chercherait à causer du tort. Wax n'en était pas si sûr, mais les skars avaient disparu, donc la question était sans objet.

— De toute façon, marmonna Wax en posant le pied sur l'un des longs pétales. Le soleil de l'après-midi brillait sur une jungle venteuse, les oiseaux tissant leurs trajectoires dans le ciel. Une forêt nouvelle poussait autour de l'avant-poste Najahn abandonné à l'ouest. Je ne suis pas ici pour m'inquiéter. Je suis ici pour te dire, Pan, que j'ai tenu ta promesse. Nous l'avons fait.

Le Vis plongea la main dans sa sacoche et en sortit un unique shrive, qu'il avait cueilli quelques jours plus tôt. C'était un spécimen que Pan aurait adoré, rapporté d'un voyage à travers les terres Vis avec Eujo. Frottant le champignon entre ses mains, Wax regarda le vent s'emparer des morceaux et les faire tourbillonner au-dessus de la jungle que Pan avait tant aimée.

Une main trouva la sienne, et Eujo, vêtue d'un tissage Vis, de nouveaux tatouages de chasseur sur les épaules, partagea sa vigile silencieuse. Après que les derniers fragments eurent disparu, Wax soupira et fit un clin d'œil à Eujo.

— Le premier en bas paie la tournée ?

Eujo éclata de rire.

— C'est parti, Vis.

Annalyse ne s'attendait pas à la convocation de Fassle, pas plus qu'elle ne s'attendait à ce que la seule autre personne dans la pièce soit Kasava, le Tenet de la Troisième Main en convalescence. Le chef des Najahn remit à Annalyse plusieurs feuilles de papier amidonné, une ressource rare à dépenser et un signe de l'importance des informations.

— Lisez, dit Fassle, en désignant d'un signe de tête la dernière chaise vide autour de la table.

Les papiers contenaient des noms, des âges, des dates et de simples descriptions. Tous dataient des deux derniers mois et tous notaient des phénomènes. Un enfant dont les genoux écorchés guérissaient en quelques secondes. Une artiste de rue dont les talents plutôt médiocres voyaient toujours sa sacoche remplie de dons de spectateurs admiratifs. Des tremblements de terre mineurs, des ruissellements d'eau là où il n'y en avait jamais eu auparavant.

Annalyse posa les feuilles et regarda les deux autres, réfléchissant. Elle pouvait voir dans leurs expressions tendues que le duo avait déjà tiré ses conclusions.

— Les skars ont disparu, commença Annalyse, mais les dieux n'en ont pas fini avec nous.

— Comment ? demanda Fassle.

— Je ne peux pas en être certaine, mais si je devais deviner, Eujo a dit qu'elle avait touché tout le monde quand elle a essayé de les sauver de la catastrophe. Peut-être leur a-t-elle donné plus que la vie.

— Alors pourquoi le monde entier n'explose-t-il pas de ces pouvoirs ? demanda Kasava. Si tout le monde avait la capacité d'un skar à portée de main...

— Peut-être que c'est le cas, dit Annalyse, réfléchissant à voix haute. Mais tout le monde ne pouvait pas utiliser un skar. Certains y arrivaient, d'autres n'y sont jamais parvenus.

— Si ce que vous dites est vrai, Fassle tambourina des doigts, alors tout le monde, nous y compris, pourrait être une arme.

— Ou un outil, un faiseur de miracles. Annalyse repoussa les feuilles vers Fassle. La façon dont nous gérerons cela, Fassle, déterminera la direction que cela prendra.

Fassle hocha la tête.

— Ensemble, alors. Comme les îles l'ont toujours fait,

nous forgerons notre avenir comme un seul peuple. Il se tourna vers Kasava. Rassemblez les Tenets. Nous avons un nouveau monde à construire.

———

Guider les morts vers leur prochaine vie n'a jamais été une tâche facile. Il s'avère que la plupart des morts n'aiment pas être, eh bien, morts. Mais quand un esprit puissant et en colère commence à rassembler les âmes perdues et prétend que Carver pourrait être le pont vers la vie, Carver doit découvrir pourquoi avant que les morts ne fassent de lui l'un des leurs.

Commencez une nouvelle aventure fantastique avec *Riven* :

REMERCIEMENTS

On a tendance à croire que l'écriture est un acte solitaire, mais rien n'est plus éloigné de la vérité. Chaque écrivain dépend de ses amis, de sa famille et, bien sûr, des lecteurs pour continuer à tisser ses histoires.

Plus précisément, je tiens à remercier ma femme, Nicole, dont l'amour et les encouragements sans fin illuminent chaque journée. Mes frères, Jonathan, Justin et Matthew, ainsi que mes parents, Bob et Mary, qui m'aident à garder le sourire.

Mon éditrice, Susanna Daniel, a fait un travail incroyable pour polir cette histoire jusqu'à ce qu'elle brille de mille feux.

Et, bien évidemment, tous les lecteurs qui rendent cette vie possible.

Merci.

À PROPOS DE L'AUTEUR

A.R. Knight écrit de la science-fiction et de la fantasy dans le nord glacial du Wisconsin. Accompagné de ses deux chats, il se plaît à plonger dans des aventures qui mettent autant l'accent sur le méchant que sur le héros.

Après avoir obtenu un diplôme en journalisme et parcouru le pays pour installer des logiciels de santé, A.R. Knight a pensé qu'il serait bon de revenir à ce qu'il aimait. Il dispose maintenant d'un petit bureau et de matinées précoces pour tisser les histoires qui naissent dans son imagination.

Quand il n'écrit pas, A.R. Knight a tendance à voyager partout où il peut, que ce soit sur des îles au large de l'Équateur, dans la forêt tropicale, en snowboard dans les Rocheuses, ou en sirotant du whisky à Édimbourg. C'est l'avantage de la vie d'écrivain, on peut l'emporter partout.

Pour le contacter ou voir ce qu'il fait, visitez www.blackkeybooks.com

Pour Aurora